JESS WALTER

Die finanziellen Abenteuer des talentierten Poeten

JESS WALTER

Die finanziellen Abenteuer des talentierten Poeten

Roman

Aus dem Amerikanischen
von Stephan Glietsch

Karl Blessing Verlag

Die Originalausgabe THE FINANCIAL LIVES OF THE POETS
erschien 2009 bei Harper Perennial, New York

MIX
Papier aus verantwortungsvollen Quellen
FSC® C014496

Verlagsgruppe Random House FSC® N001967
Das für dieses Buch verwendete
FSC®-zertifizierte Papier *Munken Premium Cream*
liefert Arctic Paper Munkedals AB, Schweden.

Vollständige deutsche Erstausgabe 01/2013

Printed in Germany 2014
Umschlaggestaltung: © Hauptmann und Kompanie, Zürich
Satz: Leingärtner, Nabburg
Druck und Bindung: GGP Media GmbH, Pößneck
ISBN: 978-3-89667-518-7

www.blessing-verlag.de

Für Anne, immer

Dichter müssen träumen,
und das Träumen ist in Amerika kein Kinderspiel.

1

Noch ein 7/11

Da sind sie wieder – die Kiffer-Kids, kaputte und
bedröhnte Kids, fertig, rote Augen, trockener Mund
breite Kids, durchstöbern enge helle Gänge
so hungrig, wie sie high sind, fahrige
Hände knüllen Scheine, die sie auf
den Tresen werfen, so stoned und so
stolz, als hätten sie das Highsein
persönlich erfunden

Und hinter dem Tresen sucht der stets geduldige Rahjiv mit gesenkten Lidern meinen Blick. Während er den nächsten der kichernden, nach Patschuli müffelnden Kiffer bedient – Reese's-Piece-Riegel, Rubbellose, Red Bull und Tortilla-Chips mit Käse –, denkt Rahjiv vermutlich: *Diese Kids, was, Matt?* Oder vielleicht auch nicht, weil Rahjiv meinen Namen nicht kennt und ich kein Namensschild trage. Ich bin bloß dieser Typ mittleren Alters, der den Motor seiner bronzefarbenen Familienkutsche laufen lässt, wenn er nach Mitternacht reinschaut. Wenn er nicht schlafen kann und vergessen hat, Milch im Supermarkt zu kaufen. Milch für die Frühstücksflocken der Kinder. Für morgens. Vor der Schule.

Die Milch kostet fast zwei Dollar pro Liter.

Heutige Immigranten wie Rahjiv sind schon seit Jahren ein politischer Rorschach-Test: Siehst du einen Turban und denkst *Terrorist,* bist du Republikaner. Denkst du *indischer Neurochirurg, beherrscht fünf Sprachen fließend, muss nach Mitternacht für einen Niedriglohn Idioten bedienen,* bist du Demokrat – wie ich. Natürlich habe ich nicht mehr Beweise dafür, dass Rahjiv mal Arzt in Delhi war, als irgendein texanischer Trucker dafür, dass er ein Bombenleger ist. Nach allem, was wir wissen, könnte Rahjiv auch in Indien in einem 7/11-Minimarkt geschuftet haben – so korrekt ist er mit dem Wechselgeld, so versiert tütet er Hostess-Kokosbällchen und Little-Debbie-Törtchen, Power Bars und Mountain-Dew-Dosen ein. »Nein, Alter … warte mal. Schokomilch! Und Schweinekrustenchips!« Wieder entscheidet sich einer der Kiffer um, nachdem er einen zweiten Blick in die Gänge geworfen hat. »Und ooh, ooh! Cool: Tortilla Chips!«

Ganz egal, wann ich hierher komme, ich muss immer an meine eigenen Jungs denken, zu Hause in ihren Betten, noch ein paar Jahre von solchen Situationen entfernt (oder träumen sie bereits von Nächten vor der Slush-Maschine?).

Zwei tätowierte weiße Jungs in Seiden-Trainingsanzügen stellen sich hinter mir an. Ich werde ein wenig nervös und taste nach meiner Brieftasche. Der Dicke jongliert mit einer halben Palette Starkbierdosen, während sein Kumpel sich –

in sein Handy brüllend – Richtung Ausgang trollt. »Chulo! Du machst gar nix, bis wir da sind, klaro?« Die Tür schließt sich hinter dem telefonierenden Möchtegerngangster. Ich stehe mit meiner Milchflasche endlich vorne in der Schlange – »He, Rahjiv« –, als am Getränkespender etwas gewaltig schiefläuft, worauf der Verkäufer und ich uns gleichzeitig dem hydroponischen Kreischen zuwenden, das tief aus der Grotte eines blauen Kapuzenpullis ertönt. Ein gepiercter Skater mit strähnigen Haaren, das Board auf den Rücken geschnallt, hat seine XXL-Sprite verschüttet und hält das nun für … *die mit Abstand … lustigste … Sache … der Welt.* Rahjiv nickt mir abermals resigniert zu. Zweifellos sehnt er sich danach zurück, im Zentralkrankenhaus von Mumbai Schädeldecken aufzusägen. Mit einer beiläufigen Bewegung zieht er meine Flasche über den Scanner.

Dann reicht er mir die Milch. Für die Jungs. Für ihre Frühstücksflocken. Am Morgen.

Sie kostet fast zwei Dollar pro Liter.

Immer wenn ich hierher komme, muss ich auch an meine Mutter denken. Auf dem Sterbebett war sie wie besessen von den Terroranschlägen in New York. Es war schrecklich mit anzusehen, wie sie von Panikattacken geplagt dahinsiechte und dabei mit dem Daumen auf die Morphiumpumpe einhämmerte, als vermochte diese ihr Leben zu retten – sie konnte es nicht. Ihre Angst vor dem Sterben manifestierte sich als Furcht vor Dingen, die sie gar nicht mehr zu fürchten brauchte: Straßenkriminalität, Erderwärmung … und am meisten Terroristen und Flugzeuge. »Matt?«, fragte sie mich, kurz bevor sie starb. »Glaubst du, es gibt noch ein 7/11?« Ich dachte daran, sie zu korrigieren, sagte aber nur: »Nein, Mom, es wird kein weiteres 7/11 geben.«

»Nette Slipper, yo«, sagt der Möchtegerngangster mit dem Handy, als ich mit der Milch den Laden verlasse. Er ist um die zwanzig, trägt eine durchhängende, haifarbene Jogginghose, das schwarze Haar glatt über die Ohren gekämmt. Am Halsansatz lugt ein aufwendiges Tattoo aus seinem T-Shirt. Und in aller Öffentlichkeit, direkt vor diesem Minimarkt, bietet er mir ganz ungezwungen einen Zug aus seiner gläsernen Kawumm an, einer kleinen, zigarettenförmigen Marihuanapfeife. Ich winke ab, wünsche mir aber fast, ich hätte es nicht getan. Es ist zwar mindestens fünfzehn Jahre her, doch ich stamme nicht aus einer von Martini schlürfenden Fettwänsten bewohnten Vorstadt – ich hatte durchaus auch meine wilde Zeit. Auf dem College nannten sie mich Grasfresser, weil ich diese Acapulco-Gold-Joints förmlich verschlungen habe, während Räucherstäbchen qualmten, das Schwarzlicht auf den Wänden flackerte und Pink Floyd durchs Studentenwohnheim dröhnte.

Oh, und genau genommen sind es gar keine »Slipper«, sondern sportliche Loafer, die ich im Laden von Nordstrom Rack gegen einen Geschenkgutschein eintauschte, als ich eine Strickjacke zurückgab, in der ich wie ein Großvater aussah. Natürlich erzähle ich das dem bekifften Jungen nicht. Ich lächle bloß, sage »Nein danke« und halte dann doch inne, statt einfach weiter zu meinem Wagen zu gehen. Vielleicht bin ich bloß neugierig auf diese ausgebuffte Pfeife … vielleicht ist es der Geruch des Dope … oder vielleicht ist es auch nur dieses wirbelnde Gefühl der Lockerheit, das ich verspüre. Aber ich zögere immer noch, als der fettere der weißen Möchtegerngangster sich zu uns gesellt, die Baseballkappe mit dem kerzengeraden Schirm zur Seite gedreht. So stehen wir zu dritt in einem kleinen Halbkreis zusammen, wie Golfer beim Abschlag.

»He«, sagt der mit dem Halstattoo und der Pfeife, »der Typ hier kann uns zur Party fahren.«

Ich will ihnen gerade erklären, dass ich sie nicht fahren kann, weil ich nach Hause muss (und sie ein wenig gefährlich aussehen), als der Dicke mit der Kappe sagt: »Danke, Mann.« Als wäre er überrascht, wie cool ich bin. Und plötzlich möchte ich gerne cool sein. Dann fällt der Blick des dicken Jungen auf meine Hände, und er lacht.

»Scheiße, Mann. Warum kaufst du die Milch hier? Der Liter kostet fast zwei Dollar.«

Die Wolken hängen tief wie eine Zwischendecke, angestrahlt von den Lichtern der Stadt. Sie ziehen geräuschlos über uns hinweg. Und zwei kiffende Gangster in Trainingsanzügen steigen in meinen Wagen.

Ich habe mal gelesen, dass uns nur zu ängstigen vermag, was wir bereits fürchten. Dass unsere tiefsten Ängste der Erinnerung an irgendeine frühere, unerträgliche Angst entspringen. Wenn das stimmt, dann ist es vielleicht gut, dass meine Mutter nicht mehr lange genug gelebt hat, um ein weiteres 7/11 zu erleben.

»Nette Karre.«

»Danke.«

»Sitzheizung?«

»Mmm.«

»Fühlt sich komisch an. Als hätte ich mir in die Hose gepisst.«

»Yo, Alter, bestimmt hast du dir in die Hose gepisst.«

»Ich drehe sie runter.«

»Was für ein Wagen ist das?«

»Nissan. Maxima.«

»Was hast du dafür hinlegen müssen?«

»Oh. Nicht viel.«

Das stimmt nicht. Mit Winter-Bodenmatten, Kfz-Steuer und einer überflüssigen zweijährigen Wartungsgarantie hat mich der Wagen 31 256 Dollar gekostet. Und wegen verschiedener anderer Nackenschläge – versäumte Raten, sich daraus ergebende Geldbußen, Hypothekenzahlungen, Schuldenkonsolidierungen, diverse Familienkrisen und schließlich, zum denkbar ungünstigsten Zeitpunkt, der Verlust meines Jobs – bin ich nach zwei Jahren immer noch mit 31 000 Dollar in den Miesen. Für einen Wagen, der 18 000 wert ist. So stehe ich momentan da: knietief im Dispo.

»Mein Bruder hat mal einen Maxima geklaut«, sagt der Junge auf der Rückbank. »Oder einen Altima. Ich kann die nicht auseinanderhalten.«

Autodiebe. Nett.

Die beiden Kriminellen heißen Skeet und Jamie. »Jamie?«, frage ich den, der vorne sitzt.

»Ja, ohne Scheiß. Irre, oder?«, kommentiert Skeet von hinten. »Der Junge hat'n Mädchennamen.«

»Leck mich, Skeet«, erwidert Jamie. Er bietet mir erneut die Kawumm an, und ich bin von mir selbst überrascht, als ich diesmal zugreife. Ich möchte mir nur kurz den süßen Dopegeschmack in Erinnerung rufen. Oder vielleicht will ich mich auch vergewissern, was sie mit dem Zeug inzwischen so angestellt haben …

Oh, offensichtlich einiges!

Ich kämpfe gegen den Hustenreiz an. Meine Nase läuft. Die Augen brennen. Jemand kompostiert Blätter in meiner Kehle. Schürft mit einer Schaufel in meinen Lungen. Wow.

»Gut, hä?«, fragt Jamie.

»Nicht schlecht«, keuche ich.

»Designerstoff, 'n Zehner das Gramm«, sagt Skeet.

Den nächsten Hustenanfall kann ich nicht unterdrücken. »Ehrlich?«

»Hundertpro«, erklärt Jamie und verfällt vor Erregung in einen Singsang. »In diesem Labor in British Columbia, dieser Nobelpreis-Typ? Spielt Frankenstein mit dem Zeug. Ist'n Fake, aber der Stoff haut immer noch ziemlich rein. Die können damit machen, was immer sie wollen, verstehst du? Dafür sorgen, dass es tausend Sachen mit deinem Kopf anstellt, yo.«

Ich denke, dass das wohl stimmen muss, denn ein paar der guten alten Wohnheim-Lungenzüge später bekommt mein Hirn einen Riss, aus welchem scheinbar mein Leben hinaussickert, denn ich erzähle Jamie und Skeet meine ganze Geschichte: Dass ich vor zwei Jahren einen guten Job als Wirtschaftsjournalist kündigte, um wider besseres Wissen eine Website für Poesie und Geldanlagen zu lancieren. Dass wir vom Einbruch des Immobilienmarktes überrollt wurden, gerade als mein seniler Vater bei uns einzog. Dass ich zu meinem alten Job bei der Zeitung zurückgekrochen bin, nur um auf den Tag genau vor acht Wochen gefeuert zu werden. Dass ich vierzehn Wochengehälter als Abfindung bekam und mir nun noch sechs Wochen bleiben, einen neuen Job zu finden, weil vierzehn minus acht sechs ist. Dass es letzte Woche noch sieben waren und nächste Woche nur noch fünf sein werden, aber jetzt gerade

jetzt im Moment,
mit Skeet auf der Rückbank
und Jamie sitzt vorn,
genau jetzt, in eben diesem
Moment – und ich halt den Rauch
in der Brust, als könnt ich so
die Zeit anhalten – Jaaaaa …

»… sind es sechs. Sechs Wochen.«

Und das ist noch nicht mal die dringendste Frist, die mir im Nacken sitzt: Ich habe noch ganze sieben Tage, um meine Altersvorsorge aufzulösen und 31 000 Dollar Restzahlung an die Bank zu leisten, oder ich riskiere, unser Haus zu verlieren. Es ist diese dräuende zweite Frist, erzähle ich den Jungs, die mir vor Panik die Kehle zuschnürt, während ich verzweifelt die immer rareren Stellenanzeigen durchforste, mit zitternden Händen Antragsformulare ausfülle und hoffe, dass die Kollegen, die ich in meiner Vita als Referenz anführe, nicht auch schon entlassen wurden. Und ich berichte ihnen, wie ich – dieser Part ist mir gerade erst bewusst geworden – es geschafft habe, diese beschissene Situation mittels eines weiteren Problems noch zu verschärfen, denn: »Selbst wenn ich jetzt irgendwie ein Bewerbungsgespräch kriege, unterziehen sie mich womöglich einem …«

»… Drogentest!«, johlt Skeet von der Rückbank und lacht

und lacht und lacht. Ich höre auf zu lachen, doch er lacht weiter.

»Keine Panik, Slippers«, sagt Jamie, »es gibt tausend Wege, einen Urintest auszutricksen.«

»Pekannüsse«, ruft Skeet von hinten.

»Pekannüsse?« Jamie dreht sich zu ihm um.

»Ich glaub, ich hab in Oprahs *O Magazine* was über so 'ne Art Pekan-Diät gelesen ...«

»Scheiße, woher soll ich wissen, was du gelesen hast? Und warum zur Hölle sollte Oprah Winfrey darüber schreiben, wie man einen Drogentest besteht?«

»Alter, Oprah schreibt das *O* nicht. Es gehört ihr bloß.«

»Und warum liest du diesen Schrott?«

»Meine Mom liest den Mist, yo ... keine Ahnung, vielleicht stand's ja auch in *People*.«

»Du bist doch bescheuert, du Arsch.«

»Du bist bescheuert.«

»Du bist bescheuert.«

»Du bist bescheuert.«

»Du bist so bescheuert, du bist mit dem Behindertenbus zur Schule gefahren.«

»Du weißt genau, dass das bloß wegen meiner Verhaltensauffälligkeit war, yo.«

Ich bin offensichtlich high, denn dieses Gespräch erscheint mir keineswegs absurd.

Jamie winkt ab und dreht sich wieder nach vorn. »Hör nicht auf den Scheiß, Slippers. Um den Urintest zu bestehen, musst du dir einfach nur ein paar von diesen Pillen besorgen. Du weißt schon ... online.«

Du nicht auch noch, Jamie. Fall nicht auf die Online-Lüge

rein. Darauf, dass alles, was wir brauchen, mit einem Mausklick zu haben ist: all die schillernden Informationen, die Anmachtipps der Promis, Homevideos von stolpernden dicken Menschen, Pornografie, Anlage-Dichtung, Jobangebote, Zwangsversteigerungen, Ratschläge für Verarmte … und was war noch mit dieser Sache, die meine Frau kürzlich online suchte?

Aber bevor ich wieder zu tief im Selbstmitleid versinken kann, kramt Jamie – abermals in seinen aufgeregten Singsang verfallend – eine Anekdote hervor: »Du könntest es wie mein Cousin Marshall machen. Der Mistkerl trug einen Katheter. Der war mit ’nem Beutel verbunden, mit der Pisse von ’nem anderen drin. Und jetzt durchleuchtet er Gepäck am Flughafen. Und er hat Chancen auf einen Job bei der NTSA, mit Sicherheitsfreigabe. Kein Scheiß, der Typ hat jemand, der ihn vor unangemeldeten Tests warnt. Er hat den Katheter voll fremder Pisse immer in seinem Spind. Und wenn ein Test ansteht, hängt er sich das Ding um.«

Im Rückspiegel sehe ich Skeet aus meiner Milchflasche trinken.

He. Das Zeug kostet fast zwei Dollar pro Liter.

Verdammt gutes Gras. Sehr viel besser als das staubige, braune Kraut, das wir damals auf dem College geraucht haben. Und wieder muss ich an meine Mutter denken. An den Ärger, den wir im ersten Semester in den Weihnachtsferien hatten, als sie beim Waschen in der Tasche meiner 501 zwischen den Pennies und Flusen – sie hasste das rasselnde Geräusch von Kleingeld in ihrem Trockner – einen einzelnen Joint fand. Wie ich versuchte, sie davon zu überzeugen, es sei eine zusammengerollte Notiz von einem Freund, und sie mich fragte, ob ich sie für dumm verkaufen wolle. Was ich verneinte, dabei war ich achtzehn und hielt meine Mutter natürlich für dumm. Obwohl meine Eltern damals noch zusammen waren, erzählte sie meinem Vater nie von dem Joint. Und ich fühle mich schrecklich, wo sie doch so grundanständig war, während ich mich wie ein Arsch verhielt. Ich vermisse sie fürchterlich, dabei ist es vermutlich nur gut, dass sie nicht hier ist, weil ich es nicht ertragen könnte, wenn sic dic Geschichte von Jamies Cousin Marshall hören würde, wie er Taschen durchleuchtet und anderer Leute Pisse pisst, während er nach Schuhbomben Ausschau hält und uns vor den Typen beschützt, die das nächste 7/11 planen.

Mann, das ist außergewöhnlich gutes Gras …

Und die Party ist nicht wie die Partys, an die ich mich erinnere. Acht junge Typen, klein und fett, groß und dünn, schwarz, braun, weiß, abgelehnte Abercrombie-Models, stehen in einem Blumenbeet vor einem Wohnblock gegenüber einer geschlossenen Pizzeria herum, rauchen, lachen, trinken Starkbier aus der Dose, reden krass und Alter und Scheiße. Ich passe mich prima an – obwohl ich mich nicht dran erinnere, wann ich Skeet meine Slipper gegeben habe –, laufe auf Socken, sauge an der Pfeife wie ein Taucher am Sauerstoffschlauch, während ich Gesprächen folge, die mir nichts sagen: über Musik, die ich nie gehört habe, »knackärschige Hammertussen«, die ich nicht kenne, jemandes »abgerockte Schrottkarre«. Ich entnehme diesen Gesprächen, dass meine neuen Freunde zwischen neunzehn und zweiundzwanzig sind, teilweise ein Community-College besucht haben, hin und wieder irgendwelchen schlecht bezahlten

Teilzeitjobs nachgehen, ein bis fünf Anklagen wegen Drogenbesitzes auf dem Buckel haben, und denke daran, wie ich und meine Schlips tragenden Schreiberkollegen immer gegen siebzehn Uhr im Newsroom der Zeitung im Halbkreis vor den Fernsehnachrichten standen, mit verschränkten Armen in unserem eigenen Code über unsere Frauen und unsere Autos, über PR-Fuzzis, Internetblogs und den Dow Jones sprachen. Ich überlege, ob die Welt vielleicht aus kleinen Runden wie dieser und jener besteht, dass sich solche Runden womöglich kaum unterscheiden – abgesehen von den Codes, mit denen die Informationshäppchen ausgetauscht werden –, dass irgendwo ein paar terroristische Verschwörer in ihrer eigenen kleinen Runde zusammenstehen, von einem unterkühlten Fuß auf den anderen treten und nicht über den großen Teufel Amerika hetzen, sondern über Ahmeds knackärschige Hammertussi und Mahmouds Schrottkarre tratschen. Und das ist der Moment, in dem ich mir wieder meine Jungs ausmale, wie sie eines Tages in ihrer eigenen Runde zusammenstehen – eine verlorene Generation – und sich, während sie immer potenter werdendes Gras rauchen, über ihren Loser-Dad unterhalten, der alles versaut hat, nachdem er in der *Großen Rezession* unter die Räder kam. Oder wie immer sie es in den Geschichtsbüchern oder den Geschichts-MP3-Dateien nennen werden. Himmel, ich bin erst sechsundvierzig … ich kann auf solche Großvater-Gedanken verzichten, aber ich fühle mich so alt, so arbeitslos, so überholt, Sackgassentechnologie, ein unfähiger Schrotthaufen, kaputt, kaputt, kapu …

»Warte«, einer der Möchtegerngangster unterbricht mein zeitlich verzerrtes Selbstmitleid. Es ist der am Hals tätowierte Jamie, der Verlässlichere, der stille Anführer. Er beugt sich zu mir vor: »Alter! Bist du nicht auch tierisch … *hungrig?*«

Ich hüpfe auf durchnässten Socken vor diesem Wohnblock auf und ab, puste in kalte Hände, die jemand anders zu gehören scheinen, denke an meine Söhne zu Hause im Bett und an die vielen Möglichkeiten, wie ich sie immer noch im Stich lassen kann, und es ist wahr …

Ja! Ich bin so! Hungrig!
Aber vielleicht sind wir alle hungrig
hungrig nach den warmen Lichtern
und engen Gängen des Nacho-Mais-
Sour-Cream-Zwiebel-und-Kräuter-
Barbecue-Segens – und wieder
fahre ich die Jungs, Skeet und Jamie

und als wir ankommen, bin ich hypnotisiert von den katzenäugigen Rücklichtern des aufgemotzten Ford Festiva, dem ich folgen sollte. *Verdammt, kann der fahren.* »Alter!«, sagt Jamie, woraufhin Skeet stolz lacht. Jamie sagt: »Lass die Finger von der Milch, Skeet!« Und ich kann mich vor Lachen nicht mehr halten, als Jamie erklärt: »Der Kerl ist laktoseintolerant, yo.« Wo sonst findet man diese Gemeinschaft der Hungrigen – und diesen Geruch – als bei der grünen Fläche mit den orangefarbenen Streifen, dem schieren, heißen, weißen, hellen Segen eines weiteren …

… 7/11. Und hier bin ich, genau wie meine Mutter es befürchtet hat. Total weggeschossen, arbeitslos, nur noch eine Woche davon entfernt, mein Haus und vielleicht meine

Frau und Kinder zu verlieren, stehe ich mit meinen neuen Freunden in einer Schlange, die sich rekrutiert aus: (1) einem Gangster in Jogginghose, (2) einem Typ in Baggy-Jeans, (3) einem Jungen mit Kapuzenpulli, (4) noch einem Gangster in Jogginghose (und meinen Slippern) und zu guter Letzt (5) einem arbeitslosen Mann mittleren Alters in Chinos, Kolani, Polohemd und nassen Socken – und ja, Mom, in einer idealen Welt hätten wir ein offenes Lebensmittelgeschäft finden können. Aber es gibt nun mal einfach Zeiten, in denen man in die Welt hinausgehen und sich an dunkle, unbehagliche, gefährliche Orte begeben muss. Also gehe ich …

Geradewegs zur Kühltruhe folge ich dem Lockruf eines Burritos, den ich an mich reiße, auspacke und in die Mikrowelle werfe – in patschnassen Socken auf und ab hüpfend beobachte ich das Ding, wie es sich im Licht dreht, ein Jesuskind im Inkubator –, als Skeet plötzlich austickt. Durchdreht! Völlig ausrastet! »Schalt das aus, Mann! Der Scheiß ist pures Gift, Mann! Die verstrahlen uns mit dem Mist, verwandeln uns in radioaktive Zombies!« Mit zusammengebissenen Zähnen versucht Jamie den armen Jungen zu beruhigen, aber Skeet kommt nicht runter. Er kreischt bloß und zeigt dabei auf die summende Mikrowelle, als der Kassierer, der Rahjiv dieses Ladens, brüllt: »Schafft diesen zugedröhnten Kerl hier raus, bevor ich die Bullen rufe!« Worauf alle schreien: »Chill, Mann, chill!« und »Was hat er sonst noch eingeworfen?« und »Der fährt immer so'n Film, yo!« und »Nicht die Bullen rufen, der Typ ist auf Bewährung!«.

Und da fällt mir ein: *Ich bin ein Erwachsener*, ich kann … etwas machen … ich kann das richten, meine Jungs beschützen, die Welt in Ordnung bringen, also packe ich Skeet bei seinen runden Schultern, spüre sein rasendes Herz, blicke ihm in die aufgerissenen Augen und sage …

»Skeet. Sieh mich an. Das ist keine atomare Strahlung. Es sind nur Wellen. Wie Klangwellen«, meine Stimme wird sanfter, langsamer. »Winzige … Wellen.« Tief durchatmen. »Wie positive Schwingungen, klar? Deshalb nennt man sie *Mikro*wellen. Verstehst du?« Er atmet immer noch schwer, als ich nicke und die Mikrowelle klingelt. Skeet blickt hinüber, noch immer keuchend. Es ist jetzt ganz still im Laden.

Nach einer Sekunde nickt Skeet zurück. Lächelt. Alles wird. Gut.

Ich gebe ihm einen Klaps auf die Schulter, schnappe mir meinen dampfenden Burrito und stelle mich in die Schlange, um zu bezahlen – nehme meinen Platz unter den Hungernden und Elenden ein, den Paranoiden, gähnend vor Angst, den hungrigen, einsamen, verlorenen Kindern, verlassen von ihren arbeitslosen Vätern, Männern, von den Mikrowellen der Geschichte, einer Generation unglückseliger, vom Pech verfolgter, inkompetenter Väter, die keinen Schimmer haben, wie sie die Dinge richten sollen, keine Ahnung, was sie tun sollen, außer nach Hause zu gehen, sich den inkubierten Babys zu stellen, die in ihre leeren Crispies-Schüsseln starren, und zu gestehen …

Tut mir leid. Aber Skeet hat die ganze Milch getrunken … kurz bevor er ausgerastet ist.

Oh, ich bin so ein beschissener Vater, beschissener Ehemann, beschissener Mensch. Ich habe meinen beschissenen Job verloren, verliere mein beschissenes Haus, bin am beschissenen Boden zerstört, wie ich hinüberstarre auf die

Slush-Puppie-Maschine, in den niemals endenden, feuchten, augenblicklich hypnotisierenden Strudel aus …

Banane-Himbeere-Cherry-Cola-Piñacolada! So friedlich. Immer weiter dreht er sich. Diesem feuchten Mischmasch der Geschmacksrichtungen könnte ich ewig zusehen, als Jamie sich an mich heranschleicht und flüstert: »Ich werde sie alle durcheinandermischen, Mann«, wie ein Soldat, der sich freiwillig für eine Selbstmordmission meldet.

»Gehe mit Gott«, flüstere ich, und ohne zu zögern stürzt sich Jamie geradewegs in den eisigen Piñacolada-Wirbel, dann nacheinander in Cherry-Cola, Himbeere, bis zum Ende. Er lächelt. Unglaublich stolz trete ich vor, um meinen Burrito zu bezahlen, mein Blick fällt auf die Armbanduhr des Verkäufers, und …

… nur für eine Sekunde … kann ich sie nicht lesen … als hätte ich vergessen … was die Ziffern bedeuten … oder vielleicht … stelle ich mir bloß vor … wie es wäre … zu vergessen, was sie bedeuten …

Ich verbringe Tage damit, die Uhr dieses Typen anzustarren, bis sich der zweite Zeiger schließlich bewegt und die Position der Zeiger im Verhältnis zu den kleinen Ziffern eine Erinnerung daran weckt, wie dieser spezielle Mechanismus funktioniert (eine Erinnerung aus dem Kindergarten: Miss Bean in kniehohen Stiefeln steht über mir und bewegt die Zeiger einer Uhr mit Sonnengesicht). Ich verbinde die Beziehung dieser Symbole mit einem System, mit dem man die Bahn der Erde um die Sonne verfolgt, als in einem Wald von Synapsen die Funken eines Musters theoretischer Konstrukte (Zeit, Raum, kniehohe Stiefel) aufflackern und zu einem um sich greifenden Feuer auflodern, das ein an ein

Wunder grenzendes, abstraktes Verständnis repräsentiert, einen Erkenntnissprung von Einsteinschen Dimensionen: *Es ist vier Uhr dreißig am Morgen.* Das heißt, ich kann es schaffen, ich kann rechtzeitig zu Hause sein, um meinen Jungs noch eine Stunde beim Schlafen zuzusehen, bevor sie aufstehen müssen.

Und in meinem Kopf folgt der Nissan Maxima meiner Pflichten dem Ford Festiva meines Leichtsinns in diesen Minimarkt der Erkenntnis:

He!

Hier kannst du neue Milch kaufen!

Aber die kostet fast zwei Dollar pro Liter.

Vor dem Laden verschwinden Skeet und Jamie mit dem Typen im Festiva. Ich winke zum Abschied mit meiner neuen weißen Flasche und bin voll der Liebe für das kühle Schwarz des nahenden Morgengrauens, der Liebe für meine Jungs, der Liebe für fettarme Milch.

Die Heimfahrt ist herrlich. Das Licht der Straßenlaternen – leuchtende Flutwellen in der Morgendämmerung.

Ich pruste vor Lachen. Stecke verstohlen den Schlüssel ins Schloss, als wäre ich wieder sechzehn. Mein alter seniler Vater liegt schlafend auf dem Klappsofa im Wohnzimmer, im Fernsehen läuft der Sportkanal. Dasselbe Programm, das wir uns angesehen haben, als ich ging, um Milch zu holen … vor fast vier Stunden. Dad rührt sich nicht. Ich versuche, ihm die Fernbedienung abzunehmen, aber er presst sie an die Brust wie ein Schmusetuch, also schalte ich den Apparat von Hand aus, wie früher. Jeden Abend zeigen sie die zehn besten Spielzüge des Tages, und ich denke: Was, wenn es im Leben auch so wäre? Wenn wir vor dem Zubettgehen unsere eigenen, täglichen Höhepunkte sehen könnten (Nummer 4: Skeet flippt wegen einer Mikrowelle aus)?

Ich hole die Milch aus der Tasche und stelle sie in den Kühlschrank. Welch herrlicher Anblick: Mozzarella-Sticks, Martini-Oliven – ich schlinge wie ein Hai, ohne Reue, schwebe die Treppe hinauf, wo Lisa im Bett liegt, ihr strubbeliges kurzes Haar schmiegt sich ans Kissen. Meine Frau ist wirklich reizend – jeder sagt das, aber in letzter Zeit hat das Wort so einen vorwurfsvollen Unterton, als wäre womöglich etwas Beunruhigendes daran, wenn eine erwachsene Frau sich das Reizende bis in die Vierziger hinein bewahrt. Vielleicht ist das unser Problem. Vielleicht ist Lisa einfach *zu* reizend, zusammengerollt zu einem reizenden kleinen Knäuel, den reizenden Rücken der zutiefst unreizenden Leere zugewandt, die dort herrscht, wo ich nicht schlafe. Ihr reizendes Handy auf ihrem Nachttisch, wo sie es zweifellos abgelegt hat, nachdem sie mit ihrer alten Flamme SMS ausgetauscht hat. Ich spiele mit dem Gedanken, sie zu wecken, um ein wenig eheliche Zuwendung zu betteln. Vielleicht können wir diese Sache ja so bereinigen, wie wir unsere Probleme gelöst haben, als wir siebenundzwanzig waren. Aber wir stecken mitten in einer sexuellen Trockenperiode, und nach einem ihrer Online-Chats zu urteilen, den ich heimlich gelesen habe, ist sie dieser Tage kein großer Matt-Fan. So oder so ist dies vermutlich nicht der beste Zeitpunkt, meine reizende Frau zurückzugewinnen, in Anbetracht meiner British-Columbia-Gras-und-Burrito-Fahne und der Tatsache, dass ich ihr nicht erzählt habe, dass wir das Haus bereits nächste Woche verlieren könnten. (Ich male mir aus, es ihr zu gestehen, während wir es miteinander treiben: Ja, ja, ja! Oh-Mann-ist-das-gut-wir-werden-jeden-Moment-rausgeschmissen!)

Also ziehe ich mich in den Flur zurück, die Zimmer der Jungs liegen sich gegenüber. Ich halte kurz inne, die Fäuste in den Hüften. Wache. Superheld. Sie zu beschützen und zu ernähren – das ist alles, was ich will. Aber ohne Job? Ohne Perspektiven? Ohne Geld? Was hat der Mann noch gesagt: *Es besteht immer Hoffnung, nur nicht für uns.* Trockener Mund. Zwanzig Kilo schwerer Kopf.

Ich blicke mich um. In *meinem Haus.* Zumindest für eine Weile ist es das noch, bevor es an Providential Equity zurückfällt, oder welche Firma auch immer die Firma kauft, die die Firma gekauft hat, die das Bündel roter Wechsel gekauft hat, in dem auch die unseren stecken. Oder ist das jetzt zu dramatisch, zu viel Selbstmitleid? (Sie werden euch euer Haus nicht einfach wegnehmen. Sie wollen, dass ihr zahlt. Ihr seid genau die Sorte Hausbesitzer, auf die sie stehen. Sie werden tun, was sie können, damit ihr hierbleiben könnt.) Nein, ich muss lediglich flüssig werden, etwas Geld auftreiben, guten Willen demonstrieren, jemanden von der Hypothekenbank ans Telefon kriegen und sie davon überzeugen, dass wir ein wenig mehr Zeit brauchen … das ist alles … ein Monat … was ist schon ein Monat … ein einziger Monat für einen Journalisten Mitte vierzig … um einen Job zu finden … während einer Wirtschaftskrise … in der die Zeitungen schneller bankrottgehen als Investment-Banken.

Völlig fertig lehne ich mich gegen die Wand. Wen will ich hier verarschen? Ich kann niemanden retten. Vielleicht hat Skeet recht. Vielleicht verstrahlen sie uns wirklich. Vielleicht sind wir schon tot. Mom wusste, dass es immer noch ein weiteres 7/11 geben würde. Und plötzlich verstehe ich, dass sie sich nicht um ihrer selbst willen vor dem Terrorismus fürchtete. Sie ängstigte sich um mich, um ihre Kinder und Enkelkinder, um all die hungrigen, verlorenen Jungs. Fürchtete um die Welt, die sie bald verlassen würde. Als sie dort im Sterben lag, muss ihr klar geworden sein, dass sie nichts mehr tun konnte, um die Menschen zu beschützen, die sie liebte. So wie es nichts gibt, was ich noch für meine Jungs tun kann. Meine Jungs, die allein und schutzlos in den engen, warmen Gängen einer Welt, die ihren Verstand übersteigt, eines Tages ausrasten werden. In Anbetracht der Hilfe, die ich ihnen noch sein kann, könnte ich ebenso gut tot sein. (Meine Jungs bewegen sich im Schlaf, sie akzeptieren, dass dies nun ihre furchterregende Welt ist, ihre harte, harte Welt: *Zieh weiter, alter Mann, ruh dich aus, geh schlafen.*) Im Getümmel meines Kopfes läuft ein Medley aus Nachrichten von Krieg und Instabilität, dem Zusammenbruch der Finanzmärkte und schlechten Schulen, Tilgungsaufschub, Zwangsvollstreckungen, Zwangsräumungen, Zynismus, Klimakatastrophe, 7/11 – die Melodie wechselt zu meiner persönlichen Erkennungsmelodie *(Concerto des Versagens und Bedauerns in E-Moll),* während mir das Leben aus den Füßen sickert, auf dem Flur Lachen bildet …

Doch als ich es am wenigsten erwarte, kommt der Frieden, und ich lächle. Denn so kaputt die Welt ist, so düster die Zukunft zweifellos dräut, so düster sie sich für meine Mutter offenbarte, als sie an jenem Tumor starb, der uns alle dahinraffen wird, so gibt es doch eine Wahrheit, die ich nicht leugnen kann, eine Sache, die mir kein Gläubiger zu nehmen vermag, selbst während meine verlorenen Söhne sich in der kalten Unwissenheit des nahen Morgengrauens im Schlaf bewegen. Sogar während mir das Leben selbst entrinnt, in den Berberteppich sickert, in die Risse meines ausgedörrten Grabes, muss ich zähneknirschend eingestehen …

… das war ein verdammt guter Burrito.

2

Giving to Charity

He, heut kommt jemand und reinigt die Sprinkler«, sagt Lisa, während sie durch die Küche wirbelt im wehenden Rock, und ich kann den Kopf kaum aufrecht halten – hatte ich was versäumt?

Ah, jetzt erinnere ich mich: schlafen. Ich hatte versäumt zu schlafen, nachdem ich high vom 7/11 nach Hause kam. Stattdessen verbrachte ich die Stunde vor der Morgendämmerung damit, mir Sorgen zu machen und zwischen CNN und dem Cartoon Network hin und her zu schalten – Politik am Fließband versus *Mit List und Tomahawk*, die internationale Finanzkrise versus *Mäusejagd und Katzenjammer*.

Wie es aussieht, bin ich immer noch stoned – und ein großer Befürworter modernen Dopes. Ein echter Fan. Tatsächlich wünschte ich, ich könnte in den Typen investieren, der mit dem Stoff da oben in British Columbia Frankenstein spielt. Bei meiner Zeitung gab es einen schrulligen alten Politikreporter namens Abe Cowley, der immerzu schwadronierte: »Die Kids von heute sind im Arsch«, denn sie würden nie in der Lage sein, sich Grundbesitz zu kaufen oder Jobs zu finden. Ich konnte seinem Gerede nicht immer ganz folgen, aber wenn es mir jemals wieder zu Ohren kommen sollte, werde ich sagen: »Genau, Abe, du hast völlig recht, die Kids von heute haben keine Zukunft, aber verdammte Hacke, hast du mal ihr Dope probiert?« Teddy greift über den Tisch nach der Milch. Ich muss daran denken, wie viele Stunden und Hirnzellen ich investiert habe, um diese einfache weiße Flasche zu bekommen, und bin seltsam stolz. Lisa rauscht erneut durch die Küche. Diesmal hat sie ihre Jacke an und sagt: »Vergiss nicht, das Wasser abzudrehen und die Schläuche aufzuwickeln, bevor du die Kinder zur Schule bringst.« Als ich nicht reagiere, fragt sie: »Matt?«

Unter dem Tisch schlage ich die Hacken zusammen. »Jawohl, Herr Kommandant.«

Merke: Künftig auf Nazi-Humor zur Auflockerung des Ehelebens verzichten.

Der kluge, rundliche Teddy schiebt die Milch seinem schmächtigen, kleinen Bruder Franklin rüber. Der stößt dagegen, die Flasche wackelt, der Inhalt schwappt auf die Frühstückstheke. Die heutige Milchpfütze hat die Form des Staates Florida. Ich hole ein Geschirrtuch und wische alles auf.

»Ich kann doch die Sprinklerdüsen reinigen«, sagt mein verwirrter Vater. Er hat einen seiner helleren Momente. Mit klaren Augen starrt er aus dem Fenster, das graue Haar steht wie Kaktusstacheln von seinem Kopf. Den Blick auf den Horizont gerichtet, hält er nach etwas Ausschau, umklammert seinen Kaffeelöffel wie ein Kampfmesser. Vor ihm liegen zwei weiße Pillen – Donepezil, das Medikament, das er für sein verkalktes Gedächtnis braucht.

»Nein, das kannst du nicht, Dad.« Ich schiebe ihm die Pillen zu, wische Milch von Franklins Ellbogen.

Dad tastet die Taschen ab, in denen er früher seine Zigaretten aufbewahrte. Dann schiebt er sich die Pillen in einen Mundwinkel und spuckt Gift und Galle aus dem anderen: »Würdest du mich hier, gottverdammt, ein einziges Mal was erledigen lassen, Matthew!«

»Ich glaube, du hast das Schimpfwort nicht an der richtigen Stelle verwendet«, merkt Teddy an. Als Dad bei uns einzog, wirkten meine Jungs anfangs regelrecht geschockt, wenn ihr Großvater einen auf Kesselflicker machte. Aber sie hatten sich allmählich an die Ausbrüche meines Dads gewöhnt. Inzwischen blickten sie nicht einmal mehr von ihren Frühstücksflocken auf, es sei denn, um seine Grammatik zu korrigieren.

Ich übe mich in Geduld: »Erinnerst du dich, Dad? Du kannst die Sprinkler nicht säubern, weil du keinen Druckluftkompressor mehr hast.«

»Wo zur Hölle ist mein Kompressor?« Seine Ohren sind knallrot, und er weicht meinem Blick aus. Ich glaube, manchmal ist er sich bewusst, dass er sein Gedächtnis verliert, selbst wenn er sich nicht sicher ist, woran er sich nicht erinnert.

»Hör mal, wir reden später darüber.«

Ab und an reicht diese Antwort. Bei anderen Gelegenheiten macht Dads schleichende Demenz ihn wütend und frustriert, wie jetzt, und er streitet sich mit mir. »Nein. Ich will es sofort wissen. Wo ist mein verdammter Kompressor? Hast du ihn verkauft?«

»Nein, Dad. Du hast ihn der Wohlfahrt gegeben. Weißt du noch?«

Das sage ich, wenn er nicht lockerlässt. In gewisser Weise stimmt es sogar: Mein Vater hat seinen gesamten Besitz einer Stripperin mit dem Künstlernamen *Charity* gegeben – einem jungen Ding mit Silikonbrüsten, das er kennengelernt hat, als er mit ein paar alten Army-Kumpels zu einem Wiedersehenstreffen in Reno war. Es endete um sechs Uhr morgens in einem Stripclub. Ihr Verhältnis war eine dieser klassischen Sugardaddy-Romanzen, eine Schmuddelaffäre mit den üblichen Stationen – als da wären (1) Lapdance, (2) volltrunkener Heiratsantrag, (3) Stripperin mit nach Hause nehmen, (4) Idententitätsdiebstahl und (5) Verschwinden der Stripperin. Nachdem Dad sie die ganze Strecke bis zu seinem abgelegenen Haus in Oregon kutschiert hatte, blieb sie für exakt zehn Tage bei ihm, gerade lange genug, um seine Konten leer zu räumen, seine Kreditwürdigkeit zu ruinieren und ihren Liebhaber aus Reno herzulotsen, damit der den Großteil von Dads Habseligkeiten – inklusive seines geliebten Druckluftkompressors – in einen Mietlaster lud. Als sich die beiden wieder aus dem Staub machten, winkte sie zum Abschied aus dem Wagenfenster.

Dad schämte sich so sehr, dass er mir und meinen Schwestern monatelang nichts davon erzählte. Während dieser Zeit machten sich Charity und ihr Freund mit seiner Kreditkarte ein schönes Leben. Meinem Vater wurde der Strom abgeschaltet, das Gas abgedreht, das Telefon abgeklemmt – und als ich auf seiner kleinen, sechs Hektar großen Ranch eintraf, löffelte er Maiskonserven, die er sich im Kamin warm machte. Um ihn aus dem Schlamassel zu befreien, war es da bereits zu spät. Schon allein deshalb, weil er sich an die Einzelheiten des Fiaskos nicht erinnern konnte (obwohl mir gerade einfällt, dass er meine Kindheitsverfehlungen, sprich den Ball, den ich 1977 in der Kinderliga verschlagen habe, keinesfalls vergessen hat). Wenn ich ihm die Geschichte mit der Stripperin dann – so wie jetzt – wieder einmal erkläre, ist er vor allem darüber verärgert, dass Charity ihm nie ihren Nachnamen genannt hat und wir sie deshalb nicht aufspüren können. Wenn ich dann argumentiere, Charity sei ein *erfundener* Vorname, und ein *erfundener* Nachname könne uns vermutlich auch nicht sonderlich weiterhelfen, erwidert Dad, ich würde zu schnell aufgeben.

»Triffst du dich heute mit Richard?«, fragt Lisa auf ihrer nächsten Runde durch die Küche. Richard ist unser Finanzberater, eine Position, die in etwa mit der des Promenadendeckoffiziers auf der *Lusitania* vergleichbar ist.

»Ach ja«, erwidere ich. »Aber nur um ein bisschen was umzuschichten und mir ein paar Tipps zu holen.«

Lisa kommt mit monetären Krisen nicht sonderlich gut zurecht – als sie zwölf war, starb ihr Vater, sie und ihre Mutter hatten zu kämpfen –, also habe ich ihr einige der spezifischen Details erspart. Natürlich weiß sie, dass ich nicht mehr arbeite und dass wir Schulden haben (daran ist sie nicht ganz unschuldig). Aber sie weiß zum Beispiel nicht, dass Richard heute zu Geld machen wird, was von meiner Altersversorgung noch übrig ist, damit ich nächste Woche eine überhöhte Schlussrate an die Hypothekenbank zahlen kann. »Nach dem Meeting mit Richard«, sage ich ihr, »treffe ich mich mit dieser Job-Beraterin. Danach steht ein Banküberfall im Terminplan. Im Anschluss verscherbele ich meine

Organe, um Essen zu kaufen. Ein fantastischer Tag in Matts schöner neuer Welt.«

Lisa hat gelernt, mein als Humor getarntes Selbstmitleid – meine Spezialität – zu ignorieren. »Vergiss nicht, die Kinder abzuholen. Bring Franklin zur Sprachtherapie und Teddy zu den Pfadfindern. Und kannst du bei Coscos vorbeischauen, um unsere Fotos abzuholen? Ich habe eine Sitzung nach der Arbeit.« Lisa geht jede zweite Woche zu einem Therapeuten, wegen des zwanghaften Kaufrauschs, in den sie letzten Winter verfallen ist. Oder genauer gesagt wegen der Depression, die ihren Kaufrausch ausgelöst hat. Dieselbe Depression, die sich nun in anderen geheimnisvollen Handlungen äußert … im Internet. Wo sie, wie ich weiß – wovon sie allerdings nichts ahnt –, immer mehr Zeit in sozialen Netzwerken verbringt, was eindeutig Suchtcharakter hat. Sie legt eine Hand auf meine Schulter, und einen kurzen Moment lang ist meine Frau mein sicherer Hafen. Meine Hand ankert in der wunderschönen Bucht ihrer Taille, und ich blicke in diese grünen Augen. Aber sie schnuppert an mir, schubst mich vom Kai weg und zieht eine Grimasse. »Gott, was hast du gegessen, Matt?«

»Ich hatte einen Burrito, als ich gestern Abend Milch holen war.« Die Sprache einer Ehe nähert sich der Wahrheit häufig in Ellipsen. Ich hatte einen Burrito … *nachdem ich mich mit ein paar Gangstern zugekifft habe* … als ich gestern Abend Milch holen war.

»Fleisch oder Fäkalien?«

»Was sind Fäkalien?«, fragt Franklin, während er seine Schüssel ausspült.

»Das heißt *Kacke*«, klärt Teddy ihn auf, der zehn Jahre alt ist und das Wort Kacke in jeden Satz einbauen würde, wenn man ihn ließe.

Franklin ist zarte, zerbrechliche acht. Er kichert, wie er es immer tut, wenn Teddy das Wort Kacke sagt. »Dad hat einen Kacka-Burrito gegessen?« Frankie ist das weltbeste Publikum für Kackawitze.

»Ich musste das Rezept doch erst ausprobieren, bevor ich es heute zum Abendessen koche«, erkläre ich. Franklin bleibt mir das erwartete »Iiiehhh« nicht schuldig, und zur Belohnung bekommt er von mir einen Ritterschlag mit dem Löffel. »Jetzt macht Euch fertig für die Schule, mein junger Knappe.«

»Ich habe in Mexiko mal eine Zigarre aus Eselscheiße geraucht«, sagt mein Vater zu Franklin, als der sich an der Frühstückstheke vorbeidrückt. »War gar nicht schlecht. Ging nur ständig aus. Ich hab sie in einem kleinen Puff …«

So sehr es mich freut, dass Dad sich an etwas erinnert – an dieser Stelle schreite ich ein. »Das reicht, Dad.«

»Iiiehhhh, Opa«, lautet Franklins Kommentar. »Du hast Zigarren geraucht? Das ist ungesund.« Unter allen Übeln der Welt – Faschismus, ethnische Säuberungen, Umweltzerstörung – erfreut sich das Rauchen im Lehrplan der Schule meiner Kinder besonderer Aufmerksamkeit. Immerhin sind meine neuen Freunde Skeet und Jamie dieser Indoktrinierung entkommen.

Aus dem Fenster sehe ich, wie Lindas zehn Jahre alter Subaru rückwärts aus der Einfahrt rollt. Ich winke und versuche mich zu erinnern, ob sie sich verabschiedet hat. Sie hält bereits das Handy ans Ohr. Ständig telefoniert sie oder sitzt am Computer. Das ist ihr neues Leben. Ich gehe nach oben, werfe einen Blick auf den Rechner. Aber mir ist gerade nicht danach, in Lisas Online-Leben zu recherchieren, also mache ich ein paar Liegestütze, gehe duschen – da ich an vierter Stelle bin, ist mein Wasser lauwarm – und ziehe dieselben nach Dope stinkenden Sachen über, die ich gestern Nacht anhatte. Unten thront Dad vor dem Fernseher, wo er seine Tage damit verbringt, zwischen alten Filmen und Nachrichten hin und her zu schalten. Er hätschelt seine Universalfernbedienung wie eine Katze.

Zehn Minuten später fahre ich die Jungs zur Schule. Als Lisa und ich die erste Regel des Immobilienkaufs brachen, indem wir uns ein großes Haus in einer fragwürdigen Nachbarschaft zulegten, landeten wir prompt neben einer städtischen Schule für Geringverdiener. Nachdem Lisa sich erkundigt hatte (»Uns ist zu Ohren gekommen, dass eine Erstklässlerin ihren Lehrer *Arschgesicht* genannt hat«), entschieden wir, uns nach der besten Privatschule umzusehen, die wir uns leisten konnten, und landeten bei einer kleinen katholischen Grundschule in ein paar Meilen Entfernung. Was wirklich skurril war, da weder Lisa noch ich katholisch sind. Diese ganze Privatschulen-Chose ging meinem Vater von Anfang an gegen den Strich – nicht nur die Tatsache, dass wir unsere Kinder auf eine kirchliche Schule schickten, deren Religion wir nicht praktizierten, sondern dass ich die Jungs zur Schule brachte, obwohl doch jeden Morgen ein sehr schöner kürbisfarbener Schulbus an unserem Haus vorbeifuhr. Es schien ihm völlig irrsinnig, dass ich neben Steuern auch noch freiwillig Schulgeld bezahlen wollte. Für ihn war das, als würde man Luft im Laden kaufen. Dabei hatten sich meine Eltern damals keineswegs bewusst für eine städtische Schule entschieden. Sie waren bloß niemals auf die Idee gekommen, dass sie eine Wahl hatten. Wenn draußen ein Schulbus hielt, wurde von allen Kindern im Haus erwartet, dass sie sich an der Straße aufstellten und den Bus bestiegen. Es tat nichts zur Sache, ob das Ziel des Busses die Anstalt eines rassistischen, sozialdarwinistischen, apokalyptischen Kultes war. Vielleicht war es also gar keine so schlechte Idee, sich nach einer guten Privatschule umzusehen.

»Ich hab euch lieb, Jungs«, sage ich, als ich vor dem alten Backsteingebäude halte. Uniformierte Gören quellen aus ausländischen Limousinen und großen katholischen Familienkutschen. »Viel Spaß beim Pauken der bösen Nebenwirkungen des Rauchens.«

»Wem gehört die?« Franklin hält eine schwarz-silberne Raiders-Kappe mit flachem Schirm in die Höhe.

»Skeet«, antworte ich.

»Oh«, sagt Franklin, als wäre das völlig schlüssig für ihn.

Teddy schnappt sich die Mütze und weiß aus irgendeinem Grund genau, wie man sie trägt, leicht schräg und den Schirm ein wenig zur Seite gedreht. Es ist erstaunlich, wie derartiges Wissen durch die Erdschichten der Erwachsenenwelt sickert und dabei wie Grundwasser gefiltert wird, sodass jeder unter dreißig dieselben raffinierten kulturellen Codes verwendet. Die Eltern unserer Eltern gaben den Schallplatten die Schuld, unsere Eltern gaben MTV die Schuld, und wir machen MySpace oder irgendwelche anderen Internetschurken dafür verantwortlich. Aber ich vermute, es sind die Mikrowellen, von denen ich Skeet erzählt habe. Vielleicht sind sie doch nicht so harmlos … vielleicht senden sie der Jugend verschlüsselte Empfehlungen in Stilfragen, und auf ein unsichtbares Kommando hin werden sich die Kinder dieser Welt eines Tages zusammenrotten und ihre Eltern kollektiv aufschlitzen.

»Nimm sie ab, Teddy.«

»Jawohl, Herr Kommandant.« Er wirft die Kappe zurück auf die Rückbank. Die Jungs springen aus dem Wagen, laufen in ihren knittrigen blauen Chinos und weißen Polohemden Richtung Schule. Und ich denke bei mir, dass diese Uniformen gar nicht so schlecht wären, wenn die Kids darin nicht alle aussähen wie Bankkassierer, die freitagnachmittags einen auf lässig machen, oder wie Angestellte einer Billigfluglinie oder … wie ich.

Wirklich fantastisch, dieses Dope. Seit den ersten Zügen an Jamies Pfeife habe ich mindestens fünf Stadien des Highseins durchlaufen: das der inneren Ruhe, das der Paranoia und das der quengeligen Weinerlichkeit, dann das der Euphorie und der plötzlichen Erleuchtung – und jetzt scheine ich einen hyperklaren Blick auf die Welt zu haben, als hätte ich meine alten Vakuumröhren-Augen gegen ein Paar hochauflösender LCDs eingetauscht. Kein Wunder, dass Jazzmusiker überzeugt davon sind, stoned bessere Songs zu schreiben.

Vielleicht kann sogar ich davon profitieren. Prosagedichte und Finanzberatung miteinander zu verknüpfen, war offensichtlich eine schlechte Idee. Die Hoffnung, meine beiden Leidenschaften würden sich der Welt da draußen erschließen, war selbst nach den Maßstäben jener Epoche der Selbstüberschätzung, die wir gerade hinter uns lassen, einfach nur schiere, galoppierende Hybris … doch diese neue Idee, die da in meinem Hirn gärt, ergibt absolut Sinn.

Ich werde der zugedröhnte Wirtschaftsjournalist sein, *Moneydude*, der bekiffte Aktien-Analyst. Ich starte einen Blog, ziehe mir jeden Morgen kräftig einen durch und gebe Anlagetipps mit einem nie dagewesenen Durchblick, den ich erreiche, indem ich mir mein Hirn mit genmanipuliertem Gras aus British Columbia grille. Tipp Nummer eins: Zeit, auf Frito-Lay-Aktien zu setzen. Weshalb? Weil, Mann … ihr Käse-Dip? *Hammer!* Tipp Nummer zwei: Zig-Zag-Blättchen werden sich fraglos im zweiten Quartal erholen, weil … hey, es ist halt Sommer, Leute. Tipp Nummer drei: Aufgrund des Kurs-Gewinn-Verhältnisses kann man mit den Aktien von A-Metro Trans-Solutions gar nichts falsch machen, zumal es sehr wahrscheinlich ist, dass der demokratisch dominierte Kongress Massentransportprojekte schwerpunktmäßig subventionieren wird. (Und ihr Logo sieht aus wie eine Muschi!)

Ich fahre durch einen Wald vergessener Wahlwerbeschilder, rot und blau, schwarz und weiß, gut und böse. Die Experten sagen, die Politik habe uns in Lager gespalten, aber ich glaube, wir leiden unter Persönlichkeitsspaltung. Ich verlasse den Parkplatz, fahre hinaus in die Welt, gehe in etwas auf, das größer ist als ich. Vielleicht fließe ich in den Strom der Geschichte, wo wir doch kurz davorstehen …

Mist! Ich habe den Faden verloren. Aufgehen, davorstehen, draufgehen … Tiger, Tiger, Feuerspracht.

Verdammt. Woran hatte ich gerade gedacht?

Sprinkler? Internet? Tilgungsaufschub? Kontrollverlust? Slush Puppies?

Mann, das Gras ist wirklich gut.

3

Soziales Netzwerken

Ihr ganzes Leben, Taste für Taste,
Tag für Tag, tippt meine Frau des Nachts
auf unserem PC, wo ich dann versuch
Jobs zu finden, während sie schläft,
im Verlauf stoß ich stattdessen
auf die Adressen ihrer Suche
nach Anhaltspunkten dafür, dass sie nicht
schon immer so traurig war …

Zumindest bis letzte Nacht habe ich mich an die Überzeugung geklammert, dass Lisas neues Internet-Hobby, soziales Netzwerken, eine harmlosere Manie ist als der kurze, aber exzessive Einkaufsbummel bei eBay, den sie letztes Jahr unternommen hat (in unserer Garage stapeln sich unverkaufte Restposten, neun Kisten mit Sammeltellern, Plüschtieren und Porzellanfiguren). Eine Zeit lang ging Lisa ihrem Online-Leben bei der Arbeit nach. Aber die Optikerpraxis, in der sie ohne Sozialleistungen dreißig Stunden die Woche am Empfang absitzt, untersagte das Surfen am Arbeitsplatz, weshalb Lisa nun jeden Abend zwei Stunden an unserem PC verbringt, wo sie ihre Facebook-, Linked-In- und MySpace-Seite betreut, auf Classmates.com die aufdringlichen Anfragen alter Bekannter beantwortet und sich dabei Leute ausmalt, die sie mal kannte. Ich sage nichts dazu – so lautete die Empfehlung unseres Paartherapeuten –, befürchte aber, dass sie in Wahrheit nicht nach den Menschen sucht, die sie mal kannte, sondern nach der Person, die sie einmal war, irgendeine glücklichere Version ihrer selbst, die ein besseres Leben führt als das, das sie mit mir hat.

Natürlich ist es nicht sonderlich ratsam, die mentale Verfassung seiner Ehefrau zu diagnostizieren. Aber wenn ich Lisas augenblicklicher Malaise auf den Grund gehen müsste (und wenn ich diese nicht auf jenen Moment zurückführen würde, in dem sie meinen Heiratsantrag akzeptierte), dann würde ich sagen, dass sie mit dem Knick begann, den ihr Selbstvertrauen erlitt, als sie vor elf Jahren ihre Karriere aufgab, um unsere beiden Jungs zur Welt zu bringen. Davor war Lisa eine erfolgreiche und selbstbewusste Geschäftsfrau gewesen, verantwortlich für das Marketing einer auf Sportmedizin spezialisierten Ärztegruppe. Sie hatte das Haus jeden Tag in diesen figurbetonten Businesskostümen verlassen, die in mir das Verlangen auslösten, sie zum Zwecke sexueller Belästigung am Arbeitsplatz in Aufzüge zu zerren. Aber als ich sie dann schwängerte, gab sie diesen Job auf. Da ich anständiges Geld verdiente und unanständige Profite mit ein paar geschickten Investitionen machte, erschien uns das als eine sichere, vielleicht sogar kluge – womöglich gar moralische – Entscheidung. Als die Jungs dann sicher in einer papistischen Schule verstaut waren, dachten wir uns, sie könnte sich einfach wieder einen Job wie ihren alten angeln. Doch sie kehrte ganz ohne dieses sexy Selbstvertrauen auf den Arbeitsmarkt zurück, das sie ausgezeichnet hatte, bevor wir Kinder zeugten. Ich versuche mich in ihre Lage zu versetzen: Eines Tages kommst du als lebenshungriger, neunundzwanzigjähriger Knaller von der Arbeit nach Hause, auf den alle Typen im Büro scharf sind (ein echter Profi noch dazu, versiert in der neuesten Technologie, Terminologie und Theorie), und am nächsten Tag begibst du dich als fast vierzigjährige Mutti auf Jobsuche, die ihre grauen Strähnen übertönt und sich nicht mal mit Powerpoint auskennt. Eine reizbare Dame, die letzte Nacht kein Auge zugetan hat, weil einer ihrer Jungs ins Bett gemacht hat. Sechs Monate voller Lebensläufe, Beratungsgespräche und Ablehnungen forderten ihren Tribut, und Lisa nahm den ersten Job an, der ihr angeboten wurde: Sprechstundenhilfe für einen dämlichen Optiker, der die Frauen in seiner Praxis *Mädels* nennt und dessen Vorstellung von einer Weihnachtsgratifikation ein Fünfundzwanzig-Dollar-Gutschein für einen Bastelladen ist.

Ich hasste es mit anzusehen, wie die Frau, die ich liebte, derart ihres Selbstvertrauens beraubt wurde. Und dennoch frage ich mich, ob es in den tiefsten Abgründen meiner Psyche nicht einen Teil von mir gab, der froh darüber war, dass sie nicht zu den solariumgebräunten Kerlen in der sportmedizinischen Klinik zurückgegangen ist. Unsere Ehe war typisch, glaube ich: Wir machten uns vor, sie stünde auf einem felsenfesten Fundament. Aber es gab Risse des Bedauerns, Ich-hab's-dir-doch-gesagt-Sprünge, Brüche des Martyriums.

In den letzten paar Monaten, während sich unsere Situation verschlechterte, habe ich mich tatsächlich gefragt, ob es mir nicht eine gewisse Genugtuung bereitete, *meine Frau zu Hause zu halten*, dass ich eine entmutigte Lisa vielleicht unbewusst vorzog, weil ich mich von einer selbstbewussten, attraktiven Frau, die ich nicht kontrollieren und vielleicht sogar verlieren konnte, bedroht fühlte. Sollte das tatsächlich der Fall sein, dann bin ich sogar noch jämmerlicher als der arbeitslose, antriebslose Loser, der mich jeden Tag aus dem Spiegel grüßt, und verdiene womöglich dieses Schicksal, dass mein Leben aus den Fugen gerät.

Mehr Selbstmitleid. Unschön. Kontraproduktiv. Ständig warne ich meine Söhne vor den Gefahren des Selbstmitleids, wenn sie sich mal wieder darüber beklagen, die einzigen Kinder auf der ganzen Welt zu sein, die keine Nintendo Wii haben. Und, um ehrlich zu sein, zwischen Lisa und mir ist es gar nicht so schlecht gelaufen. Trotz unserer augenblicklichen Probleme glaube ich, dass wir uns immer noch mögen. Und so unromantisch das klingen mag: Es ist erstaunlich, wie viele der mit uns befreundeten Paare das aufrichtig *nicht* tun. Lisa und ich stehen immer noch füreinander ein, bringen uns immer noch gegenseitig zum Lachen, haben immer noch mindestens einmal in der Woche ziemlich guten Sex – zumindest bis vor etwa einem Monat, als die Trockenperiode einsetzte. Wir haben ähnliche Ziele und Interessen, teilen dieselbe politische Orientierung. Und (mir ist schon klar, dass ich vor allem versuche, mich selbst zu überzeugen) wir streiten uns nicht einmal viel. Natürlich hatten wir letzten Winter und im Frühjahr einige Auseinandersetzungen, als unsere Finanzen sich in Wohlgefallen auflösten. Aber selbst da stritten wir uns weniger, als dass wir schwiegen – unser kleines Ballett der Seufzer, geschürzten Lippen und Flüsterstimmen, während ich mich angesichts diverser Hypothekenbelege, Zahlungsaufforderungen und zunehmend abweisenderer Briefe von Kreditgebern und Geldinstituten sorgte. Grimme Papierberge, die mich heute ins Büro unseres Finanzbestatters … Verzeihung … Finanzberaters Richard Blackmore führen.

Als sich das Loch vor zwei Jahren auftat, beglückwünschten Lisa und ich uns noch dazu, wenigstens in keiner dieser Teergruben festzustecken, die sich *Hausfinanzierungskredit mit flexibler Verzinsung* schimpfen. Unser Kredit hatte eine normale Laufzeit von dreißig Jahren, mit einem normalen festen Zinssatz, und auch wenn wir unklugerweise für ein paar teure Umbauten Aktienkapital flüssig gemacht hatten, standen wir immer noch halbwegs gut da. Wir hatten ganz normale Schulden: normale Kreditkarten, normale Möbelanzahlungen, normale Auto-Leasingraten, ein paar unbezahlte Arztrechnungen, Teddys normale Zahnspange und Franklins normale Sprachtherapie *(Himmelherrgott, jetzt sprich doch einfach das verdammte »R«)*. Aber dann stellte sich mein völlig normaler Traum von einem eigenen Unternehmen – poetfolio.com, die bereits erwähnte und verspottete Website für Investmentpoesie – als zeit- und kostenaufwendiger heraus als angenommen. Ehe wir uns versahen, hatten wir unser Haus mit einer weiteren Hypothek belastet. Dann kam Lisas anormaler Onlineshopping-Rausch, unsere Kreditkarten waren immer öfter bis zum Limit ausgereizt. Wir konnten ein, zwei Leasingraten für den Wagen nicht bezahlen und verloren allmählich den Boden unter den Füßen. Das Einzige, was felsenfest dazustehen schien, war das Haus, also nahmen wir uns noch ein Stück davon – nur um unsere Finanzen etwas auszugleichen, sagten wir uns, um vorübergehend die Lebenshaltungskosten zu decken. Wir refinanzierten auf dem Maximalwert: Wie eine Schlange, die ihren eigenen Schwanz frisst, beliehen wir unser Haus, um die Hypotheken für eine Immobilie abzuzahlen, deren Verschuldungsgrad ihren tatsächlichen Wert um vierzig Prozent überschritt. Als die Talfahrt begann, kroch ich zu meiner Zeitung zurück, aber aufgrund des ständig tiefer werdenden Lochs und der monatlichen Zinsaufschläge, die uns die Haare vom Kopf fraßen, gerieten wir weiter in Rückstand und versäumten ein paar Hypothekenraten. Unser hilfreicher Kreditgeber bot uns daraufhin eine Schlussratenfinanzierung mit sechs Monaten Laufzeit (nebst Zinsen!) an, um unseren Zahlungsrückstand auszugleichen. Wir ergriffen diese Rettungsleine, doch dann verlor ich meinen Job. Vielleicht haben wir uns davon und vom Zusammenbruch meines Vaters ablenken lassen (wir zogen ihn mit uns ins Loch), denn während wir uns sorgten, schwafelten und die Zeit vertändelten, ging der Aktienmarkt Milch holen, dröhnte sich zu und verlor vierzig Prozent seines Wertes, wobei er meine 400 000 auffraß, die dank meiner hartnäckigen Vorliebe für Wertpapiere von Finanz- und Medienunternehmen längst eher nach 4 000 aussahen. Etwa zu diesem Zeitpunkt hörte ich auf, Lisa die deprimierenden Briefe mit ihren verlogen höflichen Begrüßungsfloskeln (»Verehrter Hauseigentümer …«) zu zeigen.

So passiert es, dass jemand eines Morgens aufwacht und feststellt, dass er in sechs Tagen sein Haus verliert.

Wenn man seine Hypothek nicht mehr zahlen kann, lautet

der Rat gewöhnlich: »Kontaktieren Sie Ihren Kreditgeber.« Das letzte Mal, als ich meinen Kreditgeber kontaktiert habe, nahm ein fünfundzwanzigjähriges Bürschchen meinen Anruf entgegen und beschwatzte mich, einer Schlussratenfinanzierung zuzustimmen, dieser sechsmonatigen Aufschiebungsamnestie. Bei der nächsten Kontaktaufnahme fand ich dann heraus, dass man den Milchbubi gefeuert, unsere Hypothek zu einem Paket geschnürt und mit einem Packen ähnlich überschuldeter Papiere an eine zweite Firma verkauft hatte, die wiederum von einer dritten Firma geschluckt worden war. Jetzt habe ich keine Ahnung, wie ich es überhaupt noch anstellen soll, »meinen Kreditgeber zu kontaktieren«. Ich habe das Gefühl, stundenlang in automatisierten Warteschleifen (»Für allgemeine Fragen drücken Sie die Eins«) eingekerkert zu sein, wo ich verzweifelt nach einer menschlichen Stimme Ausschau halte, die mir freundlich mitteilt, dass ich tot bin.

Die Uhr tickt. Die Erde dreht sich. Sechs Umdrehungen von jetzt an. Egal welche Bank meine Hypothekenschuld besitzt, sie wird die Zwangsversteigerung einleiten, wenn ich nicht entweder noch mehr Zeit rausschinde oder die Schlussrate von 31 200 Dollar bezahle. In der Zwischenzeit zerbreche ich mir den Kopf, wie ich Lisa vom drohenden Ablauf der Zahlungsfrist in Kenntnis setze – unter Berücksichtigung der Tatsache, dass sie (a) dieses Haus abgöttisch liebt, sie (b) dazu erzogen wurde, finanzielle Sicherheit mit Liebe zu verbinden, und ich sie (c) sehr wahrscheinlich ohnehin verliere. Also werde ich es alleine durchstehen.

Der Empfangsbereich im Büro meines verblödeten Finanzberaters im dritten Stock eines gedrungenen Gebäudes im Stadtzentrum ist zugemüllt mit Magazinen wie *Forbes*, *Business Week* und *Investors Daily*: Krisenpornografie voller schmuddeliger Verbalonanie mit Überschriften wie »Verborgene Chancen des Abschwungs« und »Profitieren von der Krise«, freizügigen Diagrammen sowie Fotos von schweißnassen, aber immer noch geldgeilen Investment-Experten, die mit weit aufgerissenen Augen auf eine dicke Finanzspritze hoffen.

Das Treffen ist so vorhersehbar wie ein Einkaufsbummel beim Bestatter. Ich betrachte Richards Diplome an der Wand und frage mich, warum Journalisten und Poeten diese Marotte nicht haben. Er eröffnet mir, der Verlust des Hauses sei womöglich unvermeidlich, aber damit würden meine Schwierigkeiten erst anfangen. »Pass auf«, sagt er und hämmert auf seinen Tischrechner ein wie Jerry Lewis, zeigt mir verschiedene Kolonnen roter Zahlen, gibt schmerzhaft naheliegende Empfehlungen. Ich könnte weiter ins Detail gehen, aber ehrlich gesagt bin ich an expliziteren Einzelheiten nicht sonderlich interessiert. Bis auf zwei Punkte: Erstens verzichtet mein Finanzberater neuerdings auf die Krawatte, wie ein Politiker, der sich dem leidenden kleinen Mann anbiedert (oder vielleicht nimmt seine Firma jeden Morgen den Brokern und Anlageberatern ihre Krawatten und Schnürsenkel ab, damit sie sich nicht umbringen). Zweitens beschränkt sich Richards Rat im Grunde auf Folgendes: »Du musst verkaufen, verkaufen, verkaufen, abstoßen, verkaufen, dich einschränken, noch mehr verkaufen, leben wie ein Frittenbrater in den Siebzigern, einen Job kriegen, *irgendeinen* Job, und zwar so schnell es nur geht. Du musst deinen Kreditgeber um mehr Zeit bitten, und mit verdammt viel Glück kannst du dann womöglich vermeiden, das Haus zu verlieren und bankrott zu gehen.«

Das ist, als würde man sein Auto zum Mechaniker bringen, nur um das hier zu hören: *Ich hoffe, ihre Schuhe haben feste Sohlen.*

»Und mit *dich einschränken* meinst du …«

»Dich. Einschränken.«

»Alles klar. Und mit *einschränken* meinst du …«

»Einschränken«, antwortet Richard. Sein Mund wird von einem markisenähnlichen schwarzen Schnauzbart beschirmt, ein effektives Werkzeug zur Überbringung schlechter Nachrichten. »Einschränken, einschränken, einschränken. Ich meine einschränken im Sinne von städtische Schule, Gebrauchtwagen, Konserven. Es geht nicht darum, auf den Acht-Personen-Whirlpool und den Gärtner zu verzichten. Einschränken meint nicht den Obere-Mittelklasse-Style à la 2004, sondern die Discounter-Lebensmittel- und K-Mart-Klamotten-Nummer von 1977. Ich rede davon, deinen Leasingwagen zurückzugeben, einen Garagenverkauf zu veranstalten, Coupons zu sammeln und deine Weihnachtsgeschenke im Ramschladen zu kaufen. Ich meine, sieh dir diese Zahlen an.« Er dreht eine rote Seite um. »Siehst du da irgendwas, was ich nicht sehe?«

Ich sehe was, was du nicht siehst. Flut unter mir! Ich sehe dich von Angesicht zu Angesicht! Idiotentest: Immer noch high. »Richard, wenn wir alles zu Geld machen, gibt es da irgendwelche steuerlichen Vorteile, die …«

»Steuerliche Vorteile?« Richards Schnauzbart speit Lachfontänen. »Himmel, Matt. Du verstehst anscheinend nicht.« Er beugt sich vor, seine Knopfäuglein flitzen über mein

Gesicht. »Wenn das einmal losgeht, dann ist es nicht mehr aufzuhalten. Ich hab das schon erlebt. Du parkst auf einem Hügel und hast die Bremse nicht angezogen. Dein Wagen rollt auf dich zu, du hast keine andere Möglichkeit, als zur Seite zu springen … und du willst über Steuervorteile sprechen?«

Ich sollte vielleicht erwähnen, dass Richard nicht der weltbeste Finanzberater ist. (Meinen ersten Hinweis darauf erhielt ich in den späten Neunzigern, als ich mich ganz gut schlug, indem ich auf der Höhe des Booms blind in Tech-Werte investierte, bis ich mich von Richard beschwatzen ließ, auf eine – wie er es nannte – »sichere Sache« zu setzen: *mexikanische Schifffahrts-Anleihen*. Während ich mit meinen leichtfertigen Ankäufen von Microsoft- und Cisco-Aktien meine Investitionen verdoppelte, verlor ich dreißig Cent pro Dollar mit Richards großartigem Tipp, diesem Anker der Geschäftswelt: Transmaritime-Pacifico.) Doch obwohl Richard im Umgang mit Zahlen vielleicht nicht gerade der Beste ist, so ist er zumindest brillant im Umgang mit Worten – was vermutlich auch der Grund ist, warum ich ihm die Treue gehalten habe. Und wie als Beweis dafür drechselt der Mann bereits neue Metaphern, während ich immer noch über das Bild unserer Finanzen als rollendes Auto staune.

»Pass auf, Matt«, sagt Richard, »hier hast du meine ungeschönte Diagnose: Du bist ernsthaft am Verbluten. Betroffen ist nicht nur das Haus, sondern so ziemlich jeder Bereich. Kreditkarten-Schulden, Krankenversicherungs-Schulden, die Hypothek auf dein Haus, unbezahlte Geldgeber für dein kleines Geschäftsabenteuer, dein stures Beharren darauf, deine Banken- und Medien-Aktien bis zum Sankt-Nimmerleins-

Tag zu halten. Und ich weiß nicht, wer dir diesen Schlussratenkredit aufgeschwatzt hat, aber das ist so ziemlich das Schlimmste, was du tun konntest. Es ist bloß eine Methode der Kreditinstitute, die Zitrone noch einmal gründlich auszuquetschen. Hat dir irgendjemand gesagt, dass neunzig Prozent der Leute, die diese saftige Schlussrate zahlen, am Ende trotzdem ihr Haus verlieren?«

Diesen Teil des Verkaufsgesprächs scheine ich verpasst zu haben.

»Hör zu«, sagt Richard, »solltest du nicht gerade eine größere Menge Geld erben, ist das, wovon wir hier reden, unabänderlich – und tödlich. Du hast fiskalisches Ebola, Matt. Du blutest aus dem Mund, der Nase, den Augenhöhlen, aus deinem finanziellen Arschloch.«

Sehen Sie? Fiskalisches Ebola? Mein finanzielles Arschloch blutet? Genau deshalb habe ich poetfolio.com gegründet: Geldpoeten finden sich überall.

Richard reicht mir einen kleinen Scheck über den Tisch. »Und noch etwas. Das Letzte, was du dir momentan leisten kannst …«, sagt er und schiebt mir die Ordner meiner Akte zu, »… ist ein Finanzberater.«

Deshalb bin ich hier, natürlich. Ich gebe vor, dass ich Rat brauche. Aber was ich wirklich brauche, ist jedes noch so kleine Finanzpolster, das noch übrig ist. Also halte ich die Luft an und nehme den Scheck. Darauf steht eine hohe vierstellige Zahl. 9 412 Dollar. Ich lache. »Das ist alles?«

»Ich wollte dein Portfolio diversifizieren, Matt. Du hast auf Medien- und Finanzprodukte bestanden.«

Das ist wahr. In meinem früheren Leben als Wirtschaftsjournalist hatte ich entschieden, *ich* sei der Experte. Ich klammerte mich an den Tipp eines Typen, von dem ich nun hoffe, dass er jetzt irgendwo tot auf dem Bürgersteig liegt. Aber ich kann *ihm* nicht allein die Schuld zuschieben, denn ich habe all die Jahre zugesehen, wie diese Aktien stiegen, und als die Finanzmärkte einzubrechen begannen, habe ich mich hartnäckig geweigert zu verkaufen. Dann wurde ich vom Verlust meines eigenen Arbeitsplatzes und der galoppierenden Senilität meines Vaters abgelenkt. Und jedes Mal, wenn Richard mich bat, ihn diese schlechten Aktien abstoßen zu lassen, erinnerte ich ihn an seinen letzten Ratschlag: *Um was zu kaufen? Mexikanische Schifffahrts-Anleihen?*

So kam es, wie es kommen musste.

»Nach Verlust«, fährt Richards Schnauzbart fort, »Steuern, Provision …«

»Warte mal.« Ich blicke erneut auf den Scheck, während Richard sich erhebt. »Du willst eine Provision? Berechnet ein Reisebüro eine Provision für Flugzugabstürze?«

Richard ignoriert die von *mir* gewählte Metapher. Er entschuldigt sich, begleitet mich dann in die Lobby und fragt mich, wie es mir sonst so geht – als würde man 1939 den Ministerpräsidenten von Polen fragen, wie es denn sonst so läuft … abgesehen von der Invasion der Nazis, selbstverständlich. Ich erzähle Richard, dass ich alles in allem guter Hoffnung bin, womöglich weil ich mir gestern Nacht in einem 7/11 die Rübe zugedröhnt habe.

»Du hast in einem 7/11 gekifft?«

»Na ja, eigentlich haben wir in meinem Wagen gekifft, und vor dieser Mietskaserne. Aber ich hatte danach einen Spitzenburrito im 7/11. Du kannst dir nicht vorstellen, was für Dope die heute haben.«

»Oh, schon davon gehört«, sagt er. Dann beugt er sich vor und fügt regelrecht wehmütig hinzu: »Man sagt, die Wirkung sei um ein Vielfaches stärker.«

»Das sagt man nicht nur.«

»Nein.« Er grinst. »Ich weiß.«

Und da fällt es mir wie Schuppen von den Augen. »Warte. Du rauchst Dope, Richard?«

»Hin und wieder«, räumt er ein. »Wenn ich was kriege. Macht das nicht jeder?«

»Ich hab's nicht gemacht.« Ich erzähle ihm, wie es zumindest fünfzehn Jahre lang gewesen ist. Dass ich davon überzeugt gewesen bin, meine Kifferzeiten lägen lange hinter mir, nachdem Lisa und ich nun zwei beeindruckende Kinder hatten.

Richard lacht brummelnd. »Sag mal, ich hätte da eine Frage.« Er blickt sich um und kommt näher. »Kannst du mir was besorgen?«

Nach unserem Treffen ist es draußen schon kühl, mit dem plötzlich einsetzenden Spätherbst knistert die Luft. Die Blätter geben auf, gleich Zeitungen gehen sie überall in den Straßen insolvent. Ich laufe zum Wagen. Anfangs war es verwirrend, tagsüber in der Welt umherzustreifen, während alle anderen arbeiten. Seit meinem fünfzehnten Lebensjahr ist dies mein erster Herbst ohne Job. Leider gewöhne ich mich allmählich an die neue Situation. Gerade jetzt dürften die Redakteure aus der Konferenz kommen, während die Reporter ihren Blicken ausweichen und so tun, als würden sie telefonieren, um nicht auf eine Wetter-Story (»Kälteeinbruch steht bevor«), eine Kurzmeldung über den Wohnwagenbrand von gestern Nacht (»Feuer in Trailerpark vermutlich

Brandstiftung«) oder einen Beitrag über diesen Pfadfinder angesetzt zu werden, der ein Fahrrad aus Aluminiumdosen gebaut hat (»Stipendium dank Recycling-Rad«).

Ich rufe Lisa aus dem Auto an, während ich zu Costco fahre.

»Und«, fragt sie, »wie ist es gelaufen?«

»Du kennst doch Richard, ganz der ewige Optimist. Meint, wir sollten in Zyanid investieren.«

Höfliches Lachen.

»Hättest du je gedacht, dass Richard kifft?«

»Weshalb kommt so etwas denn bei einer Finanzberatung zur Sprache?«

»Ich weiß es nicht mehr.«

»Also, wie lautet sein Rat?«

»Erstens, keine Panik. Und zweitens, na ja … wenn wir eines unserer Kinder essen müssten, welches würdest du nehmen?«

Lisa lacht ein wenig herzlicher. Ihre Stimme wird immer tiefer, kehliger, wenn sie etwas wirklich witzig findet. Ziemlich sexy. »Den Älteren, schätze ich«, sagt sie. »Dieser Kleine sieht aus, als würde er ziemlich komisch schmecken.« Plötzlich bin ich von Wärme und Traurigkeit erfüllt. Ich werde von einer Woge der Nostalgie überwältigt – *für meine Ehe, die noch immer besteht*. Ich kann nicht fassen, wie sehr ich diese Frau begehre – trotz all der Dinge, die ich weiß. Und dieses Wissen bringt mich um.

Bevor ich letzte Nacht zum 7/11 gefahren war, wollte ich ihr von dem Brief wegen des Hauses erzählen. Aber als ich oben nach ihr sah, schlief sie bereits. Ich loggte mich in ihren Facebook-Account ein (ich hatte drei Tage gebraucht, um ihr Passwort herauszufinden) und sah, dass sie ihr Profilfoto durch eines mit ihrer süßen neuen Strubbelfrisur ersetzt hatte (eines, das ich gemacht habe). Ich sah auch, dass sie seit drei Tagen mit einem Online-Buddy namens Chuck gechattet hatte, ihrer alten Highschool-Liebe – ein Typ, auf den ich nie eifersüchtig war, weil der Name Chuck so gar nicht nach dem einfühlsamen, erfolgreichen Kerl klang, als der er sich im Nachhinein herausstellte. Zumindest in den Gefildcn dcs Internet. Thema ihres Chats schienen die festgefahrenen Bahnen zu sein, in denen die leidlich enttäuschenden Leben von Chuck und Lisa in für beide offenbar erstaunlicher Parallelität verliefen (»Schon mal aufgewacht und dich gefragt, was eigentlich passiert ist?«). Leben, die ihnen einmal grenzenlos perfekt erschienen sein mussten, als sie achtzehn waren und sich in die Seehütte von Chucks Eltern davonschlichen, um ihre grenzenlos perfekten Körper in allerlei beneidenswerte Positionen zu verbiegen. Und angesichts ihrer Vertraulichkeit wurde mir bewusst, dass dies nicht der erste Chat zwischen Lisa und Chuck war, nicht das erste Mal, dass das traurige Thema ihrer traurigen Leben dabei aufkam. Im weiteren Verlauf betraf ihre Facebook-Konversation in losem Wechsel erst sie selbst (»Arbeite an meiner Figur« – »Warum? Du siehst super aus«), dann ihre Jobs (»Nicht gerade der beste Zeitpunkt, sich nach was anderem umzusehen« – »Aber du bist doch sooo talentiert«) und ihre ehemaligen Klassenkameraden (»Dana sieht aus wie eine Seekuh … oh, das war gemein« – »Du könntest niemals gemein sein«). Obwohl das alles völlig harmlos klang, fühlte es sich irgendwie intim an … und dann schrieb Chuck: »Sehne mich danach, dich *wider zu spürn*«, als hätten ihn die bloßen Worte so in Wallung gebracht, dass er kein gerades Wort mehr tippen konnte. Lisa ignorierte seine Schreibfehler, und indem sie mit drei simplen Buchstaben – »SMS?« – antwortete, schlug sie vor, seine Anzüglichkeiten in die Welt der Kurzmitteilungen zu verlagern – *wider* –, um sie sofort lesen zu können – *wider!* – über ihr Handy gekauert, atemlos, in unserem Bett …

… während ich mit meinem verrückten alten Vater die Sportnachrichten schaute – *wider!* –, der meinte, mich bei jedem Wurf der Colts daran erinnern zu müssen, was Unitas doch für ein brillanter Spieler war, und bei jedem Tackling der Eagles anmerkte, was für ein Lahmarsch Jurgensen gewesen sei – als wären Quarterbacks 1968 für ausgestorben erklärt worden …

… und ich erkannte, dass ich ihr nicht von dem Haus erzählen konnte, zumindest jetzt noch nicht. Nicht nachdem ich auf die Spur dieses niederschmetternden Betrugs gestoßen war. Denn Gott weiß, auch ich habe geflirtet, mich Tagträumen hingegeben und tausend kleine Treuebrüche begangen. Aber dies brach mir mein kleines schwarzes Herz … ich blutete aus meinem Mund, meinen Augenhöhlen, meinem Arschloch und …

… ich sterbe hier. An emotionalem Ebola. Ich wünsche mir nur noch, dass die kleinen Maden ihren Job erledigen, damit ich nicht mehr leiden muss. Denn ich weiß, die Welt wird sich auch ohne uns weiterdrehen. Meine Mutter hatte mich das gelehrt. Sie dreht sich immer weiter, dreht und wendet uns wie umgepflügte Erde. Und verdammt, vielleicht ist es ja gar nichts, nur ein bisschen nächtliche Verbalerotik zwischen Ex-Lovern – harmlos! Aber *wider und wider?*

Himmel, wenn ich mir meine Frau vorstelle, wie sie sich verstohlen zusammenkauert, das hübsche Gesicht ins blaue Licht einer schmuddeligen Kurzmitteilung des Mannes getaucht, mit dem sie früher mal geschlafen hat, dann tut es unerträglich weh … und dann …

dann …
dann …
ging ich Milch hol'n und kiffte mir dabei
den Schmerz und mein Gehirn weg.

Natürlich ist das nur die Sorte verdrehter, melodramatischer Logik, die ich meinen Jungs, wenn sie älter sind, niemals zugestehen werde. (Du bist losgezogen und hast dich mit irgendwelchen dahergelaufenen Kriminellen bekifft, weil du eifersüchtig warst? Weißt du eigentlich, wie schwachsinnig das klingt?) Aber letzte Nacht habe ich genau das getan.

Jetzt, während ich mit Lisa telefoniere, erzähle ich ihr nichts davon, dass das Haus laut Richard mit an Sicherheit grenzender Wahrscheinlichkeit der Bank zufallen wird. Ich erwähne ihren Chat mit Chuck mit keinem Wort und gestehe ihr schon gar nicht meine emotional retardierte Reaktion. Stattdessen nehme ich mir, während ich auf den Parkplatz des Costco-Marktes einbiege, einen Moment, um Lisa die etwas profanere Empfehlung unseres kiffenden Finanzberaters weiterzugeben. »Richard rät, wir sollten das Pay-TV kündigen und uns vom Internet verabschieden«, sage ich nicht ganz ohne Häme. »Und diese Handys übersteigen definitiv unseren finanziellen Rahmen.«

»Ich weiß nicht, ob ich ohne Handy leben kann«, erwidert Lisa nach kurzem Zögern.

»Tja«, antworte ich ihr und lache ausgelassen, »ich schätze, das werden wir dann herausfinden.«

4

Ein kurzes politisches Manifest

Ich fuhr auf dem überfüllten Costco-Parkplatz rum
suchte einen Platz und lauschte diesem Typ
auf NPR, wie er von Amerikas wachsender Armut sprach
als ich diese Frau sah, mit vier Kids –
kleine Trittleitern, zwei-vier-sechs-acht –
wartend, dass Mutter sie ins Auto lässt
die grad einen Pott Erdnussbutter und
Kisten mit Schwimmzeug hineinhievt, dort
in den Kofferraum des SUV
und die Kids war'n so süß, ich hab
gewinkt, als ich was sah, das unglaublich war:
Die Frau beugte sich hinab
und ergriff ein Fläschchen
mit Traubensaft
als ihre Hüfthose rutscht und tief
in ihrem breiten Kreuz den
String des Tangas entblößt

einen dünnen Streifen Stoff
ein Teufelsding, das ist kein Witz
ein String, ich schwör zu Gott, ein String
ich hab kein Problem mit dem String
politisch gesehn und ästhetisch gesehn kein Ding
wenn er oben hängt oder draußen hängt
oder wo er auch zu hängen beliebt.

Ich frag mich allerdings:
Seit wann tragen Mütter die?

Mutters Schlüpfer sahen anders aus
(Ihre Wäsche blähte sich
wie Segel, die wir falteten
maßgeschneiderte Bettlaken und
Tischdecken. Flapp.
Ein Ende, das hielt ich fest
eins meine Schwester
und dann gingen wir zwei aufeinander
zu.

Als falteten wir
das Sternenbanner selbst
Hut ab, respektvoll
bemüht, nicht den Boden
zu berühr'n.)

Nun weiß ich, dass es Leute hier gibt
denen der Stoff nicht passt
der unser Land zusammenhält:
die gegen Homo-Ehen, Gewaltvideos,
Schmuddelfernsehen
auf die Straße gehen
Mir dagegen scheint,
was unser Land zusammenhält
ist guter Stoff
wenn doch nur ein klein wenig mehr davon
in unsrer Mütter Schlüpfer wär.
Und dafür werd ich auf die Straße gehen
falls ich denn irgendwann geh:
Statt String-Tangas sollten Mütter
Liebestöter tragen
mit Beinsaum
so wie Gott
es wollte.

5

Die Rezession trifft Stehnes Bretterland

Gebänderte Stapel heller Bretter
liegen im Hof der Holzgroßhandlung
und wenn du die Augen zusammenkneifst
sehen sie wie übrig gebliebene Kuchen aus.
Gott, warum ist das Ende der Party
bloß immer so trist?

»Die Wirtschaftslage muss euch Jungs hart treffen«, sage ich im Lager der Holzhandlung, wo ich vorgebe, Material einzukaufen, um meinen Kindern damit ein Baumhaus zu bauen. Ich hoffe, angesichts des wirtschaftlichen Niedergangs dieses Gewerbes nicht übertrieben erwartungsfroh zu klingen.

»Die Geschäfte laufen definitiv schlechter«, erwidert Chuck, während er in einem Katalog nach einem Eisenbeschlag sucht. »Zum Glück lief es in den letzten Jahren so gut, dass ein Konjunkturrückgang keine Katastrophe wäre.«

Es ist kalt in dem großen Warenlager. Die Decke muss gut

zehn Meter hoch sein. In jedem der engen Gänge stapeln sich Bretter, Pfosten, Rundhölzer, Zementsäcke, Spanplatten, Türen und Fensterflügel fast bis unter die Dachsparren. Im Angesicht dieser Größenverhältnisse schrumpfen die Menschen hier drinnen zusammen. Ich fühle mich wie ein Kobold, ein winziger Wicht, der ins mystische Bretterland gereist ist, um unter Riesen einen Winterspeicher für seine magischen Bohnen zu kaufen.

Ich habe den Großteil meines Lebens in dieser Stadt verbracht. Dennoch hat es mich nie in diese Holzhandlung verschlagen, bis ich herausfand – dank ihres Chats von gestern Abend –, dass Lisas Exfreund Chuck hier arbeitet. Sieht man einmal davon ab, was mein langjähriges Meiden von Holzhandlungen über meinen Status als Mann sagt, so zählt doch vor allem, dass ich nun hier bin und meinem Feind entgegentrete – oder mir den berüchtigten Chuck zumindest mit eigenen Augen ansehe. Ich bin in verdeckter Mission unterwegs. Chuck hat keine Ahnung, wer ich bin. Er hat nicht nach meinem Namen gefragt, und ich weiß auch nicht, warum er das sollte. Aber für den Fall, dass er es dennoch tut, habe ich mir den Kampfnamen Jamie Skeet zugelegt.

Hier also meine Blitzbeurteilung der Stärken meines Feindes, relativ zu den meinen: (1) Chuck ist größer. (2) Chuck ist ein paar Jahre jünger und eindeutig in besserer Form. (3) Chuck hat wirklich einen verträumten Blick. Lisa hat diese Formulierung gegenüber einem Freund von uns benutzt, als wir mit einem anderen Pärchen ausgingen und darüber sprachen, warum wir uns in unsere erste große Liebe verknallt haben. Sie sagte: »Es waren seine Augen. Chuck hat so einen verträumten Blick.« Was leider stimmt: Aus diesem

Cromagnon-Schädel ragen zwei verträumte blaue Glubscher (4) Chuck macht in seinen Carhartt-Arbeitshosen eine ziemlich gute Figur und scheint das Problem, dass einem im besten Alter plötzlich der Arsch zusammenfällt, nicht zu kennen – im Gegensatz zu mir (eine rein objektive Beobachtung). (5) Chuck ist, das muss ich zugeben, auf markante Art gut aussehend: Seine Augen krönen hohe Wangen über einem kantigen Kiefer. (6) Chuck hat Arbeit.

Gefolgt von einer Liste möglicher Gründe, warum ich meinen Widersacher all die Jahre unterschätzt habe – diesen strammen und freundlichen Mann, der, wie mir wohl bewusst war, in ihren sinnenfreudigen, gelenkigen, kinderlosen Jahren mit meiner Frau geschlafen hatte: (I) Wann immer sie diesen Verflossenen namens Chuck erwähnte, lächelte sie sanft, was ich als einen Ausdruck ihres Unglaubens darüber deutete, dass sie jemals mit einem solch gigantischen Trottel gegangen war, bevor sie mit dem Mann ihrer Träume die wahre Liebe kennenlernte. (II) Meine Selbstgefälligkeit ließ mich glauben, unsere Beziehung sei so stark, dass es keine Rolle spielte, mit wem sie vorher liiert war. Ihr Exfreund hätte George Clooney, Kobe Bryant oder Abraham Lincoln sein können, und ich wäre trotzdem nicht aufgeweckt genug gewesen, mich davon einschüchtern zu lassen. (III) Ich machte den klassischen, arroganten Kopfarbeiterfehler und dachte, dass ich, weil ich mein Hirn benutze, um meine Familie zu ernähren (damals, als ich meine Familie noch ernähren konnte), einem Kerl überlegen sei, der seinen Lebensunterhalt mit dem Stapeln von Holz verdient. (IV) *Jemand, der für seinen Lebensunterhalt Holz stapelt* bedeutet etwas anderes als *jemand, der in einem hoch-*

profitablen Familienbetrieb arbeitet, den er eines Tages erben wird. (V) Mal ehrlich, wer würde einen Kerl namens Chuck jemals als Bedrohung ansehen?

»Die zehn unbeliebtesten Attraktionen in Disneyworld«, sage ich. »Platz eins: Bretterland.«

Prinz Chuck von Bretterland lächelt höflich und dreht das Foto eines doppelt verstärkten Stahlbeschlags – oder was immer es ist – auf den Kopf, damit ich es mir ansehen kann. »Dieser hier.«

»Nee, völlig falsch«, erkläre ich. »Das ist nicht das, was ich suche. Nicht mal annähernd.«

Chuck dreht den Katalog erneut, um sich das Bild noch einmal anzusehen. »Doch, ich denke, das ist wirklich genau das, was Sie suchen. Ich habe für meine Kinder auch ein Baumhaus gebaut, und diese Beschläge waren die ideale Lösung. Sehen Sie, sie stabilisieren die Pfosten hier, hier und …«

»Sie haben Kinder?«

»Drei.«

Ich blicke auf seine unberingte linke Hand. »Verheiratet?«

»Geschieden.« Aufgrund meiner Fragen wirkt er ein wenig verunsichert. Als könnte er sich nicht so ganz vorstellen, was das mit dem Bau meines imaginären Baumhauses zu hat.

Ich gebe vor, wieder die Beschläge zu betrachten. »Ich weiß ja nicht. Das sieht ziemlich gefährlich aus. Ich habe zwei Jungs, die ich über alles liebe. Ich liebe meine Jungs *und* meine Frau. Ihre *Mutter*.«

»Natürlich«, sagt Chuck und blickt in den Katalog. »Na ja, vielleicht eine andere Bauweise. Wir haben da ein paar

Bücher.« Er geht auf einen Gang zu, ich folge ihm mit etwas Abstand. Wir passieren alle möglichen Arten von Waffen, mit denen man Chucks Rücken attackieren könnte. Hämmer, Nagelpistolen, Brechstangen.

Geschieden. Mist. Wie bekämpft man einen geschiedenen Mann? Vermutlich hat er ein eigenes Haus (das wahrscheinlich nicht vor der Zwangsvollstreckung steht). Ich hatte gehofft, dass eventuelle heimliche Treffen sich für die beiden womöglich als logistisch zu aufwendig herausstellen würden. Doch wenn er eine eigene Bude hat … Mist, Mist, Mist.

Lisa würde niemals leichtfertig unsere Ehe aufs Spiel setzen. Aber ich verstehe jetzt, wie das passieren konnte, denn ich weiß genau, wonach sie sich sehnt: Selbstvertrauen, Sicherheit, Stärke, Stabilität. All das hat Chuck zu bieten, ich hingegen kann dieser Tage mit nichts davon aufwarten.

Er hält in dem Gang mit den Heimwerkerratgebern und schnalzt mit der Zunge, während er mit der Hand über die Rücken der Bücher fährt, die erläutern, wie man einfache Elektroinstallationen ausführt, einen Vergaser repariert, einen verstopften Abfluss reinigt, eine Veranda zimmert, einen Gartenzaun lasiert und, schließlich, ein Baumhaus baut. Dieses lange Regal scheint sich direkt aus dem Reservoir meiner Unzulänglichkeiten zu speisen: Eine ganze Bücherei mit Sachen, die ich nicht beherrsche. Im nächsten Gang dieser Höllenbibliothek dürften Bücher stehen, die einem beibringen, wie man seine Millionen anlegt und was man alles mit einem dreißig Zentimeter langen Penis anstellen kann.

»Da haben wir's«, sagt er, zieht ein Buch heraus und reicht es mir. »Sie können ja mal reinschauen und sehen, ob Sie eine Bauweise finden, die Ihnen mehr zusagt.«

Ich nehme das Buch und tue so, als würde ich darin blättern. Mit jedem neuen Bild fühle ich mich inkompetenter als zuvor.

»Vielleicht wollen Sie das Buch ja einfach kaufen, es mit nach Hause nehmen und es in Ruhe durchlesen, um auf Nummer sicher zu gehen«, schlägt er vor. »Ich nehme an, es besteht kein Grund zur Eile.«

Ich blicke zu ihm auf.

»Ich meine, Sie werden schließlich im Winter kein Baumhaus bauen, oder?«

»Im Winter? Nein.« Ich lache spöttisch. »Natürlich nicht.« Ich presse die Lippen zusammen und sehe wieder in das Buch, wobei ich nun meinerseits mit der Zunge schnalze. Hätte ich doch bloß etwas anderes erwähnt, *irgendetwas* – ein Katapult oder einen Galgen oder eine Balustrade. Hauptsache, kein dämliches Baumhaus. Vor vier Jahren, als wir gerade in das Haus eingezogen waren, das wir wahrscheinlich verlieren werden, hatte ich den Jungs versprochen, ich würde ihnen ein Baumhaus bauen. Vier Jahre später, und diese traurige Tatsache rangiert vermutlich nicht einmal mehr unter den Top Ten der Enttäuschungen, die ich den Jungs bereitet habe.

»Und eins davon haben Sie also für Ihre Kinder gebaut?«

Chuck blättert durch seine eigene Ausgabe von *So baue ich das perfekte Baumhaus*. Er zeigt mir ein Bild. »Etwa in der Art.« Dann schließt er das Buch und stellt es zurück. Er wirkt etwas wehmütig. »Es steht im Garten ihrer Mutter.«

»Ohhh. Tut mir leid«, sage ich. »Es ist hart, wenn eine Ehe in die Brüche geht. Hoffen wir, dass es in der Hölle einen ganz besonderen Ort gibt für jeden, der eine Ehe …«

Doch noch bevor ich meinen spitzen kleinen Kommentar darüber beenden kann, dass Leute, die anderen Männern Hörner aufsetzen, in Dantes siebten Kreis gehören, breitet ein Typ in einem Overall, der darauf wartet, dass ihm geholfen wird, seinen Bauholz-Wunschzettel vor Chuck aus, als wäre dieser eine gottverdammte Bretter-Fee. Ich frage mich, warum der Idiot sich seinen Kram nicht selbst besorgt. Er sieht aus, als wäre er durchaus dazu in der Lage, schließlich trägt er Arbeitskleidung. Aber was soll's. Chuck entschuldigt sich, um dem echten Kunden zu helfen.

Und in meiner Hand ein Buch, das mir erklärt
wie man das Baumhaus baut
das ich niemals bau
steh ich frierend im haushohen Gang
meiner vielen Unzulänglichkeiten
als der Räuber meiner Frau
sich auf Holzsuche begibt

6

Meine blöde Idee

M-Tronic meldet starkes Q3

Höhere Orders als erhofft
und die verbesserte Vertriebsstruktur
führten in M-Tronics Quartal drei
zu einer Prognosekorrektur
und branchenintern wider Erwarten
einem Aufschwung in der Konjunktur

Ich weiß, wie dämlich es rückblickend klingt, und mit entsprechendem Weitblick eventuell sogar von vornherein. Aber meine Idee war, dass irgendjemand eine Website mit Neuigkeiten und Tipps zum Thema Finanzen machen musste … in Versform.

Eigentlich ist es gar nicht *so* blöd, wie es jetzt klingt. Meine Idee war, dass die Seite nicht nur Poesie beinhalten sollte, sondern ganz allgemein finanzielles Schreiben auf einem höheren Niveau – nennen wir es mal *Geld-Literatur*.

Die Menschen verbringen so viel Zeit damit, über Geschäfte und Finanzen nachzudenken, über Hypotheken, über Investitionen, über ihre Renten- und College-Fonds. Verdammt, nach 7/11 redeten die Leute über nichts anderes mehr, als hätten wir eine kollektive Midlife-Crisis. Aber wenn über diese Dinge geschrieben wurde, dann immer so trocken. Meine Seite sollte da Abhilfe schaffen, indem dort alle möglichen Spielarten *literarischen* Schreibens über die Finanzwelt zum Tragen kämen: kreative Essays, Broker-Profile, Business-Kurzgeschichten und das, was ich »Investmentbiografien« nenne – in der Ichform verfasste Chroniken von Investoren und anderen Fachleuten (beispielsweise die Erzählung eines Auftragsmaklers: *Meine Zeit im Fegefeuer: Wie ein sonst wenig risikofreundlicher Trader auf die Wandelobligationslüge hereinfiel)*. Der Aufhänger war allerdings Poesie – nicht weil ich den Eindruck hatte, es gäbe eine immense Nachfrage nach einem Vierzeiler über Verbrauchervertrauen, sondern weil ich dachte, der reine Anachronismus des Konzepts würde die Leute bereits ansprechen. Wie bei diesen europäischen TV-Sendern, wo die Nachrichten von barbusigen Moderatorinnen verlesen werden. Investmentpoesie würde Aufmerksamkeit erregen, Zeitungen und Fernsehsender sähen sich veranlasst, irritierte Berichte über uns zu machen, was wiederum den Anstoß für eine literarische Diskussion über das geben würde, woran die meisten von uns so viele Gedanken verschwenden: unser Geld.

Und so kam es zu poetfolio.com – konzipiert in überhitzter, aber aufrichtiger Leidenschaft, hängt der Ausdruck der Homepage bis heute über meinem Laptop wie das an den Kühlschrank gepappte Röntgenbild einer Totgeburt. Ich kann die Augen schließen und sehe noch immer die wunderschöne Beta-Seite: eine humoristische Glosse über die Rückkehr der Tech-Aktie im Stil einer Horror-Story *(Night of the Living Tech)*, eine zugegebenermaßen durchwachsene Investmentbiografie einer Frau, die ausschließlich progressive, sozialverantwortliche Unternehmen finanzierte *(Neudefinition einer GUTEN Investition)*, eine Handvoll kluger Business-Kurzreime unten rechts. Und mein Lieblingsstück: ein stürmisches, heroisches Gedicht über den ersten Schritt, etwas für das Studium deiner Kinder anzusparen *(Die Ballade von Sparplan 529)*.

Selbst mit dieser absolut vernünftigen Erklärung und einer absolut perfekt umgesetzten Homepage verspüre ich immer noch den Drang, meine Idee zu verteidigen, indem ich den synaptischen Fehlzündungen nachspüre, die zu ihrer Entstehung führten. Meine Gedanken lassen sich in etwa so zusammenfassen: A) Die Menschen lesen kaum noch Gedichte. B) Ich *mag* Gedichte, oder zumindest tat ich das an der Uni. C) Ich bin mir nicht sicher, ob ich die Gedichte, die ich heutzutage in Zeitschriften lese, auch verstehe – sie kommen mir vor, als seien sie in einer anderen Sprache verfasst, ohne jeglichen Bezug zu Keats, Stevens und Neruda. D) Diese moderne Dichtung scheint in der Abstraktion von Sprache zu wurzeln und hat keinerlei Bezug zur Realität. E) Den größten Teil meines Lebens habe ich die Realität als Journalist abgebildet, erst für ein kleines Wirtschaftsmagazin und dann für die örtliche Tageszeitung. F) Während dieser Zeit musste ich feststellen, dass Wirtschaftsjournalismus die trockenste, langweiligste, fantasieloseste Art zu schreiben ist, die es gibt. G) Früher wollte ich mal Dichter werden. H)

Es ist wirklich traurig, dass die Leute keine Gedichte lesen – sie sollten. I) Die mittleren Jahre sind eine wirklich gruselige Phase, und ich ertappe mich ständig dabei, mir zu wünschen, ich wäre mehr wie mein jüngeres Ich. J) Vielleicht ist Wirtschaftspoesie die ideale Verbindung zwischen meiner überarbeiteten, analytischen, ständig Listen erstellenden linken Gehirnhälfte und meiner offenbar ignorierten rechten.

Fazit: Ich sollte auf der Stelle meinen Job kündigen und die Zukunft meiner Familie aufs Spiel setzen, indem ich meinen Jugendtraum verfolge, Anlage-Tipps und Wirtschaftsnachrichten in umständliche, amateurhafte Lyrik zu verwandeln.

Den letzten entscheidenden Schub erhielt ich schließlich, als ich in der Zeitung von dieser Erbin eines Großvermögens las, die einen riesigen Batzen Geld für die Förderung der Poesie ausgeschrieben hatte. Ich verfasste einen Bezuschussungsantrag sowie einen Business-Plan und war selbst erschrocken, als mir tatsächlich eine Förderung bewilligt wurde (wenn auch wesentlich weniger, als ich letztendlich benötigt hätte). Wann immer ich jemand die Idee erklärte, erntete ich ein Lächeln. Ich schätze, ich habe die Irritation der Leute als Enthusiasmus fehlinterpretiert. Ich kaufte zwei neue Computer, heuerte einen Techniker und Anzeigenspezialisten an, um mir bei der Umsetzung der Website zu helfen und Werbung zu verkaufen, mietete ein kleines Büro – und mal ehrlich, wenn du ein Stipendium erhältst und die Leute lächeln und die Anlaufkosten minimal sind, bleibt einem doch quasi nichts anderes übrig, als die Sache durchzuziehen. Ich kündigte also meinen Job, programmierte meine Seite, haute in Nullkommanix den winzigen Zuschuss auf den Kopf, leerte unser Sparschwein, machte Schulden, zauderte … und nach einer sechsmonatigen Zitterpartie bekam ich schließlich kalte Füße, als ich in letzter Minute einsah, dass eher die Hölle zufrieren würde, bevor irgendjemand das Internet nutzt, um Gedichte zu lesen, die …

»Dan Fouts«, sagt mein Vater, während wir uns den Football-Tagesrückblick im Sportkanal ansehen, wie immer nach dem Abendessen. »Seine Würfe waren die besten. Weißt du, er hatte einen Bart.«

»Jep«, erwidere ich. Mein Vater gräbt den bärtigen, alten Quarterback Dan Fouts immer wieder aus.

»Ich habe keinen Schimmer, wie er mit diesem Bart spielen konnte.« Mein Vater verkneift das Gesicht beim Fernsehen, wie ein Richter, der sich über das Benehmen der Anwälte in seinem Gerichtssaal ärgert.

»Hmmm.«

»Muss gekratzt haben.«

»Meinst du?«

»Klar. Weißt du, wer auch ein prima Werfer war?«

Ich kann Tippgeräusche von oben hören, das fröhlich hämmernde Tack-Tack auf den Plastiktasten: Lisa, die wieder am Computer sitzt und zweifellos gerade Chuck gesteht, wie sehr sie davon träumt, sich um seinen …

»Joe Willie Namath. Bevor seine Knie im Arsch waren.« Dad schüttelt den Kopf. »Der hatte einen Wurf. Maynard, Sauer, Boozer und Smell. Fantastisches Team. Das letzte wirklich große.«

Das letzte große Football-Team gab es also 1968 … ich sage bloß: »O ja.«

Ich höre Schritte auf der Treppe und blicke über die Schulter. Lisa hat ihre Yoga-Hose angezogen, in der Hand hält sie den bedrohlich großen Stapel Rechnungen und Kontoauszüge, der sich in den letzten Wochen auf meiner Kommode angesammelt hat.

Es ist also Zeit für unseren allmonatlichen Abstieg in den finanziellen Abgrund … *wider*. Ich stehe auf, folge ihr in die Küche, wo wir alles genüsslich ausbreiten, und gebe ihr eine Zusammenfassung unserer elementarsten Probleme (wobei ich ihr die grausigsten Details erspare). Die Befürchtung, dass es noch schlimmer ist, als ich durchblicken lasse, steht ihr ins Gesicht geschrieben. Zu meiner Verteidigung: Das Einzige, was ich verschweige, ist die Dringlichkeit einiger unserer Schwierigkeiten. Zum Beispiel weiß Lisa von unserem Rückstand bei den Hypothekenzahlungen, mir scheint es allerdings unnötig, ihr den Brief in meiner Tasche zu zeigen, in dem – gesetzt den Fall, dass wir die Schlussrate von 31 200 Dollar nicht *nächste Woche* zahlen – mit Zwangsräumung gedroht wird.

Ich rede mir ein, dass ich mich verhalte wie der freundliche Onkologe, der der Patientin die Härten der Behandlung darlegt, ohne sie mit den geringen Heilungschancen zu deprimieren. Und selbst ohne die beängstigendsten Details ist Lisa mit den meisten der drakonischen Schritte einverstanden, die Richard und ich besprochen haben: unsere Altersrücklagen und meine Pension auszuzahlen, uns um eine weitere Gnadenfrist für das Haus zu bemühen (während der ich mir einen neuen Job suchen werde, ich schwöre), meinen Wagen zu verkaufen, damit uns die Ratenzahlungen nicht über den Kopf wachsen, den Rest unserer Schulden zu einem Kredit zusammenzufassen, den wir dann ableisten, indem wir nur noch unsere Kinder krankenversichern, auf sämtliche Extravaganzen zu verzichten (Handys, Restaurantbesuche, Urlaub, Weihnachtsgeschenke). Aber es gibt einen gewichtigen Posten, der ihr scheinbar einfach nicht in den Kopf will.

»Eine öffentliche Schule?« Erneut studiert sie stirnrunzelnd unsere Kontoauszüge. »So weit ist es also schon?«

»Ich weiß«, sage ich. Vor vier Jahren, als wir gerade in diese Nachbarschaft gezogen waren – endlich hatten wir das große alte Haus, das wir immer wollten –, fuhr ich an der hiesigen Grundschule vorbei. Ich sah, wie vier Jungs, vielleicht acht oder neun Jahre alt, vom Gedrängel des Pausenhofs weg in Richtung des von Bäumen gesäumten Zauns gingen. Ich dachte noch bei mir, dass die Schule eigentlich gar nicht so übel aussah, wie sie aus dem Mund des Maklers geklungen hatte (»Zweiundneunzig Prozent der Schüler haben ein Anrecht auf ein kostenloses oder ermäßigtes Mittagessen«, hatte er gesagt, und der Linke in mir sträubte sich gegen die Gleichung, die er damit aufmachte: *Armut = schlechte Schule*). Just in diesem Moment schwenkte einer der Jungs herum und bezog einen Wachposten, während die beiden anderen plötzlich am Rand des Spielplatzes auf den vierten einprügelten. Ich kam mir vor wie beim Betrachten einer Knast-Doku. Erst war ich so perplex, dass ich weiterfuhr, hielt aber schließlich doch an und sprang aus dem Wagen. Ich rannte am Zaun entlang und rief etwas wie: »He, hört sofort damit auf!« Daraufhin brüllte einer der Neunjährigen: »Halt's Maul, du Schwuchtel.« Ich war sprachlos vor Entsetzen. Gott sei Dank hörte eine Schulhofaufsicht das Geschrei und eilte herbei. Ich hoffte, sie würde der Prügelei ein Ende setzen. Aber der Junge, den sie geschlagen hatten (der, von dem ich dachte, ich hätte ihn gerettet), sprang auf und erzählte der Aufsicht, ich sei ein »Perverser«, der versucht habe, sie in den Wagen zu locken. Es war überaus gerissen, und ich erkannte, dass ich den Jungen in der Tat gerettet *hatte* – allerdings nicht durch mein Rufen, sondern indem ich ihm und seinen Peinigern einen neuen, gemeinsamen Feind lieferte. Einen, gegen den er sich mit den Rowdys solidarisieren konnte, um ihnen zu beweisen, dass er keine Petze war, sondern einer, auf den sie sich verlassen konnten. Während ich wie angewurzelt dastand und den abschätzigen Blick der Aufsicht ertrug, fragte ich mich: Will ich wirklich, dass meine Jungs hier zur Schule gehen? Will ich meinem gerade mal sechsjährigen Sohn wirklich erklären müssen, wie man sich bei Pausenschlägereien verhält und es vermeidet, als Verräter zu gelten? Dann machte ich mich aus dem Staub, der große Fürsprecher öffentlicher Schulen, mir selbst eingestehend, dass ich meine Kids eher zu Hause unterrichten würde, als sie zur Alcatraz-Grundschule zu schicken.

Zu welch possierlichen Heuchlern uns unsere Kinder doch machen.

»Eine öffentliche Schule«, sagt Lisa erneut. Sie seufzt und starrt auf den Kontoauszug, als wäre er verschlüsselt. »Ich weiß wirklich nicht, ob ich mich dazu durchringen kann, Matt.« Als würde ich vorschlagen, die Kinder für medizinische Experimente zu verkaufen.

»Wir könnten probieren, in eine Gegend mit einer besseren Schule zu ziehen«, erwidere ich lahm.

»Aber es ist doch Wahnsinn, jetzt zu verkaufen, wo unsere Schulden dreißig Prozent höher sind als das, was wir momentan für das Haus kriegen könnten«, verweist Lisa auf das Offensichtliche. (Eher fünfzig, denke ich.) »An der Schule gibt es ein Stipendienprogramm. Aber ich bezweifle, dass wir große Chancen haben, da wir keine Gemeindemitglieder sind … genau genommen nicht einmal katholisch.«

»Ich konvertiere«, schlage ich vor.

»Ich glaube nicht, dass das so einfach ist«, erwidert sie. »Ich glaube, da gibt es Bibelstunden. Rituale.«

»Ich leiste einen Blutschwur. Mache eine Mutprobe.«

Aber egal was ich sage, sie sieht mich nicht an. Ihr Blick wandert von Rechnung zu Fenster zu Kontoauszug, ohne je den meinen zu treffen. »Das ist eine Religion, Matt, keine Studentenverbindung. Da muss man sich taufen oder initialisieren lassen, so was in der Art.«

»Ich lasse mich initialisieren«, sage ich. »Digitalisieren. Neutralisieren.« Sie lächelt ein bisschen. Aber ihr Blick bleibt gesenkt.

»Kanalisieren?« Schlussendlich gebe ich auf. Mein Blick folgt dem ihren zu den Rechnungen und Bilanzen zwischen uns, und ich kann nicht anders, als an die Kisten zu denken, die in der Garage stehen, voll mit ihrem eBay-Kram – so wie Lisa zweifellos an das Geld denkt, das ich für poetfolio.com verschleudert habe.

Fluglinien-Deal beabsichtigt

Die Spritpreise haben angezogen
und die Arbeitskosten explodieren
deshalb hat Delta jetzt erwogen
mit Northwest zu fusionieren

Vielleicht denkt sie auch gar nicht an meine blöde Geschäftsidee, sondern träumt von Chuck, dem Bretterprinzen. Von einer Runde verschwitztem, therapeutischem Teenager-Gebumse in seiner standhaften Sexfestung, die er in irgendeinem großen, phallischen Baum auf seinem Grund und Boden fraglos für sie gebaut hat. (Chuck ist so einer, der Grund und Boden besitzt.)

Meine Vermutung hinsichtlich des Charakters von Lisas Fantasie wird noch davon unterstützt, wie übertrieben überrascht sie ihre glücklich geschiedene Freundin Dani begrüßt, als es an der Tür klingelt: »Was machst *du* denn hier?« Die blondierte Dani, in die Jeans ihrer Teenie-Tochter gezwängt, mit diesem Tattoo am Handgelenk, das förmlich »Ich bin vierzig und Single« schreit, und ihren Brustimplantaten, die fröhlich der Schwerkraft trotzen und mir jedes Mal Ärger einbrocken, wenn ich sie erwähne. Dani, die Freundin, deren Nähe Lisa immer dann sucht, wenn sie mit mir am unglücklichsten ist.

Sie hat zwei Röcke dabei, gerade mal so groß wie Stirnbänder, in die sie »tragischerweise nicht mehr reinpasst«, die aber perfekt für Lisa wären – »mit deiner sexy Figur«. Für mich fühlt sich das wie eine Ohrfeige an. Als würde Dani mir damit sagen, dass Lisa (wie sie selbst) auf dem freien Markt alles vernaschen könnte – was für ein Team sie abgeben würden! Und selbst die Röcke scheinen mir nur ein Vorwand zu sein – als ob Lisa bloß auf sie gewartet hätte, als wären sie Teil einer Vertuschung. »Willst auf ein Gläschen Wein reinkommen?«, fragt Lisa, und natürlich stimmt Dani zu.

»He, Matt«, begrüßt sie mich.

Ich sage: »Hallo, Dani.«

Und dabei bleibt es.

Die Frauen lassen sich am Küchentisch nieder, über zwei Goldfischgläsern voller Merlot, quatschen (aus Rücksicht auf mich, nehme ich an) über ihre Kinder und warten darauf, dass ich den Raum verlasse, damit sie endlich Klartext reden können. Ich räume langsam die Spülmaschine aus, trockne Töpfe und Pfannen ab, schiebe die Rechnungen und Kontoauszüge zusammen, bis mir keine weitere Ausrede mehr einfällt, und ziehe mich gezwungenermaßen zurück.

Dad sieht fern, also gehe ich nach oben, um nach den Jungs zu sehen, die sich eigentlich bettfertig machen sollten, sich aber stattdessen futuristische Comic-Schlachten mit ihren Gameboys liefern. Franklin fleht: »Kann ich noch weiterspielen, bis ich sterbe?« Er meint natürlich seine kleine Gameboy-Figur, aber ich muss trotzdem schlucken (ich habe in letzter Zeit ganz schön nah am Wasser gebaut) und sehe zu, wie der digitale Avatar meines Sohnes in etwas herumspringt, das wie eine riesige Speichelblase aussieht, bis er schließlich das Zeitliche segnet. (Von Beileidsbekundungen bitten wir Abstand zu nehmen. Anstelle von Blumen gehen Sie bitte zu Bett.) Zusätzlich zu seinem kleinen Sprachfehler, seinem Bettnässproblem und seiner Übersensibilität ist Franklin auch noch schwächlicher als sein Bruder. Teddy würde die Härten der öffentlichen Schule wahrscheinlich problemlos durchstehen. Aber der lispelnde, winzige, verträumte, leseschwächelnde Franklin? Der würde als Prügelknabe irgendeines Schulhofrowdys enden.

»Kann ich nicht noch aufbleiben?«

»Ich würde dich ja gern lassen, aber ich darf nicht.«

»Warum?«

»Wegen der staatlichen Schlafverordnung.«

»Bitte.«

»Das liegt nicht in meiner Hand.«

»Bitte.«

»Du weißt, ich würde alles für dich tun, wenn ich könnte.«

»Aber ich will noch nicht schlafen.«

Das erinnert mich daran, dass es gut und gerne vierzig Stunden her ist, seit ich zuletzt in einem Bett gelegen habe. Was für ein Kind natürlich der ganz große Traum wäre, die ganze Nacht aufzubleiben. Wenn ich Franklin erzählen würde, dass ich letzte Nacht überhaupt nicht im Bett war, würde er große Augen machen. *Wirklich, du hast das unerforschte Land betreten, die Welt jenseits der Schlafenszeit?*

»Tut mir leid, Kumpel.« Ich ziehe ihm die Decke über die Brust und wuschele ihm durchs Haar.

Er greift nach meinem Arm. »Geh nicht weg.«

Mein Sohn ist ein Plagiator

Er hat all meine Lieblingstricks gestohlen:
Das Beben der Unterlippe, unzählige Schlucke Wasser
sich fest an den Arm klammern, wenn Papa versucht
zum Fernseher zu verschwinden, aber er muss wissen
das ist alles nichts Neues
diese grenzenlose Angst

verlassen zu werden
allein im Bett
in der Nacht
für immer.

Wenn ich mir vorstelle, wie diese Schlägertypen an der Bagdad-Grundschule Franklin an den Rand des Spielplatzes schleppen, wird mein Mund ganz trocken. Ich herze und küsse ihn und sehe dann nach seinem älteren Bruder. Aber Teddy hat die Gute-Nacht-Kuss-Phase hinter sich, ist zu cool dafür, dreht und windet sich, wenn ich es versuche. In ein Buch vertieft, scheucht er mich mit einem Winken weg – »Nacht, Dad« –, ohne auch nur aufzusehen. Immerhin finde ich eine Tasse auf seiner Kommode. Die dürfte ihren Zweck erfüllen.

Oben auf der Treppe schlüpfe ich aus meinen Schuhen und gehe so leise wie möglich nach unten. Vorsichtig setze ich einen Fuß vor den anderen. Schleiche mit der Tasse in die Küche … und da höre ich es.

Fast Stirn an Stirn über den Tisch gebeugt, reden Lisa und Dani eindeutig *nicht* mehr über Kinder. Und obwohl ich nur einen winzigen Gesprächsfetzen erhasche, reicht es vollkommen aus, um mich *chuck*-wöhnisch zu machen. Sie flüstern, aber ich höre die Worte *»so romantisch«*. Dani bedeckt ihren Mund und schüttelt ihren blonden Schopf, während Lisa ihr etwas offensichtlich Bedeutsames anvertraut … etwas, das beide dazu bringt, ihr Gespräch zu unterbrechen und sich aufzusetzen, als sie mich sehen. Etwas, das Dani dazu veranlasst, mich mit dieser Art Blick anzusehen, mit dem man – so nehme ich zumindest an – ein Unfallopfer betrachtet. Ich weiß nicht, warum ich mir sicher bin, dass sie über Chuck reden. Doch ich bin es. Denn die anderen Worte, die ich aus dem Mund der kessen besten Freundin meiner Frau vernehme, bevor ich in die Küche komme, lauten wie folgt: *»O mein Gott, wirst du das wirklich machen?«*

Mir schnürt sich die Kehle zusammen. »Was machen?«

»Nichts.« Kein Blickkontakt. »Wir sprechen bloß über Karens Kerzen-Party.«

»Oh.« Ich stelle die Tasse in die Spüle und verziehe mich schmollend ins Wohnzimmer zu meinem Vater, der inzwischen nur noch in die Röhre starrt und am Boden zerstört sein wird, wenn ich ihm eröffne, dass wir das Pay-TV kündigen. Aus der Küche ist nichts zu hören. Die beiden müssen flüstern.

Der Abend schreitet voran. Die Hintertür schlägt zu, Dani geht nach Hause, die Jungs schlafen ein, Lisa entschwebt nach oben, um sich in ihre sozialen Netzwerke zurückzuziehen. Hier sind wir nun alle, allein in unserem sterbenden Haus …

»Weißt du, wer auch einen guten Wurf hatte?«, fragt mich mein Vater. »Dan Fouts. Aber mir ist unbegreiflich, wie er mit diesem Bart spielen konnte. Hattest du schon mal einen Bart?«

Das sind die Schleifen, mit denen man zu leben lernt, wenn der Vater unter Demenz leidet. Vielleicht unterscheidet es sich gar nicht so sehr vom Rest unseres Lebens, von all der Scheiße, die uns immer wieder einholt: bärtige Quarterbacks und Rezessionen und Tod und blauäugige Chucks, die dir deine Frau wegnehmen. Und Dope, das unzählige Jahre brauchte, bis es wieder in mein Leben trat.

Dad wedelt mit seiner treuen Fernbedienung und schaltet um – auf einen anderen Sportsender, als ob es dort vielleicht noch 1970 wäre. In der Stille bemerke ich, dass von oben keine Tippgeräusche mehr zu hören sind. Ich schätze, Lisa und Chuck haben ihren Blog-Fick beendet, oder wie immer man das nennt. Andernfalls sind sie wohl *wider* in die SMS-Intimität ihrer Handys gewechselt. Es ist surreal, sich vorzustellen, was da oben geschieht. Ich frage mich, ob Chuck ihr von dem armen Trottel erzählt hat, der heute im Bretterland war, weil er ein Baumhaus für seine Kinder bauen will. Dad und ich sehen uns die Höhepunkte des Spieltages an, zum x-ten Mal erzählt er mir von Dan Fouts' Bart.

»Kratzig«, sage ich.

»Genau … das denke ich auch«, erwidert er, als hätte ich seine Gedanken gelesen.

Als ich schließlich ins Schlafzimmer komme, liegt Lisa schon im Bett und klappt gerade ihr Handy zu. Sie trägt ihren riesigen, asexuellen Geburtenkontrollpyjama aus Sackleinen mit Glaswolldämmung und Stacheldraht.

»Tut mir leid. Hab ich dich beim Telefonieren gestört?«

»Ich habe nur meine SMS gecheckt.« Sie greift nach einer Zeitschrift und beginnt zu lesen. Ich starre auf das elegante kleine rote Telefon, das *wider* geschlossen auf dem Nachttisch liegt. Ich überlege, es aus dem Fenster zu schmeißen. Ich überlege, mir am Rechner den heutigen Browser-Verlauf anzusehen. Aber scheiß drauf, ich weiß ja, mit wem sie chattet. Ich überlege, ihr die Wahrheit über das Haus zu sagen, habe jedoch Angst, das könnte der letzte, entscheidende Anstoß für sie sein … ich überlege, zu ihr ins Bett zu steigen und sie zu bitten, mit mir Liebe zu machen – zur Hölle mit dem Geburtenkontrollpyjama. Ich überlege, sie zu bitten, es bleiben zu lassen, was immer *es* ist. Das alles ist so … beschissen. Ich weiß es. Sie weiß es auch. Wir beide wissen, dass es beschissen ist, am Ende zu sein, alles zu verlieren. Ich will *das* nicht. Ich will die Nächte nicht damit verbringen, ihr online hinterherzuschnüffeln, als wäre ich ein Internet-Privatdetektiv. Ich will keine Heimlichtuereien ihr gegenüber, und ich *will* sie nicht beim Betrügen erwischen oder ans Betrügen denken oder mir wünschen, sie könnte mich betrügen. Selbst wenn sie mich verdammt nochmal betrügen sollte, dann bin ich mir nicht einmal sicher, ob ich das wirklich wissen will. Lieber wäre ich der unbekümmerte Idiot, würde morgens aufstehen, zur Arbeit gehen, nach Hause kommen, den Jungs bei den Hausaufgaben helfen, ahnungslos. Besonders jetzt, da sich die Schlinge um meinen Hals zuzieht und ich das Gefühl habe, dass mir alles durch die Finger gleitet. Alles, was ich will, ist Trost. Frieden. Ich will meine Ehe nicht retten – ich will nur meine Ehe.

Aber es ist alles … am Ende. Wir sind am Ende, Lisa und ich. Irgendetwas Wichtiges in uns ist zerbrochen. Und ich weiß nicht, wie ich es reparieren soll. Genauso wenig, wie ich weiß, wie ich verhindern kann, dass wir unser Haus verlieren. Oder wie man ein Baumhaus baut. Ich weiß nur, dass ich einen Scheck über weniger als zehntausend Dollar in der Tasche habe, einen Scheck, der die letzten Fäden des Geldes repräsentiert, von dem wir mal angenommen haben, es würde uns als Sicherheitsnetz dienen. Das Dümmste, was wir getan haben, war nicht etwa, eine Website für Poesie und Anlagetipps zu gründen, irgendwelchen Mist bei eBay zu kaufen, mit Exfreunden zu mailen oder sich in einem Minimarkt zu bekiffen. Nein, unser größter Fehler war, zu glauben, dass ein Netz aus Geld uns auffangen könnte, wenn wir fallen.

Und mit einem Mal weiß ich, was zu tun ist. »Ich gehe zum Laden.«

Lisa dreht sich nicht einmal um. »Warum?«

»Milch holen.«

Ich fahre. Seufze. Parke vor dem 7/11. Starre auf das Schild: roter Streifen, grüner Streifen, orangefarbener Streifen. Ich sehe Menschen kommen und gehen. Es sind Menschen wie ich – hungrig, frierend, verzweifelt. Es gibt keinen anderen Grund, in einem solchen Laden einzukaufen, als pure Verzweiflung. Ich spiele mit der Sendersuche des Radios herum. Finde eine durchgeknallte Radio-Show, in der die Durchgeknallten darüber reden, dass die Vereinten Nationen unser Land übernehmen – neue Weltordnung und Mao-Anzüge. Während ich der Paranoia lausche, die aus den Bose-Lautsprechern schwappt, gelange ich zu der Überzeugung, dass wir alle den Verstand verlieren, in unserer Paranoia ersticken. Ich frage mich, ob meine Ängste wegen Lisa und Chuck für diese Paranoia-Pandemie symptomatisch sind, bevor ich zu einem Sport-Talk wechsle, wo sie gerade College-Quarterbacks bewerten. Und schon hänge ich in einer Dad-Schleife, denn ich erwäge allen Ernstes, dort anzurufen, um zu fragen, ob es im Moment eigentlich irgendwelche bärtigen Quarterbacks gibt. Vielleicht werde ich verrückt.

Vor allem ist es verrückt, davon auszugehen, dass Jamie und Skeet zu diesem 7/11 zurückkehren. Doch wo soll ich sonst nach ihnen suchen? Nach einer Stunde gebe ich schließlich auf und fahre rüber zu dem Wohnblock, vor dem wir letzte Nacht herumgestanden und Gras geraucht haben. Zwischen den Rostschleudern auf dem Parkplatz erkenne ich den aufgemotzten Ford Festiva. Ich weiß jedoch nicht, welche Wohnung zu dem Typen gehört, der den Wagen fährt. Also sitze ich *wider* in meinem Auto, wo ich warte, bis ich schließlich einen jungen Schwarzen in viel zu großen Jeans und einem schmutzigen Muskelshirt auf das Gebäude zugehen sehe. Ich kann zwar nicht sagen, ob er letzte Nacht dabei war, springe aber trotzdem aus dem Wagen.

»He, du. Ich suche Jamie und Skeet. Oder den Kerl, dem der Festiva da gehört.«

»Ich weiß nicht, wen du meinst«, beeilt der Junge sich zu sagen, und mir wird klar, dass ich ihn erschreckt habe.

»Ich bin kein Polizist oder so was. Ich will nur … ich will die beiden was fragen.«

Der Junge blickt sich um, tritt in den Lichtkegel einer Straßenlaterne und senkt dann den Blick. »Du warst letzte Nacht hier. Der Typ mit den Slippern.«

Ich trage Laufschuhe, denn meine Slipper hat jetzt Skeet. Also sage ich: »Genau, der bin ich.« Ich kann mich nicht mehr genau an den Jungen entsinnen, gestern Nacht sind sie alle irgendwie miteinander verschwommen, weil ich so alt bin oder weil ich so dicht war. »Hör mal«, sage ich, wobei ich nah an ihn herantrete. »Ich möchte bloß was von dem Gras kaufen, das wir gestern Nacht geraucht haben.«

»Und du bist kein Bulle?«

Angesichts meiner bevorstehenden Katholikenausbildung bekreuzige ich mich. »Ich schwöre.«

Der Junge wurde offensichtlich katholisch erzogen, denn meine Geste scheint ihn zu überzeugen. Er legt den Kopf schief und fragt: »Wie viel willst du?«

»Na ja«, sage ich und ziehe den Scheck über 9 400 Dollar aus der Tasche, »wie viel kriege ich denn dafür?«.

7

Die letzten Tage des Zeitungsgeschäfts

Im Traum saß ich auf meinem Rad und warf
die letzte Zeitung
tausend Meter weit, und weiter flog sie über den Zaun
ein letzter Höhenflug der freien Presse – der Blätter Ende
fiel wie das Herbstlaub auf den Rasen vorm Haus
meines alten Herrn, und der kam in Pantoffeln
hob es auf, streifte das Gummi ab – als das Ding
sein ganzes Elend preisgab: neue Kriege und
Affären, Killer und Psychopathen, ganz zu schweigen
von den Comics und den Horoskopen, dem Kreuz-
worträtsel
dem Sportteil – sogar dem Nachruf auf meine Mutter. Und
mein Vater sagte: Weine nicht, auch Gutes lebt nicht ewig-
lich, Sohn, und er klemmte die Zeitung unter den Arm
das einzig Gute, was ich je gebacken bekam, und zog
sich zurück ins Nest meiner toten Kindheit, um dort
kacken zu gehen.

8

Die letzten Tage des Zeitungsgeschäfts, Teil II

Meine Träume neigen dazu, in ihrer Obskurität entweder völlig willkürlich zu erscheinen oder so eindeutig meinem Unterbewusstsein zu entspringen, dass es schon peinlich ist – als würde es meinen seelischen Abgründen an Tiefe mangeln. Als ich bei der Tageszeitung über meine Abfindung verhandelte, träumte ich eines Nachts wirklich, ich würde als Zeitungsjunge meinem eigenen Vater jene Ausgabe zustellen, die den Nachruf auf meine Mutter enthielt. Natürlich würde jeder aufrechte Freudianer so jemanden beschuldigen, diesen Traum erfunden zu haben, um seinem Therapeuten zu gefallen. Aber ich schwöre: Ich bin tatsächlich so oberflächlich.

Hin und wieder, in etwa so, wie man morgens vielleicht einen bereits verblassenden Traum zusammenpuzzelt, versuche ich diese vermaledeite Kette von Ereignissen zu rekonstruieren, die dazu führte, dass ich vor zwei Jahren meinen Job bei der Zeitung an den Nagel gehängt habe. Der

Niedergang der Branche hatte natürlich bereits begonnen, aber ich hätte niemals gedacht, dass er so verheerend ausfallen würde. Ich war immer davon ausgegangen, dass ich – ganz gleich, was auch geschehen würde – einfach zurückkehren könnte. Der Gedanke, dass eine Zeitung *sterben* könnte, kam mir nie in den Sinn. Genauso wenig, wie Eltern daran denken, dass auch ihre Kinder eines Tages sterben werden. Tatsächlich war es genau zu der Zeit, als meine Mutter verschied, dass ich zum ersten Mal den Drang verspürte, meinen Job aufzugeben. Ich fühlte mich, *als würde ich sterben*, als würde ich mich meiner Bestimmung berauben, etwas Großes, etwas von Bedeutung zu tun. Ich fühlte mich, als würde das Schreiben für eine Zeitung – dieses Hamsterrad, dieses flaue, deprimierende Gefühl, immer hinterherzuhinken, das der Beruf des Zeitungsreporters mit sich brachte – meine schöpferische Seele ersticken. Und dann schienen auch noch die Storys selbst zu schrumpfen. Hier ein Artikel über diese Versicherung, die achtzig Leute entließ, dort ein Bericht über die Klinik, die sich einer Unternehmensgruppe des Gesundheitsgewerbes anschloss. Als würde mit diesem neuerlichen Tief jegliche journalistische Ambition eine Entwertung erfahren.

Aber mein Job war mir niemals zuwider. Ich machte nur den Fehler (und es beschämt mich, das zuzugeben), ihn als selbstverständlich zu betrachten. Schlimmer noch: Ich glaubte, dieser Job wäre nicht gut genug für mich. Ich hielt mich für etwas Besseres als einen einfachen Zeitungsreporter, irgendwie sogar für etwas Besseres als die meisten meiner Kollegen. Ich habe keine Entschuldigung für diese Arroganz und auch keine rationale Erklärung. Ich fühlte mich einfach zu etwas *Höherem* berufen. Als würde ich mich unter Wert verkaufen, als hätte ich mehr Geld, mehr Respekt und mehr Wertschätzung verdient, als irgendeine schäbige Zeitung mir je bieten könnte. Ich schätze, das ist einer der Gründe, warum ich überhaupt Wirtschaftsjournalist geworden bin. Ich zog es vor, Anzüge zu tragen (die meisten Zeitungsreporter kleiden sich wie Aushilfslehrer), und liebte es, mich mit der Sorte unerschrockener Geschäftsleute zu umgeben, dic Multimillionen-Dollar-Entscheidungen so fällen, wie der Rest von uns sich zum Mittagessen für ein Restaurant entscheidet. Als Lisa und mir klar wurde, dass wir uns mit den knapp 60 000, die ich als Journalist verdiente, unsere hohen materiellen Ansprüche nicht erfüllen konnten, zog ich eine Zeit lang Public Relations in Erwägung. Aber ich hatte PR-Arbeit immer als Gnadenbrot für abgetakelte Schreiberlinge betrachtet. Also begann ich, mein Salär aufzustocken, indem ich meine Storys als freier Autor an diverse überregionale Wirtschaftsmagazine verkaufte, und nutzte zudem das Rüstzeug, das ich mir als Journalist angeeignet hatte, für eigene Investitionen. Dabei schlug ich mich, von mexikanischen Schifffahrts-Anleihen mal abgesehen, eine Weile ziemlich wacker. Mein bester Schachzug war wohl, von Technologie auf Finanzen und Medien umzuschwenken, bevor die Tech-Werte zusammenbrachen. In manchen Jahren machte ich fast so viel Geld mit finanziellen Transaktionen wie damit, über sie zu schreiben. In den Neunzigern hatte ich sogar ein paar Jahre lang eine recht populäre Investment-Kolumne, auch wenn ich im Interesse völliger Aufrichtigkeit einräumen muss, dass man damals noch dem größten Idioten beibringen konnte, wie man mit

Hilfe des Wirtschaftsteils der Zeitung jedes Jahr zwanzig Prozent Gewinn machte.

In dieser unternehmerischen Euphorie der späten Neunziger, als ich an meinen Schreibtisch gekettet war und zusah, wie diverse Freunde und Kollegen in Telefonzellen schlüpften, um als Dotcom-Superhelden wieder herauszukommen, begann auch der Tumor meiner Unzufriedenheit erstmalig zu wuchern. Es ist der blanke Hohn mit anzusehen, wie Menschen, die einem geistig nicht das Wasser reichen können, ein Vermögen machen. Selbst als die Blase platzte, redete ich mir immer noch ein, dass ich dank meines Mangels an Ambition und Vorstellungskraft eine einmalige Chance verpasst hatte – auf … tja, auf was eigentlich? Reichtum? Glück? Die Erfüllung eines lang gegebenen Versprechens?

In der Folge wuchs und metastasierte der Tumor. Bis im Jahr 2006 – als ich meine Mutter verloren hatte und mein Vater sein Leben auf einer Ranch irgendwo in Oregon verqualmte, als der Dow Jones auf sein absolutes Hoch kletterte, als der Schätzwert unseres Hauses fünfzig Prozent über den darauf lastenden Hypotheken lag und meine finanzschweren Altersrücklagen nach einem Geniestreich aussahen, als meine Ehe ewig zu halten schien – alle Dämme brachen und … ich sprang. Und landete. Auf poetfolio.com. Nicht dass ich wirklich davon überzeugt gewesen wäre, ich hätte als Dichter großes Talent. Meine Gedichte waren prosaisch und rührselig, wenn ich mich bemühte, und einfältig und anmaßend, wenn ich es nicht tat. Tatsächlich befand sich ganz oben auf der FAQ-Seite meiner ersten Webpage dieser kleine, geistreiche Vers von Alexander Pope:

Durchlaucht, ich anerkenne Dero Regel,
Ein jeder Dichter ist ein Flegel,
Doch zeigt Ihr eignes Beispiel umso lichter:
Nicht jeder Flegel ist ein Dichter.

Aber ich sprang trotzdem. Ich stiefelte ins Büro meines teuflischen Chefredakteurs (während ich mir vorstellte, für welchen Wirbel ich sorgen würde) und sagte bloß, dass ich meine zweiwöchige Kündigungsfrist in Anspruch nähme. Jeder Arbeitnehmer träumt von diesem Moment, aber letztendlich ist er unbefriedigend. Ich räumte den Inhalt meines Schreibtischs in zwei Kisten, packte ein paar Akten ein und … sprang.

Platsch.

Als ich jetzt vor dem Redaktionsgebäude parke, frage ich mich, was wohl geschehen wäre, wenn ich vor zwei Jahren nicht gekündigt hätte. Zum einen wäre ich wahrscheinlich nicht vor die Tür gesetzt worden. Bei meiner Zeitung folgten die Entlassungen einer Faustregel, die sich nach der Länge der Abteilungszugehörigkeit richtete (und die der teuflische Chefredakteur mit Freuden manipulierte und untergrub, indem er Gegner in Abteilungen versetzte, die er dann auflöste): *Wer zuletzt kommt, geht zuerst* – weshalb mir, als die nächste Entlassungsrunde anstand, nur die letzten vier Monate seit meiner Rückkehr angerechnet wurden, obwohl ich insgesamt achtzehn Jahre dort gearbeitet hatte. Allerdings bin ich mir nicht sicher, ob es besser gewesen wäre zu bleiben, denn diese vier Monate waren eine beklemmende Albtraum-Version meines früheren Jobs. Es lag echte Angst in der Luft, die Ahnung, dass es diesmal mehr als bloß eine Konjunkturflaute war, dass wir dem Ende entgegenblickten. Vier Jahre zuvor hatten wir uns noch über zu viele Anzeigen im Blatt beschwert (weniger Platz für unsere brillanten Beiträge) und wetteiferten um möglichst exklusive Ressorts *(Redakteur für kulturelle Trends)*. Jetzt seufzten wir vor Erleichterung, wenn das dünne Blättchen überhaupt Anzeigen enthielt, und akzeptierten bereitwillig Gehaltskürzungen sowie ellenlange, vor Bindestrichen nur so strotzende Jobtitel *(Gericht-Polizei-Lokalpolitik)*, die sich aus dem Verlust unserer Kollegen ergaben.

Nein, es war klar. Die Zeitung war krank. Sterbenskrank. Und als die nächsten unvermeidbaren Entlassungen anstanden, befand ich mich ganz oben auf der Liste. Das Unternehmen war alles andere als unglücklich, künftig mein Spitzengehalt, meine vier Wochen bezahlten Urlaub und meine großzügigen Sozialleistungen einzusparen. Und als sie mir als Abfindung einen kleinen Mitleids-Scheck über vierzehn Wochengehälter ausstellten, wies mich Amber Philips, die süße Maus aus der Personalabteilung, ganz ironiefrei darauf hin, dass ich mich glücklich schätzen könne, eine so hohe Abfindung zu erhalten, da ja eigentlich nur die Zeit seit meiner Rückkehr vor vier Monaten anrechenbar sei.

»Na toll«, sagte ich.

Jetzt, wo ich mich im Aufzug zum fünften Stock und diesem Guantanamo aller Abteilungen, der Personalabteilung, befinde, bete ich zu Gott oder dem Papst oder wer auch immer der Schutzheilige aller Gedemütigten und Erniedrigten ist, die Aufzugtür möge sich NICHT auf der dritten Etage öffnen, diesem alten Hexenkessel von einer Nachrichtenredaktion. Aber natürlich sorgt der Papst – wohl wissend, dass ich die nötigen Bibelstunden noch nicht genommen habe – dafür, dass die Tür sich *exakt* auf der dritten Etage öffnet. Damit noch nicht zufrieden, sorgt der Papst auch noch dafür, dass die letzte Person auf Erden, die ich gerade sehen will, den Aufzug betritt: der Idi Amin des Journalismus, der Pol Pot meiner Zeitung – er, dessen Name nicht getippt werden kann, ohne die Tastatur zu besudeln, ebenjener Chefredakteur, der vor zwei Jahren meine Kündigung akzeptierte und mich später wieder einstellte, nur um mich vier Monate danach rauszuwerfen … der teuflische M- höchstpersönlich. Er ist in Begleitung einer dieser vollbusigen jungen Frauen, die er bevorzugt einstellt, um sie zu *protegieren*.

»Oh«, sagt M-, als er in den Aufzug steigt. Er erstarrt. Er sieht aus, als hätte er einen Geist gesehen, den Geist von jemandem, den er fertiggemacht hat. »Matt. Hallo. Wie geht es Ihnen?«

»Fantastisch«, antworte ich. »Mir ging es nie besser, danke der Nachfrage. Regelrecht befreit.«

Wir fahren schweigend nach oben. M- ist ein ungelenker Klotz von einem Mann, der ununterbrochen an seinem bleistiftdünnen Henri-Quatre-Kinnbart zupft, den man aufgrund des beachtlichen Leibesumfangs seines Trägers eigentlich eher als *Doppelkinnbart* bezeichnen muss. Vermutlich ist es unfair, diesem aufgeblähten Despoten die Schuld am Ruin der Zeitung zu geben, da jede Zeitung gleichermaßen leidet und der Niedergang meiner Zeitung sich im großen Ganzen nicht vom Niedergang der Tageszeitungen in anderen Städten unterscheidet. Im Einzelnen sieht die Zeitleiste wie folgt aus:

Die 1950er: Das aufkommende Fernsehen führt zu der Einsicht, dass die meisten Menschen es bevorzugen, ihre Nachrichten am Bildschirm von einem Herrn mit modellierter Plastikfrisur vorgelesen zu bekommen, der eine Zigarette raucht.

Die 1960er: Evolution und bessere Ernährung bringen den ersten Vater in der Geschichte der Menschheit dazu, auf der Toilette nicht mehr Zeitung zu lesen … vergleichbar mit dem ersten Fisch, der an Land ging.

Die 1970er: Lesevermögen und Zeitungen erreichen ihren Höhepunkt, ironischerweise wird ab jetzt weniger gelesen. (Randnotiz: Der Typ, der die Fernsehnachrichten liest, verzichtet darauf, auf Sendung zu rauchen.)

Die 1980er: Das aufkommende Kabelfernsehen stiehlt den Zeitungen Werbegelder. Schon bald senden ganze Kanäle rund um die Uhr Nachrichten, mit drei schwerpunktmäßigen Komponenten: (1) Berichte über Prominente, (2) aus dem Helikopter gefilmte Verfolgungsjagden mit der Polizei und (3) aufgebrachte politische Hinterbänkler, die einander anschreien.

Die 1990er: Das aufkommende Internet stiehlt den Zeitungen noch mehr Werbung und nötigt auch noch den letzten Leser unter vierzig, sein Tageszeitungsabonnement zu kündigen, um mehr Zeit für das Onanieren zu Online-Pornografie erübrigen zu können.

Die 2000er: eBay, Craigslist und diverse Kontaktbörsen machen gemeinschaftlich den klassischen Annoncen, Auto- und Immobilienanzeigen den Garaus, die sich im Nachhinein als finanzielles Rückgrat der Tageszeitungen erweisen. Die Rezession führt den Job kaltblütig zu Ende, indem sie den Anzeigenmarkt für Markenartikler zerschlägt.

Die Gegenwart: Nach einer langen Phase der Panik stellen die Zeitungsverleger immer dümmere Dinge an, um auch noch die letzten Leser zu verprellen, und beschleunigen so ihren bevorstehenden Tod, mit dem jetzt um das Jahr 2015 herum gerechnet wird.

Natürlich variieren die spezifischen Details. Bei meiner mittelgroßen Zeitung klapperte der seelisch behinderte Verleger die Konkurrenz so lange ab, bis er den perfekten, budgetkürzungswütigen, wahnhaften Jargon-Nazi gefunden hatte – einen Mann, der meiner unbedeutenden Meinung nach im harmlosesten Fall ein Narzisst ist und schlimmstenfalls ein kompletter Soziopath (deshalb sein betriebsinterner Spitzname: Idi Amin). Wie bei jedem Tyrann, der seinem Sadismus Ehre macht, bestand auch M-s erster Schachzug darin, jeden Manager hinauszudrängen, der es wagen könnte, ihm zu widersprechen. Seine zweite Amtshandlung – geradewegs aus dem Maßnahmenkatalog der Roten Khmer –, war es, sämtliche verbliebenen intelligenten Menschen zu attackieren und zu degradieren, die seine Propaganda womöglich hinterfragen könnten, bis er das geistige Niveau des Managements binnen kürzester Zeit auf das eines Haufen von Idioten reduziert hatte, deren einzige Qualifikation ihre

Loyalität war. Seltsamerweise schien M- kein wirkliches Interesse an der Stadt zu haben, über die seine Zeitung eigentlich berichten sollte. Seine einzige Passion war das Geschäft an sich, etwas, das er *Blattmachen* nannte. Er sorgte dafür, dass wir uns fortwährend unbehaglich fühlten, indem er immer wieder seine gruselige, nostalgische Liebe zu diesem Kunstwort bekundete, eine Liebe, die er offenbar hauptsächlich durch das Tragen eines 40er-Jahre-Film-Hutes und diese Wehmütigkeit demonstrierte, die ihn befiel, sobald er an jene vierzehn Monate zurückdachte, in denen er als Schundreporter die Sprache *waterboarden* durfte. »Der Mann liebt den Journalismus so, wie ein Pädophiler Kinder liebt«, hieß es hinter vorgehaltener Hand.

In der Zwischenzeit fuhr M- fort, seine Claqueure zu befördern und sich das Taj Mahal der Büros zu bauen, selbst als er eine Entlassungsrunde nach der anderen einläutete. Wie ein mittelalterlicher Quacksalber behauptete dieser selbstherrliche Despot jedes Mal, wenn er die Zeitung zur Ader ließ, er würde sie retten, und über die gesamte Zeit des kontinuierlichen Niedergangs hinweg verschwendete er Jahr für Jahr ein volles Reporter-Salär, um zu Journalismus-Konferenzen zu jetten, wo er Seite an Seite mit anderen Saddams über die Zukunft der Tageszeitungen schwafelte (deren Tod sie höchstselbst gewährleisteten). Wir grausten uns, wann immer M- eine dieser Konferenzen besuchte, da er beständig mit einem neuen Haufen *übler Ideen* nach Hause kam. So wie ein wahnsinniger General seine schrumpfenden Streitkräfte an Fronten aufmarschieren lässt, die nur er allein sieht, sollte er eines Tages ankündigen, die Zukunft der Zeitungen sei eine reine Online-Ausgabe. (Die Werbekunden lasen diese Ankündigung und zogen achselzuckend ihre Anzeigen in der Print-Ausgabe zurück, was zu einer neuerlichen Entlassungsrunde führte.) Dann, ohne seinen Fehltritt auch nur zu erwähnen, proklamierte er, die Zukunft der Zeitungen liege darin, den Zeitungsreporter ins Fernsehen zu holen! (Jedem, der jemals einen Zeitungsreporter *gesehen* hat, muss klar sein, wozu das führte … weiteren Kündigungen.) Anschließend war es die Zukunft, die Zeitung ins Radio zu bringen! (»Radio? Mein Gott, wir reisen in der Zeit zurück«, sagten meine Kollegen. »Was kommt als Nächstes? Höhlenmalerei?«) Während der Entlassungswellen, die diese paroxysmalen Todeskämpfe begleiteten, schickte dieser bärtige Scheißhaufen im Anzug die profitabelsten Abteilungen und Redaktionen der Zeitung sowie ihre besten Schreiber und Fotografen zum Teufel. Alles bloß, um seinen Zirkel dankbarer Lieblinge zu schützen, eine Phalanx talentfreier Arschkriecher, und jenen Kader knollenförmiger Praktikanten, die er im tiefsten Mittleren Westen rekrutierte, auf dem Campus seiner Alma Mater und ihrer so anmaßend benannten wie maßlos überbewerteten *Schule für Journalismus* (es gibt zwei Dinge, denen man niemals einen Namen geben sollte: Journalismusschulen und Penisse), in die er eines Tages auf so eine Art Lehrsitzsack zurückzukehren hoffte.

Aber auch Tyrannen bleiben vom Tod nicht verschont. Denn kürzlich habe ich von meinen ehemaligen Kollegen erfahren, dass M- nun selber abgesägt wird. Der Verleger ist seiner haarsträubenden Inkompetenz schließlich überdrüssig geworden und hat ihm zwei Monate gegeben, um sich einen anderen Job zu suchen. Wie jeder wahnhafte

Diktator auf der Suche nach Asyl plant M-, seinen Abgang so aussehen zu lassen, als hätte er nach all den Jahren die Nase voll davon, ständig Leute zu feuern, und nun beschlossen, sich ins eigene Schwert zu stürzen (eine Waffe, deren Klinge von all den Köpfen, die er damit abgeschlagen hat, schon stumpf ist). Danach kann er losziehen und in Branchenblättern, die es eigentlich besser wissen sollten, nach schönfärberischen, schmeichelhaften Porträts von sich selbst suchen (»Ein Redakteur setzt Zeichen!«). Tja, das dürfte ihn günstiger kommen, als Bewerbungen zu verschicken, nehme ich an.

Und was ist mit dem Schiff, das dieser Captain Queeg des Journalismus auf Grund gesetzt hat? Meine frühere Zeitung, an der ich wider jede Vernunft immer noch hänge, hat jetzt nur noch halb so viele Seiten wie vor ein paar Jahren und ist um eine Textspalte schmaler. Die einst furchtlosen Mitarbeiter – meine alten Kollegen und Freunde – ähneln inzwischen der nervösen Crew in einem der *Alien*-Filme. Ihre Zahl schrumpft, während sie panisch über ihre Schulter blicken und darauf warten, dass ihnen eines dieser fiesen kleinen Kündigungsschreiben aus der Brust schlüpft.

So viel dazu.

Im Aufzug starrt M- vor sich hin. Wie jeder Tyrann, das weiß ich, wird er von seiner eigenen Unsicherheit geplagt. Fast verspüre ich ein wenig Mitleid für diesen plumpen, freudlosen Klotz, der aus irgendwelchen dubiosen Gründen annimmt, alberne Kinnbärte seien kein Privileg von Boybands, und der nach allem nun selbst auf dem Weg in die Arbeitslosigkeit ist. Aber nichts davon entschuldigt sein Verhalten. Ich muss mir nur ins Gedächtnis rufen, wie er all diese guten Leute zum Rand des Spielplatzes geschleppt hat, und mein Mitleid vergeht.

Pling. Meine Etage.

»Fröhliches Protegieren«, sage ich.

M- schnaubt bloß.

Die Aufzugtür schließt sich. Warum sind diese schnippischen Bemerkungen, die ich mir im Kopf zurechtlege, eigentlich so unbefriedigend, wenn ich sie wirklich äußere? Nächster Stopp: das Personalbüro, wo ich im Wartezimmer Platz nehme.

»Matt. Wie geht es Ihnen?«, fragt Amber Philips. Als ich hier gearbeitet habe, hat Amber die Personalabteilung der Zeitung geleitet. Inzwischen, vier Kündigungswellen später, *ist* Amber mehr oder weniger die Personalabteilung. Sicher auch nicht schön, als Kopf der Personalabteilung so ziemlich jeden in der eigenen Abteilung zu entlassen. Wir geben uns die Hand. Obwohl sie keine große Schönheit ist, pflegt Amber jenen dezent nuttigen Business-Look, der gerade noch diesseits von »unangemessen« liegt, ihre Kostüme immer einen Tick zu gewagt – ein wenig kurz, ein wenig eng –, ihre Schuhe etwas zu drastisch fürs Büro. (Wenn Amber sich jemals selbst feuern muss, kann sie jederzeit von diesen Pumps in den Freitod springen.) Und sie ist eine außerordentlich nette Person.

Das vielleicht Jämmerlichste an lange verheirateten Typen wie mir ist diese krankhafte Liste, die jeder von uns in seinem Kopf führt, eine Liste von Frauen, die sich, wie wir glauben, insgeheim von uns angezogen fühlen. Amber stand immer ganz oben auf meiner zusammengesponnenen Liste. Selbst jetzt, in meinem niedergeschlagenen Zustand, kann ich nicht anders: Da ist eine Art Muskelerinnerung, die mir sagt, dass sie ein bisschen auf mich abfährt (oh, ein aus der Form geratener Kerl mittleren Alters, lecker) – eine Annahme, für die es nicht den geringsten Hinweis gibt.

»Was kann ich heute für Sie tun, Matt?«

Ich erkläre ihr, dass sich für Lisa und mich gerade eine Anlagemöglichkeit auftut, für die wir rasch etwas Bargeld gebrauchen könnten. Dass ich ein paar Informationen bezüglich meiner winzigen Pension bräuchte und welche Optionen es wohl gäbe, früher darauf zuzugreifen.

Sie wirkt ein wenig entsetzt. »Wie früh?«

»Ähm. Jetzt?«

»Oha. Läuft es so schlecht da draußen, Matt?«

»Um es mit den Worten von General Robert E. Lee zu sagen: *Wenn du wüsstest, Schätzchen.*«

»Klären Sie mich auf.« Sie lächelt, während sie meine Akte im Computer aufruft. »Wen nannte Robert E. Lee *Schätzchen?*«

»Er nannte alle seine Soldaten entweder *Schätzchen* oder *Mausi*. Mir ist bekannt, dass er Nathan Bedford Forrest *Püppchen* rief. General Grant hat er in der Schlacht von Appomattox *General Knuffel* genannt.«

Ihr Lächeln verschwindet, als ihr Cursor meine niedliche kleine Pension erreicht, die ich fest dafür verplant hatte, mir nach meinem fünfundsechzigsten Geburtstag die eine oder andere Runde Golf zu ermöglichen. »Freut mich zu sehen, dass Sie Ihren Sinn für Humor behalten haben, Matt.«

»Eigentlich habe ich das gar nicht«, lautet meine Antwort. »Ich bin bloß völlig stoned.«

Das stimmt.

Natürlich habe ich es gestern Nacht nicht geschafft, für 9 000 Dollar Dope zu kaufen. Aber Larry, der Junge vom Parkplatz, rief meinen alten Gaunerkumpel Jamie an, der sich ins Auto schwang, zum Wohnblock kam und sagte, dass es ein paar Tage dauern würde, eine solch »erhebliche Menge« zu bekommen – eine Formulierung, die mir einen Schrecken hätte einjagen sollen, mich aber stattdessen eher aufheiterte. Als eine Art Vertrauensbeweis gab ich Jamie Skeets schwarze Baseballkappe zurück und bat ihn, Skeet nach meinen Slippern zu fragen. Er willigte ein. Wir rauchten etwas in Larrys Bude, die sich als echtes Drecksloch entpuppte. Überall lagen Bierdosen und Pizzakrusten herum. Doch ich war schließlich Gast, also lächelte ich bloß und erklärte Jamie und Larry, dass ich wirklich Dope im Wert von 9 000 Dollar haben wolle, da ich kurzfristig etwas Geld bräuchte und glaubte, einige meiner Mittelklasse-Kiffer-Genossen würden mir das Zeug abkaufen. Jamie sagte, für so viel Geld könne er mir vermutlich ein Kilo besorgen. Bis dahin gab er mir eine kleine Kostprobe zum Freundschaftspreis: dreißig Gramm für die dreihundert, die ich dem Geldautomaten noch abluchsen konnte.

Einen Teil des Dope rauchten wir noch gestern Nacht. Den restlichen Inhalt meines zusammengerollten Plastikbeutels mit Zippverschluss packte ich in eine der oberen Schubladen meiner Kommode und ging zu Bett. Aber ich konnte nicht einschlafen – war das ein Lächeln auf Lisas schlummerndem Gesicht? –, also stand ich wieder auf und beobachtete den Sonnenaufgang, machte den Kindern Frühstück und fuhr sie in die Schule, kehrte nach Hause zurück, duschte, setzte Dad vor die rund um die Uhr laufende

Politik-und-Wirtschaftskrisen-Dauerrotation auf CNN und fuhr mit meinem Warenangebot umgehend zu meinem kiffenden Anlageberater Richard. Ich verkaufte Richard die Hälfte meines dunkelgrünen Vorrats – das, was Jamie vier Achtel nennt (und nicht die Hälfte, worin scheinbar ein Unterschied besteht, oder vielleicht ist Jamie einfach schlecht in Mathe) – und empfand nicht einmal den Hauch eines Schuldgefühls, ihm dafür dreihundert abzuknöpfen. Also exakt das, was ich bis dahin investiert hatte, obwohl das ein schamlos überhöhter Preis war (und ein weiterer Beweis, dass Richard nicht das Finanzgenie ist, für das ich ihn mal gehalten hatte). Ich ließ Richard außerdem zwanzig Dollar für die Pfeife bezahlen, die Jamie mir geschenkt hatte – und die wir gleich in seinem Büro anzündeten. Wir bliesen Rauch in die Luft und starrten aneinander an.

»Was ist?«, fragte Richard.

»Ich weiß nicht«, sagte ich. »Ich hätte dich nur nicht für einen Kiffer gehalten – obwohl das womöglich deinen Tipp mit den mexikanischen Schifffahrts-Anleihen von vor ein paar Jahren erklärt.«

»Bei dieser Wirtschaftslage?« Er zuckte mit den Schultern. »Ich würde mich jeden Tag bekiffen, wenn ich könnte.« Dann lächelte er wehmütig. »Jetzt rauche ich nur noch ein paar Mal im Jahr. Teilweise, weil es so schwer zu kriegen ist. Und Liv kann es nicht ausstehen, wenn ich es tue.« (Liv ist Richards Frau.) Er brummelte etwas, woran er offenbar lange nicht mehr gedacht hatte. »Nach dem College lebte ich mit dieser Malerin zusammen, Anya. Sie war ein wildes Mädchen, ganz anders als Liv. Sie stand darauf, nach dem Aufwachen zu kiffen – eine schnelle Blubber am Morgen –

und dann Sex zu haben. Das sind Erfahrungen, von denen man ewig zehrt.« Richard musterte die kleine Pfeife und nahm dann einen weiteren Zug. Sein Schnäuzer schob sich über den Mund, als er gegen den Hustenreiz ankämpfte. Mit zusammengebissenen Zähnen schnaufte er: »Gott, ich vermisse sie.« Dann gab er in einem kombinierten Nies-, Husten- und Lachanfall den Rauch frei. Seine Augen weiteten sich, und er staunte: »Wow.« Das Letzte, was er sagte, als ich ging, war: »Ich nehme so viel davon, wie du kriegen kannst.«

Und jetzt, während ich im Personalbüro meiner alten Zeitung sitze, beugt Amber sich vor, die Beine übereinandergeschlagen, perfekt geschminkt, und lächelt mich ziemlich durchtrieben an. »Sind Sie wirklich high, Matt?«

»Und ob.« Dabei war ich mir absolut sicher gewesen, dass meine Kiffer-Zeit hinter mir lag. Ich war runter von dem Zeug. Geläutert. Clean. Wie so viele Elternteile rechnete ich mit den Fragen, die meine Kinder mit der Zeit stellen würden, und hatte eine entsprechende Ansprache vorbereitet. *Nein, mein Sohn, ich habe kein Marihuana geraucht. Ich kann voller Stolz sagen, dass dieser Körper nie mit Drogen in Berührung gekommen ist.* Und so lautete meine Argumentation, würdig eines Politikers mit Ambitionen auf das Präsidentenamt: Wenn sich, wie Wissenschaftler sagen, die Zellen des Körpers alle sieben Jahre komplett erneuert haben, dann war ich nach fünfzehn Jahren *zwei komplett neue Menschen* von diesem Loser entfernt, der im College gekifft hatte. Und wirklich: Ich vermisste es gar nicht, high zu sein. Nicht im Geringsten. Ich konnte meinen Jungs ganz ehrlich sagen, dass das Zeug schlecht war. Es machte einen dumm. Lethargisch. Und es war illegal!

Ich fühlte mich gut dabei, diese Devise zu vertreten. Auch weil ich eben annahm, dass der Rest der mich umgebenden Erwachsenenwelt ebenfalls mit dem Kiffen aufgehört hatte.

Aber allmählich komme ich mir wie ein Trottel vor, der als Einziger nicht zur großen Party eingeladen wurde. Denn wie es scheint, kifften alle anderen mündigen Erwachsenen wie die Reggaemusiker, während ich unermüdlich mein Nancy-Reagan-Mantra wiederholte. Amber vertraut mir an, dass sie es zweimal die Woche getan hat, bis sich ihr Stammdealer vor sechs Monaten absetzte. Und ihr Lebensgefährte – ein Trockenbauer, der in Sachen Trockenbau auf dem Trockenen sitzt – ist seit Monaten so deprimiert, dass er bereits daran denkt, irgendwo hinzuziehen, wo es einfacher ist, ein ärztliches Rezept dafür zu bekommen. Nach kurzem Verhandeln mache ich Amber einen besseren Preis als Richard, weil Amber besser aussieht – und weil sie keine Provision auf meinen Abfindungsscheck möchte, was Richard vermutlich getan hätte. Amber kauft den Rest von meinem Gras für zweihundert, die ich als Reingewinn verbuche, da Richard heute Morgen dafür gesorgt hat, dass meine Ausgaben gedeckelt sind.

Ich bin erst wenige Stunden in diesem Geschäft und bereits sechsundsechzig Prozent im Plus! Amber stellt mir einen Scheck aus. In die Betreffzeile schreibt sie »Rasenpflege«. Wir kichern.

Was meine Pension betrifft, sieht es schon schlechter aus. Abzüglich der Abschläge für die verfrühte Auszahlung kämen bloß rund 2600 Dollar zusammen. Trotzdem bitte ich Amber, die Papiere vorzubereiten. (Wenn ich sechsundsechzig Prozent aus diesen 2600 rausschlage …)

»Warte mal«, sagt mein Freund Ike eine Stunde später beim Mittagessen. »Du bist also jetzt so was wie … ein Drogendealer?«

Ike und ich haben unseren üblichen »Wie-geht's-der-Familie?«- und »Wie-ruiniert-Idi-Amin-diesmal-wieder-die-Zeitung?«-Smalltalk übersprungen und kommen geradewegs auf meine neue Karriereoption zu sprechen.

»Na ja, ich schätze schon«, antworte ich. Das ist der Haken an der Sache. Ich kaufe Marihuana, um es weiterzuverkaufen und damit Profit zu machen. Was haargenau der Definition eines Drogendealers entspricht. »Aber nur vorübergehend.«

»Wow.« Ike war jahrelang Musikredakteur der Zeitung und gehört, was angesichts dieser Position durchaus seltsam anmutet, zu den spießigsten Menschen, die ich kenne. Verheiratet. Drei Kinder. Asthmatiker. Er ist vermutlich der einzige Erwachsene außer mir, der in den letzten fünfzehn Jahren nie high gewesen ist. Er wurde kürzlich in ein anderes Ressort versetzt und ist nun für Politik und Lokales zuständig. Bei schrumpfender Personaldecke ist ein Musikredakteur eine finanziell kaum zu rechtfertigende Extravaganz. Es tut mir leid für Ike, der Jahre damit verbracht hat, sich dieses abgefahrene, sehr eigentümliche Musikjournalisten-Vokabular (das *dumpfe Holpern* des Basses … die *bauchig hallende* Gitarre) draufzuschaffen, nur um dann festzustellen, dass es nicht wirklich geeignet ist, um über Politik zu schreiben (»Die Rede des Senators rumpelte vor sich hin, als würde sich ein überambitionierter Tanzmucker durch ein kompliziertes Solo stümpern«).

»Was ist mit deinen Kindern?«, fragt Ike.

»Solange es sich vermeiden lässt, würde ich ihnen lieber nichts verkaufen. Was ihre Freunde betrifft, so kann ich mir das vermutlich nicht leisten.«

»Du weißt, was ich meine.«

Natürlich weiß ich, was er meint. Und das ist etwas, was ich zu verdrängen versuche. Was würde passieren, wenn meine Kinder es herausfänden? Was, wenn Lisa es herausfände?

Ike trägt eine Zweistärkenbrille. Er ist blass, dünn, bewiesenermaßen Mitglied eines casinobetreibenden kalifornischen Indianerstammes – ich weiß nicht mehr, von welchem – und ziemlich smart. Er ist der ideale Zeitungsreporter und als solcher zur chronischen Unterforderung verdammt, dazu gezwungen, sein Leben lang für Leute zu schuften, die halb so intelligent sind wie er. Er ist mein Lieblingsschreiber bei der Zeitung, einer dieser geborenen Stilisten, deren unangestrengter Flow in den genetischen Code seiner Sätze eingeschrieben zu sein scheint, sodass man beim Lesen eines Artikels von Ike gar nicht erkennt, wie kunstfertig der Text ist. Sein Talent und seine Intelligenz sind nicht ohne blinde Flecken, indes war er der Einzige, der von poetfolio.com ehrlich angetan war. Er wollte sogar eine monatliche Immobilien-Kolumne unter dem Pseudonym Frost Peltier beisteuern. Ike und ich haben zur selben Zeit bei der Zeitung angefangen, vor achtzehn Jahren. Nach seiner Rechnung hat er »genug Wasser unter dem Kiel«, um von den Kündigungen verschont zu bleiben. Doch er muss ständig mit ansehen, wie andere, die er ebenfalls in Sicherheit wähnte – so wie mich –, »auf Grund laufen und strampelnd ersaufen«. Ich muss zugeben, dass mir Ikes Ausdrucksweise – ähnlich der meines Anlageberaters – gelegentlich ein wenig zu sinnträchtig ist.

»Ich kann es nicht fassen«, sagt er erneut. »Du denkst ernsthaft darüber nach, mit Gras zu dealen.«

»Ich denke nicht nur darüber nach, mit Gras zu dealen. Ich hab bereits zweihundert Mäuse verdient und gerade eine Warenbestellung von fast 10 000 Dollar in Auftrag gegeben.«

»Heißt das wirklich so … eine Warenbestellung?«

»Was weiß denn ich, wie das heißt«, lautet meine Antwort. »Ich bin neu in dem Geschäft. Hör zu. Mir ist durchaus bewusst, dass das keine besonders gute Idee ist. Aber ich mache das nur, bis ich meinen Kredit zurückzahlen kann oder wieder einen richtigen Job habe – was immer davon zuerst eintrifft. Wenn der heutige Tag allerdings irgendeine Prognose erlaubt, dann könnte es funktionieren …«

Ike stimmt mir zu: »Jeder, den ich kenne, raucht Dope.«

»Das ist wie während der Prohibition«, sage ich. »Geht es den Menschen schlecht, dann sehnen sie sich nach der guten alten Zeit. Für unsere Generation ist Kiffen pure Nostalgie. Gras zu verkaufen ist ungefähr so, als würde man im Jahr 1933 eine Flüsterkneipe eröffnen.«

»Ich glaube, die Prohibition wurde 1933 beendet«, bemerkt Ike.

»Egal, ich werde das eh nur für ein paar Monate machen, gerade lange genug, um ein paar Zahlungen auf das Haus zu leisten und meine Kids weiter auf die katholische Schule zu schicken. Dann höre ich damit auf.«

»Warte mal.« Ike senkt den Kopf. »Du verkaufst Dope,

um die katholische Schule bezahlen zu können? Das klingt verdammt nach Iran-Contra-Affäre.«

Ike und ich sitzen in unserem Stammlokal, einem Imbiss und Donut-Shop namens *The Picnic Basket* am Rand des Geschäftsbezirks. Die Wände sind mit Park-Motiven bemalt, an den Tischen stehen Picknickbänke. Der Laden serviert ausgezeichnete Hühnchengerichte, Sandwiches und Kuchen sowie himmlische Ahornsirup-Biskuits. Er gehört einem alten Exil-New-Yorker namens Marty, der ihn mit Hilfe seiner Frau, seines erwachsenen Sohnes und der heißen Freundinnen des Jungen betreibt. Marty führt gerne politische Gespräche und liebt es, Ike und mich zu belagern, um Fragen wie »Leute, was läuft da wirklich?« zu stellen, da er der Überzeugung ist, wir würden über Insider-Informationen verfügen, von denen die breite Öffentlichkeit nichts weiß. Abgesehen von dem guten Essen ist das vermutlich der Grund, warum wir hierher kommen: Es gibt nicht viele Läden, wo der Chef so ein Aufhebens um ein paar Zeitungsreporter macht. Selbst jetzt, während er ein halbes Hähnchen an einen Nebentisch bringt, zwinkert er uns verschwörerisch zu.

Genau in diesem Augenblick klingelt mein Handy. Ich blicke auf die Nummer im Display. Es ist Jamie. Ich sehe Ike an, dessen Gabel mit Kartoffelsalat in der Luft verharrt. Mit den Lippen forme ich die Worte: *Das sind sie*.

Ich blicke mich um, klappe dann mein Handy auf und räuspere mich. »Ja?«, frage ich, weil ich annehme, dass Drogendealer so ihre Anrufe entgegennehmen.

»Mein Kontaktmann muss dich erst kennenlernen«, sagt Jamie. Im Hintergrund kann ich den Sprecher des Football-

Videospiels *Madden NFL* hören. Na schön. Die Sache läuft also an. Sie wollen mich sehen.

»Na klar. Sicher doch. Ähm.« Ich bin mir bewusst, dass wir aufpassen müssen, was wir am Handy bereden, und spreche betont langsam. »Das fände ich gut. Deinen Freund zu treffen.«

»Alles in Ordnung, Slippers?«

»Aber ja. Mach dir keine Sorgen. Ich komme allein.«

»Was?«, sagt Jamie. »Was redest du da für'n Scheiß? Wen wolltest du denn bitte mitbringen?«

»Oh … niemand. Ich weiß nicht. Ich dachte … ich hab nur gedacht, ich sollte sagen, dass ich allein komme.«

»Pass auf … flipp mir jetzt nicht aus, Mann. Diese Jungs sind schon mal ein bisschen paranoid.«

»Klar doch. 'Tschuldigung. Also treffen wir uns am 7/11 … so um Mitternacht?«

»Meinst du, wir könnten uns vielleicht was früher treffen? Ich hab morgen eine Zwischenprüfung.« Ich drücke das Handy fester an mein Ohr. (Notiz für *Moneydude*, den bekifften Aktien-Analysten: Das Nokia 6700 ist ideal zur Kaufanbahnung.) Wir vereinbaren, uns schon um zehn zu treffen. Ich lege auf. Ikes mit Kartoffelsalat beladene Gabel schwebt immer noch vor seinem Mund. Er starrt mich aus großen Augen an.

»Das war mein Kontakt«, sage ich und stecke mein Handy weg. »Der Deal läuft heute Abend.«

»Heilige Scheiße.«

»Ich weiß!«, erwidere ich.

»Heilige Scheiße«, sagt Ike noch einmal und beugt sich über den Tisch. »Ich fass es nicht. Du bist ein Drogendealer!«

Eine Frau an einem Nachbartisch sieht zu uns rüber.

»Ich weiß«, sage ich etwas leiser.

»Heilige Scheiße.«

»Ich weiß!«

Schweigend essen wir unser Hühnchen. Moment. Ich bin ein Drogendealer? »Heilige Scheiße«, sage ich.

»Ich weiß«, erwidert Ike. Dann rückt er seinen Stuhl näher an den Tisch und legt den Kopf schräg. Irgendwie ist ihm wohl eine Idee gekommen. »He«, sagt er, »das ist … ich weiß auch nicht. Ich hab drüber nachgedacht, was du über Nostalgie gesagt hast … das ist vermutlich verrückt, aber …« Sein Blick schweift durch den Laden und dann zurück zu mir. »Meinst du, du könntest auch Kokain besorgen?«

9

Vierundzwanzig-Stunden-Nachrichten, ein Haiku

Die sexy Frauen
in den Fernsehnachrichten:
wie irritierend!

Was mein Vater und ich den lieben langen Tag so treiben, während die Jungs in der Schule sind und Lisa bei der Arbeit ist (zumindest bete ich zum Schutzheiligen der greinenden Ehemänner, dass sie bei der Arbeit ist)? Wir hocken über unseren Kaffeetassen und springen von Sender zu Sender, lauschen hitzigen Debatten, in denen Experten über die Krise im Immobilien-, Bank- und Finanzwesen diskutieren. Wir können einfach nicht wegsehen – es ist ein Wirtschaftsporno.

Aber dies ist nicht der einzige Grund. Denn sollte die weltweite Finanzkrise irgendwann ausgestanden sein, werden wir immer noch einschalten, um die Bräute von den Vierundzwanzig-Stunden-Nachrichten zu begaffen. Wenn eine von denen in ihrem feschen Kostüm auf dem Bildschirm erscheint, dann sagen wir Sachen wie »Wow« (ich), »Mit der wäre ich gern mal zehn Minuten allein« (mein Vater), »Ich glaube, die hat eine neue Frisur« (ich) oder »Die würde ich nicht von der Bettkante stoßen« (wieder mein Vater).

Angesichts einer dieser Frauen, Tamara, erkläre ich sogar regelmäßig, ich würde mein Ehegelübde für sie brechen. Ich war der Erste, der die Grenze nach Bretterland überquerte, und zwar für Tamaras hübschen, sprechenden Kopf, lange bevor ich herausfand, dass Lisa kurz davor war, mit ihrem Ex-Macker Chuck eine virtuelle Affäre anzufangen – oder eine echte, das Urteil ist noch nicht gefällt.

Die Sache mit mir und Tamara ist jedoch keineswegs ein Treuebruch, wie es Lisas Chuck-Obsession ist. Lisa weiß alles über meine Tamara-Geilheit, und sie weiß auch, dass ich sie nie ausleben würde. Tamara ist, wie es im Golf-Jargon heißt, mein Mulligan (das, was andere vielleicht Gratisbeigabe nennen würden) – die eine, moralisch nicht verpflichtende, da unerreichbare, ja rein theoretische Frau, mit der ich ungestraft fremdgehen könnte. Manchmal kaprizieren Lisa und ich uns auf das Naheliegende: etwa eine kleine Auszeit mit Angelina und Brad. Dann wieder mögen wir es etwas obskurer, sagen wir Lisa Bonet und Jason Patric. Oder bildungsbürgerlich: Jhumpa Lahiri und Paul Krugman. Eine Zeit lang, als es zwischen Lisa und mir so gut lief wie nie, bevorzugten wir Zeitreise-Gedankenexperimente: Ann-Margret anno 1967 und Robert Plant anno 1972. Unsere ehelichen Bande waren so stark, dass Untreue für uns ein Jux war! Erst vor Kurzem erkor ich diese superscharfe

MSNBCX-Ansagerin zu meinem Mulligan, deren sanfte Augen und weicher Mund die aktuelle Krise des globalen Finanzmarktes und den Verlust von Billionen von Dollar in meinen Ohren wie lüsterne Schlag-mich-Ferkeleien klingen ließen.

»Einmal«, knurrt mein Vater den Bildschirm an. »Einmal in meinem Leben möchte ich so einen scharfen Hasen vor meiner Flinte haben.«

Sollte irgendjemand daran zweifeln, dass unsere elende Zeit hier auf Erden bloß ein trauriger, existenzialistischer Witz ist, so folgt nun das denkbar Grausamste, was ich zu schildern vermag: Mein Vater (der von Sex besessen ist, wie viele Demenzkranke) – einundsiebzig Jahre alt, gebrechlich, kahl und mit einer Wampe, die aussieht, als sollte sie ihre eigene Eingriffunterhose tragen – hatte erst kürzlich zehn Tage lang irren Sex mit einer zwanzigjährigen Stripperin mit langen, geschmeidigen Beinen und zwei prallen, runden Silikonmöpsen, und *das arme Schwein erinnert sich an rein gar nichts mehr.*

Das ist die erste metaphysische Frage, die ich an diese Kirchenoberen richten werde, wenn mein Katholizismus-Training erst mal abgeschlossen ist: *Also gut, Eure Heiligkeit. Mal im Ernst … was soll der Scheiß?*

Mein Vater tastet die Hemdtasche ab, in der er seine Zigaretten verwahrt hat – damals, als er noch rauchen durfte. Dann wirft er mir einen Blick zu, und für einen Moment glaube ich einen Anflug der alten Klarheit in diesen Augen zu sehen, vielleicht einen dieser kurzen Geistesblitze, die er manchmal hat. So wie gestern, als er sich daran erinnerte, eine Eselmist-Zigarre in einem mexikanischen Puff gekauft zu haben (leider weiß ich vorher nie, was diese lichten Momente zum Vorschein bringt). »He, Jungchen, habe ich dir je von der Frau erzählt, die im Lannigans gearbeitet hat?«

Wenn mein Vater die Formulierung »Hab ich dir je erzählt?« verwendet, schildert er normalerweise etwas, das er erst kürzlich zum Besten gegeben hat. Allerdings kann ich mich nicht daran erinnern, je von einer Frau gehört zu haben, die im Lannigans gearbeitet hat. Ans Lannigans erinnere ich mich durchaus, denn das war die Bar, in der ich gelegentlich vorbeischauen musste, um in Erfahrung zu bringen, ob mein Vater uns zum Abendessen beehren würde. Oder zum Wochenende. Oder zu Thanksgiving. Oder zu meiner Highschool-Abschlussfeier.

Neben diversen Medikamenten hat Dad von seinem Arzt auch eine Handvoll Aktivitäten gegen die Demenz verordnet bekommen: I. Er soll Kreuzworträtsel lösen, Karten spielen, kleinere Arbeiten im Haushalt erledigen (mit bestimmten Aufgaben und Pflichten betraut, kann Dad sich konzentrieren, und das schärft sein allgemeines Aufmerksamkeitsvermögen). II. Er soll sich Fotoalben ansehen. III. Wann immer er eine solche Geschichte erzählen will, soll ich ihn lassen, damit er sich mit seiner Vergangenheit beschäftigt und so vielleicht Zusammenhänge wiederherstellt.

Aber genauso schnell, wie sie gekommen ist, ist die alte Klarheit auch wieder verschwunden. »Was wollte ich sagen?«

»Du wolltest mir gerade von der Frau im Lannigans erzählen.«

»Lannigans? Lass uns hingehen.« Er tastet erneut sein Hemd ab.

»Es ist seit Jahren geschlossen, Dad.«

Er wendet sich wieder dem Bildschirm zu. Ich weiß, dass es auch für ihn ein frustrierendes Gefühl ist, nicht mehr alles auf die Reihe zu kriegen. Er ist kein Mann, der sich gerne als gehandicapt betrachtet. Nach der Army heiratete er meine Mutter und bekam schließlich eine gute Anstellung bei Sears, wo er sich zum Leiter der Kraftfahrzeugabteilung hocharbeitete. Jeden Tag band er sich eine Krawatte um und ging zur Arbeit, wo er dann seinen Overall überzog und sich sein Klemmbrett griff. Er legte Wert darauf, auch in der Werkstattmontur noch Schlips zu zeigen, doch ich glaube nicht, dass er wirklich darüber nachdachte. Es war mehr so eine Art immanenter evolutionärer Sprung: ein Mann in Krawatte und Overall als Missing Link in der Entwicklung der Männer meiner Familie von *unterer Mittel- und Arbeiterklasse* (der Vater meines Vaters war Ranch- und Sägewerk-Arbeiter) zu *oberer Mittelklasse, gehobenem, urbanem Bürgertum.* (Ich habe nie einen Overall getragen, meine Privatschul-Kids haben überhaupt noch nie einen gesehen.) Aber auch wenn jeder Vater hofft, seine Söhne würden irgendwann ihren Kopf benutzen, um mehr Geld zu verdienen und ein besseres Leben zu führen, so war doch etwas verloren gegangen, als mein Dad sich aus den Urzeitsümpfen der manuellen Arbeit erhoben und diese Krawatte angelegt hatte. Der Vater meines Vaters, mein Großvater Stan, konnte alles reparieren – Traktoren, Autos, Waschmaschinen. (Gebt dem Mann einen Steckschlüsselsatz und einen Kreuzschlitzschraubenzieher, und er würde die Wirtschaft wieder zum Laufen bringen.) Mein Dad ist handwerklich halb so begabt, wie sein Vater es war. Und ich … nun … ich kann eine Glühbirne wechseln. Manchmal. Ich hatte immer geplant, mir von meinem Vater ein bisschen was zeigen zu lassen. Meine Vorstellung seines Ruhestands war so eine Art Unterricht im Klempnern, Gipswände einziehen und Autos reparieren. Dad und ich, wie wir uns auf der Veranda ein Bierchen gönnen, nachdem wir die Löcher in meiner Garagenauffahrt geflickt haben. Stattdessen hocken wir vor dem Fernseher, und Dad quasselt über Quarterbacks aus den Siebzigern, durchsucht seine Taschen nach den Zigaretten, die er nicht mehr raucht, und erzählt mir, welche Nachrichtensprecherin er gerne bumsen würde.

Er kann immer noch für eine Minute der Alte sein, sich zu Politik oder Sport äußern, doch dann kommt er ins Rutschen, und sein Verstand trudelt davon. Ich glaube, er weiß, dass er abdriftet, denn er macht so ein leises, ächzendes Geräusch, bevor er Richtung Fernseher nickt und über die Frau auf dem Bildschirm sagt: »Gott, ich hätte nichts dagegen, meine Karotte in diesen Garten zu pflanzen.«

Irgendwann schläft er ein, und ich schleiche mich aus dem Zimmer. Den Rest des Tages bin ich nervöser, als ich es seit meiner Kündigung jemals war. Was vermutlich nachvollziehbar ist, da in meiner Manteltasche ein Umschlag mit 9 000 Dollar steckt – ein fünf Zentimeter dickes Bündel Hunderter –, für den Drogendeal, den ich später durchziehen werde. Heute Morgen, nach dem Einlösen des Schecks, habe ich aus unerklärlichen Gründen vierhundert Dollar auf unser Konto eingezahlt. Ich bin mir nicht sicher, wie man das nennen soll, wenn man sich seine letzten 9 400 Dollar auszahlen lässt und vierhundert davon zur Bank bringt, während man vom Rest Dope kauft. Einen Vierhundert-Dollar-Risikoausgleich? *Jawohl, Euer Ehren, ich habe mich in einem letzten, verzweifelten Versuch, mein Haus zu retten, als Drogendealer betätigt. Aber ich habe es geschafft, vierhundert Dollar zurückzulegen, für den Fall, dass etwas schiefgeht.* (Und, ehrlich gesagt, was könnte bei einem so brillanten Plan schon schiefgehen?)

Da ich etwas Zeit habe, verwende ich eine Stunde auf mein kleines Nebenprojekt: *Meinen Kreditgeber kontaktieren*, wegen der 31000 Dollar, die wir nächste Woche zahlen müssen. Was nicht einfach ist. Die neue Firma, Providential Equity – Aufkäufer jener Firma, die das Paket defizitärer Schuldscheine erworben hat, zu dem auch meine Hypotheken gehören –, besteht darauf, dass man sämtliche Anfragen per E-Mail stellt. Was ich auch vier Mal getan habe. Aber alles, was ich als Antwort bekam, waren automatisch generierte Mails, die mit den Worten »Bitte antworten Sie nicht auf diese Nachricht« begannen. Diese voll automatisierten elektronischen Briefe behaupteten beharrlich, dass man »mein Interesse sehr zu schätzen weiß«, dass »mein Vorgang eingehend geprüft wird« und dass mich »in Bälde ein Kreditspezialist kontaktieren wird«. Nach einigem Suchen fand ich auf der Internetseite der Firma, die die Firma geschluckt hat, die jenen Stapel Pfandbriefe gekauft hat, zu denen meine gehören, eine gebührenfreie Nummer – die allerdings in ein Labyrinth telefonischer Sackgassen führte: »Herzlich willkommen bei der Providential-Equity-Telefonhilfe. Für allgemeine Fragen drücken Sie bitte die Eins …, wenn Ihnen die Durchwahl des Anschlusses, den Sie erreichen wollen, bekannt ist, drücken Sie bitte … für Kundenauskünfte, die sich nicht auf laufende Hypotheken beziehen, drücken Sie bitte … geht es um einen Festsatzkredit, besuchen Sie bitte unsere Website … die Nummer, die Sie gewählt haben, ist vorübergehend nicht erreichbar …«

Letzte Woche habe ich die Nummer der Hauptniederlassung in Benicia, Kalifornien rausgefunden, aber die entsprechende Durchwahl schickte einen bloß wieder in dieses Bandansagen-System, um dort abermals dem eigenen Schwanz hinterherzujagen. Heute probiere ich es mit einem alten Reportertrick: Ich beginne mit der Nummer der Hauptstelle und tippe dann willkürlich Ziffern, inbrünstig darauf hoffend, dass an irgendeinem Schreibtisch irgendeines Großraumbüros ein Mensch aus Fleisch und Blut den Hörer abnimmt. Aber das Unternehmen scheint längst durch und durch computerisiert zu sein – möglicherweise wurde es von diesem Großrechner gekapert, der in den *Terminator*-Filmen die Menschheit auslöscht. Nach vierzig Minuten am Telefon stehe ich kurz vor der Kapitulation, als plötzlich ein auf Kohlenstoff basierendes Wesen antwortet: »Kundenservice, Sie sprechen mit Gilbert.«

»G…« Für den Bruchteil einer Sekunde verschlägt es mir die Sprache. »Gilbert?« Beinahe muss ich weinen. »Gilbert! Gott sei Dank. Ich muss mit Ihnen reden. Bitte legen Sie nicht auf.«

»Selbstverständlich nicht. Was kann ich für Sie tun?«

Geduldig erkläre ich ihm, dass ich (1) eine Hypothekenschuld habe, (2) meinen Job verloren habe, (3) mit den Zahlungen im Rückstand bin, (4) die Schuldverschreibung zusammen mit einem Stapel anderer verkauft wurde, (5) die Firma, die diese Wechsel gekauft hat, wiederum von Gilberts Firma übernommen wurde, (6) ich mich vor dem Verkauf dummerweise zu einem Schlussratenkredit überreden ließ und (7) nun einen »Lieber Hauseigner«-Brief vor mir liegen habe, der besagt, dass ich in weniger als einer Woche mein Haus verliere, es sei denn, ich leiste die nötige Schlussratenzahlung, (8) aber ich hätte da etwas in der Pipeline, und wenn man mir bloß noch ein oder zwei Monate Aufschub gewähren würde, könnte ich meinen Zahlungsrückstand sicher ausgleichen …

Gilbert sagt »sicher, sicher« und »o je« (als ich den Schlussratenkredit erwähne) und »Das tut mir leid« (weil ich meinen Job verloren habe) und »natürlich« (ich bräuchte etwas mehr Zeit) und »Wir wollen doch genauso sehr wie Sie, dass Sie in Ihrem Haus bleiben können, Mr. Prior«. Gilbert ist brillant, liebenswert. Er notiert sich meinen Namen, meine E-Mail-Adresse, meine Telefonnummer, wirft einen Blick in meinen Vorgang und sagt, das käme alles in Ordnung. Ich kann seine organischen, nichtautomatischen Finger tippen hören. Ich sage ihm, ich würde einen Brief darüber schreiben, wie sehr er mir geholfen hat. Gilbert lacht freundlich und sagt mir, das sei nicht nötig. Er ist nicht überrascht, dass ich Schwierigkeiten hatte, jemanden ans Telefon zu bekommen. Er räumt ein, »dass es bei Providential Equity gerade etwas drunter und drüber geht«. Aber er weiß genau, wer mir helfen kann. Es gebe ein Programm für Hauseigner wie mich, und ich sei sicher qualifiziert für eine »verlängerte Hypotheken-Anpassung«. Erneut bin ich den Tränen nah, als Gilbert den Namen einer Kollegin nennt – inklusive Titel und Durchwahl – und sagt, dass ich mich auf ihn berufen solle. Und während ich nach einem Stift suche, um den Namen dieses neuen menschlichen Wesens aufzuschreiben – Joyce oder Joe oder Joan, ich kann es nicht ganz verstehen,

Anderson, Addison oder Amberton, ich bin mir nicht sicher, entweder ist sie Senior-Kunden-Managerin oder Administratorin für besondere Ansprüche, ihre Nummer lautet 478-2344 oder 874-2433 oder 487-33342 –, stellt Gilbert mich durch zu …

»Herzlich willkommen bei der Providential-Equity-Telefonhilfe. Für allgemeine Fragen drücken Sie bitte die Eins …«

Das Telefon fliegt. Kracht gegen die Wand. Nicht nur, dass ich mich nicht an Joyce Joe Joan Anderson Addison Ambertsons Durchwahl erinnere. Auch die Nummer, unter der ich Gilbert erreicht habe, fällt mir nicht mehr ein. Ich probiere ein paar Kombinationen, aber das Klingeln verhallt im leeren Raum, und ich stelle mir Gilbert allein in seiner Bürozelle vor, die Hose auf den Knöcheln, umgeben von klingelnden Telefonen, wie er sich wieder dem Rechner zuwendet, um sich seinen Fetisch-Porno-Seiten oder seinem virtuellen Fußballteam zu widmen.

Für heute habe ich genug. Ich werde es morgen noch mal versuchen. Ich stopfe den »Lieber Hauseigner«-Brief zurück in meine Tasche. Lasse mich wieder neben Dad auf die Couch fallen. Er tastet nach seinen Zigaretten. Die Zeit verstreicht. Meine Frau kommt mit den Kindern nach Hause. Wir essen Schweinekoteletts. Dad stochert in seinem Essen herum. Lisa und ich blicken aneinander vorbei.

Beim Abendessen sprudeln die herzerwärmenden Schulanekdoten nur so aus Franklin und Teddy heraus, als wüssten sie intuitiv, dass ihre Eltern vielleicht nicht mehr in der Lage sind, das Schulgeld zu zahlen. Jede Geschichte ist ein Beleg dafür, welch Leuchtfeuer akademischer Leistung ihre kleine kirchliche Schule ist, welch warmes Nest von Intelligenz und Sicherheit, welch Zuflucht vor der kalten, harten Welt, welch zuverlässiger Freifahrtschein in eine glückselige Eliteuni-Zukunft.

»Das Team des Mathe-Wettbewerbs sammelt Geld, um im Frühjahr an der nationalen Endausscheidung teilzunehmen«, informiert mich Teddy. Natürlich wird er, wenn sein Matheteam zur Landesmeisterschaft fährt, längst drüben auf der Alcatraz-Grundschule sein und lernen, wie man aus einer Plastikgabel ein Klappmesser bastelt.

Schließlich erwidert Lisa meinen Blick, ihre Gabel schwebt in der Luft. Doch sie verzieht weder eine Miene, noch schüttelt sie den Kopf – sie tut etwas wesentlich Schlimmeres: Sie lächelt mitfühlend, die Lider leicht gesenkt, wie um zu sagen: *Mach dir keine Sorgen, Matt. Wir finden eine Lösung. Ist schon in Ordnung.*

Ihre Reaktion macht mich sauer. Denn es würde mir so viel leichter fallen, meine Frau zu verlieren, wenn sie ein Arschloch wäre – aber sie hat sich konsequent geweigert, auf diese Art zu kooperieren. Selbst als wir frisch liiert und meine Kumpel per Gesetz dazu verpflichtet waren, meine Freundin zu hassen, war sie ihnen stets eine angenehme Gesellschaft, die diese widerwillig mit dem höchsten Kumpelkompliment quittierten: »Nö, Mann, Lisa ist cool …« Ich war vierundzwanzig, als wir uns trafen, es war mein erstes Jahr bei der Zeitung. Und sie *war* cool, einundzwanzig, Marketing-Assistentin in einem Krankenhaus, über das ich schrieb. Zum ersten Mal sah ich sie auf einer Pressekonferenz, wo das Krankenhaus sein neues Beratungsprogramm für drogenabhängige Teenager vorstellte. Ich war nur hingegangen, weil ich an einer Story über die fortwährenden Personalprobleme der Klinik arbeitete, und als der Pressesprecher herumjammerte – »Nie schreiben Sie etwas Positives über uns« –, kam mir die Idee, den Vorwurf mit zwei tief im Wirtschaftsteil versteckten Absätzen zu ihrem Beratungsprogramm zu kontern. Als ich den Konferenzraum betrat, fiel mir sofort dieses Mädchen auf: abwesender Blick, volle Lippen, gebräunte Beine in einem knapp bis über die Knie reichenden Rock und, ein unvermeidlicher Hingucker, ein paar teuer aussehende, völlig deplatzierte, mit Pelz besetzte Stiefel. Es war eine dieser hirnverbrannten »Pressekonferenzen«, zu denen nur ein einziger Pressevertreter erschien: ich. Ich saß auf einem der fünfzehn Stühle, die sie für die »Medien« aufgestellt hatten, während der Sprecher der Klinik auf dem Podium stand und mir Wort für Wort dieselbe blödsinnige Pressemitteilung vorlas, die ich in der Hand hielt. Dann sagte er: »Hat noch jemand Fragen?« Da ich der einzige Anwesende war, fragte ich: »Wie viele Teenager kann das Programm aufnehmen?«, worauf der verblüffte Sprecher mich an Fräulein Fellstiefel verwies: »Lisa McDermott ist mit dem Programm betraut, sie kann Ihnen sicher Genaueres dazu sagen.« Ich weiß, das klingt jetzt abgedroschen, aber im Stillen dachte ich *Lisa Prior*, als sie auf mich zustiefelte, mit einer Broschüre des Programms, das irgendein lächerliches, völlig konstruiertes Akronym trug – N.O.D.O.P.E. oder G.O.C.L.E.A.N. Ich sagte: »Hübscher Name.« Fräulein Fellstiefel erwiderte: »Nicht wahr? Finde ich auch«, während sie gleichzeitig mit dem Rücken zum Pressesprecher eine eindeutig obszöne Geste machte.

Und da war es um mich geschehen: Ich war verliebt.

Sicher, es gab schon früh erste Hinweise auf Schwierigkeiten. Lisa ist einer dieser Menschen, bei denen man niemals das Gefühl hat, ihr Innerstes wirklich zu erreichen. Nicht dass sie etwas vor mir verbarg, es gab bloß immer noch eine weitere, tiefere Schicht, zu der ich keinen Zugang hatte. Und da war immer wieder diese Sache mit dem Geld. Wie bei den meisten Männern entwickeln sich Beziehungen für mich vor allem auf körperlicher Ebene (ich küsste sie … wir fummelten … wir hatten Sex). Wie so viele Frauen definiert Lisa Fortschritt eher über Ereignisse von materieller Bedeutung, Entwicklungen, die finanzielle Sicherheit versprechen (er hat mich zum Essen eingeladen … er ist mit mir über das Wochenende nach Napa gefahren … er will, dass ich bei ihm einziehe). Doch wenigstens hielt Lisa damit nie hinterm Berg. Ihr Vater starb, als sie zwölf war, weshalb sie und ihre Mutter ein paar Jahre lang arm wie die Kirchenmäuse waren. »Ich muss dich warnen, mir passiert es manchmal, dass ich *verwöhnt werden* mit *geliebt werden* verwechsle«, sagte sie mir bei unserem vierten Date, strahlte mich mit ihrem vollkommenen Lächeln an, während sie sich ihrem Fünfundsechzig-Dollar-Hauptgang widmete, und zwinkerte mir verschwörerisch zu, den Mund voller sautierter Jakobsmuscheln in Trüffelbutter. »Aber ich arbeite daran.«

Nein, ich fand sogar Lisas Macken entzückend, zum Teil weil sie so offen und cool damit umging. Selbst als sie unter den Härten des Arbeitsmarktes zu leiden hatte, blieb sie cool. Während ihres Onlinekaufrauschs fühlte sie sich schrecklich, entschuldigte sich bei mir und erklärte sich bereit, professionelle Hilfe zu suchen. Verdammt, sogar jetzt, wo sie möglicherweise mit dem Gedanken spielt fremdzugehen, kann ich ihr keine Vorwürfe machen. Vielleicht, weil ich mich momentan völlig außerstande sehe, überhaupt etwas dagegen zu unternehmen. Oder weil ich die Regeln von Anfang kannte.

Und solange ich mir die Stärken meiner Frau bewusst mache – was gerade wirklich schmerzhaft ist –, ist sie wirklich kein übler Anblick. Scheiße, wenn ich ehrlich bin, muss ich zugeben, dass sie immer noch attraktiv und smart genug für die Fernsehnachrichten ist … ich meine, für die Primetime bräuchte sie ein bisschen Make-up oder für CNBC in den Haupt-Börsenzeiten, aber sie ist mehr als hübsch genug für die Nachtsendung oder als Morgenmoderatorin zwischen quasselnden politischen Experten. Wenn sie dann womöglich mit Chuck in der Hütte lebt, die er aus Baumrinde und seinen Sackhaaren für sie baut, wenn sie *wider* unerreichbar für mich ist, ein paar Fellstiefel vor einer Wand … völlig unerreichbar … würde ich sie tatsächlich zu meinem Mulligan erwählen.

»Ich gehe nach oben«, sagt Lisa, nachdem wir das Geschirr vom Abendessen gespült haben. Im Gehen wirft sie mir einen Blick zu. »Alles in Ordnung?«

»Alles … bestens.«

Ich helfe Teddy bei den Mathe-Hausaufgaben. Lausche, wie Lisa oben am Computer tippt. Zur Schlafenszeit lese ich Franklin eine Geschichte vor, über eine Schlange, die nicht erwachsen werden will und sich zum ersten Mal häutet. Gott, wie ich Kinderbücher hasse. Früher waren sie voller skurriler Kreaturen und Monster, die die Kinder erschrecken, sie dem Schlaf in die Arme scheuchen sollten. Heutzutage sind sie bloß noch darauf aus, die Eltern zu erschrecken oder uns zu therapieren. Es sind kaum kaschierte Versuche, uns zurechtzubiegen, unterschwellige Botschaften von Oprah Winfreys heimtückischer Heerschar von Selbsthilfe-Autoren, die versuchen, uns in Liebe und Verantwortungsbewusstsein zu drillen. Ich hab's verstanden, in Ordnung? Ich bin die Schlange, die nicht erwachsen werden will. Ich küsse Franklin, entziehe meinen Arm seinem besorgten Zugriff und flüchte nach unten.

»Lass uns heute mal nicht fernsehen«, schlage ich Dad vor.

Also spielen wir stattdessen eine wahnwitzige Partie Scrabble. Doch mein Vater scheint nur schmutzige Wörter zu kennen – oder erfundene Wörter, die schmutzig klingen.

»Spermügel? Was ist das – irgendeine Art nächtlicher Senioren-Erguss?«

»Ein Fisch.« Er tastet die Tasche nach einer Zigarette ab, wie ein Amputierter auf der Suche nach einem verlorenen Körperteil.

Ich greife zögernd nach dem Wörterbuch. Sein Blick verfolgt meine Hand, dann sieht er mir in die Augen. »Ein Fisch?«, frage ich.

»Nur zu. Schlag es nach. Es ist ein Angelköder.« Er starrt auf das Wörterbuch in meiner Hand.

»Ein Angel*köder?*«

»Ja. Sieht wie eine Glocke aus.«

Er weiß, dass ich keine Ahnung von Angelködern habe. Kann mir auch egal sein. Ich freue mich, dass er genug bei Verstand ist, um es mit mir aufzunehmen. Erfundene Wörter sind ein Fortschritt. Also gut. Spermügel. Ich lege das Wörterbuch wieder weg. Schreibe die einundachtzig Punkte auf und verliere mit sechzig Punkten gegen einen senilen alten Mann.

Wir setzen uns wieder vor den Fernseher. Er blickt hinüber zum Tisch und sieht das Scrabble-Spiel, das noch dort liegt. »Das sollten wir bei Gelegenheit mal spielen«, sagt er.

Oben sind die Tippgeräusche verstummt.

Dad seufzt. »Weißt du, was mir am meisten fehlt?«

Diese Schleife ist mir bekannt: Es gibt sechs Sachen, die meinem Vater fehlen, und sie kommen in letzter Zeit häufig zur Sprache. Als würde er jedes Mal, bevor er diesen Satz sagt, ein kleines Glücksrad in seinem Kopf drehen. Und ich mache mir einen Spaß daraus, zu erraten, bei welchem der sechs Sachen es diesmal zum Stehen kommt. Die sechs Dinge, die mein Vater vermisst, sind: (1) Trockenfleisch-Geschnetzeltes, (2) Angie Dickinson, (3) Dandy Dons Gesang am Ende von *Monday Night Football*, (4) die alten Aufreißlaschen an Bierdosen, (5) *Detektiv Rockford – Anruf genügt* und (6) Joe Frazier. Der Arzt sagt, wann immer mein Vater von früher rede, sei das ein gutes Zeichen. Also frage ich jedes Mal, was ihm denn am meisten fehle, obwohl es ein wenig enttäuschend ist, dass er nie meine Mutter oder meine drei Schwestern – die aufgrund des limitierten Jobangebots für sie und ihre Ehemänner über das ganze Land verstreut leben – oder seine Stellung bei Sears oder, was weiß ich, seine Bowlingkugel vermisst. Stattdessen ist es immer eines dieser sechs nichtigen Dinge, und meistens ist es Trockenfleisch-Geschnetzeltes. Eines Abends kochte ich es sogar für ihn – er aß es, ohne auch nur ein einziges Wort dazu zu sagen, während die Jungs Grimassen schnitten und Lisa vorgab, telefonieren zu müssen. Zwei Stunden später sagte er: »Weißt du, was mir am meisten fehlt? Trockenfleisch-Geschnetzeltes.« Doch ich schätze, die Ärzte haben recht: Es ist ein gutes Zeichen, dass er sich überhaupt an etwas erinnert, Bilder oder Sachen mit seiner Vergangenheit verbindet, sich immer wieder neu erschafft, aus jenen Dingen, die er nicht mehr besitzt. Also nehme ich es nicht persönlich, sondern platziere meine Wette auf den wahrscheinlichsten Ausgang.

»Trockenfleisch-Geschnetzeltes?«

»Detektiv Rockford«, erwidert mein Vater.

Es ist Müllnacht – die Nacht, in der ich von Zimmer zu Zimmer gleite, Plastikpapierkörbe ausleere und einen Einblick in das wahre Ausmaß dessen bekomme, was sich wirklich im Leben meiner Familie abspielt. Keine Überraschungen im Küchenmülleimer – nur die Anzahl der Bananenschalen übersteigt die der von uns in der Regel verzehrten Bananen. Das ist das Problem mit unserer kulturellen Paranoia: Etwas so Harmloses wie ein Überschuss an Bananenschalen kann unseren verwirrten Verstand zum Rotieren bringen (… sich der süßen Erinnerung an ihren Kosenamen für seinen Freudenspender hingebend, schickt Chuck Lisa einen Bananenstrauß ins Büro …). Der Eimer im Badezimmer enthält abgeschnittene Zehennägel, leere Klopapierrollen, Einweg-Rasierer und die forensischen Spuren aus der noch immer mysteriösen Welt der weiblichen Intimpflege. Schon der bloße Gedanke an diese Zyklen männlicher und weiblicher Hygiene ist deprimierend, sich diese Müllkippen voller Mist auszumalen, den es Tag für Tag braucht, uns alle frisch, unfruchtbar, abgewischt und frei von Gesichts- und Intimbehaarung zu halten. In Teddys Zimmer enthüllt der

Basketballkorb-Mülleimer, was ich längst vermutet habe: Das Bürschchen bedient sich an seinem Halloween-Süßigkeiten-Vorrat etwas großzügiger als verabredet. Der Inhalt ist ein einziges Schlachtfeld aus Erdnussbutterkeks-, Fruchtdrops- und Schokoriegelverpackungen. Franklins Papierkorb ist – wie der Junge selbst – herzzerreißend: ein halb aufgegessener, stibitzter, voller Schuld weggeworfener Lolli, eine vollgepinkelte Unterhose, die er voller Scham verstecken wollte, und ein gruseliges Bild von einem Monster, das er aus einem Buch gerissen hat.

Es ist 21:30 Uhr – noch eine halbe Stunde bis zu meinem Treffen mit Pablo Escobar. Die Jungs schlafen auf ihren Betten ausgestreckt, wie Fensterspringer auf dem Bürgersteig. Ich decke sie zu. Teddys Haar türmt sich widerspenstig auf dem Kopfkissen. Ich streiche es glatt.

Der Papierkorb in unserem Schlafzimmer ist leer. Völlig unfähig, dieser Tatsache keine Bedeutung beizumessen, kann ich mich nicht entscheiden, ob ein leerer Abfalleimer nun eine gescheiterte Ehe oder den zurückhaltenden Charakter unserer Beziehung symbolisiert. Mit anderen Worten: dass wir noch nicht einmal unseren Abfall mit dem anderen teilen.

Lisa liegt bereits im Bett. Die Lesebrille auf der Nasenspitze, blättert sie in einer Zeitschrift. Offenbar stehen heute Nacht keine Textmitteilungen an. Vielleicht hat Chuck seine Kinder zu Besuch. Oder vielleicht gab es einen Bandsägen-Unfall bei der Arbeit, und Chuck hat seine Finger verloren und kann nie wieder tippen.

»Ich hab mir überlegt … wenn das in Ordnung ist«, sagt sie, ohne von ihrer Zeitschrift aufzublicken, »dann würde ich am Samstag vielleicht gerne mit Dani auf ein Konzert gehen.«

Ich stehe nur da, mit meinem Müllbeutel in der Hand. »Mit Dani?« Mir fallen die Bemerkungen vom Vorabend wieder ein: *»So romantisch«* und *»Wirst du das wirklich machen?«*.

»Ja.« Kein Blickkontakt. »Sie hat mich gefragt, ob ich mitkommen will.«

»Was für ein Konzert?«, frage ich.

Sie nennt den Namen einer Band, die mir unbekannt ist: »Blue Eyed Jesus. Sollen ganz gut sein. So Alternative Country … irgendwie Richtung Wilco.«

»Oh, ja«, antworte ich und verspüre einen stechenden Schmerz. »Blue Eyed Jesus. Jaja, die sind gut. Nein, du solltest da hingehen. Klingt nach Spaß.« Und dann – keine Ahnung, welcher Teufel mich dabei reitet: »Ich weiß doch, wie sehr du auf Wilco stehst.«

Lisa kann Wilco nicht ausstehen.

»Nein, ich dachte bloß, ein Konzert wäre bestimmt nett. Und da Dani ein Ticket zu viel hat, würde es uns ja nicht mal was kosten.«

»Nein, du solltest wirklich gehen. Also ich würde gehen, wenn ich die Möglichkeit hätte.«

»Oh. Möchtest du mitkommen?« Kurz schaut sie zu mir auf. Mein Gott, wir verändern uns. Arme werden schlaff, Bäuche wachsen, Haare werden grau. An den beiden Menschen, die sich damals auf der Pressekonferenz begegnet sind, hat sich alles verändert – außer den Augen. Ihre blicken zur Seite.

Und ich tue so, als würde ich ernsthaft darüber nachdenken. »Vielleicht.«

»Ich hätte dich ja gefragt«, sagt sie, »aber ich weiß doch, wie sehr du Konzerte hasst.«

Ich hasse Konzerte wirklich. Ich hasse sie, seitdem wir mal auf einem Open-Air-Festival waren und beinahe zu Tode getrampelt wurden. Ich hasse es, den dreifachen Preis einer CD zu zahlen, nur um in einer renitenten Menschenmenge zu stehen und zu denken: (A) dieser Song klingt genau so, wie er auf CD klingt, oder (B) dieser Song klingt nicht annähernd so, wie er auf CD klingt.

Lisa legt ihre Zeitschrift weg. »Möchtest du, dass ich mich um einen Babysitter kümmere?«

Da wären wir also. Unsere Pokerblätter auf dem Tisch. Die Einsätze, bitte. Zeit, entweder meinen Bluff durchzuziehen oder zu passen. Oder … Moment … »Kann ich noch mal drüber nachdenken?« Ich schleppe meinen Müllsack nach unten, zufrieden mit meinem Spielzug, den Ausgang der Partie offen zu lassen. Beim Poker nennen wir das »checken« – den dritten Weg.

Ich werfe den Wertstoffmüll in unseren rollbaren Müllcontainer und schiebe das Ding durch den mit Blättern übersäten Garten. Das wirklich Unerfreulichste an unserem unerfreulichen Viertel beginnt an der Gasse hinter unserem Haus – diese Gasse ist die entmilitarisierte Zone der Gentrifizierung. Alles oberhalb dieser Gasse – wie unser Haus – ist nett und adrett. Besitzer pflegen ihren Rasen, streichen, pflanzen, decken die Dächer neu ein und parken neue Autos in ihren Auffahrten. Hinter der Gasse beginnt eine beunruhigende Welt voller abblätternder Farbe, Schrottautos, auf der Veranda gammelnder Sofas. Es ist nicht ungewöhnlich, dort das Blaulicht von Polizeiwagen über die holzvertäfelten Fassaden der Mietshäuser huschen zu sehen oder lautstarke Demonstrationen betrunkener Liebe zu hören – *Schaff deinen fetten Arsch hier rein, Damien, das Essen ist fertig!* –, die Lisa und mir aufgrund unseres weniger alkoholindizierten Erziehungsstils ein trauriges Gefühl der Überlegenheit verleihen. (Und doch könnte ich wetten, dass die meisten dieser Schreihälse einen Job haben.)

Ich schiebe den Müllcontainer auf die Gasse und gehe zurück Richtung Haus.

Mein Haus …

Gott, dieser Anblick ist atemberaubend. Genau dieser Anblick war es, der für uns den Ausschlag gab, das Gebäude zu kaufen. Die Häuser in der ersten Reihe unseres Straßenblocks stehen auf großen Grundstücken, und dieser Blickwinkel, von ganz hinten im Garten, raubt mir immer noch den Atem: ein langer, sanft geschwungener Hang, gekrönt von großen, majestätischen Ahornbäumen auf beiden Seiten unseres verwinkelten, zweistöckigen, 1917 im Tudorstil gebauten Heims. Der feine Schleier des Spätoktober-Regens hüllt die ganze Straße in Nebel, sodass unser großes Ziegelsteinhaus im sanften Licht der Straßenlaterne auf der Ecke leuchtet wie ein Filmset des alten London. Von hier hinten scheint es all das Geld und den Stress beinahe wert zu sein, ein ganzes Arbeitsleben, das es kosten wird, es zu bezahlen (ich weiß noch, wie ich die Summe errechnete, die wir die nächsten dreißig Jahre abbezahlen würden, und mir schlecht wurde). Von Nahem lassen die Klinkersteine und das unregelmäßige Dach das Haus aussehen, als wäre es von der unsicheren Hand eines Kindes gezeichnet worden. Aber von hier hinten erkennt man, wenn man die Augen zusammenkneift, den angedeuteten Umriss eines Landhauses. Es ist das Haus, in das wir uns verliebt haben, Lisa und ich. Das Haus, das in jeder Hinsicht der Dritte im Bunde unserer Ehe geworden war – ebenjene Art von großzügigem Heim, in dem wir uns einander immer schon vorgestellt hatten, wenn wir uns unser Leben als verheiratetes Paar ausmalten.

Ich frage mich, ob ein Haus jemals zuvor so viel repräsentiert hat, wie es das für Menschen wie Lisa und mich heute tut. Mehr als irgendetwas sonst war es über die letzten Jahre Symbol und Bemessungsgrundlage unseres Wohlstands gewesen. Jedes Mal, wenn wir einen Cent hineinsteckten, und jedes Mal, wenn wir einen herausholten, schien uns das ein so gewiefter Schachzug, eine so gute Investition zu sein. Jedes Mal, wenn es im Wert gestiegen war, beliehen wir es, um es weiter auszubauen, und jedes Mal, wenn wir es weiter ausgebaut hatten, gratulierten wir uns zu unserer Klugheit. Wann immer wir sahen, dass in der Nachbarschaft ein Haus zum Verkauf stand *(Die wollen 385 000 dafür haben, und es ist nicht mal halb so groß!)*, benahmen wir uns wie derivatgeile Broker. Der Wert des Hauses bestand für uns nicht darin, dass es unserer Familie Schutz und Geborgenheit bot – nicht einmal in jenem ästhetischen Triumph, dessen Zeugen wir von der Gasse aus wurden –, sondern wir betrachteten es als eine Art Glaubensbekenntnis, theoretisches Konstrukt, vermögensbildenden Mechanismus, eine Heilstaste an unserem geistigen Taschenrechner. Etwas, dessen Wert wir nicht länger nach seinem Verkaufspreis bemaßen, sondern anhand einer hochgerechneten Mischkalkulation, deren Ergebnis – einen kontinuierlichen Aufwärtstrend des Marktes vorausgesetzt – uns durchaus realistisch zu sein schien.

Denn es gab ja nur eine Richtung, in die sich die Immobilienmärkte entwickeln würden: aufwärts. All die klugen Köpfe predigten das. Wenn das Immobilienwesen das Platzen der Technologieblase und die kurze Erkenntnis nach 7/11 überlebt hatte, dass wir in dieser beängstigenden Welt nicht alleine sind, was sollte seinen Siegeszug da noch aufhalten? In achtzig Jahren, so beruhigten uns die klugen Köpfe, waren die Immobilienwerte nur einmal gefallen. *Einmal in achtzig Jahren?* Noch immer kann ich meine überschuldeten Augen schließen und habe zwei Dekaden derartigen Partygeplauders in den Ohren: Immobilien sind die einzigen sicheren Kapitalanlagen, mit Immobilien kann man nur Gewinn machen, es wird nie einen Überschuss an Immobilien geben.

Gestern haben mein Vater und ich in den Nachrichten einen Bericht über halb leere Neubausiedlungen in Nevada und Kalifornien gesehen. Umgekippte, tote Baumsetzlinge in den Rissen sonnenverbrannter Erdschollen, Schwimmbecken, grün vor Verwahrlosung, überwölkt von malariaverseuchten Moskitoschwärmen, die man noch über die Zedernholzzäune hinweg sah. »Idioten«, sagte mein Vater, und obwohl ich mir nicht sicher war, ob die Bemerkung den Hausbesitzern, den Bauunternehmern, den Insekten, den Schuldnern oder den Banken, dem Kongress, mir oder der Menschheit ganz allgemein galt: Wie hätte ich ihm widersprechen können? Idioten.

Wie gerne wäre ich noch einmal auf einer dieser Cocktailpartys im Jahr 2004 und würde diese so überzeugt klingenden, idiotischen Immobilien-Optimisten mit einem »Zu verkaufen«-Schild zu Tode prügeln. Bei der Gelegenheit könnte ich mir selbst auch gleich einen über die Rübe ziehen, denn während ich vermute, dass die Immobilienpreise irgendwann wieder steigen (in fünf Jahren oder in zehn?), bin ich mir sicher: Ich werde mich nie wieder verlieben. Ich habe meine Unschuld verloren. Und meine größte Enttäuschung ist nicht die Tatsache, dass mein eigenes Haus die Hälfte seines Wertes verloren hat. Ich bin vor allem von mir selbst enttäuscht – dass ich auf ihre Propaganda hereingefallen bin, obwohl ich es *besser wusste*. Dass ich mir tatsächlich erlaubt habe zu glauben, jemand könne ein Stück der Welt sein Eigen nennen, wo doch in Wahrheit alles, was wir zu besitzen trachten, am Ende uns besitzt.

Wir leben alle nur zur Miete.

Und genau an diesem Punkt haben uns die Dichter im Stich gelassen.

Die Dichter hätten uns daran erinnern sollen, die existenziellen und temporären Märkte zu regulieren *(Lasst Sein sein das Finale vom Schein / Der Eiskrem-Kaiser ist Kaiser allein)* und das Gleichgewicht zwischen irdischem Grundbesitzstand und kosmischem Aggregatszustand zu suchen *(Man muss keine Kammer sein – damit es spukt / Im Innern – auch kein Haus).* Verdammt, wir brauchen keine Sanierungspläne, Rettungspakete und Infrastrukturprojekte. Wir brauchen mehr Dichter.

Genau. Während ich so im Garten meines Hauses stehe, stelle ich mir vor, diesen Traum von der Kreditwürdigkeit loszulassen … lass einfach los … schweb hinauf zu den Wolken … lass jemand anders in diesem großen Haus leben. Ich werde über der Garage wohnen, endlich etwas Schlaf finden, den Rest meines Lebens als einfacher Dienstbote verbringen *(Matt? Das ist unser Dichter-Chauffeur),* die Jungs vergessen lassen, dass ich einmal ihr Vater war – jetzt bin ich nur noch der freundliche alte Dichter-Chauffeur, der den Wagen vorfährt. Den Rest der Zeit werde ich in meiner kleinen Dichtermansarde verschwinden, mir einen Ziegenbart stehen lassen, schlechte Verse schreiben und gutes Gras rauchen, bis ich mich nicht mehr erinnern kann, an diese Menschen, die mich mal geliebt haben, oder wie viel Schulden ich für ihr großes Haus gemacht habe (485 592 Dollar). Ich werde tagsüber schreiben und nachts mit Skeet und Jamie rumhängen, ihnen meine Gedichte vorlesen, während wir uns die Rübe zudröhnen und in den Gängen von Rahjivs Minimarkt auf Jagd nach Tortilla-Chips gehen. Dieser Gedanke ist so verführerisch – Tortilla-Chips! –, dass mein Geist ihn natürlich nicht festhalten kann, sondern weiterzieht. Dorthin, wo ich gerade am wenigsten sein möchte. Zu Lisa und Bretter-Chuck, der in unser Haus einzieht, die Erziehung unserer Kinder, die Begleichung unserer Schulden, das Hätscheln und Verwöhnen meiner Frau übernimmt.

Und das ist es, was meinem Koller aus Selbstmitleid und Schiss schließlich ein Ende setzt. Nicht der Gedanke an Chuck in meinem Haus, sondern der Gedanke an Chuck in meiner Frau holt mich aus diesem depressiven Loch heraus. Ich renne durch den Garten, bereit, mein Haus zurückzufordern, meine Frau, mein Leben. Urplötzlich wird mir wieder bewusst, wie schneidend kalt die Luft ist – der Winter ist da. Die Ketten in meinem Kopf sind gesprengt, ich weiß jetzt, was ich sagen werde: Das ist doch Wahnsinn, Lisa, wohin sich das entwickelt! Wir müssen das beenden. Drogendealer? Geliebte des Prinzen von Bretterland? Was ist nur aus uns geworden? Das sind doch nicht wir! Nein, nein, nein!

Was ist schon dabei, wenn wir nächste Woche das beschissene Haus verlieren? Dieses Haus ist nicht, wer wir sind. *Wir* sind, wer wir sind. *Niemand braucht ein Haus*. Wir können die Schulden nicht bezahlen? Heben die Hand zum Offenbarungseid? Und wenn schon. Ist doch egal, wohin wir gehen, was wir machen. Dann spül ich halt Geschirr oder jobbe hinter der Bar. Du gehst putzen. Wir können die Jungs von der Schule nehmen, dieses große Haus zurücklassen, umherziehen. Von Stadt zu Stadt, von Job zu Job. Die Welt sehen. Leben. *Lasst Sein sein das Finale vom Schein!*

Ab durch die Küche, immer zwei Stufen auf einmal, von der Kette gelassen, fordere ich mein Leben zurück: *Verdammt, Lisa. Warum tun wir uns das an? Komm zurück …*

Sie blickt vom Bett zu mir auf, und etwas in ihren Augen bremst mich auf der Stelle aus. Sie klappt ihr Handy zu. Sie hat mein »Checken« von vorhin durchschaut und erhöht nun den Einsatz: »Ich habe Dani angerufen. Sie weiß nicht, ob sie noch ein weiteres Ticket für das Konzert besorgen kann.«

Meine Knie werden weich. »Oh.«

»Sie meint, wohl eher nicht.«

»Ah.«

»Du könntest vermutlich immer noch mitkommen. Du wirst wohl nur nicht bei uns sitzen können.« Sie zuckt mit den Schultern, tut so, als würde sie sich wieder ihrer Zeitschrift widmen – gespielte Nonchalance. Sie lässt sich nichts anmerken, ist die Ruhe selbst, aber ich sehe, wie sie unter der Decke nervös mit den Zehen wackelt. Gott. Sie will das unbedingt. Das tut am meisten weh. Was war das Letzte, das sie so verdammt wollte? O ja. Das Haus.

Woher weiß man, dass man zu weit gegangen ist und nicht mehr zurückkann? Ich rufe mir den Anblick des Hauses von der Gasse aus ins Gedächtnis. Manchmal kann man nicht wieder rein. Dann muss man eine Zeit lang draußen leben. »Weißt du was? Geht ihr nur. Ich bleib zu Hause und spare uns das Geld für den Babysitter.«

»Bist du … sicher?«

»Klar. Amüsier dich.«

Bemüht, nicht zu zittern, greife ich nach Jacke und Geldbörse.

»Wohin gehst du?«

Ich drehe mich nicht einmal um. »Wir brauchen Milch.«

10

Dave der Drogendealer will mir in den Arsch sehen

Ich weiß nicht, was ich erwartet hab – nein
vielleicht ja doch: Al Pacino in *Scarface* –
doch dieser Dealer ist mehr wie Al Pacino
ganz zu Beginn des Films *Der Pate*,
abwesend irgendwie, wie fremd in der
Verbrecher-Welt, sitzt er bei Diane Keaton
tuschelt über Luca Brasi (der schläft noch nicht
bei den Fischen), oder wie Al Pacino
in *Glengarry Glen Ross*, obwohl eigentlich
wenn ich jetzt so überleg, er nicht
wie Al Pacino aussieht, sondern eher wie
Kevin Spacey in dem Film, und wer
hatte jemals Schiss vor Kevin Spacey?

»Also schön«, sagt der Drogendealer. Er heißt Dave, ist vielleicht dreißig, mit kurzem Haar und tiefen Aknenarben. Er trägt ein Sakko über einem Button-down-Hemd, und ich denke: *Scheiße, seit ich mir meine Rücklagen hab auszahlen lassen und nicht mehr dusche, sehe ich mehr nach Drogendealer aus als du.* Dann erhebt sich Dave, und mir wird mulmig. Ich frage mich: *Warum ist Dave der Drogendealer aufgestanden?* Dass ich mich ebenfalls erheben sollte, ist spätestens klar, als Dave mich mit einem angedeuteten Wink dazu auffordert und fragt: »Sollen wir dann mal zur Sache kommen?«

Kommen wir zur Sache. Ich habe heute Abend: (1) das Haus verlassen – *wider* unter dem Vorwand, Milch zu holen – und Lisa einmal mehr allein gelassen, worauf sie vermutlich zum Computer huscht, um dem Prinzen von Bretterland eine E-Mail zu schreiben *(Er hat mir die Konzertstory abgekauft. Wir sehen uns am Samstag und haben endlich Sex),* (2) bin zum nahen 7/11 geeilt, pünktlich um zehn Uhr dort angekommen, wo Jamie bereits auf mich wartete – im Nieselregen hüpfte er gegen die Kälte an und blies sich in die hohle Hand, diesmal nicht in seinem glänzenden Trainingsanzug, sondern in einer dunklen Jeans, einem Sweatshirt und einer Wollmütze, wodurch er nur noch ein bisschen gefährlich aussah, (3) bin mit Jamie in meinem Auto in eine noch ältere, tristere Gegend gefahren, mit Straßenzügen voller ehemals prächtiger alter Villen im viktorianischen Stil, die in schäbige Mietwohnungen unterteilt worden waren – unser Ziel war eine alte, vierstöckige Schönheit, deren ursprünglicher großzügiger Grundriss längst winzigen Apartments hatte weichen müssen, an deren Türen irrtümlich auch mal Lettern statt Ziffern hingen, sodass wir an Apartment 5 vorbei mussten, um zu Apartment G zu gelangen, (4) habe die Besitzerin dieses kuscheligen, verwunschenen Apartments kennengelernt, eine hochgewachsene, langbeinige, hinreißend aussehende junge Dame namens Bea – vielleicht auch einfach B. A., ich bin mir nicht sicher –, die ihr langes blondes Haar zu einem Pferdeschwanz gebunden trug, ihren zweifellos umwerfenden Körper ungezwungen unter mehreren Lagen Strumpfhosen, Pullis und Schals vergrub – sie war ein wandelnder Kleiderständer – und mich, als wir einander die Hände schüttelten, mit den beunruhigendsten blauen Augen fixierte, die ich im Leben gesehen hatte, die Sorte Blick, der man unwillkürlich eine unterschwellige Botschaft unterstellt *(Lauf mit mir weg* oder vielleicht auch einfach *Lauf weg)*, bevor sie sagte, sie würde uns allein lassen, dann könnten wir »zur Sache kommen«, (5) habe etwa fünf Minuten gewartet, bis Dave, der so gar nicht bedrohliche Drogendealer, in Beas Wohnung eintraf, den Regen von seinem Mantel strich, und ich dachte: *Was für ein Drogendealer trägt einen Mantel?,* während ich gleichzeitig registrierte, dass Dave einen Schlüssel zu Beas Apartment besaß, eine Tatsache, die mir mein jämmerliches kleines Herz brach, da ich beschlossen hatte, mich in Bea zu verlieben, und nachdem Dave seine Aktentasche neben der Couch abgestellt hatte, hielten wir ein wenig politischen Smalltalk (wie jeder, den ich kenne, schienen auch wir in allem einer Meinung zu sein), bevor Dave sich erhob und – wie bereits geschildert – sagte: »Also schön. Sollen wir dann mal zur Sache kommen?«

Und da wären wir nun – im Begriff, zur Sache zu kommen.

Das Prunkstück von Apartment G ist Beas antikes englisches Bücherregal, in dem sich die anheimelnden Rücken all jener Bücher aneinanderreihen, die wir im College hätten lesen sollen, von denen wir aber bloß einige wenige Kapitel geschafft haben, und das genug zeitgenössische Literatur enthält, um deutlich zu machen, dass Lesen für die liebreizende Bea mehr ist als bloße Pflichtlektüre. Allerdings steht oben auf dem Regal zu meinem Entsetzen ein Familienfoto von Bea mit zwei genauso umwerfenden, blonden und blauäugigen Schwestern sowie einem attraktiven, stolzen, nordischen Elternpaar, dessen Blicke mir den enormen Altersunterschied zwischen mir und Bea ins Bewusstsein rufen, worauf ich eine tiefe Scham ob des Umstands verspüre, hier, im Zimmer dieses Mädchens, Drogen zu kaufen. Was ich jetzt eigentlich tun möchte, ist, mich auf diese Couch zu legen und ein Nickerchen zu machen.

Jamie stupst mich mit dem Ellbogen an. Ich stehe auf.

»In Ordnung«, sagt Dave. »Zieh deine Klamotten aus.«

»Meine … was?«

»Ich muss sichergehen, dass du nicht verwanzt bist.« Er zieht eine kleine Taschenlampe hervor. »Ich muss dir in den Arsch gucken.«

Ich wende mich der Couch und dem überraschend unüberraschten, beeindruckend unbeeindruckten Jamie zu.

»Was könnte denn bitte in meinem Arsch stecken?«

Dave sagt: »Es ist eine reine Vorsichtsmaßnahme.«

»Ich bin kein Experte«, stammele ich und suche Jamies Blick, »aber wenn ich eine Wanze in meinem Arsch tragen würde, wie könnte die Polizei dann überhaupt was hören?«

Dave starrt mich an. Erneut suche ich Jamies Blick, aber

er hat sich eine Ausgabe des *Sun Magazine* gegriffen und blättert darin herum.

»Ich verstehe das nicht«, sage ich.

»Ich werde jetzt Folgendes machen«, erklärt Dave. »Es läuft genauso ab wie bei einer Leibesvisitation im Gefängnis. Ich tue das, um sicherzugehen, dass die Leute nichts von mir klauen. Ich könnte das jederzeit wiederholen. Damit musst du immer rechnen.«

»Aber bis jetzt habe ich doch noch nicht mal was von dir gekauft?«

Daves Ton wird nun ein wenig drohender. »Und du wirst auch nichts von mir kaufen, bevor du dich nicht ausgezogen hast und ich einen Blick in deinen Arsch werfen kann.«

Ich sehe wieder zu Jamie rüber, aber er weicht meinem Blick aus. Da ist ein Zucken an seinem Halstattoo.

Also ziehe ich mein Hemd aus und falte es zusammen, bevor ich es auf die Armlehne der Couch lege. Ich versuche mich zu erinnern, wann mir zuletzt jemand in den Hintern geschaut hat, was eigentlich … äh … noch nie passiert ist. Ich knöpfe meine Hose auf.

Plötzlich bricht Dave in Gelächter aus. »Ich verarsch dich doch nur«, prustet er.

Meine Finger sind immer noch an den Knöpfen meiner Jeans.

»Mann«, sagt ein enttäuschter Jamie, »ich kann es nicht fassen, dass du ihn wirklich in deinen Arsch sehen lassen wolltest. Was ist bloß los mit dir? Bist du so ne Art Exhibitionist?«

Ich habe kein Hemd an, mein Hosenstall steht halb offen, und ich bin einigermaßen verdutzt. »Du meinst, du musst gar nicht … ich brauch mich nicht auszuziehen?«

»Das beweist bloß, dass ich recht hab«, erklärt Dave. »Man kann Menschen dazu bringen, beinahe alles zu tun.«

Ich ziehe mein Hemd wieder an und knöpfe meine Hose zu. Wir setzen uns erneut.

Dave nimmt seinen Aktenkoffer und öffnet ihn auf seinem Schoß. »Jamie sagt, du brauchst Schmerzmittel.«

»Ähm, ja.« Ich greife nach meinem Mantel, in dem ich das Geld habe. »9 000 Dol…«

»Na, na!«, unterbricht mich Dave. »Ich habe nicht gefragt, wie viel.« Er hebt die Hand, um mich zu stoppen. »Warte … du hast das Geld *dabei?*«

»Nun, äh … ja.«

»Erstens nehme ich kein Geld entgegen. Und zweitens hast du …«, er sieht rüber zu Jamie, schüttelt den Kopf, dann blickt er mich wieder an. »Du hast 9 000 Dollar mitgebracht, zu einem Treffen mit jemandem, den du nicht einmal kennst?«

»Was wäre, wenn wir vorhätten, dich auszurauben, Slippers?«, fragt Jamie. Ich kratze mich am Kopf, beschämt, dass ich nicht daran gedacht habe.

»Was, wenn wir dich abgezogen hätten? Würdest du zu den Bullen gehen und sagen, du wärst bei einem Drogendeal übers Ohr gehauen worden?«, will Dave wissen. Er tippt mir an die Stirn. »Du musst deinen Kopf benutzen, Mann, wenn du mit mir zusammenarbeiten willst.«

»Ich … tut mir leid«, sage ich. Ich schiele zu Jamie rüber, der diesen Ausdruck im Gesicht hat, den ich manchmal bei Teddy sehe, wenn ich ihn zur Schule bringe, oder zum Rollerskaten oder sonst wohin: *Bitte, bring mich nicht in Verlegenheit, Dad.* »Hört mal, ich mach so was normalerweise nicht.«

»Das erklärt, warum du denkst, du könntest einfach losziehen und ein ganzes Kilo kaufen.«

»Ehrlich, es tut mir wirklich leid. Ich versuche bloß, ein bisschen Geld zu verdienen. Und ich habe ein paar Freunde, von denen ich denke, dass sie etwas …«

»Na, na!«, unterbricht Dave mich abermals und hält sich die Ohren zu. »Erzähl mir niemals, wie viel du willst oder was du damit vorhast. Alles, was ich wissen möchte, ist, unter was für Beschwerden du leidest.«

»Ah.« Ich nicke. »In Ordnung.«

Jamie beugt sich vor und sagt leise: »Grüner Star.«

Dave wartet.

»Ich habe …«, ich blicke zu Jamie rüber, »… grünen Star?«

Dave lächelt, öffnet seinen Aktenkoffer und nimmt – einen mit *VERTRÄGE* beschrifteten Ordner heraus. Er schlägt den Ordner auf und legt zwei dünne Papierstapel auf den Couchtisch.

Dann streckt er mir einen Stift entgegen und dreht den ersten Vertrag herum, sodass ich ihn lesen kann.

»Das hier«, sagt Dave, »ist eine simple Vereinbarung zwischen Partei A, das bin ich, und Partei B, das bist offensichtlich du, in der vertraglich bestätigt wird, dass du kein Gesetzeshüter bist, dass du dich in keinem wie auch immer gearteten Arbeitsverhältnis mit staatlichen oder Bundesvollzugsbehörden und irgendwelchen investigativ tätigen Kapazitäten befindest, nicht als verdeckter Ermittler beziehungsweise bezahlter oder unbezahlter Informant in Diensten stehst und keine Strafverfolgungsbehörde wissentlich mit Informationsmaterial bezüglich dieser Transaktion versorgen wirst.«

Bevor ich selbst einen Blick auf den ersten Teil des Vertrages werfen kann, ist Dave bereits zum zweiten übergegangen. »Hiermit wird festgehalten, dass keinerlei vorgesehene Anwendung dessen, was hier und im Folgenden als *das medizinische Produkt* bezeichnet wird, zwischen dir und mir zur Sprache kam, dass ich den Kontakt zu einem Erzeuger herstelle, aber, solltest du beabsichtigen, *das medizinische Produkt* zu einem anderen als einem rein medizinischen Zweck zu verwenden, ich von dieser Tatsache nicht in Kenntnis gesetzt wurde, und drittens, dass ich keinerlei Zusagen oder Garantien gegeben habe, die dich in irgendeiner Weise entschädigen, solltest du, aufgrund deiner eigenen Handlungen, außerhalb der Absprachen dieses Vertrages, zum Gegenstand einer wie auch immer gearteten Untersuchung im Rahmen irgendeines strafrechtlich relevanten kriminellen Vergehens werden.«

Anschließend wendet er sich dem zweiten, umfangreicheren Stapel der Verträge zu. »Dies ist eine Reihe von Zusatzklauseln, in denen du garantierst, dass du nicht daran partizipierst, *das medizinische Produkt* innerhalb des 500-Meter-Radius rund um eine Schule anzubieten, dass du *das medizinische Produkt* weder an Minderjährige verkaufst noch jemals Waffen im Zusammenhang mit *dem medizinischen Produkt* verwendest, dass du es nicht auf dem Postweg versenden wirst, weder Staatsgrenzen damit überquerst noch in irgendeiner Form – sei es wissentlich oder unwissentlich – grundlegende Straftaten begehst, die mit *dem medizinischen Produkt* in Verbindung gebracht werden können und einen eindeutigen und schwerwiegenden Bruch dieses Vertrages darstellen sowie möglicherweise gegen eines beziehungsweise mehrere staatliche oder örtliche Gesetze wie auch gegen das Betäubungsmittelgesetz verstoßen würden, noch dass du vorsätzlich eine Handlung begehst, die gemäß der festgelegten Rechtsordnung als mildernder Umstand definiert werden könnte, was für die Zwecke dieses Vertrages sämtliche laut Verfassung gültigen Gesetze sowie sämtliche in Zukunft verabschiedeten Gesetze umfasst, zeitlich unbegrenzt, in sämtlichen Staaten, Territorien, etc. pp.«

»Du bist Anwalt?«, frage ich.

»Die Anwaltskammer scheint da gewisse Zweifel zu hegen«, sagt Dave und überreicht mir einen letzten, einzelnen Bogen. »Dieser letzte Vertrag dient schlicht meiner Absicherung und befreit mich von jeglicher Verantwortung, sämtlichen straf- und zivilrechtlichen Ansprüchen, solltest du, wissentlich oder unwissentlich, *das medizinische Produkt* auf eine tatsächliche und/oder maßgebliche Weise modifizieren, indem du es verschneidest, mischst oder mittels Hinzufügen einer künstlichen Stimulanz oder anderer Substanzen anreicherst, die unter das Betäubungsmittelgesetz fallen, beziehungsweise deren Verwendung die bundesstaatliche Rechtsordnung oder die Bestimmungen der FDA verletzen. Diese Substanzen umfassen – wenn auch nicht ausschließlich – Kokain in all seinen Formen, PCP, Heroin, Methamphetamin, Insektizide, Düngemittel, künstliche Süßstoffe etc. pp.«

Während ich auf diesen Stapel von Verträgen starre, hebt Jamie die Zeitschrift hoch, die er gerade liest, und präsentiert ein auf Kunst gemachtes Schwarz-Weiß-Foto einer Frau, die nackt in einem Türrahmen posiert. »Ich steh auf solche Titten«, erklärt er.

»Klein und spitz«, sagt Dave.

»Künstliche Süßstoffe?«, frage ich.

Dave zuckt mit den Schultern. »Einige Leute mögen es etwas süßer. Die meisten benutzen Honig, aber manche Idioten wollen sparen und tauchen das Zeug in alten Flüssigsüßstoff.«

Jamie beugt sich vor. »Der Scheiß verursacht Krebs, yo.«

Ich blicke Dave an, der mir immer noch den Stift entgegenstreckt, und vor meinem inneren Auge sehe ich diesen Makler, der Lisa und mir unser Haus verkauft hat. Ein Depp namens Thomas Othaway, in dessen braun gebranntem Gesicht ein breites Dauergrinsen klaffte. Der Typ pflegte einen albernen australischen Akzent, der irgendwie gekünstelt wirkte.

»Das sind größtenteils Standardklauseln«, erklärt mir Dave. Wieder so eine Standardfloskel unseres Maklers, nur dass er mit seinem Aussie-Dialekt dabei die Vokale so komisch verdrehte.

Ich nehme den Stift und unterschreibe. »Hier«, sagt Dave, wobei er jeweils eine Haftnotiz von der entsprechenden Stelle entfernt, »und hier, hier und hier … und noch einmal … hier.« Er legt die unterzeichneten Papiere zurück in den mit VERTRÄGE beschrifteten Ordner und zieht dann einen neuen aus seinem Aktenkoffer hervor: MENÜ.

Er öffnet den MENÜ-Ordner, nimmt eines der Blätter heraus und gibt es mir. Die Begriffe in der linken Spalte der Liste bezeichnen offensichtlich verschiedene Sorten (Züchtungen? Marken? Fabrikate? Modelle?) von Marihuana: AK-47, Arrow Lakes PB, Haze, Purple, Trainwreck, Snow Cap, OG Kush, Canadian Black, Cambodian Red, Schwag,

F-1, ChemDog, Sour Diesel, White Russian, Jumping Jack und Northern Lights. Die zwei Spalten rechts davon listen die Preise auf, welche von 35 bis 80 Dollar für ein Achtel und von 250 bis 575 Dollar für eine Unze reichen.

Ich starre auf das Blatt, ohne etwas zu kapieren. Jamie zeigt auf eine der günstigeren Sorten in der Mitte – Arrow Lakes PB – und nickt. Das müssen die genmanipulierten Superdolden von diesem Hobbyfrankenstein aus British Columbia sein, die ich die letzten Tage geraucht habe.

Dave fährt fort: »Die Blends sind kursiv gedruckt, und die kleinen Sternchen kennzeichnen Markenbezeichnungen. Ich arbeite hauptsächlich mit einem lokalen Erzeuger, weshalb ich mehrheitlich lokal produzierte Versionen dieser Marken führe – stell sie dir als Imitate vor, die dem Original aber in nichts nachstehen, ein wenig wie Generika. Nicht alles ist auch jederzeit verfügbar, logisch, und diese Preise variieren je nach Verfügbarkeit und Marktlage.«

»Und du kannst mir …«, mir fällt wieder ein, dass ich keine Mengen ansprechen soll, » … genug besorgen?«

»Ich kann dir gar nichts besorgen. Aus diesem Teil des Deals halte ich mich raus, wegen meiner Allergie. Ich bin allergisch dagegen, den Rest meines Lebens im Gefängnis zu verbringen. Ich mache dich mit dem Erzeuger bekannt, helfe dir, einen fairen Preis auszuhandeln – solche Sachen. Entlohnt werde ich stundenweise, aber ich will nicht wissen, wie viel du kaufst oder was du damit tust. Ich gehe davon aus, dass du ein ärztliches Rezept hast. Du bist alleine für die Zahlungsmodalitäten und den Transport verantwortlich. Ich kriege den Stoff oder das Geld niemals zu Gesicht. Ich bin bloß ein Anwalt, dessen Bezahlung sich allein danach bemisst, wie viele Stunden er auf diverse Verhandlungen, Verträge und Kontaktanbahnungen verwendet hat – nichts davon beinhaltet die eigentliche Transaktion von Waren oder Geld. Ich bin nicht derjenige, der dich mit dem Produkt versorgt. Haben wir uns so weit verstanden?« Mit dem Finger tippt er auf den Stapel Verträge, die ich unterzeichnet habe.

»Ähm, ja.«

»Gut.« Dave sammelt seine Unterlagen zusammen. »Dann nimm dieses Menü mit nach Hause und lies es dir durch. Ich melde mich morgen telefonisch.«

Als alles im Aktenkoffer verstaut ist, blickt er mir in die Augen, grinst und zwinkert mir zu. Wieder muss ich an unseren Makler denken.

Unser Haus … aber wie lange noch … fünf Tage und neun Stunden? Lisa sitzt darin gerade vor ihrem Computer, über die Tastatur gebeugt, unsere Jungs liegen in ihre Betten gekuschelt – ahnungslos, welcher Irrsinn um sie herum geschieht, Zwangsvollstreckung, Ehebruch, Drogendeal, alles völlig außer Kontrolle. In meinem Kopf höre ich wieder den aufgesetzten Akzent unseres Immobilienmaklers: *Ich freue mich ja dermaßen für Sie, das ist das Haus Ihrer Träume*, sagt der schleimige Mistkerl und schiebt uns die Papiere zu, als wären sie aus Glas. Papiere, die uns für dreißig Jahre an ein Totenschiff ketteten, für den Rest unseres Lebens, oder bis nächste Woche. *Ich habe das Gefühl, Sie werden hier sehr glücklich sein.* Und mir dämmert, dass es sich auch für Immobilienmakler auszahlen würde, sich der Verkaufsstrategie von Drogendealer Dave zu bedienen – nämlich den Hauskauf-Prozess damit einzuleiten, dass man vorgibt, dem Klienten den Arsch durchsuchen zu wollen.

Denn mal ehrlich – danach läuft alles wie geschmiert.

11

Offenbar gibt es nur vier Eskimo-Wörter für Schnee, allerdings ...

Abdul-Nasser Airplane Baby Bambulacha
Bash Big-Bud Brösel Buff (und) Cannabis
Charas Don-Juan Dope Ganja (botanischer Name:
Cannabis sativa) Gras Grünzeug Hanf Harry
Hawaii Harz-4 Harz Hasch Haschisch Hecke Heu
Homegrown Jane Jay Jive Joint Jolly Johnny
(und die betäubend süße) Juanita.
Kante (früher hieß das mal
ein Piece und war etwa das, was jetzt auch
Ecke heißt) Kiffe Kugeln Kush Malawi-Gold
Marihuana – (was Mary-Jane
auf Mexikanisch ist, aber nicht so schön klingt
und dann geht es weiter mit)
Maroc Nepalese Paki Platte Pollen
Pot Puck Quärz Rakete Roter Libanese
Shit Skuff Skunk Smoke Spice Spliff

Sputnik Tee Türke Tüte
Yedo Zero-Zero (und zu guter Letzt
ein Stück zurück zu meinem Liebling) Weed

»Warum googelst du Slangausdrücke für Hasch?«, fragt Lisa und blickt mir über die Schulter. Ich habe sie nicht ins Zimmer kommen hören. Mit ihrer eng anliegenden Kombination aus schwarzem Shirt und Rock sieht sie fantastisch aus. In letzter Zeit wirft sie sich ganz schön in Schale. Es erinnert mich an die Zeit, als wir frisch verheiratet waren. Daran, wie es mir jeden Morgen einen Stich ins Herz versetzte, wenn sie sich für die Arbeit so schick anzog, und ich dabei dachte: *Warte mal – ich bin der Kerl, der dich geheiratet hat. Warum kriegen die nicht die verschlafene Frau im Geburtenkontrollpyjama und ich die Business-Braut in dem sexy Kostüm?*

»Ich finde, wir sollten vorbereitet sein, das ist alles«, beeile ich mich, die Liste der Kiffer-Synonyme auf meinem Bildschirm zu erklären. »Unsere Jungs werden bald Teenager sein, und wenn sie anfangen, sich herumzutreiben, möchte ich ihre Codes verstehen.«

»Sie sind acht und zehn, Matt.«

»Du willst den Kopf in den Sand stecken? Nur zu. Ich werde vorbereitet sein.«

Lisa tut das jüngste Anzeichen dessen, was sie als fatalen Fall von Midlife-Crisis betrachten muss, mit einem Schulterzucken ab. »Curt hat angekündigt, mir heute mitzuteilen, wie er sich wegen der Vollzeitstelle entschieden hat, bei der ich alle Extra-Leistungen bekommen würde«, sagt sie. Wenn sie nervös ist, so wie jetzt, beißt sich Lisa auf die Unterlippe.

Sie wird weiß unter ihren Zähnen. »Ich bin nicht besonders optimistisch, Matt.«

»Das weiß ich.«

»Und wie soll ich reagieren, wenn er Nein sagt?«

»Ich würde gar nichts sagen. Ich hab dir schon mal geraten, dich nach einem anderen Job umzuschauen. Aber du solltest erst kündigen, wenn du einen neuen hast.«

»Vermutlich«, erwidert sie und blickt an mir vorbei aus dem Fenster. Sie räuspert sich und sagt: »Und, was hast du heute so geplant?«

Eine chronologische Liste der heutigen Demütigungen: (1) Dads Arzttermin, bei dem er sich dem üblichen Demenz-Examen unterziehen muss – das Abitur der Senilität –, um festzustellen, wie schnell er abbaut und wie die verschriebenen Medikamente anschlagen, (2) ein Meeting wegen der einzigen Job-Option, die mir nicht völlig abwegig erscheint, mit einem wohlhabenden Investor, über den ich mal berichtet habe und der sagt, dass er mich als Chefredakteur für eine geplante Online-Zeitung haben will, (3) ein bereits zweimal verschobener Termin bei der Arbeitsagentur mit meiner Job-Beraterin Noreen.

Ich erwähne allerdings nicht, dass ich auch (4) heute den vierten Tag in Folge nicht schlafe, (5) verzweifelt versuche, »meinen Kreditgeber zu kontaktieren«, um die Zwangsversteigerung für einen weiteren Monat abzuwenden, und (6) darauf warte, dass Dave, der mit Drogen dealende Anwalt, mich anruft, damit ich für 9 000 Dollar erstklassiges Ganja klarmachen kann – mindestens zehn Platten Hecke (oder waren es zehn Hecken Platte?). Zwanzig Eier Buff. Fünfzig Riegel Kitt. Hundert Ecken Harz. Zehntausend Spliffs Grünzeug.

(Anmerkung des bekifften Aktien-Analysten: Texas Instruments baut einen Taschenrechner, der sich für solche Kalkulationen bestens eignet.)

»Tut mir leid, dass ich dich schon wieder darum bitte, aber meinst du, du könntest die Jungs abholen? Und ihnen was zu essen machen? Ich komme eventuell etwas später nach Hause.«

»Klar.« Mir fällt auf, dass sie keine Ausrede bemüht – und ich frage auch nicht danach. Ich wende mich wieder dem Computermonitor zu, während Lisa das Zimmer verlässt, um unsere künftigen Kiffer für die Schule fertig zu machen.

In Wahrheit habe ich, als sie den Raum betrat, gerade versucht, die Bedeutung der Worte auf Daves Haschisch-Liste zu enträtseln. Aber diese Dope-Sprache zu verstehen ist so, als würde man Spanisch lernen – und offenbar gibt es nationale und regionale Dialekte (woher soll man wissen, wo die Menschen Zero Zero oder Yerba rauchen?). Zu diesen Ausdrücken kommen die Bezeichnungen für Typen und Hybriden, offizielle und inoffizielle, und die Frage, ob Singular oder Plural (kann man zwei Quärz haben?) – ein sich ständig verändernder Slang, der keinem anderen Zweck dient, als fiese alte Säcke wie mich auszugrenzen. Tatsächlich hege ich allmählich den Verdacht, dass jedes bekannte Substantiv ein Synonym für Pot und jedes Verb eine Umschreibung für »zudröhnen« darstellt. Eine Flagge hissen? Einen Nagel einschlagen? Ein paar Körbe werfen? Die Katze füttern? Na ja … das bedeutet vielleicht wirklich nichts anderes, als die Katze zu füttern.

Stimmen sickern die Treppe hinauf. »Tschüss, Dad.« »Tschüss, Dad.« »Tschüss, Matt.« Das Haus ist ausgewrungen, nun bar seiner Jugend. Nur noch mein vertrockneter alter Vater und ich sind hier, beide auf flache LED-Bildschirme starrend.

»Alles in Ordnung bei dir, Dad?«, rufe ich die Treppe hinunter.

»Wann fängt *Detektiv Rockford* an?«, brüllt er zurück.

»Neunzehn-hundert-fünf-und-siebzig.«

Ich beende meine Haschisch-Recherche und riskiere einen Blick auf Lisas Facebook-Seite. Doch meine Frau ist in den Untergrund gegangen. Keine öffentlichen Flirts mehr. Normalerweise stoße ich bei meinen Nachforschungen auf ein Dutzend harmloser Chats zwischen Lisa und ihren alten College-Freundinnen – sie schicken einander gutes Karma, elektronische Umarmungen, Online-Einladungen. Eigentlich ist es wie in der Grundschule: gefaltete Zettelchen, die von Platz zu Platz wandern. An einem Abend bekommt und beantwortet Lisa in der Regel Dutzende dieser Briefchen. Gestern Nacht erhielt sie zwanzig Anfragen von diversen »Freunden« und hat nicht eine davon beantwortet. Es geht jetzt wohl nur noch um Chuck, rund um die Uhr. Entweder haben die beiden gelernt, ihre Konversation unter Ausschluss der Öffentlichkeit zu führen, oder sie sind zu einer verschwiegeneren Plattform gewechselt.

Ich weiß noch, wie mich auf einer College-Party ein paar Mädchen fragten, was man an meiner Highschool unter erster, zweiter und dritter Base verstehen würde – ein gängiger Partyspaß, bei dem man Begriffe aus dem Baseball durch Sexualpraktiken ersetzte. Die Mädchen stimmten laut und betrunken überein, dass die erste Base das Küssen und Sex der Homerun sei, aber die zweite und dritte Base wurden heiß diskutiert: Vom Busengrapscher über Petting bis hin zum Blowjob stand alles zur Debatte. Ich tischte ihnen auf, dass man an meiner Schule mit Gruppensex anfing, gefolgt von Sodomie und Nekrophilie, und der Homerun war dann eine raffinierte, einwöchige Orgie, die im Drehen eines Snuff-Films gipfelte. Der Witz ging, soweit ich mich erinnere, halbwegs in die Hose und beendete dieses normalerweise solide Gesprächsthema. Lisa war schon immer der Meinung, dass man meinen speziellen Sinn für Humor nur mit einem entsprechend abseitigen Geschmack goutieren könne. Vergleichbar einer Vorliebe für Rinderherz.

Jedenfalls glaube ich, dass es so eine Art elektronische Variante dieses Spiels geben muss, bei der die erste Base ein einfaches Posting an der Facebook- oder MySpace-Pinnwand ist, die zweite eine private Nachricht, die dritte eine SMS, die dann in … keine Ahnung … Telefonsex oder Masturbieren vor der Webcam resultiert. Was für ein erfreulicher Gedanke, bezogen auf die eigene Frau und den Prinzen von Bretterland.

Ich löse mich vom Rechner, um zehn Minuten in der automatisierten Telefonhölle der Hypothekenbank zu verbringen, merke aber, dass ich einfach nicht mit dem Herzen bei der Sache bin. Ich muss Quärze verticken. Ich mache Liegestütze. Sit-ups. Dusche. Nehme ein Hemd aus der ignorierten Seite meines Kleiderschranks, flüstere den verzweifelten Krawatten zu: *Schön auf Zack bleiben, Jungs, es kann jeden Tag so weit sein, jeden Tag!* Unten hat mein Vater es drangegeben, im Fernsehen jemals Jim Rockford zu finden, und sieht nun Nachrichten, die von irgendeinem Flugzeugabsturz zur Rezession und wieder zurück wechseln, bis beides ein und dasselbe zu sein scheint. »Guck dir die an«, kommentiert Dad eine Moderatorin des 24-Stunden-Nachrichtenkanals. »Die würde ich gerne mal übers Moderationspult legen.«

Während mein Vater von wildem Sex mit dieser kessen Ansagerin fantasiert, kämme ich ihm sein dünnes graues Haar. Er tastet seine Brusttasche nach Zigaretten ab.

Auf dem Beifahrersitz sieht er aus wie ein Hund auf dem Weg zum Tierarzt – das Gesicht nach rechts zur Scheibe gewandt, strömt die Welt an ihm vorbei wie der Hintergrund eines alten Automatenspiels. Im hinteren Seitenfenster meines Wagens klebt ein »Zu verkaufen«-Schild. Solche neuen Details sind für meinen Vater immer beunruhigend – sie müssen irgendwas bedeuten –, also blickt er ab und zu über seine Schulter auf das Schild. »Du verkaufst das Auto?«

»Ja.«

»Was für ein Auto ist das?«

»Ein Maxima.«

Er seufzt. »Weißt du, was ich vermisse?«

»Dan Fouts?«

»Trockenfleisch-Geschnetzeltes.«

»Das weiß ich doch, Dad.« Er hat das Zeug zum ersten Mal bei der Army gegessen, *Schnippelscheiß* nannten sie es dort. Meine Mutter hat es auch für ihn gekocht. Sie bevorzugte die Bezeichnung »Trockenfleisch-Geschnetzeltes«, was jetzt, wo ich darüber nachdenke, ja exakt der Terminus ist, den er benutzt, wenn er sagt, dass er es vermisst. Und nicht etwa *Schnippelscheiß*. Ha! Also fehlt ihm Moms Trockenfleisch-Geschnetzeltes. Vielleicht vermisst er Mom.

»Dad, was hältst du davon, wenn es das heute zum Abendessen gibt?«

»Was?«

»Trockenfleisch-Geschnetzeltes.«

»Das vermisse ich.«

»O ja. Ich auch.«

Er blickt nach hinten. »Verkaufst du das Auto?«

»Ja.«

»Was …«

»Ein Maxima.«

Er fühlt sich unwohl im Wartezimmer der Ärztin. Für Demenz-Patienten ist das ganze Leben ein Wartezimmer, in dem man sich nicht erinnern kann, worauf man eigentlich wartet, und nie an die Reihe kommt. Dieses *echte* Wartezimmer ist voller Leute, mit denen mein Vater nie freiwillig seinen Vormittag verbringen würde: Quengler, Jammerer, die Schwachen, ewige Nörgler. Ich spiele mit dem Gedanken, eine Arzthelferin zu fragen, ob sie mir etwas geben kann, was mir beim Einschlafen hilft. Letzte Nacht waren es gerade mal zwei Stunden. Aber ich schätze, man darf sich nicht ernsthaft über Schlafmangel beklagen, wenn man nie ins Bett geht.

Dads Name wird aufgerufen. Er sieht mich an. Ich nicke, und wir gehen nach hinten durch. Die Arzthelferin misst seinen Blutdruck und notiert sein Gewicht – er hat drei Kilo in drei Monaten verloren. Sie wirft mir einen Blick zu. Ich weiß, ich koche ihm nicht oft genug sein Trockenfleisch-Geschnetzeltes.

Wir sitzen im Büro der Ärztin. Dad rutscht unruhig hin und her, zupft an der Papiertischdecke herum. Er starrt auf eine Querschnittszeichnung des weiblichen Reproduktionsapparats, versucht zu begreifen, was er da betrachtet: eine Art Pflanze? Eine Karte des Gazastreifens? Einen Vergaser? Schließlich, so scheint es mir, gelingt es seinem Verstand, sich einen Reim darauf zu machen. Er zwinkert kurz und schaut weg.

Seine Ärztin wirkt ob unseres Erscheinens jedes Mal irgendwie verschnupft – dabei macht sie doch die Termine für die regelmäßigen Checks. Ich habe immer ein schlechtes Gewissen, dass wir ihr mit den Routineüberprüfungen von Dads erodierendem Verstand die Zeit für ihre wichtige, lebensrettende Arbeit stehlen. Sie beschäftigt sich einige Minuten mit seiner körperlichen Verfassung und lobt meinen Vater dafür, dass er mit dem Rauchen aufgehört hat – auch wenn ich befürchte, dass er es schlicht vergessen hat.

»In Ordnung, Jerry«, sagt sie. »Ich werde Ihnen nun ein paar Fragen stellen. Welches Jahr haben wir?«

Mein Vater starrt mich an, entrüstet, dass ich ihm das antue. Beim letzten Mal tippte er auf 1997.

»Neunzehn …« Er reibt seine trockenen Lippen aneinander. »Nein.« Und er lächelt, denn diesmal wird er nicht darauf hereinfallen. »Eintausendacht.«

»Eintausendacht?«

»Ja«, sagt er.

»Und der Monat?«

»November.«

»Wir haben also November Eintausendundacht?«

»Wenn Sie das sagen.« Er grinst mich an. Eintausendacht? Vielleicht sollten wir uns nicht vor Terroristen fürchten, diesen Typen, die das nächste 7/11 planen. Vielleicht sollten wir uns größere Sorgen wegen der normannischen Invasion machen. Oder der Pest.

»Wo haben Sie gearbeitet, Jerry?«

»Gearbeitet? Bei … dieser Firma.« Er sieht mich an. »Sears«, sagt er erleichtert.

»Und was haben Sie da gemacht?«

Er tastet nach den fehlenden Zigaretten. Dann blickt er wieder zu mir. Nachdem er die Kraftfahrzeugabteilung bei Sears geleitet hatte, arbeitete Dad kurz im Assekuranzbüro, wo er jedoch vermutlich seinen Blaumann vermisste. Er sagt: »Was ich gemacht habe? Scheiße noch mal, ich habe meinen Job erledigt, das habe ich gemacht.«

»Ich wette, das haben Sie. Und was hatten Sie heute Morgen zum Frühstück, Jerry?«

Sein leerer Blick wandert von der Ärztin zu mir. Ich kann ihm nicht helfen. Er ist sauer. Wenn dieser Test das Abitur der Senilität ist, qualifiziert sich Dad gerade für das Yale unter den betreuten Wohnheimen. »Ich muss zur Toilette«, teilt er der Ärztin mit.

Während er weg ist, sieht sie in seine Krankenakte. »Er hat drei Kilo abgenommen.«

»Er isst aber«, erwidere ich.

»Hat er irgendwelche Lieblingsspeisen, die Sie für ihn machen können?«

»Schnippelscheiß?«

Vielleicht hat Lisa recht, und ich habe ein unangebrachtes Timing, was meinen Humor betrifft. Vielleicht lachen manche Leute aber auch einfach nicht dann, wenn sie sollten – wie diese Ärztin zum Beispiel, die auf ihr Klemmbrett starrt.

»Er hat seine Höhen und Tiefen, gute und schlechte Tage«, sage ich, was ziemlich genau dem Zustand entspricht, den die Ärztin mir vor sechs Monaten prognostiziert hat.

»Sind es mehr schlechte Tage? So wie heute?«

»Eigentlich nicht«, lüge ich. »Es hält sich die Waage.«

»Haben Sie mit Ihrem Vater noch mal über betreutes Wohnen gesprochen?«

»Ein bisschen«, sage ich. »Er hatte ein paar finanzielle Probleme … wir überprüfen gerade seine Versicherung. Aber ehrlich gesagt … ich glaube, er würde sich eher eine Knarre in den Mund stecken, als in eine dieser Leichenhallen zu ziehen.«

Ich bin mir nicht sicher, warum ich das tue: *Schnippelscheiß*, *Knarre in den Mund stecken* und *Leichenhallen* … als würde ich mich bereits in einen harten Dealer verwandeln. Vielleicht werde ich diese Ärztin zusammenschlagen.

Dad kommt zurück ins Zimmer. »Zweitausendacht«, informiert er die Ärztin. »Ich glaube, ich habe vorhin was Falsches gesagt.« Mir fällt der Kalender am Empfang wieder ein. Dad grinst mich an – und ich glaube, ich habe den Alten noch nie so sehr geliebt wie in diesem Moment.

Auch während der restlichen Tests hat er seine Höhen und Tiefen, weiß Dinge, von denen ich nie gedacht hätte, dass er sie wissen würde, patzt aber bei anderen, die ich für elementar gehalten hätte, wie beispielsweise den Namen meiner Schwestern. Die einfachsten Aufgaben machen ihn fertig, und als er dreißig Sekunden später gebeten wird, eine Aufzählung zu wiederholen – Geldbörse, Telefon, Autoschlüssel –, macht sich Verärgerung in ihm breit. Er fühlt sich aufs Glatteis geführt. »Welche Aufzählung?«

»Ich habe Sie gebeten, diese drei Sachen zu wiederholen, erinnern Sie sich?«

»Das müssen dann wohl ziemlich bescheuerte Sachen gewesen sein.«

Ich bringe meinen Vater nach Hause, schalte die Wirtschaftsnachrichten ein, ziehe ein Sakko über und fahre zurück ins Stadtzentrum zu meinem Treffen mit Earl Ruscom. Ich parke zehn Blocks entfernt, um keinen Parkschein ziehen zu müssen. Ich stehe im Begriff, für 9 000 Dollar Dope zu kaufen, will aber keine fünfzig Cent fürs Parken ausgeben.

Vor dem Restaurant rufe ich Dave den Drogendealer an, um meine Bestellung durchzugeben. Er fragt, ob ich das Menü gelesen habe. Ich bejahe und bekunde mein Interesse an Arrow Lakes PB. Ich bin so vorsichtig, mich nicht zur gewünschten Menge zu äußern.

»Gute Wahl«, sagt Dave. »Sehr gut bei grünem Star. Ich melde mich dann.«

Ich lege auf und gehe hinein.

Ich hatte Earl Ruscom zum ersten Mal 1997 bei einer öffentlichen Anhörung getroffen, über die ich als Reporter berichtete. Earl war dort, um das County davon zu überzeugen, auf die Umweltsanierung eines ehemaligen Eisenbahndepots zu verzichten, auf dessen Gelände er eine Siedlung bauen wollte. Irgendwie war Earl zu der Überzeugung gelangt, ich stünde in dieser Auseinandersetzung auf seiner Seite, denn während meine Artikel ihn völlig richtig als einen gierigen, fettärschigen Investor bezeichneten, der notwendige Umweltgesetze zu umgehen versuchte, nannte ich ihn im Vortext ein »Schwergewicht«, was er als Kompliment auffasste. »Ich bin wirklich froh, Sie auf meiner Seite zu wissen, Matt«, pflegte er zu sagen, obwohl ich ihm erklärte, dass Journalisten keine Partei ergreifen dürften und ich mich – selbst wenn dies möglich wäre – ganz sicher nicht auf die Seite eines Mannes schlagen würde, der beabsichtigte, billige Häuser an einem verseuchten Hang zu bauen, wo der Boden vom austretenden Öl aus rostigen unterirdischen Tanks verseucht war. »Mag sein«, sagte er, »aber Sie sind ein anständiger Kerl. Das habe ich im Urin.«

Earl war in den späten Neunzigern erstmals mit der Idee an mich herangetreten, seine eigene Zeitung zu gründen. Seine Zeitung würde »industrienah« sein, hatte er damals erklärt, frei von jeglichen »liberalen Tendenzen« und »diesem wachstumsfeindlichen Mist«. Dingen also, von denen er überzeugt war, dass sie dem Fortschritt im Weg standen, und die Kapitalisten wie ihn daran hinderten, Geld zu verdienen, das sie durch den Erwerb von Jachten, Whirlpools und Scotch wieder in die Wirtschaft pumpten. Trotzdem mochte ich Earl irgendwie, und wir spielten sogar ein paar Mal zusammen Golf. Allerdings war ich immer der Überzeugung gewesen, sein Gerede von der Zeitung sei nichts als leeres Geschwätz. Doch dann schrieb er einen Businessplan und rief mich einige Jahre später tatsächlich an, um zu fragen, ob ich Chefredakteur seiner Zeitung werden wolle, die – kein Witz – *The Can-Do Times* heißen sollte. Da ich damals noch einen Job hatte, war ich ihm gegenüber schonungslos ehrlich: »Earl, ich kann den Job nicht annehmen, und ich muss darüber hinaus zugeben, dass ich das momentane Wirtschaftsklima für äußerst ungünstig halte, um eine Zeitung zu gründen.« Er lachte nur und sagte: »Ich soll also

Business-Tipps von jemandem annehmen, der fünfzig Riesen im Jahr verdient?« Eigentlich waren es beinahe sechzig, aber das behielt ich für mich. »Hören Sie zu, Earl«, erwiderte ich, »ich weiß, dass Sie die Börsennachrichten lesen können. Zeitungen stehen gerade nicht besonders hoch im Kurs. Sie könnten ebenso gut eine Bahnlinie gründen. Oder eine Ponyexpress-Station.« Das war damals, als Medien-Aktien gerade mal ein paar Punkte verloren hatten, noch bevor der Kauf dieser Papiere zum Synonym für Geldverbrennen wurde. Gleichzeitig dachte ich zu dieser Zeit bereits ernsthaft darüber nach, meinen Job aufzugeben und eine Investmentpoesie-Website zu starten. Weshalb ich vielleicht nicht unbedingt der ideale Kandidat war, um Earl Vorträge über schlechte Ideen zu halten.

Als ich im Laufe des darauffolgenden Jahres erst zur Zeitung zurückkehrte, um kurz darauf doch meinen Job zu verlieren, erschien mir Earls Idee zunehmend weniger verrückt. Also rief ich ihn letzte Woche an und erkundigte mich, ob er mit seinem Zeitungsprojekt vorankäme. Er bejahte meine Frage und sagte, er freue sich, von mir zu hören, da er zwar guter Dinge sei, bereits in einem Jahr loslegen zu können, allerdings immer noch keinen Chefredakteur habe. Die Art und Weise, wie er über seine Zeitung sprach, machte auf mich den Eindruck, als hätte er inzwischen seine Hausaufgaben erledigt. Immerhin hatte er seine ursprüngliche Idee einer täglich erscheinenden Print-Ausgabe der *The Can-Do Times* aufgegeben. Jetzt sollte sie ausschließlich online aktualisiert und nur noch eine gedruckte Ausgabe pro Woche produziert werden, eine schlanke Sonntagnacht-Ausgabe – da es in der Nacht von Sonntag auf Montag am günstigsten war, die Druckerpresse anzufahren. Dieser Montagmorgen-Hammer sollte nur die besten Online-Kolumnen und -Artikel der vorherigen Woche enthalten und auf den Schreibtischen von Leuten wie Richard landen, meinem Ganja rauchenden Broker. Cleveren lokalen Geschäftsleuten würde dieses Blatt das gute Gefühl verleihen, bestens informiert in die neue Woche zu starten. Ich fragte Earl, ob ihm die miese Wirtschaftslage keine Sorgen bereite, und seine Antwort lautete, seiner Meinung nach sei eine Rezession der ideale Zeitpunkt, um ein Unternehmen zu gründen, genau wie es die beste Zeit sei, Immobilien zu kaufen. »Vertrauen Sie mir, Matt, die großen Schwänze verkriechen sich nicht in ihren Höschen.« Und wenn Earl einmal loslegt, dann unterbricht man ihn nicht wegen Wortklaubereien, man stimmt einfach zu. Nein, ergänzte er, genau jetzt müsse man »den verdammten Abzug betätigen, sie rannehmen wie eine Sechs-Dollar-Hure« – was immer das nun wieder bedeuten sollte.

Earls Getöse hatte mich keineswegs restlos überzeugt, und der Gedanke, für ihn Investoren-Propaganda zu schreiben, entsprach auch nicht unbedingt meiner Vorstellung von einem Traumjob. Aber wenn er mir zumindest annähernd das zahlen konnte, was ich früher verdient hatte, 60 000 im Jahr (ich wäre auch mit fünfzig zufrieden), dann war ich es mir selbst und meiner Familie schuldig, herauszufinden, ob Earl und ich diese Sache gestemmt bekämen. Natürlich konnte die Idee auch scheitern, aber das würde dann nicht an meinem mangelnden Engagement liegen: Ich war bereit, mein Bestes zu geben.

Wir sind um halb zwölf zum Essen in einer Sushi-Bar

verabredet, was selbst für einen Fleischklops wie Earl gar nicht so absonderlich ist, wie es klingt. Mein neuer Freund Jamie würde es wohl so formulieren: *Der Typ pfeift sich halt gern mal rohen Fisch ein*. Earl in einem solchen Restaurant ist ein Anblick, den man so schnell nicht vergisst. Mit einer haiähnlichen Zielstrebigkeit schluckt er Maki für Maki, verschlingt große Brocken Sashimi, Hände voller Edamame, plattenweise marinierten Ahi und ganze Reisfelder. Jedes Mal, wenn der Kellner vorbeikommt, bestellt Earl etwas Neues. Als ich ihn vor zehn Monaten das letzte Mal getroffen hatte, waren wir im selben Laden gewesen: Binnen zwei Stunden hatte er mehr Fische gekillt, als ein Trawler in einer Woche schaffen würde.

Ich suche das Restaurant ab, kann ihn aber nicht entdecken. Der einzige Anwesende ist ein dünner Kerl, der …

»Matt!«, ruft dieser dürre Typ von seinem Tisch neben der Tür. Er sieht aus wie Earl am Ende eines dieser alten Cinemascope-Filme im Fernsehen, wenn das ganze Bild zu einem schmalen Streifen zusammengeschoben wird, damit der Abspann noch danebenpasst.

»Earl?«, frage ich.

Er hat mindestens vierzig Kilo abgenommen. Der Wohlstandsbauch, der sich früher über seine beeindruckende Gürtelschnalle schob, hat sich in Luft aufgelöst, und vor mir steht ein Mann in Wranglers, Größe 48 – hager, zerfurcht und grau, wie einer dieser alternden Country-Stars, kurz bevor sie an Lungenkrebs sterben.

Tatsächlich ist mein erster, selbstmitleidiger Gedanke, dass der Engel meiner Wiederauferstehung mir unter den Händen wegstirbt, und mit ihm meine sämtlichen Zukunftsaussichten. Aber Earl beantwortet meine diesbezügliche Frage unerwartet optimistisch: »Scheiße, nein, mir ging es noch nie besser.« Er habe einen Herzinfarkt gehabt, erklärt er, worauf sein Arzt ihm dringend empfohlen hatte, an Gewicht zu verlieren. »Und wenn ich etwas anfange, dann mach ich keine halben Sachen«, betont er und bietet mir von seinen ungesalzenen Edamame an. »Wenn der Doktor mir sagt, dass ich abnehmen soll, dann nehme ich halt ab – und zwar richtig.« Er fixiert mich mit durchdringendem Blick. »Und was ist mit Ihnen los? Sie sehen zehn Jahre älter aus.«

Ich gestehe ihm, dass ich nicht gut schlafe. Oder vielmehr gar nicht.

Nach einer weiteren Minute Smalltalk sagt Earl: »Dann kommen wir doch mal zur Sache.«

Er ist bereit, mir jetzt und hier die Stelle als Chefredakteur der *The Can-Do Times* anzubieten. Dabei wäre ich zwar erst einmal auf mich allein gestellt, aber schlussendlich strebt er eine Belegschaft von sechs Leuten an, bestehend aus drei Berufsanfängern in Teilzeitanstellung, zwei College-Praktikanten und möglicherweise einem weiteren Mitarbeiter mit ähnlicher Berufserfahrung, wie ich sie habe.

»Sie alleine hätten das Sagen«, versichert er mir. »Ich werde mich nicht einmischen. Natürlich werde ich hin und wieder meinen Senf dazugeben, aber verdammt noch mal, man kann einen Gaul mit Leim füttern, und schon sieht er aus, als könnte er Algebra. Das Einzige, worum ich Sie bitte …«, mit seinem knochigen Zeigefinger zielt er auf meine Nase, » … ist, dass Sie dem Unternehmertum in dieser Stadt den nötigen Arschtritt verpassen, allerdings wenn nötig auch sein Sprachrohr sind. Doch das ist ganz allein Ihre Angelegenheit. Ich werde den Teufel tun und Ihnen ins Whiskeyfass pinkeln.«

Und plötzlich liebe ich Earl. Ich liebe seine Gürtelschnalle, ich liebe diesen Provinz-Dialekt, das Lispeln und Pfeifen in seiner Stimme, wenn er die letzte Silbe verschluckt und Worte wie *Whiskey* plötzlich cool klingen. Ich liebe diesen Mann, der aus reiner Willenskraft vierzig Kilo abnehmen kann, ich liebe seinen Geschäftsinstinkt, ich liebe *The Can-Do Times*, ich liebe sein Draufgängertum, seine Eier (rein metaphorisch) und ganz besonders seine derbe Art – so sehr, dass ich gelobe, künftig in Gesprächen mit Phrasen wie »ins Whiskeyfass pinkeln« zu glänzen. Ich werde den Spruch für Earl auf ein Holzschild brennen lassen, die Sorte Schilder, die Leute in ihren Wochenendhütten aufhängen. Ich kann mir sogar vorstellen – auch wenn ich nicht so blöd bin, dies jetzt zur Sprache zu bringen –, dass ich, wenn unser Projekt erst mal läuft und ich die überaus populäre Kolumne »Der Finanzpoet« in unserem Blatt etabliert habe, ein Sonnet zu Earls Ehren schreibe. Vierzehn gereimte Zeilen, die in vier heroischen Couplets mit Earls ureigenem, derbem Witz gipfeln, endend mit seinem lyrischen Motto:

Ein Mann füttert Leim einem aufrechten Ross
dass man glaubt, das Tier könne sprechen
Er wirft einen Baseball hart wie ein Geschoss
und das, ohne sich die Finger zu brechen

Earl, der Aale verschlingt mit nur einem Bissen
wird ganz sicher nicht ins Whiskeyfass pissen.

Der Businessplan verlange nach einem technischen Mitarbeiter und einem, der sich um die Anzeigen kümmere, sagt Earl, aber das könne noch warten. Schließlich brauche alles seine Zeit.

»Prima«, sage ich euphorisch, als mein Handy klingelt. Es ist Dave, mein Drogendealer. Ich drücke den Anruf weg, denn ich werde dieses Meeting ganz sicher nicht vermasseln, und genau in diesem Augenblick setzt diese Stimme in meinem Kopf ein, diese schreckliche *Matt-das-ist-alles-viel-zu-schön-um-wahr-zu-sein*-Stimme. Ich will mir Earl gegenüber nicht anmerken lassen, dass ich – so schlecht, wie die Dinge zuletzt für mich gelaufen sind – seinem Angebot misstrauen könnte. Doch die Stimme sagt mir: *Trau seinem Angebot nicht.* Also liste ich in Gedanken auf, was ich vielleicht übersehen haben könnte. Das Offensichtlichste ist die Bezahlung, allerdings scheint es mir angebracht, diesen Punkt nicht direkt anzusprechen: »Sozialleistungen?«, frage ich. »Krankenversicherung?«

»Das ist ein Start-up, Matt«, antwortet er und zuckt mit den Schultern. »Ich habe einen Sozialplan für die Beschäftigten meines Bauunternehmens und meiner Immobiliengesellschaft, aber diese Zeitung ist mehr wie meine Restaurants. Ich könnte Sie zu einem ziemlich guten Kurs an diesen Leistungen partizipieren lassen, ganz sicher besser als alles, was Sie auf dem freien Versicherungsmarkt zahlen müssten, aber mehr ist nicht drin. Ich meine, man kann der Jungfrau schließlich nicht das größte Bett im Bordell geben, richtig?«

Egal. Ich liebe den Kerl immer noch. Ich atme tief durch. »Und die Bezahlung?«

»Ich soll Sie bezahlen?«, fragt er grinsend. »Nee, das ist

ein Start-up, Matt. Niemand wird damit reich. Ich erwarte von meinen Leuten, dass sie einen Teil der Last mittragen, besonders in den ersten paar Jahren. Im Gegenzug gibt es Unternehmensanteile, von denen – da müssen wir uns nichts vormachen – allerdings keiner weiß, ob sie das Papier wert sein werden, auf das sie geschissen sind.«

O ja, das ist genau das, was ich befürchtet habe. »Hören Sie, ich verstehe das nur zu gut, Earl, aber ich kann nicht unentgeltlich arbeiten. Und ich kann auch nicht bloß für Anteile arbeiten. Ich habe Familie.«

»Niemand erwartet, dass Sie für umsonst arbeiten, oder nur für Beteiligungen.« Er wirkt ehrlich gequält. »Aber dieser Vogel, der kann nicht fliegen, wenn ihn die Gehälter zu Boden ziehen. Es tut mir leid, Matt. Ich werde Ihnen anfangs nicht mehr als fünfzig zahlen können«, sagt er dann in seinem liebenswerten Dialekt.

Fünfzig? Ich tue so, als müsste ich darüber nachdenken. Fünfzig!

Ich liebe diesen Kerl!

»Passen Sie auf, ich weiß, das ist deutlich weniger, als Sie bisher verdient haben«, fährt er fort, »aber ich habe die Zahlen hin und her gewälzt. Wenn wir die Gehälter nicht aufs absolute Minimum reduzieren, schmilzt das Ding dahin wie ein Salzblock im Schlachthaus.«

Keinen Schimmer, was das bedeutet!

»Sie müssen sich vielleicht irgendwo was dazuverdienen … den Job vielleicht erst mal nur in Teilzeit machen, aber es ist der einzige Weg.«

Fünfzig Riesen? In Teilzeit? Ich liebe diesen Kerl! *Guck nicht zu gierig*, sage ich mir. Ich wünschte, ich könnte Lisa jetzt anrufen. »Ich nehme an, Sie können nicht bis sechzig raufgehen?«, sage ich.

Er kneift die Lippen zusammen. »Treffen wir uns in der Mitte.«

Ich! Liebe! Ihn! Fünfzigtausend sind das, was wir brauchen, um die laufenden Kosten zu decken. Mit 55 können wir anfangen, unsere Schulden abzubezahlen. »Sagen wir fünf-acht?«

»Ach, scheiß drauf, was sind schon ein paar hundert Dollar«, sagt Earl und streckt mir die Hand entgegen. »Abgemacht, mein Freund. 15 800.«

Ich lache. »Das ist lustig.«

»Was?«

»Das klang gerade, als hätten Sie 15 000 gesagt.«

Er starrt mich an. »Genau das *habe* ich gesagt.«

»Aber Sie meinten 50 000, richtig? Genaugenommen 58 000.«

»*Fünfzig?*, sagt er. »Sagten Sie fünfzig? Scheiße.« Und jetzt lacht er. »Verdammt, Matt, ich kann keine fünfzig zahlen. Nein, ich sagte fünfzehn. *Fünfzehn-acht*! 15 800 Dollar.«

»Aber … vorher sagten Sie fünfzig. Und ich sagte sechzig.«

»Ich sagte fünfzehn. Dann sagten Sie sechzehn.«

»Warten Sie. 15 000 Dollar? Im Jahr?« Und jetzt hasse ich diesen beschissenen Dialekt mit diesem dämlichen lispelnden Pfeifen, das die letzte Silbe von jedem Wort verschluckt, sodass fünfzehn tatsächlich wie fünfzig klingt.

»Von 15 000 kann ich nicht leben, Earl.«

»Tja, das ist schade, Matt. Dann weiß ich nicht, warum Sie überhaupt hierher gekommen sind. Ich habe vorhin gesagt, dass Sie auch einen Teil beisteuern müssen. Dass es vielleicht sogar nur Teilzeit geht. Mann, Sie sind derjenige, der mir seit Jahren erzählt, dass mit der Scheiße kein Geld zu machen ist.«

»Aber … fünfzehn?«

»Es ist kein Problem, Leute zu finden, die dafür arbeiten würden.«

Das Schlimme ist: Ich bezweifle nicht, dass er wirklich Journalisten an der Hand hat, die für fünfzehn Riesen im Jahr arbeiten. Für zehn Dollar die Stunde. Angesichts der vielen Arbeitslosen ist mir bewusst, dass ich nicht einfach so von diesem Tisch aufstehen kann, ohne sein Angebot wenigstens ernsthaft in Betracht gezogen zu haben.

»Ich habe Leute, die mir den Kram fürs Internet umsonst geben«, sagt Earl entschuldigend. »Und ich bin mir nicht sicher, ob das Zeug schlechter ist als der Mist, für den ich Geld bezahle.«

Auch das bezweifle ich nicht. Ich seufze, blicke mich im Restaurant um, dann auf mein Handy, auf dessen Display eine SMS von Dave dem Drogendealer leuchtet: »1 Stunde …«

»Ich weiß nicht … ob ich darauf eingehen kann«, antworte ich Earl. Ich atme tief durch. »Ich muss vielleicht eine Alternative in Betracht ziehen. Wäre es in Ordnung, wenn ich mich bei Ihnen melde?«

»Gut«, sagt er. »Sechzehn. Aber höher kann ich nicht gehen, Matt. Ich will Sie dabeihaben. Wir wissen beide, wie gern ich Sie an meiner Seite sehe. Aber wenn ich mehr zahle als das … dann scheiße ich mir doch in die eigene Suppe.«

12

Sie benötigen

(Nur druckimprägniertes Holz)

18 Balken à zwei Meter
zum Bau sämtlicher Wände
für den Boden 30 mehr
6 ein Meter lange Bretter
reichen für die Seitenwehr
(das Ganze unterbaut durch
16 Stück 1,20 quer)
und 6 mal 60 Zentimeter
für die Baumhaustür
16 Latten und ein Eimer Teer
plus Schindeln für das Dach
12 Stahlstifte, verzinkt

(womöglich auch noch mehr)

Diese Liste bildet laut meinem neuen Freund Chuck – Kronprinz von Bretterland, Herzog der Hahnreierei, König im Frauenausspannen – neben allerlei Werkzeugen (Kreissäge, Winkelmaß, Zimmermannshammer, Zollstock und Bohrmaschine mit diversen Aufsätzen) den Grundstock dessen, was man benötigt, um das simpelste Baumhaus zu bauen: Grenzfort II. Ein Baumhaus, so simpel, dass es sogar ohne Baum auskommt.

»Moment mal, es steht einfach auf dem Boden?«

Chuck blickt von seinem Buch auf. »Hmm? Oh, ja. Es steht einfach auf den Balken. Deshalb sollten Sie sichergehen, dass das Holz imprägniert ist.«

Aha … Chuck ist also ein *Hmmer* – einer dieser Menschen, die einen zwar hören, aber so tun, als würden sie es nicht. Dann sagen sie *»Hmm«* und beantworten die Frage. Lisa wird das nach ein paar Jahren hassen. Sie wird sagen: *Warum machst du jedes Mal ›Hmm‹, wenn du doch genau verstanden hast, was ich gesagt habe?* Und er wird in *meinem* Wohnzimmer von seiner Zeitung aufblicken und weiter nichts sagen als: *Hmm?*

Es ist zwar erst ein Anfang, aber ich erkenne bereits erste Schwächen meines Gegners.

Nach dem unseligen Meeting mit Earl hatte ich bis zum Treffen mit Dave dem drogendealenden Anwalt immer noch eine Stunde totzuschlagen. Den Termin mit Noreen, meiner Job-Beraterin, die mir unzweifelhaft ins Gewissen reden würde, Earls Jobangebot für ausbeuterische 16 000 Dollar anzunehmen, damit sie mich von ihrer Arbeitslosenliste streichen konnte, würde ich nicht durchstehen. Also sagte ich die Verabredung ab und begab mich für eine

Aufklärungsmission hinter den feindlichen Linien ein weiteres Mal ins sagenumwobene Bretterland.

Chuck tippt auf der Tastatur eines in Plastikfolie gehüllten Computers herum. Im Stehen. Das erscheint mir unfair. Ich habe gehofft, mich über ihn erheben zu können. Während er zwischen Baumhaus-Buch und Rechner hin und her schlurft, pfeife ich ein Lied, das ich mir an diesem Morgen runtergeladen habe. Er reagiert nicht darauf. Mein Pfeifen ist ein wenig eingerostet, weshalb der Song vielleicht nicht auf Anhieb zu erkennen ist. Also versuche ich es mit dem Refrain, der mir beim Singen echte Schmerzen bereitet: *»She's sweet / and oh-so vulnerable / a man's wet dream / or his worst nightmare.«*

Chuck sagt nichts. Er geht nur mit dem Finger die Liste der von mir benötigten Materialien durch und wendet sich dann wieder der Computertastatur zu.

»Kennen Sie diesen Song?«

Seine Stirn liegt aufgrund eines komplizierten mathematischen Problems in Falten. Für eine Sekunde blickt er mich kurz an, aber es ist, als würde er mich nicht erkennen oder durch mich hindurchsehen. Bretterland ist erfüllt vom leisen Summen der Heizlüfter, während um uns herum Männer Zeug zusammenklauben, um daraus Sachen zu bauen. *So machen wir das im Bretterland. Wir kommen, um Sachen zu besorgen, aus denen wir Dinge bauen.* Auf diese Art haben Männer im Laufe der Zeit ein jedes Ding auf dieser Erde gebaut. »Hmm?«

»Das Lied, das ich gerade gesungen habe … ist von der Band Blue Eyed Jesus. Ich steh auf die, finde aber niemanden, der je von ihnen gehört hat. Ich hab mich nur gefragt, ob Sie die vielleicht kennen.«

»Wie heißen die noch mal?«

»Blue Eyed Jesus.«

»Nein«, sagt er. »Ich glaube nicht.«

Das beweist natürlich gar nichts. Gut möglich, dass das Konzert nur eine Ausrede für ein Rendezvous der beiden war und Chuck die Band deshalb nicht kennt. Es könnte auch sein, dass er bloß vorgibt, die Band nicht zu kennen, weil er rausgefunden hat, wer ich bin. Oder es könnte sein, dass Lisa wirklich mit Dani zu einem Konzert von Blue Eyed Jesus geht. Es könnte auch sein, dass Jesus wirklich verträumte blaue Augen hatte, so wie Chuck. Vielleicht *ist* Chuck Blue Eyed Jesus, Friedensprinz *und* Herr von Bretterland. Vielleicht ist Chuck der Eiskrem-Kaiser. Oder vielleicht ist das Leben eine Illusion, ein Schattenbild, von den Flammen an eine Höhlenwand geworfen.

Chuck klickt auf *Drucken*, und als er sich nach dem Ausdruck bückt, erhalte ich endlich ein Geschenk – etwas, das mich dem blauäugigen Jesus danken lässt. Die Art Erscheinung, die mir den Glauben daran zurückgibt, dieser langen Pechsträhne doch noch ein Ende setzen zu können. Das erste Licht in einem sehr dunklen Tunnel:

Chuck hat eine kahle Stelle!

Das Genre schreit nach einer Münzenmetapher – ein Vierteldollar, ein Fünfzigcentstück, ein Silberdollar –, aber das ist gar nicht so einfach, denn Chucks kahle Stelle ist nicht richtig rund. (Wer hat je von einer unregelmäßigen kahlen Stelle gehört? Krebs, schießt es mir durch den Kopf, bevor der aufkeimende Katholik in mir schuldbeflissen zur Schelte ausholt. Immerhin hat dieser Mann Kinder, und davon abgesehen habe ich noch nie etwas von Kopfhautkrebs gehört. Also gut ... ginge eine bloße Beschleunigung dieses unregelmäßigen Haarausfalls in Ordnung?)

Und dann fällt der Groschen: Chucks kahle Stelle hat ungefähr die Größe und die Form eines Wantans. »Ich nehme nicht an, dass man hier irgendwo gut chinesisch essen kann?«

»Hmm?« Während er – immer noch vornübergebeugt – den Ausdruck studiert, nennt mir Chuck den Namen eines nahcgelegenen Restaurants.

»Gibt es dort diese Teigtaschen, Sie wissen schon, Wantans?«

»Keine Ahnung«, sagt Chuck. »Gut möglich.«

Ich habe, das sollte ich erwähnen, überaus volles Haar. Obwohl ich es nun kurz trage, ist es immer noch dicht, gesund und frei von teigtaschenförmigen Hautinseln. Das Wantan wird sich wenden, mein Freund, du verrottender Prinz von Bretterland, tonsierter Wunderknabe der Zimmermannskunst, schütterer Ninja des Eheweibsraubes. Ich fahre mit der Hand durch mein Haar – es sträubt sich wie der Weizen gegen den Wind.

Und als Chuck sich mit dem ausgedruckten Baumhausplan aufrichtet, sehe ich, dass die kahle Stelle noch zwei Gefährten hat, die mir vorher nicht aufgefallen sind: ein Paar kleinere Parzellen rechts und links oberhalb dieser verträumten, blauen Jesus-Augen. (So ist das nämlich mit verträumten Augen: Wie roter Lack bei einem Auto lenken sie den Käufer von einer Menge anderer Schwachstellen ab.) Sieht ganz danach aus, als stünde unser Bretterprinz einer üblen Haarwuchskrise gegenüber.

»Bitte sehr.«

Ich starre auf die Rechnung, und mein Blick wandert geradewegs zur fetten Zahl am Ende der Seite. »Elfhundert Dollar für ein Kinderbaumhaus? Ja geht's denn noch? Wie viel würde es da erst kosten, wenn es sich tatsächlich auf einem Baum befände?«

»Tut mir leid. Es ist das einfachste, nicht das billigste«, sagt Chuck, runzelt die Stirn und greift nach dem Kostenvoranschlag, wobei ich erkenne, wie der Dünkel über sein Gesicht kriecht *(Dieser Spinner verschwendet meine Zeit, der hatte nie vor, ein Baumhaus zu bauen)*. Das macht mich erst recht sauer – du siehst also auf mich herab, du Frauenräuber? Du siehst doch wohl nicht ernsthaft auf mich herab, *Glatzkopf?* Mir schießt das Blut ins Gesicht, ich balle die Faust, um das Arschloch zu schlagen, doch in diesem Moment spüre ich, wie das Handy in meiner Hosentasche vibriert. Ich blicke aufs Display, es ist Dave der Drogendealer, und statt Chuck eine reinzuhauen, habe ich das, was man – im religiösen Sinne – wohl nur eine Erleuchtung nennen kann.

Ich sehe das Ganze, als befände es sich direkt vor meinen übernächtigten Augen: Ein Stapel Bretter liegt in unserem Vorgarten, daran der Lieferschein vom Stehne-Holzmarkt getackert, Lisa kommt herbei, beugt sich vor, liest, ihre Augen weiten sich *(Was?)*, ihr Blick schweift rüber zu den Nachbarn *(Ob sie was wissen?)*, sie tippt hektisch eine SMS *(Kommt das Holz von DIR?)*, bekommt seine Antwort *(Das war DEIN Mann?)* und schreibt dann zurück *(Denkst du, er weiß es?)*.

Ja. Ich weiß es. Ich kann mir ein Lächeln nicht verkneifen. »Ich nehme es.« Ich rupfe ihm das Blatt Papier aus der Hand. »Wann können Sie liefern?«

»Montag?«

»Ich brauche es morgen.«

»Unser Fahrer hat morgen frei.«

»Tja, da brauche ich es aber. Meine Frau geht dieses Wochenende auf ein Konzert. Ich habe also eine Menge Zeit.«

»Vielleicht ginge es am … Samstag?«

»Das ist zu spät«, sage ich und halte das vibrierende Handy in die Höhe wie eine Bombe – *liefern Sie mir mein Holz, oder ich jage dieses kleine hölzerne Königreich in die Luft*. »Ich muss da rangehen. Könnten Sie mein Holz also bitte morgen liefern? Oder soll ich es woanders kaufen?«

»Na gut.« Er zuckt mit den Schultern und serviert mir einen dieser Der-dämliche-Kunde-hat-immer-recht-Seufzer, wie sie wohl der lebenslangen Arbeit in einem Familienbetrieb entspringen. »Wahrscheinlich muss ich es selbst vorbeibringen, aber ich sorge dafür, dass Sie es kriegen.«

13

Über die spirituelle Krise von Wirtschaftexperten

Einer bekennt sich zeit seines Lebens
beharrlich zur Deregulierung
doch jetzt, im Radio, da verliert er den Glauben
ich jedoch denk an Mutter Teresa, die, als es zu Ende ging,
bekannte, sie würde zweifeln und Gott seit Jahren nicht
mehr zu ihr sprechen
was, wie mir scheint, durchaus eine Befreiung ist
schwer genug: ein tadelloses Leben zu führ'n
ohne geführt zu werden
Gib alles auf, was du besitzt, aus Liebe für die Armen
und die Siechen! Zurück zu dem deprimierten Fachmann,
laut dem man in jedem Wirtschaftsinstitut hier
denselben Mist lehrt
an den dieser Kerl so viele Jahre fest geglaubt hat
– die Brooks-Brothers-Ära der Stripper und Limos –
nämlich: der Wirtschaftsapparat als Äquilibrium-
Maschine

die nur eine willkürliche, externe Macht je stoppen
kann, denn die gesamte Konjunktur entspricht einer
simplen Maxime:

Der Markt bewegt sich von allein meistens geradeaus
und gewöhnlich tut er das, was für ihn das Beste ist:
Schlechte Papiere aussortieren
riskante Wetten honorieren.
Geld machen.

Diese Krise, wie unser Fachmann traurig erklärt
beweist uns jedoch: Beinah alles, was jemals wer glaubte
ist falsch, denn schuld daran war kein Erdbeben
kein Hochwasser, kein Krieg, kein Ölpreis-Anstieg
und auch kein Dritte-Welt-Land
das seine Schulden nicht zahlt, während sein geckenhafter
Führer sich die Hilfsgelder einsackt und ins Ausland
schafft nein, der letztendliche Grund für die globale Krise
in diesem Finanzsystem
ist dieses Finanzsystem.

Das Dilemma ist bezeichnend für den fehlerhaften
Apparat
und anders als behauptet, ist der Grund nicht,
dass man armen
Leuten erlaubt hat, Häuser mit hundert Prozent
zu beleihen, ganz ohne Sicherheiten, nicht allein
und schuld sind auch nicht einmal die Händler mit ihren
zweifelhaften derivativen Wetten gegen faule Wechsel
nicht allein

(nicht der Husten verursacht die Erkältung
und nicht das Niesen den Katarrh) –
nein, die Wurzel der globalen Krise
in diesem Finanzsystem
ist dieses Finanzsystem.

Und das ist mein wahres Problem mit Wirtschafts-
experten:
Andauernd geben sie dir Tipps, was du tun sollst
mit dem Altersguthaben, dem Schulgeld
deiner Kids, und sieht man sie ganz zufällig
im Fernsehen (Manschettenknöpfe, hoher Kragen)
klingen sie so klug. Klingen so gewiss.
Ihre wahre Währung ist Gewissheit, und der sind sie sich
sehr wohl gewiss – doch haben Bulle und Bär
nie beide recht. Wie kann man Liquiditätsgeschäfte
und Long-Term-Holds zugleich empfehlen? Das ist
gewiss recht schwer verständlich, klagt ein gewisser
Herr im Radio: Hat der Mechanismus Fehler –
und seine Stimme zittert –, ist gewiss tatsächlich
auch unser
schönes System der locker regulierten Kapitalgenerierung
selbst fehlerhaft, was dann heißt, die Fehlerquelle
muss ganz gewiss allein die Menschheit selber sein –
und da
bleibt des Wirtschaftsfachmanns Stimme weg
und er kämpft nun mit den Tränen, denn so viel ist gewiss
wir haben ihn enttäuscht, wir Menschen, klagt er
bitterlich und mutiert on air
zum Sozialisten, zum fiskalen Atheisten

hier gleich vor uns gewissenhafter Radio-Hörerschaft.
Und plötzlich hör ich die leise Stimme Mutter Teresas
betend zu dem Gott, der selbstsüchtig ausschlug, mit ihr zu
sprechen (dem Gott gekränkter kleiner Mädchen,
dem Schutzherrn der Damen, die ihr Date versetzt hat.
Allvater schmollender Brüder und geprellter Lover
dem schmollenden Rachegott verletzter Gefühle).
Und ein Gebet in Teresas singsanghaftem, siechenliebem
Ton tropft mir von den Lippen: »O Vater, wenn Du da bist
und wenn Du mich auch hörst, beschütz uns vor
Leid und, bitte, Herr
labe die Armen und Schwachen, die ohne Job
die Hunger leiden, Obdachlosen, Zwangsgeräumten
die Betrübten, und wenn du dann noch ein
Minütchen Muße hast
dann bitte, bitte, bitte
prügel die Scheiße aus diesem Arschloch – im Ernst jetzt
zeig's diesem sogenannten Fachmann
dem Penner, der den Geschichtskurs offenbar
verschlafen hat, und jede Beziehungsform
die jemals existierte, und das gesamte
letzte Jahrhundert, dieser Wichser, der
grad eben erst bemerkt hat: Wir allein
sind der Scheißfehler im System.«

14

Über die spirituelle Krise von Drogendealern

Bea gibt mir einen Kuss.

Doch wie bin ich eigentlich hier gelandet, auf dieser Veranda, zwischen verstreutem Laub und aufgeplatzten Kastanien, wo ich fünfzehn halbwegs solide Ehejahre aufs Spiel setze, indem ich den Kuss einer hochgewachsenen, blonden Dealerbraut erwidere? Eine kurze Rekapitulation meines Tages (brachte senilen Vater zum Arzt, bekam schrecklich desillusionierendes Jobangebot für sechzehn Riesen im Jahr, fuhr zum Holzmarkt von Chuck dem Ehefrauenräuber, verprasste in einer Laune elfhundert Dollar für Bretter, bekam einen Anruf von Drogendealer Dave, der mich in Beas Apartment treffen wollte, ließ mich auf der Fahrt hierher vom Monolog eines Finanzexperten auf NPR zur Weißglut treiben, klingelte an Beas Tür, plauderte mit ihr über ihr cooles Bücherregal, ging mit ihr vor die Tür, weil sie rauchen wollte, ertappte mich dabei, ihr zu predigen, nichts mit Dave dem Drogendealer anzufangen, weil er – nun ja – ein

Drogendealer ist, gab ihr dann den Rat, sich doch lieber einen netten, sensiblen Dichter zu angeln …) ist nicht sonderlich erhellend.

Bumm. Bea beugt sich vor und küsst mich.

Sie zieht sich zurück und berührt ihren Mund. Kichert. »Tut mir leid«, sagt sie. »Ich küsse gern. Das ist … mein Ding.« Ihr Mund ist wunderschön. Er schmückt eine schmale, katzenhafte Kieferpartie unter diesem Dach aus blondem Haar. Es war bloß ein kurzer, süßer Kuss, und ich bin mir nicht einmal sicher, ob irgendetwas Sexuelles dabei war. Mal davon abgesehen, dass sie mich auf die Lippen geküsst hat und ihre Hand dabei auf meiner Wange lag. Ich erröte wie ein Teenager, schlucke, mir wird schwindelig. Ich fühle mich in jeder Hinsicht schmerzhaft, herzzerreißend jung. Was kann man von einem Kuss mehr erwarten?

»Du bist süß«, sagt sie. »Jamie lag ganz richtig mit dir.« Dann drückt sie die Zigarette auf den Stufen aus und geht mit weiten Schritten zu einer Mülltonne hinüber, um den Stummel wegzuwerfen. Ihr Rock flattert beim Laufen – mein Gott, sie muss anderthalb Meter lange Beine darunter verstecken. Als sie sich wieder zu mir herumdreht, sind ihre Augen gerötet und voller Tränen. Dabei habe ich nichts gesagt, was sie zum Weinen bringen könnte. »Ich bin nicht mit Dave zusammen.«

»Oh. Ich dachte …«

»Ich weiß, er möchte gerne«, sagt sie, »aber wir sind bloß Freunde. Ich hatte Geldprobleme, da hat Jamie uns einander vorgestellt, und Dave bot mir an, einen Teil meiner Miete zu übernehmen, wenn er seine Geschäftstreffen hier abhalten kann. Dave ist paranoid. Er glaubt, sein Haus sei verwanzt.«

»Oh.« Ich bin so verschossen, dass ich ihr am liebsten auf der Stelle Geld anbieten möchte, um ihr aus diesem Arrangement mit Dave herauszuhelfen. Aber meine ganze Kohle ist bereits fest in Drogengeschäften oder imprägniertem Holz angelegt.

Sie zeigt mir die Andeutung eines schiefen Lächelns. »Leider mangelt es an sensiblen jungen Dichtern.«

In diesem Moment fährt Dave in einem Nissan Maxima vor, der exakt das Baujahr und die Farbe von meinem hat. Davon wird mir so seltsam zumute, dass ich es kaum beschreiben kann.

Ich frage mich, ob Dave etwas weiter die Straße runter geparkt und den Kuss gesehen hat – oder ob er aufgrund meines erröteten Gesichts schon Bescheid weiß. Vielleicht machen wir jetzt eine kleine Tour, und Dave verprügelt mich. Oder er verklagt mich, schließlich ist er ja Drogendealer *und* Anwalt. Oder das Ganze war ein abgekartetes Spiel – Dave hat Fotos davon gemacht, wie Bea mich küsst, und wird mich damit erpressen. Falls ja, hat er die Rechnung ohne den Wirt gemacht: Ich bin mir nicht sicher, ob meine im Fremdgehen begriffene Frau das überhaupt kümmern würde.

»Da ist er ja.« Dave trägt wieder Anzug ohne Krawatte. »Wie läuft's denn so, Slippers?«

»Gut«. Ich stehe auf, wir reichen uns die Hände.

»Ist das nicht ein wunderschöner Herbsttag?«, fragt Dave.

Draußen ist es in der Tat wunderschön: Frisch und sonnig, die Ränder der Welt wirken wie geschärft von der Tiefe des Himmels.

Dave blickt rüber zu Bea, die sich eine weitere Zigarette angesteckt hat. »Wie läuft's an der Uni?«

»Beschissen.«

»Egal. Du gehst so oder so hin.«

Sie zeigt ihm den ausgestreckten Mittelfinger.

»Wirklich nett. Warum sind heutzutage alle so zynisch?« Dave geht zu ihr, nimmt ihr die Zigarette weg, gönnt sich einen langen, tiefen Zug und gibt sie ihr zurück. Sie ist größer als er. Seit wann werden Mädchen eigentlich so groß? In den Zigarettenqualm hinein sagt Dave: »Die ganze Welt besteht aus Zynikern.« Dann starrt er auf den weißen Saum des Horizonts. »Eben hat so ein Investmentbanker auf NPR ein paar ganz erfrischende Dinge gesagt …«

»He, den Typ habe ich auch gehört.«

»War der nicht spitze? Ich finde es großartig, wenn einer von diesen Kerlen die Dinge beim Namen nennt und öffentlich zugibt: ›Leute, wir haben den Karren in den Dreck gefahren.‹ Es hat mir … ich weiß nicht … Hoffnung gemacht.«

»Ernsthaft?«, frage ich. »Mich hat es wütend gemacht.«

»Nein, ich fand es wirklich cool. Ich saß da und dachte: *Verdammt, was mache ich eigentlich?* All das Streben, Eifern und Grübeln … der Scheiß mit der Anwaltskammer … Was hat das alles noch für eine Bedeutung, wenn ich morgen sterbe?«

Na toll. Mein Drogendealer findet zum Glauben. Hoffentlich nicht, bevor ich mein Dope habe. »Weißt du, was ich gedacht habe?«, sage ich. »Da ist dieser Typ, der Millionen mit einem Finanzsystem gescheffelt hat, das, wie er jetzt zugibt, korrupt war, der vermutlich zwanzig Jahre voller Champagner und Stripperinnen hinter sich hat. Und jetzt, wo das ganze Schneeballsystem über uns anderen zusammenstürzt, da wird er religiös? Warum fällt den Leuten das niemals früher ein?«

Dave sieht mich entgeistert an. »Du bist ja sogar noch zynischer als sie. Ihr beide würdet ein tolles Paar abgeben.«

Ich kann nicht sagen, ob er mich bloß aufzieht oder auf unseren Kuss anspielt. Ich blicke zu Bea hinüber, die an der Mülltonne lehnt, das Kinn missbilligend gesenkt. Ihr Mund formt ein kleines pinkfarbenes Herz – der Mund, der mich eben geküsst hat. Schon wieder fühle ich mich wie ein Teenager, das Blut schießt mir erneut in die Wangen.

An meiner Hüfte vibriert es.

»Bist du so weit, Slippers? Wir müssen erst noch Jamie abholen.«

Ich starre auf das summende Handy an meinem Gürtel. Es ist die Schule der Jungs. Einer der beiden muss krank sein. Wenn das kein schlechtes Omen ist. »Äh … kann sein, dass wir das verschieben müssen.«

15

Gute Entscheidungen

Die Lehrerin meiner Söhne ist so ein heißes Huhn
selbst die bösen Jungs erweisen ihr die Ehre
aber wäre ich in ihrer Klasse, würde ich alles tun
um nachzusitzen – das ist es, wonach ich mich verzehre.

Ms. Bishop legt mich übers Knie und weist mich zurecht:
Junger Mann, dies nur, um eines hier mal klarzustellen
du hältst den Mund, bis du bereit bist, dich der Klasse
anzuschließen und gute Entscheidungen zu fällen.

»Gute Entscheidungen« – so lautet das Mantra in Franklins zweiter Klasse. *Marshall, war das eine gute Entscheidung? April, in der zweiten Klasse treffen wir gute Entscheidungen. Liebe Eltern, ich will den Kindern beibringen, gute Entscheidungen zu treffen.* Dabei weiß ich genau, was in den Köpfen der anderen Väter vorgeht (und denen einiger Mütter), während sie der bösen, süßen Ms. Bishop mit dem Schmollmund und dem Schlafzimmerblick lauschen. Denn es ist exakt das, was auch mir durch den Kopf geht: *Oh, du heißer Feger von einem Grundschulluder, ich wüsste schon ein paar schlechte Entscheidungen, die ich gerne mit dir treffen würde.* Noch nie zuvor hat man am Elternabend so viele Väter durch die Flure pirschen sehen: Herausgeputzt und frisch rasiert schreiten sie auf und ab. Tun so, als wären sie in die Betrachtung von Kinderzeichnungen und Eisstiel-Dioramen vertieft, erpicht darauf, einen Blick auf Ms. Bishops berüchtigte, bunt gemusterte Röcke zu erhaschen, ihren symmetrisch perfekten Hintern zu … *(Halt, schlechte Entscheidung!).* Mich, einen wahren Ms.-Bishop-Connaisseur, faszinieren jedoch nicht die knappen Röcke (so naheliegend, so plump), sondern die Blusen – und da wiederum nicht die ins Auge fallenden Vorderseiten mit ihren V-Ausschnitten und ihren tief eingeschnittenen, drallen Dekolletés … die sind was für Ms.-Bishop-Novizen. Nein, meine Bishopiphanie packte mich vor ein paar Jahren, bei einem Tag der offenen Tür, als sie sich zur Tafel umdrehte und ich einen flüchtigen Blick auf ihren wunderschönen Rücken werfen konnte. Es war, als wären mein Pferd und ich, erschöpft von einem langen Ritt, auf dieses liebliche, schmale Tal getroffen, dessen sanfte Hänge sich von ihren Schultern abwärts allmählich verengten. Und dort sah ich es, dieses stille, versteckte Plätzchen … einen Ort des Friedens … wo ein Mann nach zwei Stunden extrem fragwürdiger Entscheidungen seinen Kopf zur Ruhe betten konnte.

Teddy war damals, vor drei Jahren, in Ms. Bishops Klasse. Wenn wir von Schulveranstaltungen nach Hause kamen, konnten Lisa und ich kaum die Finger voneinander lassen.

Lisa stellte den Zusammenhang als Erste her. Es war, als wäre Ms. Bishop eine Art Fruchtbarkeitsgöttin. Im Anschluss an Eiskrem-Partys und Kuchenbuffets, Theateraufführungen und Schul-Auktionen fielen wir regelmäßig übereinander her. Wenn wir dann erschöpft voneinander abließen und schwitzend und keuchend im Bett lagen, war es Lisa, die in ihrer bezaubernden Art den gemeinsamen Gedanken aussprach: »Wow, verdammt gute Entscheidung.« Damals, in den guten, alten Tagen, war das in Anwesenheit der Kinder eine Zeit lang unser Code: »Ich würde heute Abend gerne eine gute Entscheidung treffen.« »Ganz gleich, was du später noch vorhast, junger Mann, ich hoffe, es ist eine gute Entscheidung.«

Das heutige Treffen mit Ms. Bishop verspricht allerdings alles andere als erotisch zu werden.

Ich habe meinen verzweifelten Drogendeal vertagt (jetzt muss ich nicht nur die Hypothek und das Schulgeld bezahlen, sondern auch noch das ganze Holz, das ich bei dem Kerl gekauft habe, der meine Frau bishopt), um zur Schule zu fahren und über den armen kleinen Franklin zu sprechen, der beschuldigt wird, völlig grundlos einen wehrlosen Spielkameraden angegriffen zu haben. Wobei er die kleinen Holzklötze, die eigentlich dazu gedacht sind, sie im Musikunterricht rhythmisch aneinanderzuschlagen, als Waffe benutzt hat.

Jeden Vater, der erfährt, dass sein Kind in eine Handgreiflichkeit verwickelt war, quälen – ob er es nun zugibt oder nicht – zwei widersprüchliche Gedanken. Erstens die Hoffnung, dass keinem was passiert ist, und zweitens eine tief sitzende Angst, sein Kind könnte womöglich verloren haben. *(»Die Kunst des Verlierens studiert man täglich.«)* Zwei Tage nachdem ich Teddy bestrafen musste, weil er einen Klassenkameraden geschlagen hatte, ertappte ich mich dabei, wie ich dem Jungen beibrachte, richtig die Faust zu ballen, die Linke zu heben, um eine Gerade mit der Führhand, dann noch eine Gerade mit der Führhand und schließlich eine Gerade mit der Schlaghand auszuführen. (Schneller, Junge: eins, eins, zwei!)

»Das ist einfach nicht Franklins Art«, sagt Ms. Bishop.

»Stimmt, normalerweise trifft er *so* gute Entscheidungen«, erwidere ich, und der pawlowsche Reflex lässt mich erröten. Franklin wartet im Büro, während ich mit seiner Lehrerin spreche. Der Rest seiner Klasse ist beim Nachmittagssport, weshalb Ms. Bishop und ich allein in ihrem Klassenzimmer sitzen – umgeben von Pinguinen, dicken Schreibschriftbuchstaben und einfachen Rechenaufgaben –, in winzige Stühle gequetscht, wobei unsere Beine sich fast berühren. Ich muss mich beherrschen, Ms. Bishop nicht anzusehen, denn dann wäre alles aus. Ich wäre unfähig, den besorgten Vater zu geben, den sie in mir sehen muss. Meine Arbeitslosigkeit und Lisas jüngster Flirt mit dem Fremdgehen haben mein Sexleben auf null reduziert – das letzte Mal ist fast einen Monat her –, sodass jetzt gerade ein denkbar ungünstiger Zeitpunkt ist, um Frauen wie Amber Philips, Bea und Ms. Bishop (deren Namen ich schon vor langer Zeit von meiner verstiegenen Liste der Frauen gestrichen habe, die insgeheim mit mir schlafen wollen) zu begegnen.

»Nein, das ist wirklich überhaupt nicht Franklins Art«, wiederholt Ms. Bishop. Sie hat recht. Franklin ist der Empfindsame. Von Teddy erwarte ich nichts anderes, als dass er sich prügelt, aber Franklin? Seine Lehrerin schüttelt den Kopf. Sie trägt einen bunt karierten Rock und eine gelbbraune Bluse, die an ihr klebt, als wäre sie gerade durch einen Regenschauer gelaufen. »Das ist das Enttäuschende daran. Dass ausgerechnet Franklin so eine schlechte Entscheidung trifft.« Sie schlägt die Beine übereinander. Dabei erhasche ich einen flüchtigen Blick auf gebräunte Haut und räuspere mich, um das Wimmern zu übertönen, das meiner Brust entfleucht. Ich starre an die Decke, in der Hoffnung, dass es so aussieht, als würde ich mir die Details von Franklins Tätlichkeit mit dem gebührenden Ernst anhören: Offenbar war er mitten im Musikunterricht, als die Klasse gerade lernte, wie man einen Takt hält, urplötzlich ausgerastet, hatte ohne Grund mit seinen Klanghölzern ausgeholt und sie seinem Freund Elijah Fenton ins Gesicht geschlagen, der sich daraufhin zusammenrollte. Franklin fiel heulend über ihn her und schlug ihn noch zwei Mal, bevor es Ms. Bishop gelang, die Hölzer seinen kalten, toten Fingern zu entwinden. *(Klanghölzer töten keine Menschen. Menschen töten Menschen.)*

»Wissen wir, was dem vorausging?«, frage ich.

»Anscheinend ein paar Sticheleien, obwohl Franklin mir nicht sagen wollte, worum es ging. Ich sagte ihm, dass es auch keine Rolle spielt. Die Kinder wissen, dass körperliche Exzesse wie diese durch nichts entschuldbar sind.«

(Ich wüsste ein paar körperliche Exzesse, die ich gerne mal …)

»Franklin weiß, dass Gewalt niemals eine Lösung ist«, fährt Ms. Bishop fort. »Ich habe ihm gesagt, wenn ihn in Zukunft jemand hänselt, dann muss er mit mir oder Ihnen oder Mrs. Prior darüber reden.« (Wer? O ja, richtig. Mrs. Prior. Meine Frau. Schlechte Entscheidung.)

Ms. Bishop begleitet mich zum Büro des Rektors, wo »der Unbeugsame« im eigenen Saft schmort. (»Mein Junge kann fünfzig Eier essen!«) Ich starre angestrengt geradeaus, aber das Geräusch von Ms. Bishops Schritten bringt mich fast um. (Was geschieht mit mir? Irrationale, passiv eifersüchtige Reaktionen? Ohnmachtsanfälle nach aufgedrängten Küssen? Schwindelgefühle in der Nähe attraktiver Frauen? Ich bin offiziell wieder vierzehn.)

Vor dem Büro erklärt mir Ms. Bishop, dass die Schule jegliche Ausbrüche von Gewalt und Aggression protokollieren müsse und dass Franklin nun in diesen Protokollen »geführt« werde. Dabei klingt sie wie mein ehemaliger Chefredakteur, der teuflische M-, und ich frage mich, wann die Geschäftsjargon-Typen das Erziehungsmonopol an sich gerissen haben – aber vielleicht war es ja auch umgekehrt. Laut diesen Gewalt- und Aggressions-Protokollen würde mein kleiner Raufbold für seine erste Missetat einen Tag vom Unterricht suspendiert, für seine zweite eine Woche und für seine dritte endgültig der Schule verwiesen. Da Franklin aber noch nie etwas Derartiges getan habe, sagt Ms. Bishop, seien sie und der Schulleiter übereingekommen, dass Franklin nicht suspendiert werde, wenn er sich bei Elijah schriftlich entschuldige – der Vorfall werde allerdings als seine erste Gewalttat angerechnet. Noch eine weitere also, und er würde für eine Woche vom Unterricht ausgeschlossen. Ich bedanke mich bei ihr. »Nichts ist wichtiger, als beim Lernen ein sicheres Umfeld zu bieten«, sagt Ms. Bishop.

Im Büro des Rektors sitzt der Kleine mit dem Kopf in den

Händen. »Na komm schon«, sage ich. Er wimmert. Dreißig Minuten später ist die Schule vorbei, und ich fahre die Jungs nach Hause. Franklin starrt schniefend aus dem Fenster. Teddy ackert wie ein Reporterprofi, um ihm Informationen über die Prügelei zu entlocken.

»Was für ein Geräusch hat es gemacht, als du ihn geschlagen hast? War es eher dumpf oder mehr so ein Klatschen?«

»Genug jetzt, Teddy.«

Franklin schnieft noch mal.

»Elijah Fenton ist ein ziemlicher Idiot, Dad«, sagt Teddy. »Vielleicht hat er es ja verdient, dass Frankie ihn verhauen hat.«

»Ich glaube nicht, dass er das ist. Und selbst wenn es so wäre, spielt es keine Rolle. Und das weißt du auch, Teddy«, erwidere ich. »Es ist nie richtig, Menschen zu schlagen.«

»Und was, wenn sie deine Familie mit einer Granate töten wollen?«

»Klar, Elijah Fenton bringt ganz sicher Granaten mit in die Schule.«

»Er hat bestimmt irgendwas Schlimmes gesagt«, vermutet Teddy. »Er sagt immer schweinische Wörter.«

»Das tut nichts zur Sache. Wir lösen unsere Probleme nicht auf diese Art. Egal, was jemand sagt.«

»Und was, wenn sie sagen, dass sie deine Familie mit einer Granate töten?«

»Lass uns aufhören, über Granaten zu reden. Wir sollten uns lieber um deinen Bruder kümmern.«

Ein erneuter Seufzer von Franklin.

»Nach der Schule hat er Brennball gespielt«, sagt Teddy. »Ihm geht's gut. Kann ich ihn nicht wenigstens fragen, womit er Elijah gehauen hat? Bitte. Nur diese eine Frage, dann bin ich still.«

»Nein.« Vor mir biegt jemand im Schneckentempo links ab. Ich verpasse die Grünphase. Der Verkehr macht mich wahnsinnig.

»Bitte.«

»Nein!« Ich werde laut. Und als mir klar wird, dass ich überreagiere, sage ich: »Mit Klanghölzern aus dem Musikunterricht.«

»Klanghölzer? Du hast ihn mit Klanghölzern verprügelt? Wow!«

Franklin stöhnt.

»Teddy, es reicht jetzt.«

Ich parke in der Garagenzufahrt. Drinnen ziehen sich Teddy und Franklin in ihre Zimmer zurück. Ich versuche es noch mal bei sämtlichen Durchwahlen von Providential Equity und spreche auf alle Anrufbeantworter. Da Lisa heute Abend mysteriöserweise etwas vorhat, mache ich zum Essen Trockenfleisch-Geschnetzeltes. Dad kommt vom Fernsehzimmer herein, legt seine Fernbedienung auf den Tisch, runzelt die Stirn, sagt aber kein Wort dazu, was ich gekocht habe. Auf seinem Teller häuft es sich auf zwei Scheiben Toast, bedeckt von einer weißlich-grauen, faulig aussehenden Soße.

»Trockenfleisch-Geschnetzeltes, Dad.«

»Die Soße sieht komisch aus«, murrt er. Die Jungs schieben das Essen herum. Mein Vater verschlingt es innerhalb von Sekunden, schweigend. Wir sind ein stoischer Haufen, wir Prior-Männer.

Als Dad fertig ist, tastet er seine Brust nach nicht vorhandenen Zigaretten ab, greift nach der Fernbedienung, erhebt sich seufzend und marschiert wieder ins Fernsehzimmer, wo er sich in den Sessel plumpsen lässt. Franklin und Teddy stochern in ihrem Trockenfleisch herum, werfen mir betrübte Blicke zu. Ich gebe ihnen eine Extraportion Eiskrem zum Dessert.

Die Dunkelheit setzt ein. Ich helfe den Jungs bei den Hausaufgaben, drücke mich um den Abwasch. Eine weitere Nacht bricht an (wo zur Hölle steckt sie?). Mit einer Tasse Kaffee sitze ich allein am Tisch (vielleicht ist es zu spät … sie sind zusammen abgehauen), sehe kurz nach Dad, der anmerkt, dass es für einen Quarterback sicherlich nicht einfach ist, mit Bart zu spielen (»Kratzig?«, frage ich), stecke die Jungs ins Bett (habe ich sie verloren?) und lehne mich über Franklin, um endlich mit meinem kleinen Kampfhahn zu reden.

»Was hat Elijah gesagt, das dich so auf die Palme gebracht hat?«

»Das will ich nicht sagen.«

»Tut mir leid, Kumpel, aber es geht nicht anders.«

Die Bettdecke reicht bis zu Franklins Brust, sein dünner Hals ragt aus seinem zu kleinen Shrek-Pyjama. »Er hat ein schlimmes Wort zu Ms. Bishop gesagt.«

»Welches Wort.«

»Das will ich nicht sagen. Dann krieg ich Ärger.«

»Ich geb dir einen Mulligan, Frankie. Eine Gute-Nacht-Amnestie.«

»Was ist das?«

»Das heißt, dieses eine Mal kriegst du keinen Ärger, wenn du es sagst.«

»Er hat gesagt, Ms. Bishop ist eine Nutte.«

»Woher kennst du das Wort, Franklin?«

»Elijah sagt es dauernd.« Und dann, vielleicht weil er glaubt, ich würde das Wort nicht kennen, fügt er hinzu: »Es meint ein Mädchen, das viele Leute küsst. Elijah sagt, Ms. Bishop hat seinen Dad geküsst, und dass seine Mom Ms. Bishop eine Nutte genannt hat. Ich habe gesagt, sie ist keine, und er hat gesagt, dass sie wohl eine ist, und dann … bin ich sehr böse geworden und habe ihn geschlagen.«

Es ist vor allem seine erste Bemerkung, die mich aus der Fassung bringt. *Elijah Fentons Vater hat Ms. Bishop geküsst?* Blödsinn. *Carl Fenton?* Nie im Leben hätte dieser Volltrottel eine Chance bei Ms. Bishop. Unmöglich. Andererseits, wenn ein Idiot wie Carl Fenton bei ihr landen kann …

»Also hast du ihn einfach … geschlagen?«

»Er wollte nicht hören, dass sie keine …«, er sieht mich an, um sich zu vergewissern, dass seine Amnestie noch gilt, »… Nutte ist, dass sie nett ist. Elijah hat gesagt, ich wäre auch in sie verliebt, und dass ich sie bestimmt auch küssen will. Da habe ich ihn gehauen.« Tränen steigen ihm in die Augen. »Als er gesagt hat, ich wäre in sie verliebt, hat mich das so wütend gemacht.«

»Vielleicht, weil du wirklich in sie verliebt bist?«

»Da-a-d!« Er sieht mich an, als wäre ich verrückt. »Hast du sie *gesehen?*«

Doch bei allem Verständnis gibt es ein paar Dinge, die ich meinem Sohn vermitteln muss. Hier die wesentlichen Punkte: (1) Gewalt ist niemals richtig, außer – in seltenen Fällen – zur Selbstverteidigung oder um jemanden zu beschützen, der sich nicht selbst beschützen kann. (»Wie bei Granaten?«, fragt Franklin, seinen älteren Bruder nachplappernd. »Genau.«) (2) Auch wenn es sicherlich falsch von

Elijah war, so etwas zu sagen – dadurch, dass man auf sein falsches Verhalten ebenfalls mit falschem Verhalten reagiert, wird es nur noch schlimmer. (3) Nächstes Mal sollte Franklin mir oder seiner Lehrerin davon erzählen, egal wie peinlich es ihm ist. (4) Sich in seine Lehrerin zu verlieben, ist allerdings völlig normal. (Insbesondere in deine Lehrerin, diese dralle, kleine Sexbombe.)

Franklin seufzt und verspricht mir, nie mehr jemanden mit Klanghölzern zu schlagen. (Vermutlich lautet seine Ausrede beim nächsten Mal: *Aber du hast nichts von Rasseln gesagt.)* Ich küsse seine Stirn, und er greift noch mal nach meinem Arm. »Müssen Erwachsene auch schlafen gehen?«

»Na klar«, antworte ich. Wie scheinheilig von mir, dem König der Schlaflosigkeit.

Franklin lässt sich wieder ins Kissen fallen. Die Welt ist unergründlich für ihn, so kompliziert. Er muss davon träumen, dass es nach Einbruch der Dunkelheit noch eine andere Welt gibt, eine, in der er sich besser zurechtfindet. Mir wird klar, dass er von meinen beiden Jungs derjenige ist, um den ich mich besonders kümmern sollte, damit er nicht irgendwann vor einem 7/11 landet.

Ich gehe nach unten und sehe nach meinem Vater, der misstrauisch aus dem Fenster schielt und den laufenden Fernseher ignoriert. Er dreht sich um, und es dauert eine Sekunde, bis er sich erinnert, wer ich bin. Er tastet nach seiner Brusttasche. »Weißt du, was mir fehlt?«, fragt er.

Ich bete, dass er *Detektiv Rockford* sagt.

»Trockenfleisch-Geschnetzeltes.«

In der Küche räume ich die Reste des Abendessens zusammen, spüle, räume das Geschirr ein und starre in eine zweite Tasse Kaffee. Die Uhr tickt. Auf dem Frühstückstresen liegt Post, ein Stapel längst überfälliger Rechnungen und dicke Kataloge für Lisa. Ich werde jedes Mal nervös, wenn sie einen zur Hand nimmt. Seit ihrem Shopping-Rausch betrachtet sie Kataloge als grausame Verlockung, Nachrichten von außerhalb der Mauern. Selbst vor ihren jüngsten Problemen hatte Lisa ein schwieriges Verhältnis zu Geld und zum Einkaufen. Sie war ein Einzelkind, wurde die ersten zehn Lebensjahre von ihrem ständig durch die Weltgeschichte gondelnden Autohändler-Vater verwöhnt – auch wenn sie, wie sich später herausstellen sollte, nicht so sehr verwöhnt wurde wie die Kinder seiner *anderen* Familie. Lisa war zwölf, als Walter McDermott an einem Herzinfarkt starb und die bittere Wahrheit ans Licht kam: Er hatte nicht nur zwei McDermott-Dodge-Niederlassungen in zwei verschiedenen Staaten betrieben … er hatte auch zwei Ehefrauen in diesen Staaten. Das Gericht entschied, dass Lisa und ihre Mutter die Zweitfamilie ihres Vaters waren – er hatte sich von Gattin Nr. 1 nie geschieden (noch hatte er Lisas Mutter von ihr erzählt), weshalb der gesamte Besitz an seine erste Frau und Walters drei andere Kinder fiel. Lisa und ihrer Mutter blieb nichts. Wenn man die beiden über diese Zeit reden hörte, konnte man glauben, es ginge um den Kessel von Stalingrad, dass sie Schuhe auskochen und Baumrinde essen mussten. Als Lisa fünfzehn war, fand ihre Mutter endlich einen verantwortungsvollen älteren Mann, der sie unterstützte und Lisa das College bezahlte (ihr Rat an Lisa, den diese ganz offensichtlich ignoriert hatte, lautete deshalb auch: Such dir einen wohlhabenden Mann, der mindestens zehn Jahre älter ist als du). Am überraschendsten war für mich, dass Lisa sich ihren Vater weiterhin schön redete. Weniger überraschend war, dass sie ein solch ausgeprägtes Sicherheitsdenken, ein solch schwieriges Verhältnis zu Geld und Männern entwickelte – und dass ihre schlimmsten Ängste noch immer dort wurzeln, wo sich diese drei Komplexe überschneiden. Ich weiß noch, dass ich ein wenig verängstigt war, als wir gerade begonnen hatten, miteinander auszugehen, und Lisa mich in ein Geschäft schob, in dem es einen Gürtel gab, auf den sie scharf war. Ich sah auf das Preisschild: 280 Dollar. Ich sagte, dass alle meine Klamotten zusammen nicht so viel kosten würden. Sie war zwei Tage lang eingeschnappt – sauer auf mich, weil ich sie gedemütigt und im Stich gelassen hatte, aber entgegen aller Vernunft auch sauer auf den Laden, wegen des Affronts, Sachen zu führen, die sie sich nicht leisten konnte, und sauer auf die Welt, weil die ihr das Beste vorenthielt. Das war, bevor ich begriff, dass Lisa Fragen von Armut oder Reichtum immer persönlich nehmen würde. Bevor ich verstand, dass ein Matthew D. Prior – obwohl sie mich liebte – nicht unbedingt dazu beitrug, ihre größte Angst, nämlich die vor der Mittellosigkeit, zu lindern (oder womöglich hatte sie sich ja gerade deshalb in mich verliebt, weil ich sie auf verhängnisvolle Art an den alten Walter erinnere).

Vielleicht streben wir unserem eigenen Untergang entgegen, unserem privaten 7/11.

Wo steckt sie? Die Uhr an der Küchenwand zeigt fünf vor zehn. Ich blicke aus dem Fenster, über mein winziges Spiegelbild hinweg, in die Schwärze des Gartens. Damals, vor zwei Jahren, war mir bewusst, dass es eine schwierige Zeit für Lisa werden würde, als ich meine Arbeitsstelle kündigte, um mich in ein so halsbrecherisches Unternehmen wie eine Website für Wirtschaftspoesie zu stürzen. Aber woher hätte ich wissen sollen, dass die Wirtschaft derart abstürzt, dass ich kurz nach der kleinmütigen Rückkehr in meinen alten Job geschasst werden und unser Haus nahezu die Hälfte seines Wertes verlieren würde? Vielleicht war es mir ja auch einfach egal (… wir streben unserem eigenen Untergang entgegen). Ich weiß noch, wie ich Teddy einmal beobachtete, als er sich unbeobachtet glaubte – er starrte eine Tasse Milch an, die am Rand des Frühstückstresens stand, und versetzte ihr dann völlig grundlos einen kleinen Stoß. Wobei … manchmal, wenn solche Tassen an den Rändern von Frühstückstresen herumstehen, kann man halt nicht anders.

Schließlich, kurz nach zehn, leuchten in der Gasse hinter dem Haus Scheinwerfer auf. Ich sehe, wie das Licht in der Garage angeht. Und drei Minuten später kommt meine ehebrechende Frau durch die Hintertür.

Sie trägt ebenfalls einen karierten Rock … muss wohl in Mode sein. Und auch wenn ihre Beine nicht ganz so braun sind wie die von Ms. Bishop – es sind tolle Beine, die Beine, mit denen ich verheiratet bin, Beine, die ich mir um die Hüfte schlingen würde, wenn sie mich denn ließen. Dazu trägt sie eine wollene, rote Baskenmütze. Diese Mütze habe ich noch nie an Lisa gesehen. Ihr Anblick versetzt mir einen kleinen Stich ins Herz, als würde sie sich in jemand anders verwandeln, von oben nach unten. Ein Geschenk von Chuck womöglich? Als könnte sie meine Gedanken lesen, legt sie die Mütze auf den Tresen.

»Danke, dass du die Jungs ins Bett gebracht hast.« Sie sieht die Post durch. Dabei wirkt sie so gelassen, als hätten selbst die Kataloge keine Macht mehr über sie (ist sie verliebt?). Ihre gute Laune macht mich aggressiv. »Gibt's was Neues aus der Schule?«

Mir wird klar, dass ich nur auf diesen Moment gewartet habe. Ich versuche, nicht zu selbstzufrieden zu klingen, als ich ihr in Während-du-unterwegs-warst-um-Gott-weiß-was-zu-tun-musste-ich-für-diese-Familie-einstehen-Manier von dem Zwischenfall mit den Klanghölzern berichte. Vielleicht trage ich dabei zu dick auf, schmücke hier und da etwas aus – wie heftig Franklins Attacke war, wie streng die Reaktion der Schule, wie schrecklich Franklin danach geweint hat. Aber ich bin verzweifelt und hoffe, dass zehn Platten unverschnittener Schuld meine Frau wachrütteln, sie davon abbringen, die Familie zu zerstören. Und tatsächlich schlägt sie die Hand vor den Mund und schüttelt den Kopf, während ich die Geschichte erzähle.

»Mein Gott, Matt. Warum hast du mich nicht angerufen?«

Ich zucke mit den Schultern. »Du hast gesagt, du hättest heute Abend etwas vor.«

»Und du meinst, ich könnte deshalb nicht ans Telefon gehen?«

Ich antworte mit einem weiteren leidenden, verletzten Schulterzucken. »Ich weiß ja nicht, was du gemacht hast. Ich wollte dich nicht stören, kann ja sein, dass es wichtig für dich war.«

Es ist dieses *für dich*, von dem ich hoffe, dass es sitzt. Ich senke den Blick.

»Stören … was … was meinst du … *stören?*« Ungläubig starrt sie mich an. »Du weißt, was ich gemacht habe. Ich habe es dir letzte Woche erzählt. Ich war auf Karens Kerzenparty!«

Kerzenparty? Jetzt, da sie es erwähnt, erinnere ich mich an irgendwas mit Kerzen … ich suche händeringend nach einer Zuflucht vor meiner eigenen Schuld, etwas, worüber ich mich aufregen darf: Diese Kerzenpartys fangen immer um sieben an, was nicht erklärt, warum sie nicht zum Essen zu Hause war. »Den ganzen Abend?«, frage ich.

Lisa wendet sich ab. Mit zitternden Händen gießt sie sich etwas Kaffee ein und wirft die Tasse dann in die Spüle, wo sie zerspringt. »Es war eine gottverdammte Kerzenparty, Matt!« Mit tränenerfüllten Augen dreht sie sich wieder zu mir um. »Du willst, dass ich mich schuldig fühle, weil ich zu einer Kerzenparty gegangen bin?«

Ich öffne den Mund, um etwas zu sagen, aber es kommt nichts heraus.

»Denn das tue ich! Verstehst du? Zufrieden? Ich fühle mich beschissen. Ich hab mich beschissen gefühlt, mit all diesen Frauen zusammenzusitzen, die Kerzen bestellen und Wein trinken und darüber reden, wohin sie in Urlaub fahren. Ich konnte ihr Mitleid förmlich spüren, Matt! Sie saßen da und bemitleideten mich. Und weißt du, warum? Weil sie wissen, dass ich mir nicht mal *eine verdammte Kerze* kaufen kann, deshalb …« Sie schlägt die Hand vor den Mund und weint lautlos. Ich sitze am Tisch und starre in meinen Kaffee.

Wir wissen beide, warum sie sich keine verdammte Kerze kaufen kann.

Meine Mutter hat Lisa immer in den höchsten Tönen gepriesen. »Mattys Frau«, pflegte sie zu sagen, »na, das ist mal eine Frau, die hat *alles im Griff.*« Für meine Mutter waren die besten Männer »wahre Gentlemen«, und die besten Frauen hatten »alles im Griff«. Oprah Winfrey? »Alles im Griff.« Hillary Clinton? »Alles im Griff.« Die Schwiegermutter meiner ältesten Schwester? »Glaubt von sich, sie hätte alles im Griff.« Und während mein Dad spöttelte (seine Stripper-Freundin Charity, na, das war mal ein Frau, die hatte wirklich alles im Griff, auch wenn man der Griffigkeit operativ nachgeholfen hatte), meinte meine Mutter mit dieser Floskel eigentlich bloß, dass eine Frau erfolgreich und selbstbewusst war. Attribute, von denen meine Mutter glaubte, dass es ihr an ihnen mangelte, die sie aber gerne besessen hätte.

Als Lisa wieder zu arbeiten begann und ich keinen Job finden konnte, dachte ich an Moms Lieblingsfloskel. Und vor fast einem Jahr musste ich erneut daran denken, als ich im Chaos von poetfolio.com eines Tages die Post öffnete und eine Rechnung von Mastercard sah. Es war nicht der EILT-Stempel auf der Rechnung, der meine Aufmerksamkeit erregte – während ich die Hypothek zahlte, kümmerte Lisa sich um die monatlichen Rechnungen, und ich wusste, dass sie manchmal ein Loch mit dem anderen stopfte. Es war die Tatsache, dass wir gar keine Mastercard *hatten*. Wir hatten eine Visacard. Wie sich herausstellte, hatten wir jetzt beides, und außerdem noch American Express – alle drei waren überzogen. Ich ging raus zur Garage und öffnete die Kisten, die sich dort inzwischen stapelten (Lisa nannte sie *Investitionen):* Porzellanpuppen, Sammelteller und limitierte Plüschtier-Editionen. Nach fünf oder sechs hörte ich auf. Nichts davon war ein Geheimnis, ich hatte die Kisten gesehen. Und Lisa hatte versucht, mir von dem Online-»Business« zu erzählen, über das sie gelesen hatte: Sammelstücke auf eBay zu kaufen, sie ein paar Jahre zu behalten, bis sie im Wert gestiegen waren, um sie dann auf Craigslist zu verkaufen (oder vielleicht war es andersherum). Bis zum Hals in meinem eigenen Irrsinn steckend, hatte ich nur so *getan*, als würde ich zuhören. Folglich entging mir die Verzweiflung und der neidische Unterton, wenn sie mir schilderte, wie Leute ihren Lebensunterhalt damit bestritten, derartigen Mist online zu kaufen und verkaufen. Und ebenso entging mir die Tatsache, dass meine Frau – die eine Stunde später weinend vor mir stand *(ich hatte es einfach nicht mehr unter Kontrolle, Matt)* – schrecklich litt, sich ihres Platzes in der Welt nicht mehr sicher war, ihres Wertes, pathologisch in Sorge, dass der bodenständige Mann, den sie geheiratet hatte, sich in ihren verantwortungslosen Vater verwandelte, und die deshalb spürte, dass sie augenblicklich etwas unternehmen musste, um für sich selbst Sorge zu tragen.

Die Sache ist die: Wenn man alles im Griff hat, kann es einem trotzdem entgleiten.

Lisa lehnt an der Spüle, ihr Gesicht ist zur Maske erstarrt. Sie schüttelt den Kopf, ohne mich eines Blickes zu würdigen, und verlässt den Raum. Im Fernsehzimmer begrüßt sie Dad mit einem gepressten »Hallo, Jerry«. Er antwortet hastig und mit brüchiger Stimme, wie ein Mann kurz vor dem Verdursten: »Mir fehlt Trockenfleisch-Geschnetzeltes.«

»Schon klar, Jerry«, erwidert sie harsch. Dann hält sie kurz inne und fügt sanft hinzu: »Tut mir leid.« Sie geht die Treppe hoch, und nach einer Minute höre ich ihre liebevolle Stimme aus Franklins Zimmer – bloß ein leises Brummeln, ich kann nichts davon verstehen. Das Ganze dauert ein paar

Minuten, gelegentlich unterbrochen von Franklins Stimme, erst aufgebracht und hoch, dann tiefer, entspannter – eine gestopfte Jazztrompete des Trostes. Lisa wird keine größere Sache daraus machen. Ich weiß, dass Franklin sich jetzt besser fühlen muss, und spüre einen Anflug von Eifersucht. Ich will diesen Trost, diese Stimme. Dann höre ich ihre Füße oben über den Boden tapern, die Toilettenspülung ertönt, wieder Schritte, die Bürotür wird geöffnet. Mein Blick folgt ihren Bewegungen entlang der Deckenfugen, als könnte ich durch die Fußbodendielen in jene Welt hineinsehen, in der Lisa jetzt lebt – und da höre ich das erste, schwache Klappern der Computertastatur. *(Du kannst dir nicht vorstellen, was er gerade getan hat …)*

Ich weiß, dass ich hinaufgehen sollte, um mit ihr zu reden. Aber was soll ich machen? Mich entschuldigen? Sie wegen Chuck konfrontieren? Darauf warten, dass sie mich tröstet? Wir befinden uns in einer Sackgasse, einer fortwährenden Pattsituation. Ich kann nachvollziehen, wie wir uns da hineinbugsiert haben: Nach jeder schlechten Entscheidung, jedem Scheitern, haben wir schweigend an unseren Vorwürfen festgehalten, unseren sorgsam gehegten Ressentiments. Wir haben Beweismaterial gegen den anderen zusammengetragen, ohne jemals Anklage zu erheben. Solange es dazu nicht kam, hatten wir ein stillschweigendes Friedensabkommen: *Du sprichst dies nicht an, ich spreche das nicht an* – wobei aus *dies* und *das* mit der Zeit *alles* und *jedes* wurde, bis diese Brücke aus totgeschwiegenen Schuldzuweisungen die einzige Verbindung zwischen uns war. Ich spreche ihre beharrlichen Umbauwünsche und ihren Online-Shopping-Rausch nicht an, sie starrt beim Essen nicht über den Tisch und sagt: »Mit allem nötigen Respekt, Matt: Wirt-schafts-poe-sie?« Und so schweigen wir uns immer weiter aus, bis hin zu diesem kräfteraubenden Dilemma aus Fremdgehen und Drogenhandel, in dem wir nun stecken.

Wir sind nicht mehr Mann und Frau – wir sind nicht angeklagte Mitverschwörer.

Es ist beinahe, als bekämen Lisa und ich bloß, was wir *verdienen*. Zumindest bilden wir uns das ein. Irgendwie scheint das ganze Land davon überzeugt zu sein, wir alle hätten etwas getan, das diese Katastrophe rechtfertigt, diese globale Erwärmung, diesen ewigen Krieg, diesen Haufen Scheiße, in dem wir uns befinden. Wir haben über unsere Verhältnisse gelebt, unsere Zukunft verprasst, Ressourcen geplündert, in einer Luftblase gelebt. Die Ökonomen behaupten, ihre Studien dienten einer sozialen Wissenschaft, und während die Ökonomie eine Maschinerie ist, die aus enorm komplexen Systemen besteht, ist sie darüber hinaus auch organisch, eine Reflexion der Zellen, die sie ausmachen, ein Gott, geschaffen nach *unserem* Ebenbild, empfänglich für Gier und Stolz, alles erstickenden Neid, irrationale Ängste, Kleingeisterei, Geiz, manische Euphorie sowie sinnlose Depression. Und Schuld. Scham. Irgendwo treibt ein genialer Ökonom mit Massenkäufen den Scham-Index in die Rezession, weil wir leiden wollen, leiden *müssen*. Wie dieser Radio-Moderator, der überschwänglich einen fünf Jahre währenden wirtschaftlichen Kollaps prophezeite und nun jedem ungefragt sein selbstzufriedenes »Hab ich's nicht gesagt?« um die Ohren haut. Angesichts von Suppenküchen und einer Arbeitslosenquote von zwanzig Prozent scheint er tatsächlich erregt – im Ernst, der Kerl hat einen Rezessions-Ständer. Politiker und TV-Analysten werfen sich in Lack und Leder, um sich den eigenen Rücken auszupeitschen, wie sich selbst geißelnde Endzeitchristen, geifernd nach Rache für hemmungslose Verschwendung, für eine galoppierende Verschuldung, für unbesonnene Darlehen, für die von uns ins Amt gewählten Schwachköpfe, für die überbezahlten Manager und die Kriege auf Pump, die wir finanzieren. Wir sind unartige Kinder, erwischt beim Lügen und Stehlen: schuldige, geprügelte Säufer-Blagen. Gebt uns die verdiente Strafe, damit wir uns geliebt fühlen können, damit wir *irgendwas* fühlen können.

Was Lisa und mich betrifft – wir haben uns unsere eigenen Probleme konstruiert, auf Gedeih und Verderb, auf Teufel komm raus, erschaffen aus Fehlern, aus Arroganz. Und ja, zu einem gewissen Grad haben wir es *verdient*, am Tiefpunkt angelangt zu sein. Es gibt keine andere Erklärung. Sie verdient einen arbeitslosen Kiffergatten. Ich verdiene eine distanzierte, mich betrügende Ehefrau.

Ich starre an die Decke, die uns voneinander trennt.

Ich höre das leise Brummeln des Fernsehers im Zimmer nebenan. Dad seufzt.

Ich könnte immer noch nach oben gehen. Doch was würde ich sehen? Lisa am Computer? Oder im Bett, während sie Chuck eine SMS schreibt? Besteht auch nur die geringste Chance, dass sie die Bettdecke hebt und sagt: »Matt, geh heute Abend nicht weg …«? Oder erwartet mich wieder nur qualvolle Stille, ein gesenkter Blick, derweil ich von einem Fuß auf den anderen trete, meine fadenscheinige Ausrede vorbringe und Lisa bloß die Achseln zuckt, wenn ich zum dritten Mal diese Woche sage, dass ich Milch holen gehe?

Es gibt immer Augenblicke, in denen man aufhören kann, Kreuzungen, an denen man die Richtung wechseln kann … diese Momente sind da … bis sie irgendwann nicht mehr da sind.

Ich schnappe mir meine Schlüssel.

16

Welcome to Weedland, Haiku #2

Ich mag meine Dealer gern
smarter, als sie sind:
Welcome to Weedland

»Aufwachen, Slippers«, sagt eine Stimme, die ich nicht zuordnen kann. Ich schrecke aus dem Schlaf hoch.

»Welcome to Weedland!«, ruft Jamie vom Rücksitz. Ich blicke aus dem Fenster und dann rüber zu Dave dem Drogendealer, der am Steuer sitzt.

»Gut geschlafen?«, fragt Jamie.

»Wie lange war ich weg?«

»Ein halbes Stündchen.«

Es ist seltsam entspannend, im Auto zu sitzen, während jemand anderes fährt – selbst wenn dieser Jemand Dave der Drogendealer ist und das Auto meinem eigenen beunruhigend ähnlich sieht. Wir hatten uns bei Bea getroffen, und da ich seit Tagen kein Auge zugemacht hatte, wurde mir der

Kopf schwer, kaum dass Jamie mit seiner Geschichte loslegte: »Da ist dieser Typ im Mathekurs, der sich zu einer Frau umoperieren lassen will, aber der Kerl sagt, er sei nicht schwul, und ich so: ›Was zur Hölle soll das heißen, du bist nicht schwul?‹ Aber er besteht darauf, er sei nicht schwul, er fühle sich nur wie eine Frau. Und ich so: ›Alter, solange du keine richtige Frau bist, bist du aber der totale Hinterlader, yo.‹ Und dann er so: ›Aber ich hatte noch nie Sex mit einem Mann, wie kann ich da schwul sein?‹ Und ich so: ›O Mann, das ist ja dermaßen abgefahren …‹«

Das Nächste, woran ich mich erinnere, ist, dass Dave mich weckt. Und als ich die Augen aufschlage, bin ich hier in …

… Weedland, das sich an einem Ort befindet, wo ich es niemals vermutet hätte: eine kleine Farm, eine Stunde außerhalb der Stadt, an einer schmalen Seitenstraße eines zwischen endlose Weizenfelder und sterbende Großmühlen geworfenen Kaffs, in dem die harten Zeiten bereits vor so langer Zeit angebrochen sind, dass die Leute nostalgisch werden, wenn sie von den *alten harten Zeiten* reden. Diese neuen harten Zeiten? Langweilig. Erbärmlich. Früher, in den guten alten schlechten Zeiten, da haben sie Dreck gefressen. Aber sie waren glücklich!

Ich erzähle Dave nicht, dass ich damals als Reporter schon mindestens fünf Mal in diesem Städtchen gewesen bin. Im Hinterland an einer zweispurigen Schnellstraße gelegen, war dieses Drecksnest relativ nah an der Stadt, sodass es eines von fünf oder sechs verlässlichen Käffern war, auf die wir bei der Zeitung zurückgriffen, wann immer wir für unsere Artikel einen Kommentar aus dem »Umland« brauchten. Wir kamen ziemlich häufig nach Weedland (natürlich ohne zu wissen, dass es Weedland war), um über *diese* gescheiterte agrarwirtschaftliche Gesetzesvorlage oder *jenes* Weizenembargo zu schreiben. Manchmal verlangte ein Artikel einfach nach einem Zitat irgendeines schrumpeligen alten Farmers, und hier ließ sich immer ein schrumpeliger alter Farmer zum Zitieren finden. Die Söhne jener schrumpeligen Alten, auf die meine Zeitung schon in den harten Zeiten der Siebziger zurückgriff, die Enkel der Schrumpelfarmer, die sie in den Dreißigern zitierte. Erblasten.

Dave parkt in einer Straße voller schlichter Holzhäuser, direkt hinter der Hauptstraße des Städtchens, die angemessenerweise Main Street heißt. Der Block besteht aus exakt einem Dutzend Gebäuden, sechs auf jeder Straßenseite. Wir parken hinter einem roten Camaro (so viel hängt ab / von einer roten Sportkarre). Ich folge Dave und Jamie an zwei Geschäften vorbei, einem Laden für Fotoapparate und Uhren sowie einer kleinen Werkstatt, bis zu einem schlichten zweistöckigen Haus mit vorspringender Dachgaube und einem Außenwhirlpool. Davor steht ein altes Wohnmobil, aus dem ein Kabel durch die Hintertür führt.

Dave klingelt.

Ein eher kleiner, rundlicher Typ in den Zwanzigern mit einer umgedrehten Baseballkappe öffnet die Tür, quasselt dabei unaufhörlich in ein Handy (»Nicht möglich … Das hat sie nicht … echt jetzt … nur ein Freund meines Bruders und irgendein Bulle … Nicht im Ernst … ach komm … Kann doch nicht wahr sein …«) und lässt uns rein, ohne dabei richtig Notiz von uns zu nehmen. Er plappert einfach nur weiter ins Nichts (»Nicht möglich … Das hat sie nicht …

echt jetzt … Kann doch nicht wahr sein …«), während er sich durch eine Tür schiebt und verschwindet.

»Kümmer dich nicht um den. Der fette Arsch hält jeden für einen Bullen. Ich hasse den Kerl«, sagt Jamie. Er trägt wieder seine Totenkopfkappe zu einem knielangen schwarzen Mantel und einer gewinnenden schwarzen Sonnenbrille (die er damit erklärt, dass ihm die Kontaktlinsen ausgegangen sind, und seine Mutter ist angeblich zu einer Krankenversicherung gewechselt, deren *Leistungen in Sachen Sehhilfen voll für'n Arsch sind).*

Noch einmal sagt er: »Scheiße, wie ich ihn hasse.«

Ich kenne Jamie zwar noch nicht sonderlich lange, bin aber überrascht, ihn sagen zu hören, dass er jemanden hasst. Vielleicht hassen einfach alle Totenkopfkappen alle Baseballteamkappen, so ein Ding wie zwischen Demokraten und Republikanern oder Indien und Pakistan.

Ich blicke mich im Wohnzimmer dieses alten Hauses um. Ich sehe ein paar Bier-Reklameposter und eine große Weltkarte, ein schlechtes Ölgemälde einer Waldhütte, eine Couch, zwei alte Lehnstühle, einen Fernseher, eine zweiundzwanzigteilige *World-Book*-Enzyklopädie und ein weiteres Regal mit *Reader's Digest Condensed*-Ausgaben. Der beigefarbene Teppich ist abgewetzt. Abgesehen von den Bierpostern könnte es das Haus eines Rentnerehepaares sein, alles ist an seinem Platz – und doch stimmt hier irgendwas nicht … dieses erzwungen Zufällige, als hätte ein Bühnenbildner den Raum für ein Familien-Melodram im örtlichen Theater arrangiert.

Dave der Drogendealer wippt auf den Fußballen, während wir auf unsere Verabredung warten. Sein Haar ist frisch frisiert und gegelt, er trägt einen sehr schönen Kammgarnmantel. Ich habe einen ähnlichen Wollmantel, und wieder fühlt sich daran etwas nicht richtig an: Mein Drogendealer, der dasselbe Auto, denselben Mantel besitzt wie ich? Ein Drogendealer sollte einen tiefer gelegten Monte Carlo fahren und Trainingsanzüge aus Sharkskin, schwarzem Satin oder Velours tragen. Ich gebe hiermit offiziell mein Missfallen zu Protokoll, einen Anwalt als Drogendealer zu haben.

Wir stehen etwas über eine Minute herum. Schließlich betritt der Mann, auf den wir gewartet haben, den Raum … und er deckt sich ebenfalls nicht im Geringsten mit meinen Erwartungen – auch wenn ich mich nicht erinnere, irgendetwas erwartet zu haben. Der Kerl ist rund, übergewichtig, Mitte dreißig, mit einem Kindergesicht, speckig glänzenden Wangen und dünner werdendem, blondem Haar. Er trägt den größten Parka, den ich je gesehen habe, den Reißverschluss bis zu seinem Stehkragen hochgezogen. Der Typ ist ein wandelndes Vier-Mann-Zelt. Dann vollführen Dave und der Riesenparka ein gruseliges Handschlagritual.

»Wie läuft's denn, Mann?«

»Bestens. Und selbst?«

»Na ja. Muss ja.«

»Also.« Dave löst sich aus der Umarmung und präsentiert mich. »Das ist er.«

Ich strecke die Hand aus, und der Riesenparka ergreift sie mit seiner weichen, feuchten Flosse. Während des schlaffen Händedrucks blicke ich in sein gerötetes, freundliches Gesicht. »Schön, dich kennenzulernen, R.«

»Äh … nein.« Ich werfe Dave einen irritierten Blick zu. »Ich heiße nicht R.«

Der Riesenparka sieht Dave fragend an. »Du hast doch gesagt: *Das ist R.*«

»Nein. Ich sagte *er. Das ist er.* Er heißt Matt.«

»Oh.« Der Riesenparka wirkt regelrecht entsetzt über seinen Dealer-Fauxpas. »Ich dachte, es wäre so eine Art … Kürzel für Matt.«

»Wie kann R. ein Kürzel für Matt sein?«, fragt Dave. »Wer kommt auf die Idee, einen Namen mit einem Buchstaben abzukürzen, der nicht einmal der Anfangsbuchstabe ist?«

Ich leide mit dem beschämten Riesenparka, dessen Kopf nun knallrot ist. Ich befürchte sogar, er könnte in Tränen ausbrechen. »Aber es könnte doch ein Spitzname sein, oder?«

»Sein Spitzname ist Slippers«, klärt Jamie ihn auf.

»Oh«, sagt der Riesenparka. »Hör zu, Slippers. Geht es in Ordnung, wenn Dave und ich uns kurz allein besprechen?«

Ich habe nichts einzuwenden. Jamie und ich setzen uns auf die Couch, während sich Dave mit dem Riesenparka in die Küche verzieht, wo die beiden sich mit gedämpften Stimmen unterhalten.

Auf der Couch sagt Jamie leise: »Dave ist hier in der Gegend aufgewachsen.«

»Ach wirklich?« Meine Überraschung gilt weniger der Tatsache, dass Dave von hier stammt, als der Feststellung, dass er überhaupt irgendwo herkommt. Natürlich muss er irgendwo groß geworden sein, aber man erwartet einfach nicht, in der alten Heimat seines Drogendealers zu landen.

Im Flüsterton fährt Jamie fort: »Der Dicke im Parka heißt Monte. Er ist hier mit Dave zur Highschool gegangen. Sie haben gemeinsam Football gespielt. Kannst du dir die Typen beim Football vorstellen? O Mann, hätte ich doch mal in einer Kleinstadt gelebt, ich hätte es bestimmt in die Landesauswahl geschafft. Ich wäre jedenfalls garantiert nicht in der achten Klasse geschasst worden. Nach dem Abschluss ist Dave weggezogen und hat Jura studiert. Monte ist hiergeblieben. Das hier ist das Haus seines Großvaters.«

»Wo ist sein Großvater?«

Jamie zieht eine glubschäugige Grimasse, die mir nahezulegen scheint, dass Montes Großvater verrückt geworden und in der Irrenanstalt gelandet ist – oder dass Monte und Dave ihn erdrosselt haben.

»Monte wurde vor ein paar Jahren wegen Drogenbesitz hopsgenommen. Dave hat ihn rausgepaukt. Seitdem arbeiten die beiden zusammen.« Jamie nickt Richtung Küche. »Der Typ mit dem Handy ist Montes Bruder Chet. Ein echter Arsch. Lässt sich von Monte durchfüttern, der blöde Wichser. Er und ich werden uns eines Tages an die Gurgel gehen. Und ehrlich gesagt kann ich es kaum erwarten. Ich werd den dämlichen Penner *allemachen.*«

Obwohl das aus Jamies Mund eher nach einer leeren Drohung klingt, erwäge ich dennoch, ihm meine erprobte Anti-Gewalt-Lektion zu erteilen, eine Abwandlung jener Ansprache, die ich Franklin kürzlich gehalten habe. (1) Gewalt ist niemals richtig – außer zur Selbstverteidigung und wenn Handgranaten im Spiel sind – sogar gegenüber echten Ärschen und blöden Wichsern.

Jamies Blick wandert durchs Wohnzimmer. »Also … du bist so was wie'n Geschäftsmann *und* Schriftsteller gleichzeitig?«

»Ich habe achtzehn Jahre lang für eine Tageszeitung über Wirtschaft berichtet.«

»Und was schreibst du, Gedichte und so'n Scheiß?«

»Hauptsächlich so'n Scheiß.«

»Und wie kommt man da ran? Braucht man da so was wie … einen Abschluss?«

Ich habe zwar die ganze Zeit neben Jamie auf der Couch gesessen, aber jetzt drehe ich mich zur Seite, um ihn direkt anzusehen: die hohlen Wangen, die glatten, schwarz gefärbten Haare, das Piercing in der Nase, noch eins durch die Lippe, das Tattoo, das seinen gesamten Halsansatz bedeckt – und dann seine niedergeschlagenen Augen, die im auffälligen Kontrast zu seinem extrovertierten Äußeren stehen. Mein Drogendealer-Gehilfe reagiert auf eine Art, wie es jeder in seinem Alter tun würde, wenn er sich mit einer Frage so weit aus der Deckung wagt: Er errötet.

Ich kann mir ein Grinsen nicht verkneifen. »Möchtest du etwa Schriftsteller werden, Jamie?«

Er kaut nervös auf der Unterlippe und blickt zu Boden. Er schämt sich, einen so mies bezahlten Beruf wie Schriftsteller anzustreben.

»Keinen Schimmer«, sagt Jamie. »Wahrscheinlich ende ich als Verkäufer … oder Bulle … was weiß ich … vielleicht ja auch in einer Band. Ich muss auf jeden Fall noch etwas anderes machen, um an Geld zu kommen.« Er zuckt mit den Schultern. »Aber ja, ich fand schon immer, dass ich ganz gut schreiben kann.«

Leider wird unser Beratungsgespräch unterbrochen, als Monte der Riesenparka alleine ins Wohnzimmer zurückkommt. Ich habe keine Ahnung, wohin Dave verschwunden ist. »Komm mit, Slippers«, sagt Monte. »Ich will dir was zeigen.«

Jamie und ich folgen ihm durch eine rustikale Küche – auf dem Resopaltisch liegt eine halbe vegetarische Pizza in einer offenen Schachtel (Anmerkung des bekifften Aktien-Analysten: die lang erprobte Auslieferungsplattform und der attraktive Preis machen *Domino's Pizza* zu einer soliden Rezessionsanlage) – zu einer mit einem Vorhängeschloss gesicherten Kellertür. Monte zieht einen Schlüsselbund hervor und schließt die Tür auf. Dann steigen wir (Jamie: »Zieh den Kopf ein, Slippers«) in einen Raum mit holzverschalten Wänden und zwei kleinen Fensterschächten hinab. In einer Ecke steht ein Pellet-Ofen, ein Deckenventilator schaufelt die warme Luft umher. Angesichts der Tatsache, dass der Ofen nicht in Betrieb ist, ist es überraschend heiß hier unten, regelrecht stickig. Auf der anderen Seite des Raums lehnt ein Air-Hockey-Tisch an der Wand. Monte und Jamie packen jeweils eine Seite des Spieltischs und ziehen ihn zur Seite. Monte zückt ein Kittmesser, steckt es in eine Spalte zwischen den Paneelen, hebelt eine türgroße Öffnung auf, stellt die Holzverkleidung gegen eine andere Wand und tritt zur Seite, um den Blick auf einen schmalen Gang freizugeben, der von einer auf dem gestampften Lehmboden verlegten Weihnachtslichterkette schummrig gelb erleuchtet wird.

»Montes Urgroßvater hat hier während der Prohibition Schnaps gebrannt«, teilt mir Jamie mit.

Ich folge Monte in den schmalen Gang. Es ist warm. Keine Fenster. Es gibt drei kleine Türen, jede von ihnen mit einem Vorhängeschloss versehen. Ein schmaler, gelber Lichtstreifen scheint unter jeder Tür hindurch. Monte benutzt seinen Schlüssel, um die erste Tür zu öffnen, und geht beiseite, damit ich hineinblicken kann.

Dave ist nirgendwo zu sehen. Jede seiner Handlungen scheint unter Berücksichtigung einer späteren Zeugenaussage zu geschehen: *Mr. Prior, haben Sie meinen Klienten jemals in dem Raum mit den Hanfkulturen gesehen?*

Ich trete ein.

Mit dem Anblick, der sich mir bietet, habe ich nicht gerechnet.

Der Raum ist klein, misst vielleicht drei mal drei Meter. Es ist fast unerträglich hell. Da ist ein leises, gurgelndes Rauschen, das Geräusch von Wasser, das durch Rohre läuft. Große Scheinwerfer hängen von der Decke, die Wände sind mit reflektierender Folie tapeziert. Entlang der Wandsockel sind Heizöfen installiert, neben der Tür hängen Barometer und Raumthermometer. Im Zentrum des Raums, unter den Lampen, befindet sich der Grund unseres Besuchs: vier Reihen hüfthoher Tische, auf jedem von ihnen eine Pflanzwanne voll mit Quadern, die wie Stahlwolle aussehen, sämtlich verbunden mit Plastikschläuchen, und aus jedem der Stahlwollewürfel erheben sich, wie Patienten an Infusionsschläuchen, drei Dutzend der prächtigsten dunkelgrünen Hydrokultur-Hanfpflanzen, die jemals ein Mensch zu Gesicht bekommen hat. Ihre Stämme verzweigen sich zu farnartigen Blättern, und obenauf thronen, gleich schmutzigen Weihnachtsbaumspitzen, prachtvolle, violett-grüne Blütendolden.

»Wow«, sage ich. Eine dieser sich unter ihrer Knospenpracht biegenden Pflanzen reiht sich an die nächste, und noch mehr davon hängen zum Trocknen von der Decke. Ich muss an das unansehnliche, graue Gras denken, das mein Freund Donnie und ich früher gezüchtet haben – es ist ein

Unterschied wie Tag und Nacht. Doch irgendwie hat dieser Raum auch etwas Beunruhigendes, wie eine dieser Hühnerfarmen, wo die Tiere in Käfigen gehalten werden und man ihnen Steroide gibt, damit sie größere Brüste kriegen. Und das leise Gurgeln der Schläuche, die die Hydrokulturpflanzen miteinander verbinden, lässt es sogar noch gruseliger erscheinen, wie in einem dieser *Körperfresser*-Filme, oder das Nest in *Alien*. Monte legt seine Hand auf meine Schulter. »Komm mit.«

Der nächste Raum sieht genauso aus, bis auf die summenden Natriumlampen und etwas, das Monte einen *Kohlendioxid-Generator* nennt. Und statt in »Steinwolle«, wie Monte die Quader nennt, die ich nebenan gesehen habe, wurzeln die Pflanzen hier in weißlich-grauem Zeug, das beinahe wie Verpackungsmaterial aussieht.

»Kokosraspeln«, klärt Monte mich auf. »Die sind ideal für diese Sorte Pflanzen, aber man muss auf Blattläuse achten. Ich habe letztes Jahr eine ganze Ernte wegen der Blattläuse verloren.«

»Verstehe«, murmele ich. Das ist alles, was mir dazu einfällt.

Im nächsten Raum ist das Licht fluoreszierend, die Pflanzen wachsen in einer Mischung aus Erde und Schwämmen. »Das ist unglaublich«, sage ich. »Du musst ja Botanik oder so was studiert haben.«

Aus dem Hobbyraum am Ende des Gangs ruft Jamie: »Nichts da. Monte ist Autodidakt, yo. Der Typ ist ein Genie.«

Monte zuckt schüchtern mit den Schultern.

Der kurze Gang endet an einer eisernen Tür, die wie die Klappe eines alten Feuerofens aussieht. Monte öffnet sie, und ich starre in eine niedrige Öffnung zu einem weiteren beleuchteten Gang. »Dieser Tunnel führt zum Keller meines Nachbarn«, erklärt Monte. Er erzählt mir, dass die drei Keller dieses Blocks durch diese Tunnel miteinander verbunden sind und dass jeder der Keller eine geheime Paneeltür hat, die zu weiteren Growrooms führt – insgesamt gibt es in diesem kleinen Kellerlabyrinth zwölf davon.

Ich denke an die schrumpeligen alten Farmer, die ich damals zu den fallenden Weizenpreisen interviewen durfte, und frage mich, ob einige von ihnen früher in diesen Häusern gelebt haben, deren Kellerbrennereien zu Marihuanaplantagen umfunktioniert worden sind. Vielleicht wurde in diesem Kellerlabyrinth schon seit Dekaden Gras angebaut.

Monte erzählt mir, dass sein Bruder Chet in einem der Häuser wohnt. Das andere ist ein Mietshaus, das ihm gehört. Die Mieter sind Freunde, die keinen Zutritt zu ihrem Keller haben, der verbarrikadiert und mit einem Vorhängeschloss gesichert ist. Monte hält die Miete niedrig und zahlt die hohen Stromrechnungen der Mieter. Die Elektrogeräte in diesen Häusern sind die leistungsfähigsten, die es gibt. Sämtliche Häuser haben Außenwhirlpools, oder es parkt ein Wohnmobil vor der Tür, falls jemand wegen der hohen Stromrechnungen herumschnüffeln sollte. Die hohen Energiekosten zu vertuschen, ist der Schlüssel der ganzen Industrie. Agenten der Drogenbehörde suchen routinemäßig nach starken Schwankungen im Stromnetz, um illegale Hanfkulturen zu entdecken. Also verteilt Monte die Stromrechnungen nicht nur auf die Häuser, sondern auch noch auf die beiden Geschäfte hinter seinem Haus auf der Hauptstraße: Die kleine Landmaschinenwerkstatt und der Laden für Fotoapparate und Uhren können hohe Stromrechnungen eher rechtfertigen als ein privates Wohnhaus.

»Die gehören dir also auch?«, frage ich.

»Nein, nein«, sagt er, »wir sind bloß Geschäftsfreunde. Wir haben Stromleitungen von ihren Betrieben in einige der Growrooms gelegt. Im Gegenzug zahle ich ihnen jeden Monat das Doppelte ihrer Stromrechnung.«

»Monte sichert ihr geschäftliches Überleben«, sagt Jamie, der in der Tür steht. »Den Leuten hier gefällt es, dass in diesem Städtchen zumindest noch einer gute Geschäfte macht.«

Montes hohe, runde Wangen erröten auf der Stelle: Dieser Amateurbotaniker und Drogenbaron ist dermaßen schamhaft.

Die gesamte Operation fasziniert mich durchaus, und doch ist da etwas, was mir Sorgen bereitet – und es ist nicht einmal die Tatsache, dass ich gerade an einer Führung durch eine ausgeklügelte, illegale Drogenproduktionsstätte teilnehme. Nein, ich kann nicht aufhören, mir über etwas anderes den Kopf zu zerbrechen.

Monte wirft einen Blick zurück in den dunklen Korridor. »Lasst uns gehen«, sagt er. Ich folge ihm und Jamie in den Hobbyraum. Dann schließt Monte das Tor nach Weedland, und wir steigen die Treppe hinauf.

Als wir uns an den Resopaltisch setzen, leistet Dave uns wieder Gesellschaft. Jamie und ich nehmen auf der einen, Monte und Dave auf der anderen Seite Platz. Montes Stuhl ächzt unter seinem beachtlichen Gewicht.

Chet trottet in die Küche, immer noch am Telefon, und öffnet abermals den Kühlschrank. »Blödsinn … ach, komm …

unmöglich … das ist völliger Quatsch, genau deshalb … jetzt komm schon.«

Ich blicke zu Jamie hinüber, der Chet mit zusammengekniffenen Augen anstarrt wie ein sprungbereiter Hund.

»Chet!«, ruft Monte. »Was ist los mit dir?«

Chet wendet sich seinem Bruder zu und zuckt mit den Schultern. Dann schließt er den Kühlschrank und schlurft Richtung Veranda. »Schwachsinn«, sagt er auf dem Weg nach draußen. »Jetzt hör schon auf, das gibt's doch gar nicht.«

Als die Tür hinter Chet ins Schloss fällt, lächelt Monte mich an. Er legt seine riesigen, krebsroten Pranken auf den Tisch. »Als Dave und Jamie mir von dir erzählten, wollte ich dich gleich kennenlernen. Neun Riesen sind beeindruckend viel Geld für einen ersten Deal.«

»Natürlich haben wir dich gründlich durchleuchtet, um sicherzugehen, dass du kein Bulle bist«, sagt Dave.

Monte rutscht nervös auf seinem Stuhl herum. Er befürchtet anscheinend, dass mich dieser Eingriff in meine Privatsphäre verärgern könnte. »Wir haben dich bloß gegoogelt«, beschwichtigt er.

Für diesen Akt der Sabotage wirft Dave der Drogendealer ihm einen vorwurfsvollen Blick zu. Diese Typen sind schlimmer als Lisa und ich – mit diesen Blicken, die sie ständig austauschen, ihren Missverständnissen, ihren verstockten, linkischen Zuneigungsbezeugungen. »Egal«, fährt Monte fort, »wir sind begeistert von deinen Kontakten, den neuen Käuferschichten, die du für uns erschließen könntest. Wir waren immer überzeugt, dass es da ein … eine …«

Dave führt den Satz für ihn zu Ende. » … eine demografische Gruppe gibt, die wir nicht erreichen.«

Montes Blick wandert kurz zu Jamie rüber. »Ich meine, die Leute, mit denen wir es bisher zu tun haben, sind prima, aber Dave und ich sind seit jeher der Meinung, dass es noch Leute außerhalb der bekannten Zielgruppe geben muss. Ältere Leute, Leute mit guten Jobs und gutem Einkommen. Leute, die mal Dope geraucht haben und es vielleicht auch wieder tun würden, wenn sie es an einem sicheren Ort kaufen könnten. Und laut Dave bist du genau der Typ, der diese Leute erreicht. Respektabel. Unauffällig. Keine Vorstrafen, kein Grund für die Polizei, dich wegen irgendetwas zu verdächtigen, keine Tattoos, keine Drogenprobleme, keine zwielichtigen Freunde …«

So sehr ich mir wünsche, mich zusammenreißen zu können, es gelingt mir nicht. Bei den Wörtern *Tattoos*, *Drogenprobleme* und *zwielichtige Freunde* wandert mein Blick zu Jamie rüber. Er kaut Kaugummi, sein Tattoo am Hals zuckt bei jeder Bewegung des Kiefers. Er schiebt seine Brille die Nase rauf und lächelt mich an.

»Wie ich Dave bereits sagte – jemand, der beim ersten Deal gleich neun Riesen auf den Tisch legt? Mit so jemand würden wir gerne längerfristig ins Geschäft kommen.«

»Das weiß ich zu schätzen«, sage ich. Irgendwie wirkt das alles seltsam formell. »Aber du solltest wissen: Ich werde das nur für eine gewisse Zeit machen, bis ich ein paar Schulden abbezahlt habe und wieder auf meinen Füßen stehe.«

»Na klar«, erwidert Monte. »Kein Problem. Aber …« Er lehnt sich zurück, die Stuhlbeine spreizen sich ein ganz klein wenig und knirschen auf dem abgewetzten Linoleumboden. Ich mache mir Sorgen, der alte Stuhl könnte zusammenbrechen. »Dave, könntest du …«

Und aufs Stichwort verdrückt sich Dave der Drogendealer erneut. Das muss der Moment sein, in dem ich mein Dope bekomme.

Stattdessen reicht Monte mir eine kleine Pfeife und ein Feuerzeug, damit ich mir einen durchziehen kann. Anfangs brennt es nur in der Kehle, dann erst schmecke ich den süßen Rauch. Oh, ja. Das ist es. Nach zwei Zügen lege ich die Pfeife auf den Tisch. Ich fühle mich bereits besser.

Monte streckt mir die Hand entgegen.

Ich nehme den Umschlag mit dem Geld aus der Tasche und spüre einen Ruck des Bedauerns (da geht es hin). Monte zählt nicht nach. Das Geld verschwindet einfach in seinem Parka. Dann steht er auf, geht zu einem Küchenschrank, zieht eine Schublade auf und nimmt einen Tiefkühlbeutel heraus (Anmerkung des bekifften Aktien-Analysten: Aufgepasst, SC Johnson & Sons – Hersteller der beliebten Ziploc(tm)-Beutel – gehen an die Börse), in dem sich eine große, zigarrendicke Rolle fetter grüner Dolden befindet. Außerdem bringt er eine Küchenwaage zum Vorschein, die er auf den Tisch stellt, und legt den Beutel auf die Waage. Ich kann erkennen, dass sie hundert Gramm anzeigt. Dann reicht er mir den Beutel und setzt sich wieder auf seinen Stuhl.

»Ich brauche etwas Zeit, um den Rest zusammenzukriegen«, erklärt Monte. »Anderthalb Kilo zaubert man nicht einfach so aus dem Regal. Und ich musste mich vergewissern, dass du das Geld auch *wirklich* hast.« Er zuckt entschuldigend mit den Achseln. »Morgen Abend holst du Jamie ab, kommst mit ihm hierher und kriegst dann den Rest. Das ist ein kleiner Vorgeschmack. Hundert Gramm. Ich ziehe es von den anderthalb Kilo ab.«

»Gerade genug für deinen grünen Star«, sagt Jamie und lacht.

Ich bin ein wenig irritiert und fühle mich übertölpelt, weil ich ihm mein ganzes Geld gegeben habe. Ich frage mich, ob er mir wohl deshalb vorher ein Pfeifchen angeboten hat – um mich locker zu machen. Und warum haben sie mich den ganzen Weg hier rauskommen lassen, wenn sie mir ohnehin nur hundert Gramm geben wollten? Warum hätte ich nicht warten und ihn morgen bezahlen können? Ich verlagere mein Gewicht … mir schmerzt die Seite, dort wo das dicke Geldbündel gesteckt hat.

Monte hält die Pfeife hoch. »Geht das in Ordnung mit dir?«

Ich bejahe seine Frage, und er lässt die Pfeife in seinem gigantischen Aktenschrank von einem Parka verschwinden. »Pack das weg«, sagt er, also stecke ich die hundert Gramm Gras in meine Umhängetasche. Dann ruft er nach Dave, der daraufhin mit seinem Aktenkoffer in der Hand wieder ins Zimmer tritt. *Na super, noch mehr Verträge*, denke ich schon, aber stattdessen holt Dave einen Umschlag mit einem roten *Vertraulich*-Stempel hervor. Er schiebt ihn mir über den Resopaltisch zu. »Ich vertraue darauf, dass das hier zwischen uns bleibt.«

»Was ist das?«

»Eine Art … Exposé. Ein Businessplan. Der eigentliche Grund, warum wir dich heute Abend sehen wollten. Wie du dir vermutlich denken kannst, darfst du ihn nicht mitnehmen. Du musst ihn also hier lesen.«

Ein Exposé? Seit wann haben Drogendealer ein Exposé? Ich werfe Jamie einen Blick zu. Er ist unerschütterlich, wirkt niemals durcheinander, scheint aber auch nie vollständig zu begreifen, was um ihn herum geschieht. Vielleicht sollte er wirklich Schriftsteller werden.

Ich blicke zu Dave und dann zurück zu Monte, der immer noch diesen zaghaft beflissenen Ausdruck in seinem runden, roten Gesicht hat. Mit Bratwurstfingern fährt er sich durch das zur Seite gescheitelte Haar. »Alles, was du wissen musst, steht da drin.«

Während ich immer noch versuche, das Ganze zu verstehen, kommt Chet zurück ins Zimmer. »Ich glaub's einfach nicht«, blökt er zum x-ten Mal in sein Handy, öffnet den Kühlschrank und schnappt sich ein Bier.

»Chet!«, herrscht Monte ihn an.

»Das soll wohl ein Witz sein«, führt Chet sein Gespräch fort und winkt ab. »Unfassbar. Du verarschst mich.« Und dann ist er verschwunden. Ich wünsche mir allmählich, Jamie *würde* ihm den Schädel zertrümmern.

Ich wende mich wieder Dave zu. »Warum brauche ich ein Exposé, um Drogen zu kaufen?«

Dave stupst Monte in seinen riesigen Parka, nickt ihm zu.

»Ich möchte dir einen Vorschlag machen«, sagt Monte und sieht dabei wieder Dave an. »Ich suche jemanden … ich meine … frag dich doch mal Folgendes: Warum Milch kaufen gehen, wenn du deine eigene Kuh haben könntest?«

Ich blicke von Dave zu Monte. »Weil … ich keine Kuh will?«

Dave legt eine Hand auf Montes Arm. »Was Monte damit sagen möchte, ist, dass du darüber nachdenken solltest, die Farm zu kaufen.«

Ich lache. Aber sie meinen das völlig ernst. Mein Blick

wandert von Monte zu Dave und dann wieder zu Monte. Ja. Sie meinen es ernst. »Ich möchte wirklich nur ein bisschen Milch. Ich will keine Kuh.«

Dave schüttelt den Kopf. »Hör zu. Das war nicht unbedingt der beste Vergleich. Aber du solltest wirklich darüber nachdenken … eine solche Gelegenheit bekommt man nur einmal im Leben.«

Ich weiß zwar nicht, was mich dazu treibt, vielleicht das Dope, das ich geraucht habe, vielleicht blanke Neugierde, aber ich frage ihn: »Wie viel?«

»Na ja«, sagt Monte ein wenig peinlich berührt. »Ich dachte an vier Millionen.«

»Dollar?« Ich lache abermals.

Dave lehnt sich zurück, verschränkt die Arme. »Du scheinst mir das nicht wirklich ernst zu nehmen, Slippers.«

»Nein«, antworte ich, »ich nehme das ganz sicher *nicht* ernst. Auf keinen Fall werde ich ein Vier-Millionen-Dollar-Drogenimperium kaufen.«

Monte sieht schon wieder gekränkt aus, seine Wangen färben sich rosa. »Es ist sehr viel mehr wert.«

Und während ich an den rapide sinkenden Wert meines eigenen Hauses denke, tippt Dave auf das Exposé in meinen Händen. »Nach Abzug aller Kosten macht Monte im Jahr über eine Million Gewinn. Du könntest den kompletten Anschaffungspreis in vier Jahren wieder raushaben. Mit seinen alten Kunden … und der Ausweitung der Zielgruppe? Du könntest sogar zwei Millionen schaffen … und es hätte sich sogar in noch kürzerer Zeit rentiert.«

Ich weiß nicht, was ich sagen soll. Da willst du einen Chrysler kaufen, und sie versuchen, dir den ganzen Laden anzudrehen, die ganze Firma … »Deshalb habt ihr mich hier rauskommen lassen? Um mir euer Drogengeschäft zu verkaufen?«

»Für die vier Millionen bekommst du die Ausrüstung, die Häuser, Pflanzen, alles«, sagt Monte. »Plus zwei Wochen Übergabe und Training.«

»Und du kaufst nicht bloß ein erfolgreiches Geschäft«, erklärt Dave. »Du bekommst Montes Wissen, seine Bücher, seinen Zugang zum Markt. Du bekommst einen erfahrenen Anwalt – mich. Und Monte wird einer Wettbewerbsausschlussklausel zustimmen, also brauchst du nicht zu befürchten, dass er einfach irgendwo anders etwas Neues aufzieht.«

Ich starre sie an. Die meinen das ernst. »Hört zu, Leute. Selbst *wenn* ich interessiert wäre, was ich definitiv *nicht* bin, weiß ich nicht, wie ihr darauf kommt, dass ich irgendwo vier Million Dollar rumliegen habe.«

Darauf hat Dave sofort eine Antwort. »Monte besteht nicht auf eine sofortige Zahlung. Ich würde das Ganze über eine ausländische Bank arrangieren. Du leistest eine Anzahlung, als Zeichen des guten Willens, sagen wir fünfzehn Prozent, und danach erhält Monte einen Prozentsatz deines Gewinns, bis du ihn ausbezahlt hast. Es wäre wie Ratenzahlung, wie jeder Hauskauf, nur dass du deine Hypothek, statt sie über dreißig Jahre abzuzahlen, schon nach vier oder fünf beglichen hättest. Und in der Zwischenzeit führst du ein angenehmes Leben. Steuerfrei.«

»Wenn es so ein angenehmes Leben ist, warum verkauft er dann?«

Monte steht kurz davor, in Tränen auszubrechen. Er wirft

Dave einen kurzen Blick zu und sagt: »Ich bin müde.« Seine Stimme bricht. »Ich mache das jetzt seit sechs Jahren. Ich bin zu alt für das Geschäft.«

Dave legt eine Hand auf Montes Arm. *Versau das jetzt nicht.* »Es geht nicht spurlos an einem vorüber … aber wenn man den Stress erträgt, kann man eine Menge Geld machen. Wir haben es immerhin geschafft, weit über eine Million Dollar für Montes Ruhestand zurückzulegen.«

Es ist still in der Küche – lange genug, um die Ironie des Ganzen zu bemerken: Ich habe mehr als zwanzig Jahre in einem »seriösen Geschäftsbereich« gearbeitet, und meine Altersrücklagen belaufen sich auf vierhundert Dollar auf der Bank und die anderthalb Kilo Gras, die ich morgen hier abholen kann.

Monte nickt. »Ich gehe nach Mexiko. Die Richtung, die dieses Land nimmt, macht mich fertig. Ich glaube, wir werfen uns dem globalen Sozialismus in die Arme. Das ist nicht mehr das Amerika, in dem ich aufgewachsen bin.«

Ich glotze ihn bloß noch an. Das High setzt ein. Der Rausch fällt auf mich herab wie ein heruntergelassener Vorhang. Ich grinse. Was sagt man zu einem Drogendealer, der sich vor dem Sozialismus fürchtet?

Monte sieht aus, als wollte er in seinem riesigen Parka verschwinden. »Ich möchte das Geld genießen, das ich verdient habe. Aber ich will nicht, dass das, was ich aufgebaut habe, vor die Hunde geht. Ich bin stolz darauf.« Er blickt zur Tür. »Chet will das Geschäft zwar übernehmen, aber er wäre sehr wahrscheinlich nach zwei Wochen im Knast.« Monte beugt sich vor, um mir etwas anzuvertrauen. »Er ist so eine Art Schwachkopf.«

Jamie lacht.

»Warum ich?«

»Monte wollte schon eine ganze Weile raus«, sagt Dave. Er zuckt mit den Schultern. »Er hat Probleme mit dem Stress, Angstattacken.«

»Ich kann nicht mehr schlafen«, sagt er. Tränen steigen ihm in die Augen. »Ich hatte einen Nervenzusammenbruch.«

Das ideale Geschäft für mich.

Dave fährt fort: »Als Jamie uns erzählte, dass er einen Geschäftsmann kennengelernt hat, der richtig viel Ware abnehmen würde, und wir unsere Optionen abwägten, meinte ich nur: ›He, vielleicht ist das unser Mann. Er scheint der perfekte Kandidat zu sein.‹«

Mir wird klar, wie tief ich in meinem Arbeitslosenelend tatsächlich gesunken bin, denn ich fühle mich von der Einschätzung, ich wäre für irgendetwas der perfekte Kandidat – und sei es auch ein Drogenimperium –, allen Ernstes geschmeichelt. »Zuerst mal bin ich kein Geschäftsmann, ich war Wirtschaftsjournalist. Versteht doch, ich habe in meinem Job nie mehr als 60 000 im Jahr verdient.«

Monte und Dave tauschen Blicke aus, ein leichtes Zucken um die Mundwinkel.

»Und im Augenblick habe ich nicht mal einen Job.«

»Du findest schon was«, sagt Jamie. »Du bist clever.«

Ich lache und reibe mir die Stirn, irgendwie gerührt von Jamies Vertrauen in mich. »Solltet ihr Jungs … keine Ahnung … nicht eher an Kriminelle verkaufen?«

»Man findet die Russenmafia nicht im Telefonbuch«, sagt Dave. »Und man kann etwas wie das hier nicht einfach bei eBay reinsetzen. Leider sind die meisten unserer Kunden …«, er schaut Jamie an, »… nicht gerade der Menschenschlag, der so viel Geld aufbringen kann.«

Ich blicke von einem roten Gesicht zum nächsten. Der fette Monte: verwirrt, ein wenig paranoid, beschämt. Der aknenarbige Dave: angespannt, erwartungsvoll, berechnend. Jamie: Kaugummi kauend.

Ich muss an Lisa denken. Sie liebt es, sich Häuser anzusehen, die wir uns nicht leisten können. Am Wochenende standen oftmals Hausbesichtigungen auf dem Plan, bevorzugt von zwei bis drei Millionen Dollar teuren Villen. Wir parkten immer am Ende der Straße, damit niemand unseren Nissan sehen konnte. Mit dem Auftreten von BMW-Fahrern schlenderten wir durch diese weitläufigen Eigenheime und diskutierten darüber, ob der Indoor-Pool groß genug für unsere Kinder sei (wenn sie aus dem Internat nach Hause kämen). Oder wir erörterten, ob der XXL-Fünf-Zonen-Kühlschrank und der Gastro-Doppelbackofen für die Gourmet-Menüs geeignet seien, die unsere Köchin anlässlich der Dinnerpartys mit unseren Country-Club-Freunden zubereitete. (Gelegentlich hielt ich dem Druck nicht stand, und mir rutschte etwas Dummes heraus: »Mir gefällt der Doppelbackofen, wir könnten links Fischstäbchen und rechts Backofenpommes machen.«) Lisa war eine Meisterin darin, diesen überheblichen Maklern ins Auge zu blicken, als würde sie sagen: *Du kannst deinen Arsch drauf verwetten, dass wir hierher gehören.* Tatsächlich sah sie immer so aus, als wäre sie genau am richtigen Platz. In diesem Moment vermisse ich sie. Sie würde mir dabei helfen, den Eindruck zu erwecken, ich könnte mir ein vier Millionen Dollar schweres Drogenimperium leisten.

Ich bin mir nicht sicher, ob ich Angst davor habe, meinen ursprünglichen Deal zu gefährden oder die Gefühle meiner sensiblen Dealer zu verletzen. Oder ob ich der erfolgreiche Geschäftsmann sein will, für den sie mich irrtümlich halten. Oder ob es wieder nur daran liegt, dass ich high bin. Doch ich ertappe mich dabei, Interesse zu heucheln. Ich ziehe das zweiseitige Exposé aus dem Umschlag. Das Erste, was ich sehe, ist eine Art vierteljährlicher Report, inklusive eines Diagramms mit drei Säulen: Umsatz in Blau, Bruttoverdienst in Schwarz und Nettoprofit in Grün. Als Wirtschaftsjournalist habe ich genug von den Dingern zu Gesicht bekommen, um einen echten Goldesel zu erkennen, wenn ich einen sehe. Dieser grüne Balken schießt in den Himmel wie der Sears Tower. Ich blättere zur nächsten Seite … sehe Aktiva, minimale Passiva und Ausgaben. Die Rendite ist irrsinnig hoch.

Dave schaut mir über die Schulter. »Ich weiß, was du jetzt denkst.«

Ich blicke in sein vernarbtes Gesicht.

»Du denkst: *Zu schade, dass man das nicht veröffentlichen kann.*«

Da er offenbar der Meinung ist, dass ich mich lang genug damit beschäftigt habe, nimmt er mir das Exposé aus der Hand. »Slippers, so eine Gelegenheit bekommt man nur einmal im Leben. Du solltest dich Folgendes fragen: Wer erhält schon die Chance, ein Unternehmen mit zwei Millionen Dollar Rendite im Jahr für vier Millionen zu kaufen? Glaubst du, Jack Welch würde sich das durch die Lappen gehen lassen, oder Warren Buffet?«

Und da kann ich einfach nicht mehr … der Fischstäbchen-und-Backofenpommes-Matt geht mit mir durch. Ich breche in schallendes Gelächter aus. Die Vorstellung von Warren Buffet als Eigentümer einer Marihuanazucht lässt mich einknicken. Ich kann nicht mehr weiter so tun, als würde das hier irgendwie Sinn ergeben. Ich bin nicht Lisa, und wir besichtigen keine Villa. Ich bin zu breit, zu müde und völlig von der Rolle. »Leute, ich fühle mich wirklich geschmeichelt, dass ihr dabei an mich denkt, aber selbst wenn es nicht völliger Irrsinn wäre … eine Anzahlung von fünfzehn Prozent … das sind immer noch, was, 600 000? Hör zu, Monte … die neun Riesen, die ich dir gegeben habe … das ist alles, was ich habe. In vier Tagen kommen sie und holen sich mein Haus. Was schlägst du vor, zu welcher Bank ich damit gehen soll? Welche Bank ist auf hohe sechsstellige Kredite an Obdachlose spezialisiert, die eine unterirdische Haschischfabrik kaufen wollen?«

Monte wirkt betroffen. »Ich weiß, das klingt ziemlich viel.« Schon wieder erröten seine Wangen. Der Mann ist so verletzlich, es ist herzzerreißend. Er ist Poohs bester Kumpel Piglet, das labile Drogen-Ferkel. »Dave meinte, es könnte schwierig werden, bei dieser Wirtschaftslage so viel Geld aufzutreiben. Dave dachte, du hättest vielleicht die Möglichkeit, du weißt schon, ein paar Leute mit ins Boot zu holen, und zusammen gründet ihr dann ein …«, hilfesuchend blickt er zu seinem Highschool-Buddy, »… ein Kontorsium.«

»Ein Konsortium«, murmelt Dave, von Montes Versprecher peinlich berührt, und starrt zu Boden.

»Richtig«, sagt Monte, »ein Konsortium.«

Ich sitze den unglückseligsten Drogendealern der Welt gegenüber. »Ein Konsortium«, wiederhole ich voller Mitleid –

und bin wiederum seltsam geschmeichelt, dass ich in ihren Augen den Eindruck erwecke, jemand zu sein, der in der Lage ist, ein Vier-Millionen-Dollar-Drogenkartell auf die Beine zu stellen. »Hört zu, Leute. Ich will euch nichts vormachen. Es besteht nicht die geringste Chance, dass ich eine vier Millionen Dollar schwere Marihuanazucht kaufe.«

»Also gut, schon klar«, sagt Dave. Zum ersten Mal bemerke ich eine Veränderung in seinem Gesicht. Mit verschränkten Armen und saurer Miene schaut er mich an. »Wir haben's kapiert.« Er steht auf und schiebt seinen Stuhl an den Tisch. Dann dreht er sich um. »Drei Komma acht?«

17

Auf Montes Feldern

Auf Montes Feldern wächst das süße Gras
Tief in der Erde Bauch, wo Schlauch für Schlauch
Durch die Keller Wasser gurgelt
Dort nährt es kühne Visionen:
Cannabis im Wert von etwa vier Millionen

Wer weiß schon, was die Welt antreibt, sich versöhnlich zu geben: Man steht morgens auf und fühlt sich einfach wie von einer Last befreit. Alles, was gestern noch furchterregend schien, wirkt heute gütig, vielleicht sogar generös. Da ist so eine gewisse Lichtstimmung, die fallenden, roten Blätter … vielleicht liegt es auch an den Nachwehen einer guten Dröhnung. Oder es ist einfach ein chemischer Prozess im Gehirn. Schwer zu sagen. Was immer es auch ist: Als ich unter einer Häkeldecke zusammengerollt auf der Couch im Keller aufwache – eigentlich kann man das gar nicht aufwachen nennen, da ich höchstens eine Stunde weggedöst bin – und mein Blick auf das kleine Gemälde fällt, das Lisa und ich vor Jahren in einer winzigen Galerie gekauft haben, verspüre ich jedenfalls zum ersten Mal seit Wochen so etwas wie Hoffnung. Klarheit. Das Bild ist in einem Stil gehalten, der uns beiden gefällt: nicht direkt abstrakt, aber auch nicht gänzlich figürlich, irgendwo dazwischen. Offenbar zeigt es ein Paar, das am Straßenrand steht. Ich weiß nicht, warum mir das bisher nie aufgefallen ist, aber jetzt scheint es mir offensichtlich zu sein: Der Mann in dem Gemälde streckt seine Hand nach der Frau aus.

Ich gehe hinüber, streiche sanft über die dicken Pinselstriche auf der trockenen, warmen Leinwand – alle Schattierungen von Rot, Orange und Braun –, steige dann die Treppe zum Erdgeschoss hinauf und blicke zum Fenster hinaus. Es ist wunderschön dort draußen. Bäume erheben sich aus einem Blätterbett wie die Rippen eines alten Schiffes. Dad bewegt sich auf der Schlafcouch im Wohnzimmer. Ich höre Lisa und die Jungs, wie sie sich oben für die Arbeit und die Schule fertig machen. Es klingt so wunderbar, so anrührend. Ist es möglich, sich in sein eigenes Leben zu verlieben?

Es liegt nicht daran, dass ich meinen fehlenden Schlaf nachgeholt hätte – mal abgesehen von dem Nickerchen in Daves Auto und dem Stündchen heute Morgen habe ich kein Auge zugetan. Es fühlt sich nur so an, als hätten die Ereignisse eine neue Richtung genommen, die mir zumindest einen Hauch entgegenkommt … als hätte sich eine winzige Schneise aufgetan, die mir einen flüchtigen Blick auf das andere Ende dieses Sturms gewährt.

Es ist sicher nicht Lisas Reaktion, die mich aufheitert.

Auf der Treppe dreht sie sich weg, angefressener, als ich sie je erlebt habe. Ich habe gehofft, sie würde meine »Übernachtung« im Keller als einen respektvollen Versuch sehen, ihr mehr Raum zu gewähren. Aber Lisa kocht vor Wut – unersättlich verlangt sie nach noch mehr Abstand zwischen uns. Ich biete an, Pfannkuchen für die Jungs zu machen, doch sie kehrt wortlos nach oben zurück, um sich weiter anzukleiden. Ich versuche ihren Blick zu erhaschen, um mich mit einem kurzen Schulterzucken dafür zu entschuldigen, dass ich gestern Abend versucht habe, ihr Schuldgefühle einzureden. Nicht einmal dieses Angebot nimmt sie an.

Und es ist auch nicht Franklin, der für meinen Stimmungsaufschwung verantwortlich ist – denn er behauptet, zu krank für die Schule zu sein. »Weißt du, was ich glaube?«, frage ich ihn, während ich das Digitalthermometer aus seinem Mund ziehe, das 37 Grad anzeigt. »Ich glaube, du hast Angst davor, Elijah zu begegnen, oder dass Ms. Bishop immer noch enttäuscht von dir ist. Aber vertrau mir, du musst dich deinen Ängsten stellen, Frankie. Du musst ihnen ins Auge sehen und sagen: *Mit euch werde ich fertig.*« Er verdreht die Augen und geht nach oben, um sich die Zähne zu putzen.

Dad scheint auch nicht gerade die Sonne aus dem Arsch. Nachdem ich ihn zu einer Dusche genötigt habe, steht er nackt vor dem Badezimmer und insistiert darauf, ihm habe jemand die Klamotten geklaut.

Nein, es gibt keinerlei Beweise dafür, dass sich das Schicksal gewendet hat. Aber ich spüre es einfach. Als Lisa mit den Jungs das Haus verlässt – immer noch ohne ein Wort –, stehe ich am Fenster und beobachte, wie sie aus der Auffahrt zurücksetzt. Unsere Blicke treffen sich. Da dies vermutlich meine einzige Chance ist, heute zu ihr durchzukommen, begegne ich ihrem Blick mit einem leichten Nicken und hebe kurz die Kaffeetasse – nur ein Anfang, ein verhaltenes Flehen. Und obwohl sie meine Geste nicht erwidert, fühle ich mich besser.

Ich fühle mich besser, weil ich heute die lange Reise zu meinem Comeback antrete. Weil ich heute, statt einfach alles zu schlucken, einen Schlachtplan habe. Heute werde ich die Familiengeschäfte regeln. *(»Also sag mir bloß nicht, du wärst unschuldig, denn das beleidigt meine Intelligenz!«)*

Heute werde ich: (1) in die Welt hinausgehen, um die hundert Gramm Gras an Richard und Amber zu verkaufen, (2) mir von ihnen ein paar Namen geben lassen und damit beginnen, meinen künftigen Kundenstamm zusammenzutragen. (3) Zusehen, wie ein Stapel Holz in unserem Garten abgeladen wird – eine unzweideutige Botschaft an meine untreue Frau, dass das »Konzert« morgen Abend ausfällt und dass hoffentlich nie mehr über Chuck Stehne geredet werden muss. (3a) (Danach rufe ich an und lasse das Holz wieder abholen … ich bin nicht zufrieden damit.) (4) Heute Abend fahre ich mit Jamie noch einmal nach Weedland, wo ich den Rest vom Dope hole, um (5) meine Familie aus dem Schuldensumpf zu ziehen.

Mein Handy klingelt. Ich blicke aufs Display. Es ist Earl Ruscom. »Tut mir leid, Matt, Sie so früh am Tag anzurufen, aber ich habe ein schlechtes Gewissen wegen unseres Treffens gestern.« Noch eine von Earls guten Seiten: Der Mann steht nicht auf Smalltalk. »Ihnen fünfzehn anzubieten, wenn Sie mit fünfzig rechnen? Ich hätte mich gefühlt wie ein kastrierter Köter in 'ner Hurenfabrik.«

»Schon okay, Earl. Bei dieser Wirtschaftslage ein Unternehmen zu gründen, speziell eine Zeitung … ich versteh das schon.«

»Tja, ich möchte ja nicht, dass mein Chefredakteur sich schon am ersten Tag als Versager fühlt. Also bin ich die Zahlen noch mal durchgegangen, habe hier und da was knapper kalkuliert … und ich weiß, es ist nicht viel, aber ich kann bis zwanzig raufgehen.«

In der Tat eine sehr subtile Wendung des Schicksals … »Das ist äußerst großzügig, Earl.«

»Blödsinn«, sagt Earl, »es ist scheiße, und wir beide wissen das. Aber es ist halt alles, was ich habe, Matt. Hören Sie, selbst wenn Sie erst mal mit einer Dreißig-Stunden-Woche anfangen … sobald die Sache durchstartet …«

Ich sage Earl, dass es immer noch nicht annähernd so viel ist, wie ich zum Leben brauche, versichere ihm aber, eventuell auf sein Angebot zurückzukommen. Ich vernehme ein Jubeln am anderen Ende der Leitung, da klopft ein weiterer Anrufer an. Ich halte das Handy von mir weg, um die Nummer zu sehen, doch die Vorwahl sagt mir nichts. »Earl, ich kriege gerade einen anderen Anruf. Kann ich mich bei Ihnen melden?«

Er jubelt immer noch und lässt irgendeine selbst gestrickte Weisheit vom Stapel, bei der es darum geht, sich mit dem Stiefel eines anderen in den eigenen Hintern zu treten, worauf ich zu dem zweiten Anrufer wechsele.

Eine Frauenstimme. »Mr. Prior?«

»Ja.«

»Hier spricht Joy Addison von Providential Equity. Gil West hat mich gebeten, einen Blick in Ihre Akte zu werfen und Sie mal anzurufen«. Einen Moment …

Mein Kreditgeber!
Längst verschollen geglaubt.
Ist das denn möglich?

Wie es bei lebensrettenden Nachrichten häufig der Fall sein muss, fällt der Anruf simpel und sachlich aus. Joy sagt, man habe mich als aussichtsreichen Kandidaten für das Hypotheken-Modifizierungs-Programm eingestuft. In den kommenden Tagen würde ich ein Antragspaket erhalten und von einem Kundenberater kontaktiert werden, um mit mir einen neuen Zahlungsplan mit neu festgesetzten Raten zu besprechen. Sollte man mich als geeignet befinden, besondere Umstände geltend zu machen, beispielsweise weil ich Opfer einer Katastrophe geworden sei oder etwa meine Arbeitsstelle verloren habe (Ja, das bin ich!) – und solange ich eine vernünftige Bonität und keinerlei Vorstrafen (wieder ich!) vorzuweisen hätte –, dann könnte ich mich möglicherweise auch noch für ein zinsfreies Darlehen qualifizieren, sodass ich mein Konto ausgleichen und die Zahlungen wieder aufnehmen könnte. Und die Raten auf das zinsfreie Darlehen könnten sogar noch gestundet werden. Natürlich ändere sich nichts an der Höhe meiner Schulden, aber dank der reduzierten und gestundeten Raten würde ich hoffentlich wieder auf die Beine kommen, sagt Joy Addison. Danach liege es allein an mir. Sollte ich wieder in Verzug geraten, bliebe Providential womöglich keine andere Wahl, als doch noch eine Räumungsklage einzureichen.

»Sicher«, sage ich. »Das liegt ja auf der Hand. Ich will bloß eine Chance, das ist alles.«

»Wir alle verdienen eine Chance«, sagt Joy. Ich möchte sie küssen. Ich will Gilbert West küssen. Ich will jeden einzelnen Menschen bei Providential Equity küssen, jeden Menschen in Benicia, in Kalifornien, in den Vereinigten Staaten von Amerika, auf dem Planeten Erde.

»Ich fing gerade an, mir ernsthaft Sorgen zu machen«, sage ich. »Vier Tage … ihr wisst wirklich, wie man es bis zur letzten Minute spannend macht.«

Joy ignoriert meine Bemerkung. Sie teilt mir mit, dass die Unterlagen sofort in die Post gehen und dass ich die Formulare ausfüllen, unterschreiben, notariell beglaubigen und zurückschicken muss. Außerdem gibt sie mir ihre Durchwahl, für den Fall, dass ich noch Fragen haben sollte. Ich bedanke mich bei ihr. Wir legen auf – und ich rufe umgehend zurück. Als sie sich meldet, behaupte ich, dass ich aus Versehen die Rückruftaste gedrückt hätte. Aber ich balle meine erhobene Faust im Triumph, denn *ich habe die Telefonnummer meines Kreditgebers!* Nimm das, Terminator-Großrechner! Ich bin wieder da, Baby … ich bin zurück!

Ich stecke meinen Kopf ins Wohnzimmer. »Wir werden es schaffen, Dad!«

Er hält die Fernbedienung in die Höhe, bleckt seine gelben Zähne und zeigt auf die Frau im Fernsehen. »Was hältst du davon, *ihr* die Furche zu pflügen?«

»Nur wenn sie eine Freundin hat, die sich um dich kümmert, Dad.«

Er lacht.

»Du und ich? Da bleibt aber kein Stein mehr auf dem anderen, Junge.«

Ich hechte die Treppe zum Schlafzimmer hinauf. Verdammt, ich brauche überhaupt keinen Schlaf, bloß eine kleine Verschnaufpause. Nur zwei oder drei Kleinigkeiten, die sich zu meinen Gunsten entwickeln. Jetzt kann ich sehen, wie es weitergeht. Ich nehme Earls Jobangebot an und arbeite Teilzeit, während ich mein Einkommen aufstocke, indem ich Gras verkaufe. Und da das Haus bis auf Weiteres nicht mehr von der Zwangsvollstreckung bedroht ist, kann ich mit Lisa sprechen, ihr erzählen, dass alles in Ordnung kommt, dass die Jungs sogar auf der Privatschule bleiben können. Ich kann den Prozess ihrer Rückeroberung einleiten. Genau darauf habe ich gehofft, auf einen vorsichtigen Anlauf zum Neubeginn, eine Botschaft für sie, übermittelt in der *Sprache der Liebe* – wie unser Eheberater es genannt hatte. Nach Lisas Einkaufsrausch war ich ob dieser Auswüchse ihrer Geld- und Stabilitäts-Besessenheit ein wenig verstimmt gewesen. Ich betrachtete diese Kisten in der Garage als eine Art Bestrafung, einen unterschwelligen Vorwurf, dass ich meinen Job gekündigt hatte (und in der Folge meine Familie gefährdete). Ich war böse auf sie und hatte, offen gesagt, Angst davor, eine oberflächliche, materialistische Frau geheiratet zu haben.

Also gingen wir zum Paartherapeuten, einem großen, einfühlsamen, bärtigen Mann, der uns als »zwei Menschen mit sehr unterschiedlichen Liebessprachen« diagnostizierte. Viele Ehefrauen, erklärte der Therapeut, teilen Lisas Liebessprache: Sie fühlen sich dann *am meisten geliebt*, wenn ihre

Ehemänner hart arbeiten, um für sie zu sorgen, um der Familie Schutz und Geborgenheit zu ermöglichen. »Und nun sag mir, Lisa«, fragte der Therapeut, »was ist Matts Liebessprache? Was gibt ihm das Gefühl, geliebt zu werden und jemand Besonderes zu sein?«

Worauf sie ohne zu zögern antwortete: »Oralsex.«

»Viele Männer bemessen Liebe anhand körperlicher Aufmerksamkeiten. Das ist ihre Liebessprache«, sagte der unerschütterliche Therapeut. »Also, Matt, können wir übereinkommen, dass Lisas Verlangen nach finanzieller und familiärer Sicherheit genauso wenig ein Zeichen oberflächlicher Gier ist, wie dein Bedürfnis nach sexueller Liebe ein Zeichen für Lasterhaftigkeit ist? Wir ticken nur alle unterschiedlich, kannst du das nicht verstehen?«

Oh, natürlich. Alles klar.

Mein Blick fällt auf das gemachte Bett. Lisas Seite ist leicht zerknittert, meine unberührt. Himmel, ich stehe so kurz davor, hier wieder reinzudürfen. Wer weiß … vielleicht erweist sich diese Krise letztendlich als gut für uns. Vielleicht geht unsere Ehe ja gestärkt daraus hervor.

Auf dem Weg ins Bad verharre ich am Fenster und erlaube mir einen kleinen, rechnerischen Tagtraum. Sagen wir, ich mache mit dem Verkauf meines Dopes irgendwie fünfzig Prozent Gewinn, mache aus meinen neun Riesen dreizehneinhalb, aus denen dann knapp über zwanzig, und daraus …

Dann wende ich meine Gedanken wieder Earl Ruscoms Job zu, wobei mir eine ganz neue Überlegung kommt: Earl hat zweifellos eine Menge Kohle gebunkert. Während ich so aus dem Fenster starre, sehe ich ein geschäftiges Eichhörnchen, das ein paar letzte Kastanien für die eigenen Rücklagen zusammenträgt. *Solange wir gesund und am Leben sind*, denke ich, *können dieses Eichhörnchen und ich, wenn wir uns nur ordentlich ranhalten, den härtesten Winter überstehen.* Als ich unter die Dusche steige, kehrt – nur für einen klitzekleinen Moment – meine gesunde alte Gier zurück. Und ich frage mich, ob ich das Potenzial dieser ganzen Sache nicht vielleicht sogar unterschätze …

18

Mein Konsortium – eine Villanelle

Wie viel Kapital benötigt ein Finanzkonsortium
(ich hab vierhundert auf der hohen Kante)
für ein vier Millionen Dollar schweres Gras-Imperium?

Jeder Reporter ohne Job investiert ein Minimum
(vierhundert pro arbeitslosem Schreiberling)
Wie viel Kapital benötigt ein Finanzkonsortium?

Ein geschasster Filmkritiker beklaut das Kino-Publikum
(und er verhökert seinen Ehering)
für ein vier Millionen Dollar schweres Gras-Imperium

Eine sexy Korrektorin verwöhnt Kollegen untenrum
(für hundert Dollar verkauft sie ihren String)
Wie viel Kapital benötigt ein Finanzkonsortium?

In Zeitungshäusern geht derweil der Schnitter um
(sogar die *Times* liegt längst in Rückenlage)
für ein vier Millionen Dollar schweres Gras-Imperium

Meinem Syndikat wäre der Erfolg gewiss, warum
weiß denn niemand hier die Antwort auf die Frage:
Wie viel Kapital benötigt ein Finanzkonsortium
für ein vier Millionen Dollar schweres Gras-Imperium?

»Ich glaube, du ziehst es ernsthaft in Betracht«, sagt Ike, wobei sich einer seiner Mundwinkel hebt.

»Was? Nein, tu ich nicht. Wer würde so etwas ernsthaft in Erwägung ziehen? Ich sag doch nur … du hättest dieses Exposé sehen sollen. Ich habe noch nie *solche* Zahlen zu Gesicht bekommen.«

»Du *ziehst* es in Erwägung.«

»Ich schwöre: Das tu ich nicht.«

»Na ja … vielleicht solltest du aber.«

Jeder Mensch braucht einen Vertrauten, dem er seine kruden Gedankenspiele erzählen kann – so wie Lisa es offenbar getan hat, als sie Dani in ihre Pläne einweihte, morgen Abend mit Chuck auszugehen. Aber ich finde, diese Vertrauten sollten Personen sein, die einem etwas *aus*reden, wenn man kurz davor ist, einen großen Fehler zu begehen, statt einem gut zuzureden. Solche Menschen gilt es umsichtig auszuwählen – umsichtiger, als Lisa und ich es offensichtlich getan haben.

Mein eigener Vertrauter scheint mir zu deprimiert, um ein guter Berater zu sein. »Ich frag ja nur, wo man sonst bitte so viel Geld machen kann … bei einer Zeitung jedenfalls nicht.« Es sieht so aus, als hätte mein früherer Arbeitgeber gerade weitere Entlassungen angekündigt. Die Methode scheint mir unnötig grausam zu sein: Statt alle auf einen Streich vor die Tür zu setzen, holen sie alle drei Monate zu einem neuen Schlag aus, ziehen jedes Mal ein paar mehr von uns aus dem Verkehr, wie die Teenager in Horrorfilmen. Diesmal ist die Kündigungswelle bis zu jenem Reporter geschwappt, der sechs Monate *nach* Ike eingestellt wurde. Falls es also eine weitere geben sollte – und es gab immer eine weitere –, dann wäre er der Nächste. »Die von uns, die übrig sind«, sagt Ike, »fühlen sich wie die Überlebenden in einer Krebs-Selbsthilfegruppe.«

»Es tut mir ehrlich leid, Ike«, sage ich, worauf er den Blick hebt und mich ansieht. Wenn man bei dem Bild von der Krebs-Selbsthilfegruppe bleibt, dann bin ich ein Geist.

»Nein, es tut *mir* leid«, erwidert Ike. »Du bist der Letzte, dem ich davon vorjammern sollte.«

»Schon in Ordnung«, sage ich. Wir sind wieder im *The Picnic Basket*, wo um uns herum der allmorgendliche Ansturm auf Ahornriegel und Café Latte tobt. Die Baristas sind zwei so hinreißende wie talentfreie Zwanzigjährige: Abwechselnd brühen sie die Espressi auf, schäumen sie zu Tode und servieren sie lauwarm. Doch sie besitzen zwei Qualitäten, die Männer unseres Alters unwiderstehlich attraktiv finden: (1) Sie haben so etwas Exotisches, mit ihrem wild frisierten, selbst gefärbten Haar, den Bauchnabelpiercings, Nasensteckern und den Rückentattoos, die über den tief sitzenden Bund ihrer Jeans lugen, und (2) sie geben sich uns gegenüber beeindruckend desinteressiert.

Ike behauptet, dass Marty, der Besitzer, ihm mal erzählt

hat, die Baristas im *The Picnic Basket* seien ehemalige Stripperinnen und Prostituierte, weil Martys Gattin Beth ein Faible für solche Frauen habe. So zweifelhaft das klingt – wir gaffen wie die Affen, als eine der beiden einen Kaffee an den Nachbartisch bringt. Ike seufzt.

»Wenn du glaubst, dass diese Grasdealerei so ein geschickter Karriereschachzug ist«, schlage ich Ike vor, »dann lass es uns doch zusammen machen. Was hältst du davon? Interessiert an einem halben Drogenimperium?«

»Ich wäre dabei, wenn ich kein Asthma hätte.«

»Wir würden das Zeug verkaufen, nicht rauchen.«

»Schon klar, aber die Leute werden es probieren wollen, und du weißt, was das bei mir auslöst.«

Natürlich weiß ich von Ikes Asthma. Ich weiß auch, dass er allergisch auf Weizen, Katzenhaare, Erdnüsse und Staub reagiert und insgesamt ein wandelndes Wrack ist. Im Newsroom nannten wir ihn deshalb immer Bubble Boy. In der Steinzeit hätten wir ihn aus dem Stamm verstoßen und ihn den wilden Hunden überlassen. Heute trägt Bubble Boy die obligatorische Uniform eines Zeitungsreporters, das Outfit von Provinz-Stadtverordneten und Versicherungskaufleuten: zurückhaltende Businesskleidung in Form von Khakihosen, kontrastierendem Jackett und kurzärmeligem Button-down-Hemd, dessen knittriger Kragen sich gegen die Krawatte wehrt wie ein Säufer gegen eine Lebertransplantation. Es macht mich wehmütig, einen Soldaten – in Uniform – meiner alten, dezimierten Einheit zu sehen.

»Dir ist schon bewusst, dass es illegal ist?«, frage ich Ike.

»Ja, klar, aber ist es auch *illegal*-illegal? Ist es nicht eher zwinker-zwinker-illegal?« Er zuckt mit den Schultern. »Ist doch bloß Gras.«

»Ich bin mir ziemlich sicher, dass es *illegal*-illegal ist, im großen Stil Gras anzubauen. Davon abgesehen möchte ich nicht so enden wie diese Kerle. Die sind völlig paranoid. Du solltest sie mal sehen. Der Anwalt ist regelrecht besessen, das ist schon fast gruselig. Und der Züchter? Ich dachte, er fängt jeden Augenblick an zu heulen.«

Ike schwenkt seine Tasse und schüttet den Rest Kaffee in sich hinein. »Also … was hast du jetzt vor?«

»Bis auf Weiteres halte ich mich an meinen ursprünglichen Plan. Zuerst verkaufe ich das hier …« Ich halte meine Umhängetasche hoch, die auf dem Stuhl neben mir liegt und in der sich der Beutel befindet, den Monte mir letzte Nacht gegeben hat. »Heute Abend hole ich mir den Rest von meinem Kilo. Verkaufe alles. Und kaufe mehr. Das mache ich so lange, bis ich aus den Schulden raus bin.«

»Und wie lange wird das dauern?«

»Ich habe diese Woche mit ein paar hundert Dollar sechzig Prozent Gewinn gemacht, ohne auch nur das Geringste dafür zu tun. Angenommen, ich verkaufe weiter mit … lass es nur fünfzig Prozent Gewinn sein … mache ein bisschen Mundpropaganda … kaufe von dem Geld mehr Gras …« Ich nehme eine Serviette und schreibe ihm die Zahlen auf. »Wenn ich bei fünfzig Prozent meinen Gewinn dreimal reinvestiere, werden aus neun Riesen dreizehneinhalb, daraus zwanzig, daraus dreißig und daraus dann, was … fünfundvierzig? Das ist alles, was ich brauche. Zeig mir, wie man sonst in ein paar Wochen dreihundert Prozent Rendite machen kann.«

Ike dreht die Serviette, um sich die Zahlen anzusehen: 9, 13,5, 20, 30, 45.

»Wie viel Gras ist das?«

Unter die Zahlen schreibe ich: 1, 1,5, 2, 3, 4,5 Kilo.

Er rechnet und spöttelt: »Du willst zwölf Kilo Dope verticken?«

»Ich glaub schon, ja. Soweit ich mitbekommen habe, besteht kein Mangel an Käufern. Ich sage dir, Ike, diese Sache wird sich viral verbreiten. Jeder kennt jemanden, der Gras raucht, aber an keins rankommt. Der keine Rasenabfälle von den Freunden seiner Kinder kaufen möchte. Oder es nicht riskieren will, ins Kittchen zu wandern.« Das ist wahr. Ich habe bereits weitere Bestellungen – von Freunden von Amber und Bekannten von Richard – vorliegen. »Dann, nach vielleicht einem Monat, steige ich mit meinen fünfundvierzig Riesen aus. Hab den Zahlungsrückstand aufs Haus aufgeholt und das Geld für die Privatschule zusammen.«

»Und dann?«

»Dann gehe ich wieder arbeiten. Ich habe ein Jobangebot … so was in der Art.«

»Von wem?«

Ich spreche in meine Kaffeetasse. »Earl Ruscom.«

Ike zuckt zusammen. »Es geht doch wohl nicht immer noch um diese alberne Zeitung.«

»Diesmal hat er seine Hausaufgaben gemacht. Das Problem ist, dass er anfangs erst mal nicht viel zahlen kann.«

»Wie viel ist *nicht viel?*«

»Zwanzig.«

»Zwanzig?« Ike, potenzielles Opfer der nächsten Kündigungswelle, starrt mich fassungslos an. »Steht es so übel da draußen?«

Ich zitiere Earl: »Es regnet nicht gerade Goldtaler.«

Mit einem Mal übermannt mich ein Gähnen. Irgendetwas daran ist irritierend, wie ein tiefer Riss in der Wand, und plötzlich mache ich mir Sorgen: Was, wenn dieser Stimmungsaufschwung, diese vermeintliche Gunst des Schicksals, diese Klarheit, die es mir erlaubt, endlich einen Weg aus diesem Dilemma zu sehen … wenn das alles bloß ein Symptom dafür ist, dass ich weiter abbaue … ein Streich, den mir mein Schlafentzug spielt?

»Geht's dir gut?«

»Ja. Ich bin bloß müde. Hab nicht sonderlich viel geschlafen.«

Ike blickt auf seine Uhr. »Mist, ich muss los.« Mit resignierter Miene erhebt er sich. »Ich sag dir eins zu deinem neuen Leben, Matt. Du bist der einzige Mensch, den ich kenne, der momentan über etwas anderes zu berichten hat als Budgetdefizite, Kündigungen und das Zeitungssterben.«

Auf dem Weg nach draußen nickt Ike einer der Barista-Stripperinnen zu. Sie versüßt ihm den Tag, indem sie ihn weiter ignoriert. Dann steckt er noch einmal den Kopf in die Küche, wo Marty Sandwiches für den Nachmittagsansturm vorbereitet. Ich höre Martys dezenten, rauen Ostküsten-Akzent: »He, Zeitungsfritze. Wie ist das Nachrichtengeschäft?«

»Insolvent«, sagt Ike und ist sofort darauf verschwunden.

Ich sollte auch gehen, habe aber das Gefühl, als hätte ich etwas in der Kehle stecken (was ist so beunruhigend an einem simplen Gähnen?). Ich trinke meinen Kaffee aus und …

»Haben Sie was dagegen, wenn wir uns zu Ihnen setzen?«

Ich blicke auf. Zwei große Kerle stehen am Tisch, die helle Deckenbeleuchtung im Rücken. Ich muss blinzeln, um ihre Gesichter zu sehen. Einer der beiden ist in meinem Alter, mit beginnender Glatze. Er trägt Brille, ein Sakko und ein Hemd mit aufgeknöpftem Kragen. Der andere ist jünger, hat das braune Haar akkurat gescheitelt und eine lederne Bomberjacke über seinem Pulli.

»Nein, ich wollte gerade gehen. Sie können den Tisch haben.« Ich packe meine Sachen zusammen.

»Wir wollen Sie nicht vertreiben, Sir.« Der junge Typ grinst. »Warum leisten Sie uns nicht einen Moment Gesellschaft, Matthew?«

Oh, Scheiße. Scheiße. Scheiße! Bullen. Jeder, der mal als Zeitungsreporter gearbeitet hat, kann Bullen riechen. Insbesondere, wenn sie zu zweit auftreten – als Paar verströmen sie die vage bedrohliche Ausstrahlung kafkaesker Beamtenfiguren.

Ich darf jetzt nicht panisch werden. Das sind keine Bullen. Das ist bloß diese grassierende Paranoia. Es gibt keinen Grund, die beiden für Bullen zu halten.

Sie setzen sich, sodass ich sie jetzt besser erkennen kann. Der Ältere – glänzende Stirnglatze, schiefes Grinsen, der härteste Buchhalter der Firma – schiebt mir eine Visitenkarte zu. Auf der Karte ist ein Wappen.

Jap. Bullen.

Scheiße, Scheiße, Scheiße.

Das Grinsen.

Ich räuspere mich und nehme die Karte. Greg Reese. Lieutenant. Landespolizei. Koordinator. Regionale Sondereinheit zur Rauschgiftbekämpfung. Scheiße, Scheiße, Scheiße.

Der Jüngere ist einer dieser Menschen, die immerzu grundlos lächeln. Er greift nach der Serviette, die ich liegen gelassen habe. Er zeigt sie dem Älteren. »Viereinhalb Kilo?«

»Zement«, sage ich. Mir schießt das Blut ins Gesicht. »Für meine Auffahrt.«

»Ach, kommen Sie.« Lt. Reese runzelt die Stirn. »Sie pflastern Ihre Auffahrt mit viereinhalb Kilo Zement?«

»Ich bessere sie aus.«

Möglichst beiläufig greife ich nach meiner Tasche mit dem Zeug, von dem ich mir erhofft hatte, es würde zum Grundstein meines künftigen Wohlstands werden, meiner Rettung, meiner letzten Hoffnung – hundert Gramm frisch geerntete, erstklassige British-Columbia-Dolden. Langsam schiebe ich die Tasche mit dem Fuß beiseite.

»He, Mann, alles in Ordnung?«, fragt der glatzköpfige Lt. Reese leicht gereizt.

»Bestens.« Okay, denk nach: (A) Bevor sie mich verhaften können, würden sie einen Haftbefehl oder so was benötigen, irgendeine Handhabe, oder nicht? (B) Und woher sollten sie überhaupt Bescheid wissen? (C) Sie können nicht einfach irgendwelche Menschen durchsuchen (stimmt doch, oder?). (D) Keine Panik. (E-I) Leugnen, leugnen, leugnen, leugnen und nochmals leugnen. (J) In der Tat, es besteht kein Grund, sich Sorgen zu machen. (K) Gib ihnen nicht die Erlaubnis, deine Tasche zu durchsuchen. (L) Keine Panik. (M) Hör auf, in Panik zu geraten.

»Ich hole mal Kaffee«, sagt der Jüngere, immer noch dieses dümmliche Lächeln im Gesicht. »Soll ich Ihnen einen mitbringen, Matt?«

»Nein. Danke.« Mein Herz pocht bis rauf in die Schläfen. »Ich muss jetzt wirklich los.«

Die meisten Verdächtigen begehen ihre Fehler in den ersten fünf Minuten. Halt dich zurück. Bleib ruhig. Moment, habe ich mich gerade selbst als *Verdächtigen* bezeichnet? Scheiße, Scheiße …

»Sie erinnern sich doch an mich, nicht wahr?«, fragt der jünge Bulle.

(N) Nichts Unbedachtes sagen – wer schuldig ist, neigt zum Schwafeln.

Ich schüttele verneinend den Kopf.

»Sie arbeiten doch für die Zeitung.« Beim Sprechen zeigt er strahlend weiße Zähne. »Ich war beim SWAT-Team für den Kontakt zur Presse zuständig. Wir haben vor ein paar Jahren diese Jungs hochgenommen, die dieses große Meth-Labor und den Einbrecherring betrieben. Sie haben mich interviewt. Ich glaube, Sie hatten damals die Wochenendschicht. Sie haben in der Sonntagsausgabe darüber berichtet. Meine Mutter hat den Artikel eingerahmt, deshalb weiß ich das noch. Ich habe immer noch die Autorenzeile vor Augen: *Von Matthew Prior, redaktioneller Mitarbeiter*.

»Oh … ja … klar«, sage ich, obwohl ich mich nicht erinnere. Eine Woge der Erleichterung überkommt mich. Deshalb hat er mich Matthew genannt. Meine alte Autorenzeile. (Eine Zeit lang war es in der Redaktion extrem in Mode, an den Anfang der Autorenzeile – à la *New York Times* – ein Initial zu setzen. Ich war R. Matthew Prior.) Natürlich! Diese Kerle sind gar nicht hier, um mich zu verhaften. Wie sollen sie auch wissen, was in der Tasche ist? Es sind bloß Bullen in einem Donut-Laden, das ist alles. Sie kennen mich bloß aus meiner Zeit als Reporter. Ich lächle.

Immerhin hat mich dieser Schrecken etwas gelehrt. Und mein Gähnen war eine freundliche Warnung: Das war's also für mich. Ich werde kein Gras verkaufen. Zu beängstigend. Ich atme tief durch. Erwidere das Lächeln des Jüngeren. »Und … wie habe ich mich geschlagen, mit meinem Artikel?«

»Oh, großartig«, sagt der junge Bulle. »Alles richtig wiedergegeben. Sind Sie immer noch bei der Zeitung?«

Ich spüre, wie ich mich langsam entkrampfe. »Nein, ich habe mich abfinden lassen.«

»Ich habe von den Entlassungen dort gelesen. Es ist verrückt, was mit den Zeitungen passiert.« Der Jüngere schüttelt den Kopf und blickt seinen Kollegen an. »Können Sie sich eine Welt ohne Zeitungen vorstellen?«

»Nur zu gern«, erwidert Lt. Reese.

Dann wendet sich der Jüngere wieder mir zu: »Was machen Sie denn jetzt?«

»Mal abgesehen davon, dass Sie Drogen verkaufen«, unterbricht ihn Lt. Reese. Seine Stimme ist gepresst, kalt. Er starrt mich an. Nein … er starrt durch mich hindurch.

»Wa… was?«

Er beugt sich vor. »Vielleicht sollten wir mal einen Blick in die Tasche da werfen, die Sie gerade mit den Füßen beiseite schieben … *Matthew*.«

Ich fühle, wie mein Unterkiefer bebt.

»Sind Sie sicher, dass Sie keinen Kaffee möchten?«, fragt der Jüngere.

Und alles, was mir dabei in den Sinn kommt, ist: Sie spielen tatsächlich guter Bulle, böser Bulle.

Also holt der Jüngere mir einen Kaffee. In den darauffolgenden Minuten versuche ich, mich nicht zu übergeben, während ich folgenden Ausführungen des barschen alten Lieutenant der State Police und des grinsenden jungen Kollegen vom örtlichen Revier folge, der, wie sich herausstellt, Randy Martinez heißt: (A) Seit vier Jahren arbeiten sie gemeinsam für ein aus Bundesmitteln finanziertes Rauschgift-Sonderkommando, das den Auftrag hat, den Handel mit Marihuana aus British Columbia, das die gesamte Westküste überschwemmt hat, zu infiltrieren und zu stoppen. (B) Gegen Ende dieser sehr erfolgreichen, vierjährigen Operation verhafteten sie einen Verdächtigen, der sich – in der Hoffnung, einer Anklage zu entgehen – als V-Mann verdingte und ihnen von einem malerischen kleinen Städtchen berichtete, in dem es einem einheimischen Wunderkind und dessen heruntergekommenem Anwaltskumpel gelungen sei, sich vom etablierten Haschischmarkt mittels selbst angebauter Nachzüchtungen ein ordentliches Scheibchen abzuschneiden. (C) Und obwohl es eigentlich nicht die Aufgabe des Sonderkommandos ist, solche Nachwuchs-Züchter hochzunehmen – normalerweise würden sie derartige Informationen einfach der örtlichen Polizei übergeben –, war dieser Fisch groß genug, um ihr Eingreifen zu rechtfertigen.

»Und da wären wir also, bereit, die Ermittlungen gegen diese Farm einzuleiten«, sagt Randy. »Und wer läuft uns über den Weg?«

Ich bin mir ziemlich sicher, dass er mich meint, aber meine Stimme ist zu schwach, um etwas zu dieser Unterhaltung beizutragen. Zudem befürchte ich immer noch, ich könnte mich übergeben, wenn ich den Mund aufmache. Meine Hand spielt nervös mit der Kaffeetasse, die Randy mir gebracht hat. Ich zucke bloß mit den Schultern.

»Irgend so ein Arsch quatscht sich über die abgehörte Leitung um Kopf und Kragen«, sagt Lt. Reese, »prahlt damit, er könne Gras an beschissene, fette Mittelklasse-Heuchler verkaufen, wie er selbst einer ist.«

Ich kann mich nicht daran erinnern, mit so etwas geprahlt zu haben. Aber ich befinde mich auch nicht unbedingt in der Position, meine beschissene, fette Mittelklasse-Heuchelei zu leugnen.

Der junge Bulle erinnert mich an jemanden, als er mir beschwichtigend seine Hand entgegenstreckt. »Wir haben vier Jahre daran gearbeitet, einen Haufen Halbstarke hochzunehmen, und nun … was? Auf einmal wollen deren Eltern mitspielen?«

Lt. Reese ist wieder am Zug. »Ich wollte Sie einfach mit den anderen Nullen einkassieren, aber Randy hier sagte: ›Warten Sie mal ne Sekunde, ich kenn den Typ. Das ist kein schlechter Mensch.‹«

Ich sehe Randy dankbar an: Nein! Kein schlechter Mensch! Guter Mensch! Wenn die beiden mich nur besser kennen würden … früher habe ich ständig für wohltätige Zwecke gespendet.

»Ich habe ihm Folgendes gesagt: ›Lieutenant, dieser Typ ist kein Drogendealer‹«, klärt Randy mich auf.

Ich schüttele den Kopf. Nein, das bin ich auch nicht.

»Ich sagte: ›Vielleicht sollten wir lieber mal mit ihm reden. Ich glaube, er hat ein gutes Herz.‹«

Das habe ich. Ich habe ein gutes Herz.

Lt. Reese verdreht die Augen. »Sagen Sie mir eins: Haben Sie Kinder, Matthew?«

Bevor ich antworten kann, fragt Randy: »Wie alt sind Ihre Kinder?«

Und so sehr ich auch will, es fällt mir nicht ein. »Äh, zehn? Und, äh … der Kleine … acht?«

Lt. Reese: »Junge und Mädchen?«

Ich: »Jungs?«

Randy: »Sind bestimmt putzig.«

Moment mal. Das kenne ich. Nicken.

Lt. Reese seufzt und blickt zu seinem Partner. »Lassen Sie mich ehrlich sein, Randy. Ich weiß ja nicht. Wollen Sie diesem Arsch wirklich eine Chance geben?«

Ja, bitte. Eine Chance. Eine Chance, bitte.

»Lieute…« Randy will mich verteidigen. Selbst mit gerunzelter Stirn lächelt er noch.

Aber Lt. Reese will nichts davon hören. »Das ist doch Scheiße, Randy. Das ist es, was in diesem Land schiefläuft, dieser Mangel an Verantwortung. Väter, die Drogen verkaufen? Eine Koksnase im Weißen Haus?«

Randy wirft mir einen entschuldigenden Blick zu. »Lieutenant, ich glaube nicht, dass Mr. Prior hier an Ihren politischen Ansichten interessiert ist.«

Lt. Reese dreht sich wieder zu mir. »Matthew, haben Sie auch nur die geringste Vorstellung davon, wie tief Sie in der Scheiße stecken?«

Ich starre auf die Tasche zu meinen Füßen.

Randy legt eine Hand auf den Arm seines Kollegen, vielleicht um ihn zu beschwichtigen. »Wie viel haben Sie da drin, Matthew, fünfzig Gramm?«

»Hundert.« Meine Stimme ist ein leises Todesröcheln. Moment – was war mit (B) bis (N)? Halt dich zurück, ganz ruhig, *leugnen, leugnen, leugnen, sie brauchen doch bestimmt einen Haftbefehl. Keine Panik.* Wow. Ich bin wirklich schlecht in so was.

Die beiden lehnen sich zurück, womöglich peinlich berührt. Vermutlich läuft es normalerweise nicht so mühelos.

Lt. Reese schüttelt den Kopf. »Es ist diese Scheinheiligkeit. Das ist es, was mich so auf die Palme bringt.«

Womit er natürlich recht hat. Ich senke den Blick. Es ist dieselbe Reaktion, die Franklin zeigt, wenn er Mist gebaut hat. Ich stelle mir die Jungs vor, die dabei zusehen müssen, wie die Polizei ihren Vater in Handschellen abführt. Mein Kopf stürzt in meine Hände.

»He«, sagt Randy. »Alles wird gut.«

»Jetzt halten Sie aber mal die Luft an, Randy«, sagt Lt. Reese. »Wir sind meilenweit entfernt von ›Alles wird gut‹. Hören Sie bloß auf, die Lage dieses gestörten Drecksacks zu beschönigen.«

Gestörter Drecksack – natürlich. Es ist schon erstaunlich, wie falsch man die Dinge einschätzen kann, wie blind man manchmal für die Wahrheit ist. Wie man sich selbst verarscht, indem man glaubt, etwas hätte sich zum Guten gewendet, die Welt könnte ein Nachsehen haben. So fühlt es sich an, wenn alles vor die Hunde geht – die Dinge fallen nicht allmählich auseinander, sondern mit einem großen Knall, wie ein platzender Reifen auf der Autobahn.

19

O ja, jetzt fügt sich alles – Haiku #3

Montes wahrer Grund
mir alles zu verkaufen
langsam wird er klar

Wie sich herausstellt, befindet sich das Büro der regionalen Sondereinheit zur Rauschgiftbekämpfung ganz in der Nähe, hinter einer Tür mit dem Schild »R. Thomas – Klinischer Sozialarbeiter/Therapeut, MSS, LICSW«, im ersten Stock eines unscheinbaren Bürohauses am Flussufer, auf dem Flur gegenüber einer Versicherungsagentur. Wir sitzen in einem Konferenzraum, der aussieht, als hätte ein Unternehmen hier gerade erst eine Brainstorming-Sitzung abgehalten. Auf einem White Board finden sich unter den Überschriften »Voraussichtliche Mittel« und »FY 09-10« lange Zahlenkolonnen, wie sie aus jedem beliebigen Business-Strategie-Meeting stammen könnten – aber natürlich tun sie das nicht. Das hier ist eine Sondereinheit, die gegründet wurde, um Drogendealer zu verhaften.

Typen wie mich. Nachdem meine Zurückhaltungstaktik gescheitert ist, spucke ich alles aus … dass der finanzielle Druck schwer auf mir gelastet hat, dass ich zum ersten Mal seit zehn Jahren high war, ein bisschen was kaufte und erkannte, dass ich Bekannte hatte, die ebenfalls Gras kaufen würden, dass ich aufs Land fuhr, die Farm besichtigte und Monte 9 000 Dollar gab, aber meinen Stoff nicht bekam, sondern Monte stattdessen versuchte, mir seinen ganzen Laden zu verkaufen. Die Bullen sagen nicht viel, nicken aber ein paar Mal zustimmend. Dann öffne ich meine Umhängetasche, hole mit zitternden Händen die hundert Gramm Gras heraus und übergebe sie Randy, der sie wiegt und fotografiert. Ich beobachte, wie er eine kleine Probe nimmt, sie in ein Plastiktütchen füllt. Den Rest steckt er zurück in meine Tasche. Währenddessen lässt mich Lt. Reese eine Art Beschlagnahmeformular gegenzeichnen, das ich vermutlich lieber lesen sollte, bevor ich es unterschreibe.

»Noch mehr Papierkram«, murmele ich.

»Ich nehme an, dieser Mistkerl hat Sie seine albernen Verträge unterzeichnen lassen«, sagt Reese. »Er weiß, dass wir ihm auf den Fersen sind. Je nervöser er wird, desto mehr nutzlose Verträge druckt er aus. Das ist wahrscheinlich der Grund, warum Sie gestern nur hundert Gramm bekommen haben. Weil Eddie da war.«

Ich denke: *Wer ist Eddie?*

Randy sagt: »Er tut alles, was er kann, um nicht in den Zuständigkeitsbereich der Bundesbehörden zu fallen.«

Ich zucke mit den Schultern. Keine Ahnung, was das heißen soll.

Lt. Reese wird es langsam leid, mir Dinge zu erklären.

»Hundert Gramm, schön innerhalb des Limits, das dieser Bundesstaat für den medizinischen Gebrauch erlaubt, kapiert? Sie werden nie größere Mengen bekommen, solange Eddie in der Nähe ist. Der Arzneimittel-Trick ist Blödsinn, aber er gibt seinem Anwalt etwas an die Hand.«

»Wer ist Eddie?«, frage ich schließlich. »Meinen Sie Dave?«

Lt. Reese speit mir seine Worte mit äußerster Verachtung entgegen. »Sie haben keinen Schimmer, mit wem Sie es zu tun haben, stimmt's, Sie dämlicher Arsch?« Aus einem anderen Ordner reicht er mir eine Fotokopie mit einem erkennungsdienstlichen Foto von Dave dem Drogendealer, das diesen als »Edmund David Waller Jr.« ausweist, auch bekannt als »Eddie Waller« oder »Dave Waller«.

Mir bleibt die Spucke weg. Eigentlich neige ich eher nicht zum Umgang mit Leuten, die ein Alias benutzen. »Er … er hat gesagt, er sei Anwalt.«

»Er *war* Anwalt. Etwa eine Stunde lang. Hat für eine alte Hippie-Kanzlei gearbeitet, die Drogendealer verteidigte. Aber bei der Anwaltskammer sind mehrfach verurteilte Psychopathen nicht sonderlich hoch angesehen.«

Psychopath? Mehrfach verurteilt? Mein Blick wandert zum Abschnitt mit den Verhaftungen und Verurteilungen. In der Tat: Eddie-Dave wurde zweimal verurteilt, vor fast zehn Jahren wegen Drogenbesitzes und wegen tätlichen Angriffs. Aber er wurde noch zwei weitere Male angeklagt, einmal vor sieben Jahren wegen Einschüchterung, eine Anklage, die fallen gelassen wurde, sowie ein weiteres Mal – und da stand laut dieser Akte das Urteil noch aus – wegen fahrlässiger Tötung mit Fahrerflucht.

Drogendealer Dave? Tätlicher Angriff? Einschüchterung? Fahrlässige Tötung?

Lt. Reese sieht mich schlucken. »Glauben Sie, Sie hätten es hier mit verdammten Schülerlotsen zu tun?«

Mit leiser Stimme sage ich: »Er wollte mir in den Arsch gucken.«

Die beiden sehen sich peinlich berührt an.

Lt. Reese nimmt mir die Polizeiakte ab. »Bei der Verurteilung wegen Körperverletzung ging es um ein 22-jähriges Mädchen. Die wegen Einschüchterung erhielt er, weil er versucht hat, jemanden davon zu *überzeugen*, nicht gegen ihn auszusagen.«

»Und die Anklage wegen fahrlässiger Tötung mit Fahrerflucht?«

Lt. Reese reicht mir ein Schwarz-Weiß-Foto … ein Kleiderbündel am Straßenrand … oder …

»Ist das … eine Leiche?«

»Es ist kein Laubhaufen. Dave hinterlässt ungern Zeugen.«

Ich glaube, mir wird übel. »Moment. Er hat diesen Menschen überfahren, damit der nicht gegen ihn aussagen kann? Wollen Sie mir das damit sagen? Warum … warum wurde er dann nicht wegen Mordes angeklagt?«

Lt. Reese reißt mir das Foto aus den Händen. »Eddie ist vieles, aber ganz sicher kein Dummkopf.«

Mir wird schummrig. »Was ist mit Monte?«

»Oh, der *ist* ein Dummkopf«, sagt Randy.

»Nein, ich meine, ist er gefährlich?«

Lt. Reese beugt sich vor. »Wachen Sie auf, Sie dämlicher Arsch! Was glauben Sie, wer diese Leute sind?«

»Lassen Sie's gut sein, Lieutenant«, unterbricht ihn Randy.

»Monte hat keine gewalttätige Vorgeschichte«, informiert er mich dann.

Nach einer Sekunde lehnt sich Lt. Reese zurück und nickt. »Richtig, Monte ist bloß eine Marionette. Leicht autistisch. Tut alles, was Eddie ihm sagt. Seine Eltern sind bei einem Autounfall ums Leben gekommen, als er fünfzehn war. Hat bei seinem verrückten alten Großvater gelebt und seinen depperten kleinen Bruder allein großgezogen. Hinter diesem ganzen Geschäft steckt allein Eddie. Er benutzt den armen Monte als Schutzschild. Genau danach sucht er: Leute, hinter denen er sich verstecken kann. Alles geschieht in Montes Namen. Monte macht die ganze Arbeit, trägt das gesamte Risiko. Aber jetzt will er aussteigen. Deshalb hat es Eddie auf Sie abgesehen.«

Randy schaltet sich ein. »Wenn wir ihn schließlich verhaften, wird Eddie seine ganzen Verträge zücken und behaupten, dass er nie auch nur in der Nähe von mehr als der zu medizinischen Zwecken erlaubten Menge gewesen ist … dass er nie verbotene Substanzen in seinem Besitz hatte, dass er nur als Montes Anwalt agiert hat.«

Ich blicke erneut auf Eddie-Daves Vorstrafenregister. »Ich hatte ja keine Ahnung.«

»Genau das ist es, was mich so ankotzt!« Lt. Reese steht auf, das Gesicht hochrot. »Ihr verkifften, alten Babyboomer-Scheißkerle denkt: *Ist doch nur Marihuana. Schadet doch niemand. Lasst uns ein Tütchen rauchen und das Rekrutierungsbüro des Reserveoffiziercorps in die Luft jagen!* Wisst ihr was? Leckt mich!«

Ich will gerade sagen, dass ich nicht vorhabe, etwas in die Luft zu jagen. Doch bevor ich dazu komme, winkt Lt. Reese ab und stürmt aus dem Raum. »Ich brauche frische Luft.« Ich fühle mich vage an eine Szene von Arthur Miller erinnert.

»Na dann«, sagt Randy leise und beugt sich vor. Mir kommt der Gedanke, dass sein Lächeln vielleicht nicht mehr bedeutet als das eines Hundes. »Lassen Sie uns sehen, wie wir Sie aus diesem Schlamassel rausholen.«

Moment mal. Das kommt mir bekannt vor: Mark Akenside, der Verkäufer im Nissan-Autohaus! Lisa und ich waren dort, um den anspruchsloseren Altima zu kaufen, aber dieser Mark blickte ständig zu dem glänzenden, bronzefarbenen Maxima hinüber, mit seinem Sonnendach, dem Spoiler und der Sitzheizung. »Den können wir uns nicht leisten«, sagte ich. »Klar«, sagte Mark, »und warum sollten Sie auch mehr ausgeben … schließlich ist der Altima ein tolles kleines Auto … aber was wäre, wenn ich Ihnen das Maxima-Topmodell quasi zum selben Preis anbieten könnte?« Dann schrieb er eine Zahl auf ein Blatt Papier, bei der es sich definitiv *nicht* um den Preis des Altima handelte. »Aber«, sagte ich, »das ist ein sehr viel höherer Preis«, worauf Mark das Blatt wieder umdrehte und eine geringfügig niedrigere Zahl aufschrieb. Das machte er immer weiter, wobei er jedes Mal ein paar hundert Dollar runterging und »*Kommen Sie mir hier doch ein wenig entgegen*« und »*Ich gebe hier wirklich, was ich kann*« sagte, bis *hier* nur noch 2 000 Dollar über dem Preis des Altima lag und Lisa und ich uns sogar des Terrorismus bezichtigt hätten, um aus dem Raum zu kommen. Ich sagte: »Also gut, wir nehmen ihn.« Daraufhin schob Mark uns zu irgendeinem Manager ins Büro, dessen Aufgabe es war, den Vertrag zum Abschluss zu bringen – während Mark verschwand, um *etwas frische Luft zu schnappen*. Der Manager gab sich alle Mühe, die Zahl wieder nach oben zu treiben (deshalb mein überflüssiger Wartungsvertrag und die Winter-Bodenmatten), und als wir das Gebäude verließen, hatten wir für den Maxima einen Preis bezahlt, der höher war als die erste Zahl, die Mark auf das Blatt Papier geschrieben hatte.

Randy schiebt mir ebenfalls ein Blatt Papier zu. Darauf befinden sich ein offiziell aussehender Stempel, ein Diagramm und eine Art Einsatzauftrag.

»Wir sind eine staatlich geförderte Sondereinheit, die eng mit der Drogenbehörde kooperiert«, protzt Randy, als gelte es, einen Kreditabschluss zu tätigen. Er nimmt das Blatt wieder an sich, bevor ich es lesen kann. Dann ersetzt er es durch ein Schriftstück mit einer grafischen Darstellung der *staatlichen Richtlinien zur Urteilsbemessung*. »Deshalb ist unser Interesse ein klein wenig anders gelagert als, sagen wir mal, das der hiesigen Drogeneinheit. Wir haben es auf die dicken Fische abgesehen, also liegt unser Fokus gleichermaßen auf Überwachung wie auch auf strafrechtlicher Ermittlung und Verfolgung. Das heißt allerdings nicht, dass wir bei Beschaffungsdelikten ein Auge zudrücken. Machen Sie sich da keine falschen Vorstellungen: Kleine Fische wie Sie *werden* wir uns sehr wohl vornehmen.« Er fährt mit dem Finger die gravierenderen Delikte und Strafen entlang, bis er bei meinem Vergehen angekommen ist. »Hundert Gramm? Verkaufsabsicht? Dafür bekommen Sie ein Jahr Gefängnis und 50 000 Dollar Geldstrafe. Aber manchmal …«

Er blickt auf und tut so, als wollte er sich vergewissern, dass Lt. Reese auch wirklich nicht im Raum ist. »Wir können kleine Fische schon mal vom Haken lassen, wenn wir dadurch einen größeren erwischen. Jetzt fragen Sie sich vermutlich: *Was macht einen großen Fisch aus?*«

Ich nicke, als würde ich mich das tatsächlich fragen.

Sein Finger wandert etwas höher zu den Richtlinien bezüglich des Besitzes von hundert Kilo oder hundert Pflanzen. Dann zeigt er auf das dafür obligatorische Strafmaß: zwanzig Jahre. »Wahrscheinlich denken Sie gerade: *Verdammt, die Kerle haben mich in der Hand.* Nun, dann fragen Sie sich doch mal, was passieren würde, wenn wir gewartet und sie erst morgen verhaftet hätten, wenn sie im Besitz von einem Kilo gewesen wären ...« Er deutet auf eine Spalte, die in fünf Jahren Gefängnis und einer Geldstrafe von 100 000 Dollar gipfelt. »Stellen Sie sich also folgende Frage: Warum sollten wir das tun? Was haben wir davon, Sie daran zu hindern, ein dicker Fisch zu werden?«

Kleine Fische sind bessere Köder?

Dann legt er mir ein neues Papier vor, das mich an Montes Exposé erinnert. »Sie waren Reporter«, sagt Randy. »Also werde ich ehrlich zu Ihnen sein. Das Ganze hat einen politischen Aspekt.« Er zeigt auf die letzte Zeile, den Gesamtetat für die Operation: 1,18 Millionen Dollar. »Wir sind am Ende einer vierjährigen Budgetperiode. Also sollen der Lieutenant und ich einen Etat-Vorschlag machen und begründen, warum die regionale Drogenbekämpfung, trotz all der Einsparungen, die auf uns zukommen, weiterhin unsere Priorität bleibt. Wir definieren die Zielsetzungen für die nächsten zwei Jahre – und der Trend, den wir ausmachen, unser künftiger Hauptfokus, sind Indoorplantagen. Jetzt denken Sie vermutlich: *Das ist ja alles schön und gut, Randy, aber welche Rolle spiele ich dabei?*«

Mich stört es nicht, wenn mir jemand sagt, was ich denke. Ich finde es ganz angenehm.

Randys Etatplan verschwindet und wird durch ein Ablaufdiagramm sämtlicher Gerichtsverfahren wegen schwerer Drogenvergehen ersetzt.

»Die großen Fische, von denen ich gesprochen habe, die enden in diesem Teich.« Er zeigt auf den Bundesgerichtshof. »Die kleinen Fische überlassen wir der örtlichen Polizei und Staatsanwaltschaft. Das versetzt uns in eine einzigartige Position. Wir können einige dieser Fälle … übersehen. Wir sind nicht verpflichtet, ihnen alle von unseren kleinen Fischen zu überlassen.« Er hält meinen Ordner in die Höhe. »Diese Akten können unter Verschluss bleiben. Sie können sogar einfach … verschwinden. Verstehen Sie, was ich Ihnen gerade sage?«

Ich nicke.

»Ich hasse das. Ich frage den Lieutenant ständig, warum wir die Leute so unter Druck setzen müssen.« Er schüttelt den Kopf, als würde es ihm leidtun, mir solche Unannehmlichkeiten zu bereiten. »Ich meine … wozu ist das gut, wenn wir den Menschen keine Wahl lassen? Übrigens, Ihr Name gefällt mir … Matthew. Er stammt aus der Bibel.«

Ich nicke. *Sag ihm nicht, dass ich nach Dads versoffenem Bruder benannt wurde.*

»Hören Sie, Matthew«, sagt Randy. »Wissen Sie, dass es Jesus genauso geht? Dass er es auch nicht mag, Menschen unter Druck zu setzen?«

»Jesus?«

Randy nickt. »Warum hätte er uns sonst den freien Willen gegeben? Er hätte uns zu Robotern machen können.

Aber er will, dass wir uns aus freien Stücken für das Gute entscheiden. Unsere guten Taten sind bedeutungslos, wenn wir sie nicht freiwillig tun.« Randy blickt wieder zur Tür, um sicherzugehen, dass sein Vorgesetzter noch nicht zurück ist. Es kommt mir vor, als würde er sich nicht ganz ans Drehbuch halten. Mit leiser Stimme sagt er: »Erinnern Sie sich, wie ich vorhin von großen und kleinen Fischen geredet habe? Wissen Sie, wer ebenfalls Fischer war?«

Ich lasse es auf einen Versuch ankommen. »Jesus?«

Dieses Ich-bin-einer-von-euch-Lächeln kehrt auf sein Gesicht zurück. »Ganz genau, Matthew. Metaphorisch betrachtet war Jesus ein Fischer. Und seine Apostel waren sogar *richtige* Fischer, viele von ihnen warfen ihre Netze auf den Seen und Meeren von Galiläa aus. Sie alle kamen herbei, um für den großen Menschenfischer Jesus zu arbeiten.«

Oha. Mein guter Bulle ist ein wiedergeborener Christ. Kein Zweifel. Randy flüstert jetzt fast. »Matthew, erkennen Sie in unserem Herrn Jesus Christus Ihren Erretter?«

»Na ja«, erwidere ich kraftlos, » … ich habe mit dem Gedanken gespielt, Katholik zu werden.«

Randy sieht aus, als hätte ihm etwas einen Stich versetzt. »Ich fürchte, das ist die falsche Lehre … nicht seine wahre Kirche.« Er legt die Hand aufs Herz. »Aber immerhin versuchen Sie wenigstens, Ihrem Leben einen tieferen Sinn zu geben. Wenn Ihr Herz wahrhaft offen ist, wird Jesus auch seinen Weg hinein finden. Keine Angst. Und jetzt passen Sie genau auf, ich möchte Ihnen etwas zeigen.«

Mit diesen Worten hebt er die dünne Strafakte in die Höhe, die er von mir angelegt hat. Höher und immer höher hält er sie über den Konferenztisch … und wirft sie dann mit Schwung in einen Papierkorb, der mir zuvor gar nicht aufgefallen ist, für diese Vorführung jedoch geradezu ideal platziert zu sein scheint. »Dies sind Ihre Sünden, Matthew. Wie fühlt sich das an?«

»Ähm …« Ich starre den Papierkorb an. »Gut?«

»Wussten Sie, dass es so einfach sein kann?« Flüsternd beugt er sich vor. »Jesus möchte niemanden im Himmel, der nicht dorthin will. Und wir möchten niemanden in unserem Team, der nicht dazugehören will.«

Ich glotze auf die Akte im Papierkorb. Zum ersten Mal in meinem Leben verstehe ich, welche Macht Religion besitzt. Was wäre, wenn wir all unsere Probleme in einen Aktenordner heften und wegwerfen könnten? Vielleicht haben die Katholiken einen großen Sünden-Müllcontainer vor dem Vatikan stehen …

»Matthew, möchten Sie nicht aus freiem Willen beschließen, das Richtige zu tun, statt diese Entscheidung unter der Androhung von Strafe zu treffen?«

»Ja?«

»Sehr gut. Dann sagen Sie mir, wofür entscheiden Sie sich? Die Dunkelheit oder das Licht?«

»Das … Licht?«

»Ja!«, ruft er selig lächelnd. »Gut. Sehr gut. Diese Antwort habe ich erwartet. Ich sagte dem Lieutenant bereits, dass ich ein gutes Gefühl bei Ihnen habe.« Dann zieht er grinsend meine Akte aus dem Papierkorb – als wüssten wir beide, dass er sie nicht *wirklich* wegwerfen kann. Er legt den Ordner auf den Konferenztisch, zieht ein kleines Kästchen und ein Blatt Papier darunter hervor und sagt: »Willkommen auf der Seite der Gerechtigkeit, Matthew!«

Er nimmt meine Hand und drückt meinen Daumen in das Kästchen – ich stelle mir vor, dass er ein bizarres Initiationsritual vollzieht, aber natürlich nimmt er bloß meine Fingerabdrücke. »Nur für den Fall«, sagt er zwinkernd. *Für welchen Fall?*, denke ich. Nur für den Fall, dass ich beschließe, nicht zu kooperieren? Oder dass ich dabei einen Fehler begehe und sie mich verhaften müssen? Oder für den Fall, dass sie die Hände identifizieren müssen, die Dave-Eddie, der juristisch versierte und brutale Drogenbaron, mir nach meiner Enttarnung als Spitzel abgehackt hat? »Und Ihre anstehende Errettung bleibt unter uns«, sagt Randy und zwinkert mir erneut zu.

Kurz darauf kehrt Lt. Reese mit noch mehr Papierkram zurück. Diesmal handelt es sich offenbar um eine Art Arbeitsvertrag. Alles in allem sind die beiden äußerst effizient – Randy, der lächelnde Gerechte, und Reese, der rüde Griesgram. Diese ganze Lass-uns-das-arme-Schwein-zu-Tode-ängstigen-bis-es-für-uns-arbeiten-will-Prozedur (Seelenrettung inklusive) ist nach gerade mal einer Stunde vorbei. Das Ganze ging schneller als das erste Treffen mit Dave-Eddie dem Drogendealer. Und kein einziges Mal hat jemand versucht, mir in den Arsch zu sehen.

Meine strapazierten Nerven beruhigen sich allmählich. Vielleicht handelt es sich hier ja um eine dieser klassischen Glück-im-Unglück-Situationen. Die gute Nachricht lautet: Ich habe einen Job! Ich bin V-Mann. Lt. Reese klärt mich auf, dass es zwei Sorten V-Männer gibt: (1) unverbesserliche Kriminelle, die nach ihrer Verhaftung und angesichts der Anklage kooperieren, um ein milderes Strafmaß zu erwirken (diese V-Leute geben wegen ihres langen Strafregisters und ihrer Neigung zu lügen in der Regel eher schlechte Zeugen ab), und (2) Menschen wie mich, die eigentlich nicht kriminell veranlagt sind und tendenziell bessere Zeugen abgeben, da sie beispielsweise … niemanden getötet haben. Manche V-Leute finden sogar Geschmack an ihrer Tätigkeit und arbeiten quasi professionell als freiberufliche verdeckte Ermittler. »Dafür können Sie sogar Geld kriegen«, sagt Lt. Reese.

»Wie viel?«, frage ich etwas übereifrig.

Nicht viel, wie Lt. Reese einräumt – die Honorare bemessen sich nach staatlichen Vorgaben –, aber die Behörden dürfen nach erfolgreicher Verurteilung Prämien auszahlen. Meine neuen Führungsoffiziere erklären mir, dass sie mich, solange ich aufrichtig mit ihnen bin, ihre Anweisungen befolge und mich an die Regeln halte, zur letztgenannten Sorte V-Männer zählen. Sie versprechen mir, mich auf die Lohnliste zu setzen und die Umstände meiner Anwerbung geheim zu halten.

Und die schlechte Nachricht? Lt. Reese winkt mit dem Ordner, der bis vor ein paar Minuten sicher im Papierkorb lag. »Wenn Sie uns auch nur ein einziges Mal verscheißern, Sie Dreckskerl, dann werden wir Sie wegen Drogenbesitzes mit Verkaufsabsicht anzeigen.« Ich bemerke, dass Randy mich nicht ansehen kann, während der Lieutenant seine Drohung ausspricht.

Lt. Reese erklärt mir weiterhin, dass ich mit der gerade geleisteten Unterschrift eingewilligt habe: (A) als V-Mann zu arbeiten, indem ich mich als Mittelsmann eines Konsortiums ausgebe, das plant, einen Drogenring zu erwerben, (B) diesen Ring im Rahmen der »Operation Homeland« und im Auftrag der Sondereinheit weitere zwei Jahre zu betreiben, (C) mich einmal die Woche mit meinen Führungsoffizieren Randy und Lt. Reese zu treffen, sie über alles in Kenntnis zu setzen, was ich in Erfahrung bringe, und ihnen potenzielle neue Zielpersonen zu nennen – zum Beispiel meine nichtsahnenden, dopekaufenden Freunde beziehungsweise »diese scheinheiligen Wichser, von denen Sie einer sind«, wie der Lieutenant sich auszudrücken pflegt.

Ich bin müde. Mein Kopf sinkt immer wieder auf meine Brust. »Also werde ich verwanzt?«

Die beiden schauen sich kurz an. »Ja«, sagt Randy. »Wir werden wohl einen GPS-Sender in Ihr Handy einbauen, vielleicht auch eine Wanze in Ihrem Auto platzieren.« Dann fährt er fort, indem er mir einen ziemlich offiziell klingenden Vortrag hält, dem ich allerdings nicht ganz folgen kann. Stattdessen schnappe ich nur vereinzelte Fetzen und Phrasen auf. »Paragraph 3 … Gesetz zur allgemeinen Verbrechensbekämpfung … Abhörgenehmigung … unser Auftrag … Transport von Betäubungsmitteln über internationale Grenzen … Spielraum im Rahmen des Patriot Act …« Plötzlich hält mir Randy eine Schachtel entgegen. »In der Zwischenzeit …«

Ich nehme die Schachtel und öffne sie: eine Armbanduhr. »Ein Geschenk zur Pensionierung?«

Konsternierte Blicke. Spontan muss ich an einen Satz denken, den Lisa einmal gesagt hat – »Nicht, dass du nicht witzig bist, aber dein Timing ist grauenhaft« –, als meine Schwester sich scheiden ließ und ich sie bat, uns unser Hochzeitsgeschenk zurückzugeben.

»Das ist ein autonomes Gerät«, sagt Randy, »sicherer als ein am Körper getragenes Mikrofon. Die Speicherkarte zeichnet bis zu zwölf Stunden Gesprächszeit auf. Es ist sprachaktiviert – sobald jemand spricht, schaltet es sich ein. Wenn es aufnimmt, dann ist diese Hintergrundbeleuchtung an. Sehen Sie? Wenn nicht, bleibt das Zifferblatt dunkel. Ziemlich simpel. Wissen Sie, wie ich es mir merke?« Er hält die dunkle Uhr in die Höhe. »Dunkelheit …« Dann drückt er eine Taste, sodass die schwache Hintergrundbeleuchtung angeht. »… und Licht.«

Lt. Reese verdreht die Augen.

»Die meiste Zeit sollte es aus sein«, sagt Randy, »also einfach bloß für zwei Sekunden die Taste drücken, und das Licht schaltet sich ab.« Ich halte ihm mein Handgelenk entgegen, damit er mir die Uhr überstreifen kann. »Sie hat einen kabellosen Sender, aber wir haben noch nicht herausgefunden, wie man den benutzt, also werden Sie die Uhr bis auf Weiteres vorbeibringen müssen, damit wir die Daten runterladen können.«

Er schiebt mir eine Visitenkarte zu: R. Thomas – Klinischer Sozialarbeiter / Therapeut, MSS, LICSW. »Sie erzählen Ihren Freunden und Ihrer Familie, dass Sie jeden Dienstagnachmittag zum Therapeuten gehen. Handelt es sich um einen Notfall, rufen Sie diese Nummer an. Es meldet sich eine automatische Bandansage, die Ihnen mitteilt, dass Sie die Praxis von Dr. Thomas erreicht haben. Sie sagen, dass Sie einen Termin brauchen. Irgendwelche Fragen?«

Ich habe so viele … »Wann fange ich an?«

»Wachen Sie auf, Sie Arschgesicht«, schnaubt Lt. Reese.

»Sie haben in dem Moment angefangen, als Sie Ihre Tasche geöffnet haben. Und jetzt gehen Sie da raus und kaufen uns diese Marihuana-Farm.«

Randy nickt entschuldigend. »Wir führen Sie unter der Nummer OH-2. Bei allen Berichten, wann immer Sie uns kontaktieren, benutzen Sie diese Nummer, VP OH-2. Können Sie sich das merken, oder soll ich es aufschreiben?«

»VP … OH-2.«

»Gut. Von jetzt an verwenden Sie nur noch *unser* Geld. Wir versorgen Sie damit, und was Sie nicht ausgeben, bringen Sie uns zurück. Jeden Dienstag halten wir fest, wie viel Geld und Drogen Sie haben, nehmen Ihre Berichte entgegen und briefen Sie für die nächste Woche. Wie bei den meisten Jobs ist auch hier die Dokumentation das A und O.«

Lt. Reese schaltet sich ein. »Und hören Sie zu, Sie Flachwichser. Wenn wir Sie mit mehr Geld oder mehr Dope erwischen, als Sie angegeben haben … dann wandern Sie in den Knast. Sollten Sie bei den Angaben schummeln, irgendwas weglassen, sich auch nur fünf Cent in die eigene Tasche stecken oder ein beschissenes Gramm Gras verbummeln, dann gehen Sie in den Bau.«

»Alles klar.«

»Und mit dem Kiffen ist Schluss«, sagt Randy leise.

Aua. Ich nicke. Stehe auf. Seufze.

Satt und zufrieden lehnen sich die Detectives in ihren Stühlen zurück.

»Das ist jetzt sicher erst mal schwer zu verdauen, aber ich hoffe, Sie sind stolz auf sich«, sagt mein grinsender, wiedergeborener Führungsoffizier Randy, rücksichtsvoller Tröster verwundeter Seelen. »Sie arbeiten jetzt für die Guten. Sie helfen dabei, Kinder wie Ihre zu beschützen …«

Dann fällt ihm Lt. Reese, Herr und Meister der grausamen Wahrheit, ins Wort: »… vor Drogendealern wie Ihnen.«

20

Holz im Vorgarten hält mich auf

Oja, ich weiß, wes Holz es ist
das den Pfad zur Veranda blockiert
der Arsch, der mir die Frau entführt
hat es geschickt, gewiss, gewiss.

Verdammt, ich bin erledigt. Die Welt sah so klar aus heute Morgen, so warm. Aber es ist dieselbe kalte, harte Welt. Ich hole die Visitenkarte hervor, die Randy mir gegeben hat. Ich bin mir bewusst, dass die Wirksamkeit diverser Therapieansätze durchaus umstritten ist, aber ich kann nur eins mit Sicherheit sagen: Ich bin kein Anhänger der Methoden meines Psychologen Dr. Thomas. Ich schätze, ich befinde mich nicht gerade in der Position, um zu verhandeln, aber ich wünschte mir ein wenig echte Hilfe von meinem falschen Therapeuten.

Ich fühle mich fiebrig. Krank. Müde. Ich verliere allmählich den Verstand. Was macht man, wenn man nicht mal mehr seine verschiedenen, den Familien- und Seelenfrieden bedrohenden Krisen in eine halbwegs sinnvolle Reihenfolge zu bringen vermag? Als da wären: 1. Ich bin jetzt ein mit Drogen dealender Spitzel, mit dem Auftrag, meine Freunde in die Falle zu locken. 2. Meine Ehe geht in die Brüche, meine Frau will fremdgehen. (2a. Und ich weiß mir nicht besser zu helfen, als bei ihrem Liebhaber Baumaterial für ein Baumhaus zu bestellen.) 3. Ich bin arbeitslos, pleite und stecke trotz der kurzen Galgenfrist für mein Haus bis zum Hals in Schulden. Oder lautet die Reihenfolge: Ehe kaputt, Drogendealer, pleite? Oder pleite, Drogen, Ehe?

Ich schätze, es ist Ermessenssache. Und jetzt scheint die körperliche und geistige Paralyse einzusetzen. Welchen Platz würde in dieser Hitparade der Krisen ein totaler Nervenzusammenbruch belegen? Mit schlaff herabhängenden Armen über dem Lenkrad zusammengesackt, begaffe ich mit offenem Mund den elfhundert Dollar teuren Bretterhaufen in meinem Vorgarten. Scheint gar nicht so viel zu sein. Erstaunlich, wie wenig Holz man heutzutage für einen Riesen bekommt.

Vielleicht sollte ich ins Haus gehen und herausfinden, ob man sich mit hundert Gramm Gras zu Tode kiffen kann? Kann man an einer Überdosis Dope sterben? Vielleicht kann ich mir so die Birne zuballern, dass ich an einem Burrito ersticke? Ich stelle mir vor, wie Lt. Reese das Foto meiner Leiche dem nächsten armen Schwein zeigt, das sie verhaften. *Es ist kein Laubhaufen.*

Mein Handy klingelt. In einer zitternden Hand taucht es vor meinem Gesicht auf. Amber Philips. Und schon geht es los. Amber will sicher ihr Gras. Ich lege meinen Daumen auf die Rufannahme-Taste. Aber es macht mich ganz krank, die arme Amber in solche Schwierigkeiten zu bringen. Das ist also aus mir geworden? Ich blicke auf meine dunkle James-Bond-Uhr. Also gut, verdeckter Ermittler, was jetzt? Ich versuche mich zu erinnern … Randy sagte etwas von Protokollen … richterlichen Anordnungen … abgehörten Telefonaten. Nehme ich den Anruf an? Ich fühle mich plötzlich so unvorbereitet. Hätte ich doch bloß besser zugehört.

Dann sehe ich durch die Windschutzscheibe, wie sich die Haustür öffnet. Und heraus kommt mein seniler alter Vater, der misstrauisch den Holzstapel beäugt. In der letzten Zeit reagiert Dad recht verschnupft auf Veränderungen in seiner Umgebung. Nervös nähert er sich dem Holz. Er trägt seine Pyjamahose und ein »Go Army«-Sweatshirt. Angriffsbereit hält er die Fernbedienung in der Hand.

Ich lege das Handy weg und steige aus dem Wagen. Es ist kalt draußen, Kondenswolken bilden sich vor Mund und Nase. »He, Dad, das geht alles zurück. Das ganze Holz, da ist irgendwas gewaltig schiefgelaufen.«

Dad sagt nichts, reißt bloß den festgetackerten Lieferschein ab. Er steckt in einem Folienumschlag, zusammen mit der Bauanleitung für das Baumhaus. Ich nehme ihm vorsichtig den Schein ab. Da ist eine Unterschrift des Auslieferungsfahrers, aber es nicht die von Bretter-Chuck. Na toll. Ich habe es nicht einmal geschafft, dass Chuck mein Baumhaus persönlich anliefert und sieht, welches Heim er gerade zerstört. Verdammt, was bleibt einem wahnsinnigen Genie noch übrig, wenn keiner seiner wahnsinnigen Pläne aufgeht?

Ich sehe meinen Vater an, ein wahnsinniges Genie von

ganz anderem Kaliber: struppiges, graues Haar, leere Augen. Ich überlege, ihn um Rat zu fragen, doch selbst als er noch einen klaren Verstand hatte, war er nicht gerade ein Experte in Sachen Ratschläge. Motivierende Ansprachen, Vorträge oder philosophische Diskussionen überließ er fast immer meiner Mutter. Er hätte vermutlich als Erster zugegeben, dass es nicht unbedingt zu seinen elterlichen Stärken gehörte, seine Kinder aufzumuntern – wie damals, als ich dreizehn war und nicht in die Baseballmannschaft aufgenommen wurde. *Ist ja gut*, hatte meine Mutter gesagt. Wieder und wieder sagte sie es: *Ist ja gut, ist ja gut, ist ja schon gut.*

»Aber es ist nicht *fair*«, hatte ich geheult.

»Verdammt richtig!«, hörte ich die barsche Stimme meines Vaters und sah zum Tisch hinüber, wo er gerade die Zeitung weglegte. »Was hältst du davon, wenn wir losziehen und dem dämlichen Trottel in den Arsch treten, der das verbockt hat?«

Natürlich habe ich meinem Vater so manche Weisheit zu verdanken, vieles davon hat er mir – wie andere Männer seiner Generation – eher zufällig vermittelt. Tipps und Hinweise, die sich hinter seiner unermüdlichen Arbeitsmoral und seiner Weigerung, sich jemals über etwas zu beschweren, verbargen. Egal, was auch passierte, der Mann machte weiter – stand jeden Tag auf, band diese Krawatte um und erledigte einen Job, von dem er wusste, dass er seinen Fähigkeiten nicht gerecht wurde – und jeder, der glaubt, es gäbe etwas Inspirierenderes als das, der irrt sich gewaltig. Ich hätte nichts dagegen, noch einmal mit diesem intelligenten Mann in seinem Sears-Overall und der Krawatte zu reden.

Noch besser fände ich es, ich wäre wieder fünf, und er würde meine kleine Hand nehmen und mich auf seinen Schoß heben. Aber wir hatten zu der Zeit aufgehört, miteinander zu knuddeln, zu der Prior-Männer vermutlich seit Hunderten von Jahren zu knuddeln aufhörten: als ich etwa zehn oder elf war. Teddy zum Beispiel ist nicht mehr im Umarmungsgeschäft, Franklin wohl noch für ein oder zwei Jahre. Ich frage mich, warum ich Teddy nicht mehr in den Arm nehmen kann, warum mein Vater und ich nicht mehr knuddeln können.

Mein Vater war mal größer als ich, aber ich stehe neben ihm und blicke auf das struppige Haar hinab. Seine Schultern sind so schmal.

»Dad«, meine Stimme bricht. »Ich brauche … Hilfe. Ich bin am Ende.« Mein Vater dreht sich um und sieht mich an. Ich höre seine klare, tiefe Stimme: *Verdammt richtig*. Und plötzlich habe ich eine Art Erleuchtung …

Diese Krisen – Ehe, Finanzen, die Dealerei – hängen alle zusammen, stehen in Beziehung zueinander, wie der körperliche und geistige Verfall meines Vaters und mein eigener Niedergang, wie der Immobilienmarkt und der Aktienmarkt und der Kreditmarkt. Wir können versuchen, sie voneinander zu trennen, aber es sind wechselseitige Systeme, die voneinander abhängen. Bankrotte, kaputte, ruinierte Systeme.

Es ist dieselbe Welt, derselbe klare, schöne Ort, an dem ich aufgewacht bin – sonnig und kalt zugleich.

»He, Dad«, sage ich, denn ich habe einen Plan.

Er dreht sich um.

Ich lache, vermutlich ein klein wenig irre. »Glaubst du, es ist zu spät, um loszuziehen und diesen dämlichen Trotteln in den Arsch zu treten, die mir eingeredet haben, die Welt sei nicht fair?«

Dad zeigt mir seine Fernbedienung. »Können wir das nach *Detektiv Rockford* machen?«

21

Agent VP OH-2 ausser Kontrolle

Chuck weicht einen Schritt zurück und sieht mich an, als wäre ich verrückt.
Oh, ich bin verrückt, na klar! Ein verrückter Hund mit einer verrückten, leuchtenden Uhr!
Lüfter pusten Lagerhallenböen durch den Bretterparcours.
»Tut mir leid, aber das ist … schon seltsam«, sagt Chuck.
»Ja, ich weiß«, sage ich, »aber der gestrige Tag …«
»Das ist«, unterbricht mich Chuck, »nicht notwendig.«
»Ist bloß meine Art, Entschuldigung zu sagen.«
»Hören Sie, das finde ich zwar anständig …«
»Hilft, den wirtschaftlichen Engpass zu ertragen …«
»Ehrlich, das Zeug ist nichts für mich.«
»Na kommen Sie, das ist guter Scheiß.«
»Ich bin nicht interessiert«, sagt Chuck darauf brüskiert.
»Ich mach Ihnen einen Spitzenpreis.«
»Das ehrt mich zwar, aber ich kiffe nicht.«

Die Uhr, leuchtendes Versagen, zeichnet mein irres Lachen auf.
»Es ist nie zu spät, damit anzufangen«, kichere ich. Ich hab in diesem Leben einfach kein Glück.

22

Ein Zeitungsmann vom alten Schlag

Chuck, der Brettercasanova, wird also kein Gras von mir kaufen und sich nicht in die Drogen-Verschwörung hineinziehen lassen. Na schön. Mir war vorher klar, dass die Erfolgsaussichten bei einem Typen wie ihm eher gering sein dürften. Und was ich gegen Ende unseres Gesprächs getan habe, fällt wohl ohnehin unter den Tatbestand der Anstiftung zur Straftat. Trotzdem war meine Mission kein völliger Fehlschlag. Chuck *hat* eingewilligt, morgen früh einen Lkw zu schicken, um das Holz abholen zu lassen, das ich mir jetzt nicht mehr leisten kann. Er hat sich sogar bereiterklärt, mir den Kaufpreis für das Holz in vollem Umfang zurückzuerstatten und mir nur die Anlieferung zu berechnen – womit das auch erledigt wäre.

Während dieser ganze Drogenverkaufs-Wahnsinn noch in der Luft lag, erledigte er den Papierkram für meine Rückerstattung (ich starrte Löcher in seine piroggenförmige kahle Stelle), und *endlich notierte Chuck meinen Namen und meine Adresse*. Ich schwöre, dass seine kahle Stelle sich rot färbte. Ganz langsam blickte er in mein grimmig grinsendes Gesicht – zu meiner ausgesprochenen Befriedigung wurde er umgehend kreidebleich –, hustete, entschuldigte sich für eine Minute (lange genug, um Lisa eine Textnachricht zu senden?) und kam dann mit zerknirschter Miene zurück. Also habe ich immerhin eins meiner Ziele erreicht: dem Feind das Gesicht des Mannes zu zeigen, dessen Leben er gerade zerstörte. Natürlich ließ ich nicht erkennen, dass ich irgendetwas von ihm und Lisa wusste. Stattdessen entschuldigte ich mich für den Versuch, ihm Dope zu verkaufen, und bat ihn, die Sache für sich zu behalten. »Meine Frau weiß nicht, dass ich Gras verkaufe«, sagte ich, »es würde sie umbringen.« Chuck starrte zu Boden. Und genau dort, in den kalten, hohen Gängen des Bretterlands, erkannte mein Gegner Chuck Stehne schließlich das Leid des Mannes auf der anderen Seite seines harmlosen Flirts. Besser noch: Er erkannte die überlappenden Schichten des verfahrenen und für beide Seiten zerstörerischen Komplotts, die unhaltbare Situation, in der wir alle uns befanden.

Zurück im Auto muss ich abermals lachen. Wenn wahnsinnige Filmbösewichter grundlos in Gelächter ausbrechen, wirkt das immer irgendwie grotesk. Aber ich weiß jetzt, dass man, wenn man sich in den Fängen des Wahnsinns befindet, tatsächlich so irre lacht. Was wollte Chuck schon tun? Es Lisa erzählen? »He, dein irrer Ehemann war heute bei mir und wollte mir Gras verkaufen.« Wie würde Lisa darauf reagieren? Mich zur Rede stellen? Dann würde ich sie einfach fragen: »Wie hast du das herausgefunden?« Schließlich würde sie die Affäre damit praktisch zugeben!

Nein, ich habe Prinz Bretter-Chuck in unsere Hängepartie hineingezogen, und wenn er halbwegs bei Verstand ist, dann wird er ihr – das wette ich – nichts davon erzählen. Aus reinem Selbstschutz wird er sich womöglich sagen: In die Probleme der beiden möchte ich nicht verwickelt werden. Ich male mir die seltsam schleppenden Gespräche zwischen ihnen aus. Eine merkwürdige Mischung aus Übelkeit und Schadenfreude befällt mich, mein pochendes Herz scheint mir jeden Moment aus der Brust zu springen. Ist das Wahnsinn? Eine Panikattacke? Die Euphorie, die dem Tode vorausgeht?

Was immer es ist, es spornt mich an. Dank meiner göttlichen Eingebung wusste ich in der letzten Stunde genau, was zu tun war. Ich bin im Team der Gerechten, Randy. Gut, mein Plan mit dem Bretterprinzen ist in die Hose gegangen. Aber Chucks Weigerung, mir Gras abzukaufen, hat nichts an meiner Mission geändert: Ich werde zum Drogen-Robin-Hood. Das ist die einzige Möglichkeit, diese Sache durchzustehen. Wenn ich schon den Spitzel geben muss, der heimlich Leute beim Drogenkauf überwacht, dann werde ich eben nur an diejenigen verkaufen, die es auch verdient haben, in den Knast zu wandern.

In dieser kaputten Welt werde ich über Schuld und Unschuld entscheiden.

Erster Punkt der Tagesordnung: Ich rufe in der Personalabteilung meiner alten Zeitung an. »Tut mir leid«, sage ich der unschuldigen Amber Philips, das Zifferblatt meiner Uhr in harmlose Dunkelheit getaucht, »ich konnte doch kein Gras auftreiben.«

»Ach, das ist vermutlich ganz gut so«, erwidert sie und

erzählt mir dann, dass sie und ihr Freund sich ohnehin getrennt hätten. »Und eigentlich habe ich fast nur mit ihm zusammen geraucht.«

Ich lege auf, zufrieden mit meiner ersten Begnadigung. Amber Philips hat es nicht verdient, ins Gefängnis zu kommen.

Und dennoch, *verdient* ist so ein schwer zu definierendes Konzept. Man betrachte zum Beispiel meinen Finanzberater Richard, den mit den mexikanischen Schifffahrts-Anleihen und Provisionen auf achtzigprozentige Verluste … hat er dafür Gefängnis *verdient?* Selbst als ich ihn anrufe, frage ich mich, ob Inkompetenz mit Schuld gleichzusetzen ist.

»Richard Blackmore am Apparat.«

Nein. Es ist kein Verbrechen, ein schlechter Finanzplaner zu sein. Die Uhr bleibt dunkel. Das Herz rast.

»Tut mir leid«, sage ich zu Richard, »ich habe doch nicht mehr Gras auftreiben können.«

»Tatsächlich?«, fragt Richard. »Das ist schon in Ordnung. Ehrlich gesagt war mir das Zeug eh ein bisschen zu stark. Ich habe gestern nichts auf die Reihe gekriegt. Du kannst dir das vielleicht leisten, aber ich *habe* schließlich einen Job.«

Gott, er ist wirklich so ein Arschloch. Ich widersetze mich dem Drang, ihm schließlich doch noch etwas zu verkaufen.

Nachdem ich das Telefonat mit Richard beendet habe, wähle ich die Nummer, die ich anrufen will, seit sich mir diese Idee offenbart hat … in jenem Moment, als ich meinen Vater fragte, ob wir uns diese dämlichen Trottel immer noch vorknöpfen können, die mir eingeredet haben, die Welt sei nicht fair.

M-s Sekretärin geht ans Telefon. Ich sage: »Hier spricht

Matt Prior.« Obwohl es mich unendliche Überwindung kostet, sage ich ihr, sie möge ihm doch bitte ausrichten, dass ich anrufe, um mich zu entschuldigen. Und natürlich kann der Idi Amin der Zeitungs-Chefredakteure diesem Lockruf des reumütigen Folteropfers nicht widerstehen. Ich stottere, stammele, schlucke meinen Stolz hinunter und biete dem Drecksack (Gott, ist das schwer) meine Entschuldigung an. »Es tut mir leid«, erkläre ich, »ich hätte das nicht sagen sollen.«

»Ich weiß das zu schätzen, Matt«, erwidert er – und das Schlimmste an der Sache ist, dass ich ihm damit die Gelegenheit gegeben habe, gönnerhaft zu klingen. »Ich glaube, wir sind beide bloß Opfer dieser Wirtschaftskrise.«

»Vermutlich«, sage ich mit zusammengebissenen Zähnen. »Es war falsch, Ihnen die Schuld zu geben. Ich hoffe, Sie nehmen meine Entschuldigung an. Ich stand unter enormem Stress.«

»Sicher«, sagt M-. »Das war für uns alle stressig.« Schon der Klang seiner Stimme lässt mich das Lenkrad strangulieren, als er erklärt, dass es auch für ihn nicht leicht gewesen sei, so viele Leute zu feuern. Wie sich herausstellt, kann er nachts schlecht schlafen. (Ach, wirklich? Mein vierter Tag, Arschloch.) »Es muss schwer sein, entlassen zu werden, aber immerhin müssen diese Leute das nur einmal durchmachen. Ich musste da wieder und wieder durch.«

Glücklicherweise fahre ich gerade nicht, sonst würde ich vermutlich einen Telefonmast rammen, um dem ein Ende zu setzen. Der arme Meuchler – all diese Enthauptungen! Der lärmende Mob … das Säubern der Guillotine … das Wetzen der Klinge.

»Damit will ich nicht andeuten, dass es für Leute wie Sie nicht auch hart ist«, sagt er.

»Nein, ich verstehe schon«, entgegne ich. Und dann, als mein Hass am heftigsten aufflammt, werfe ich den Köder aus. »Ich weiß, was Sie mit dem Stress meinen. Mir hat der Arzt medizinisches Marihuana dagegen verschrieben.«

»Wirklich?«

»Ja. Es ist das Einzige, was hilft.«

»Das bekommt man tatsächlich auf Rezept? Gegen Stress?«

»Und ob. Mir hat es das Leben gerettet. Sollten Sie auch mal versuchen. Das Gras, das die heutzutage anbauen … Sie glauben gar nicht, wie fantastisch das ist.«

»Ja, das höre ich öfter.« Er lacht. »Aber ich habe das seit Jahren nicht mehr gemacht. Ich befürchte, diese Zeiten sind für mich lange vorbei.«

Vorsichtig setze ich ihm den Haken vor die Nase. »O ja, das habe ich auch gedacht. Ich bin seit dem College nicht mehr high gewesen.« Ich garniere den Satz mit einem kleinen Seufzer (für nostalgische Gefühle sorgen und ganz vorsichtig das Zauberwort fallen lassen: *high*). »Mann, was haben wir es damals krachen lassen, was?« Woher ich weiß, dass M- auf dem College gekifft hat? Jemand, der in den Siebzigern eine Journalistenschule besuchte, kam in diesem ultimativen Sammelbecken für autoritätskritische Drückeberger ums Kiffen nicht herum.

»Mein Mitbewohner war aus Hawaii«, sagt M-, »mir müssen Sie nichts erzählen.«

Ich lache nonchalant. »Also, ich sag Ihnen was. Ich habe irgendwie viel mehr bekommen, als ich brauche … ich meine … ich könnte Ihnen was verkaufen, wenn Sie wollen. Sie sollten es wirklich mal probieren. Das Zeug ist fantastisch.«

»Oh«, lacht M-, »nein, danke.«

»Es ist völlig legal«, sage ich. »Ich habe ein Rezept.«

Einen Moment lang herrscht Stille.

Er lacht. »Wissen Sie was? Das klingt wirklich gut. Das könnte mir gefallen.«

»Ja? In Ordnung. Ich kann Ihnen heute was vorbeibringen, wenn Sie wollen.«

Das war's. Ganz schön einfach. Vielleicht habe ich meine wahre Berufung gefunden.

Wir treffen uns in der Tiefgarage. Ich habe keinen Parkausweis mehr, also muss ich zu Fuß hineingehen. M- wartet bei seinem Wagen. Er trägt seine alberne Vierzigerjahre-Redakteursuniform: grauer Anzug, Hosenträger, Filzhut. Seine Mundwinkel, perfekt gerahmt von seinem bleistiftdünnen Bärtchen, umspielt ein leichtes Zucken. Er lässt einen nervösen Blick durch die Tiefgarage schweifen und macht eine scherzhafte Anspielung auf die Watergate-Affäre. Ich ringe mir ein Lachen ab. Um uns herum ist alles kalt und grau. Er streckt mir drei Fünfziger entgegen, obwohl ich zweihundert mit ihm vereinbart hatte. Versucht er wirklich, mich über den Tisch zu ziehen? Der Kerl ist und bleibt ein Arschloch. Trotzdem gebe ich ihm dreißig Gramm in einer Butterbrottüte. Ich verkaufe gerne mit Verlust, um diesen Drecksack dranzukriegen. Er schließt die Augen, riecht daran. Grinst.

Ich nehme das Geld mit der Hand entgegen, an der die Uhr leuchtet.

»Ich freue mich darauf«, sagt er. »Bei meinem ersten Zeitungsjob haben wir uns jeden Nachmittag zugedröhnt. Damals hat jeder gekifft.« Und dann, möglicherweise besorgt, ich könnte ihn verurteilen, fügt er hinzu: »Keiner hatte Kinder.« Ein Achselzucken. »Es waren die Siebziger.« Ein wehmütiges Lächeln. »Das waren noch Zeiten, nicht wahr?«

»O ja«, antworte ich. Gott, ich muss hier weg. Mir wird schlecht … ich halte es keine Sekunde länger mit diesem Kerl aus. »Rufen Sie mich an, wenn Sie mehr brauchen.« Meine Hände zittern.

»Vielleicht mache ich das.« Das Dope verschwindet in seinem Mantel. »Ich werde wohl bald mehr Zeit haben. Haben Sie schon gehört? Ich höre auch auf. Ich kündige lieber, als dieses Spiel noch länger mitzuspielen.«

»Nein. Das wusste ich nicht«, erwidere ich, obwohl ich natürlich davon gehört habe. Ich weiß auch, dass er in Wahrheit dazu gedrängt wurde. Aber im Gegensatz zu den zahlreichen Menschen, die er vor die Tür gesetzt hat, kann M- zu seinen eigenen Bedingungen gehen und bekommt vermutlich auch noch einen Bonus. Jemand wie er spart der Geschäftsführung eine Menge Geld, indem er gute Leute in den Schredder wandern lässt, und gibt dann vor, aus lauter Entrüstung zu kündigen (auch wenn er lange genug bleibt, um noch die letzten Entlassungen abzuwickeln, wobei er sich bis zum bitteren Ende schützend vor seine Günstlinge stellt). Nach seinem Abgang zieht er durch die Lande und hält gut dotierte Vorträge vor Studenten und Journalisten-Gruppen, bis er irgendwann einen neuen Job bei einer anderen Zeitung bekommt, die er zugrunde richten kann.

M- nickt und scheint mein angewidertes Schweigen als Anteilnahme auszulegen. »Ich komme schon klar«, sagt er. »Ich kann immer dozieren. Und vielleicht gibt es ja noch Blätter da draußen, die einen Zeitungsmann vom alten Schlag suchen.«

Während sein letztes Schiff noch auf der Sandbank liegt, dürstet es Captain Queeg bereits nach einem neuen. Ich unterdrücke eine höhnische Bemerkung.

Indes findet M- zusehends Gefallen an unserer Nachkriegskameraderie. »Also, Sie müssen es ja wissen, wie läuft's denn so da draußen? Wie sieht die Lage auf dem Arbeitsmarkt für alte Profis wie uns aus?«

Uns? »Ich weiß nicht … wenn man bereit ist zu arbeiten … dann findet sich immer irgendwas. Gerade heute habe ich einen kleinen Job als freier Mitarbeiter bekommen.«

Er lächelt müde – ich glaube, ihm steigen die Tränen in die Augen. »Das ist großartig, Matt. Ich freue mich für Sie.«

Ich muss den Blick abwenden, um das aufkommende Mitleid im Keim zu ersticken.

»Ich sage es frei heraus: Ich mache mir etwas Sorgen«, sagt M- und zupft seine Krawatte zurecht. »Fünfundfünfzig? Und keinen Job?« Er wischt sich die Augen. »Was, wenn … Sie wissen schon, wenn es das war?«

Ich sage nichts.

»Nun.« Er holt die Tüte mit dem Gras aus der Tasche und schnuppert erneut daran. »Danke dafür, Matt. Ich glaube, das wird helfen.« Dann steckt er den Stoff wieder weg und sagt allen Ernstes: »Es ist wirklich schade, dass Sie und ich nicht mehr Zeit miteinander verbracht haben.«

»Tja …« Zitternd und zuckend werfe ich einen Blick auf

meine leuchtende Uhr, und wieder höre ich mein eigenes wahnsinniges Lachen. »Es ist nie zu spät, damit anzufangen!«

23

OH-2, der verwanzte Rächer

Ich bin OH-2, der verwanzte Rächer
Engel des Zorns, auf Vergeltung erpicht
mach dich bereit, vor deinen Schöpfer zu treten
oder zumindest vor ein Bundesgericht

John Dunham – der Kerl, der mir letztes Jahr die Rückfinanzierung aufgeschwatzt hat – arbeitet nicht mehr für die Hypothekenbank neben dem Sonnenstudio in der Einkaufspassage. Zudem ist Dunhams Hypothekenbank mittlerweile nur noch ein leeres Ladenlokal – genau wie das Sonnenstudio. Die ganze Einkaufspassage scheint sich in einen Parkplatz zu verwandeln.

Mark Akenside, durchtriebener Autoverkäufer, der uns mittels Lockvogeltaktik den teuren Maxima angedreht hat, entkommt ebenfalls den Fängen von VP OH-2. Er arbeitet nicht mehr für den Nissan-Händler, genau wie sein ehemaliger Capo Dodsley, der Manager, dessen Gerissenheit wir die Winterbodenmatten zu verdanken haben. »Es war ein Blutbad diesen Herbst«, vertraut mir ein überlebender Verkäufer an und starrt hinaus auf eine Savanne voller verhungernder Limousinen.

Fein. Es gibt andere. Es gibt immer andere. Es ist Freitag, also besuche ich unseren Makler, den Pseudo-Australier Thomas Otway, in einem Wendehammer am Stadtrand, wo er gerade eine Hausbegehung veranstaltet.

»Hallo, mein Freund«, sagt er, als ich das hell getäfelte Foyer betrete. »Ich hoffe, Sie sind bereit für das Haus Ihrer Träume.« Mit ausladender Geste präsentiert er ein geschmackvoll im französischen Kolonialstil möbliertes Wohnzimmer samt Freitreppe und einer komplett modernisierten Küche.

»O ja, das macht in der Tat einen traumhaften Eindruck«, sage ich. Dann lächele ich und erkläre ihm, dass wir bereits ein Traumhaus von ihm gekauft haben.

»Aha?« Er erinnert sich nicht an mich. Sein Interesse an Menschen geht nicht tiefer als das eines Haifischs an seiner Beute. Aber er erinnert sich an das Haus, als ich es ihm beschreibe. »Ah, ja. Tudor, auf einem riesigen Grundstück. Wunderschönes Haus. Das einzige Manko war die Schule in der Gegend, wenn ich mich richtig erinnere …«

Oh, du erinnerst dich richtig.

Thomas Otway besitzt die Haut eines Pfirsichs. Sein halblanges Haar trägt er wie ein Seifenopernschauspieler, dunkelblond mit albernen hellen Strähnchen. Nicht nur, dass er mit aufgesetztem Akzent spricht, er scheint auch sein Haar mit künstlichen Akzenten aufzupeppen. In Gedanken entwickle ich ein System, um zu bestimmen, wer als Opfer infrage kommt. Ich vergebe Punkte für die verschiedenen

Verbrechen gegen die Menschheit: Für Immobiliengeschäfte oder jede Art räuberischer Verkaufstätigkeit gibt es vier Punkte. Falsche oder aufgesetzte Akzente? Zwei Punkte. Strähnchen? Vier Punkte. Obwohl ich noch nicht mal weiß, ob der Mistkerl seine Kinder schlägt oder über rote Ampeln fährt, holt er aus dem Stand zehn Punkte – von nun an die Schwelle, ab der sich jemand den Zorn von VP OH-2 zuzieht.

O ja, ich mache meine Sache wirklich ganz gut. Zumal es mir überraschend leicht fällt, die Sprache darauf zu bringen. Der Schlüssel ist Geduld. Also lasse ich mich von meinem Ex-Makler im Haus herumführen, heuchle Interesse an den edlen Läufern auf den Holzfußböden in den Fluren, den teuren Kunstdrucken an den Wänden, dem abscheulichen Chihuly-Kronleuchter aus mundgeblasenem Glas. Ich bin sicher, meine Aufzeichnungen können in diesem Fall zur Schulung anderer Informanten genutzt werden.

VP OH-2: Es ist definitiv größer, als es von außen wirkt.

Verdächtiger 2: Kumpel, das Haus hat 330 m^2 – Wohnfläche, verteilt auf zwei Etagen.

VP OH-2: Wow. Und ist der Keller da mit einberechnet?

Verdächtiger 2: Nein, der Keller ist noch nicht fertig.

VP OH-2: Sehr gut. Ich habe nämlich große Pläne für den Keller.

Verdächtiger 2: Ideal für ein eigenes Fitnessstudio, oder?

VP OH-2: Ich dachte eher daran, dort Cannabis zu züchten.

Verdächtiger 2: Was? Ist das Ihr Ernst?

VP OH-2: Und ob das mein Ernst ist. Warum, kiffen Sie gerne mal was, Thomas?

»Klar.« Er grinst mich unsicher an. »Habe ich zumindest mal.«

»Sie sollten mal mein Zeug probieren. Das ist der absolute Killer.«

Mein Ex-Makler starrt mich eine kleine Ewigkeit an, bevor er sich der Versuchung widersetzt. »Nee. Ich bereite mich auf einen Marathon vor. Ich bin Läufer. Das Zeug ist doch schlecht für die Lunge, oder? Aber mal unter uns …« Er blickt sich um und raunt mir dann ins Ohr: »Ich nehme an, Sie können nicht zufällig etwas Kokain besorgen?«

Randnotiz für meine Führungsoffiziere Randy und Lt. Reese: Sie müssen mir unbedingt etwas Koks besorgen.

Als ich das Haus verlasse, blicke ich durch die Schlitze meiner übernächtigten Augen auf meine leuchtende Uhr. Für heute wäre die Arbeit erledigt.

Ich hätte nie gedacht, dass ich mal im Verkaufsgeschäft tätig sein würde. Dabei ist es seltsam befriedigend, Menschen davon zu überzeugen, das zu tun, was man will. Und ich erledige ja nicht *nur* einen Job: Randy sagt, ich tue etwas für die Gesellschaft – und auf meine Art mache ich vielleicht sogar genau das, indem ich die Welt von parasitären, entlassungsgeilen Chefredakteuren, miesen Maklern, Familienzerstörern, Rasern, Dränglern, all den Schwindlern, Schurken und Drecksäcken befreie. Wie Randy der Gerechte es vielleicht ausdrücken würde: Ich bin das Licht *und* die Dunkelheit.

Von nun an werde ich mich bewusst auf jeden Telefonvertreter einlassen: *Nein, ich brauche keinen neuen Handy-Vertrag, aber würden Sie nicht gerne etwas Gras kaufen?* Ich denke an die ganzen Arschlöcher, denen ich jede Woche begegne: hochnäsige Kellner, Leute, die ihre Autos auf Behindertenparkplätzen abstellen, all die arroganten, selbstsüchtigen, verlogenen Penner. Ich werde sie alle aus dem Verkehr ziehen, einen nach dem anderen.

Ich werde meine Hausaufgaben machen und herausfinden, wer die gewissenlosesten Bosse, die unqualifiziertesten Kongressabgeordneten, die korruptesten Banker, die habgierigsten Broker und die räuberischsten Kredithaie sind. Ich fahre mit meinem Nissan nach Detroit und verkaufe Dope an die Manager der Autofirmen. Ich gehe nach New York und verticke Gras an diesen Arsch von Finanzmakler, den ich auf NPR gehört habe, und an diese Drecksbande von Investmentbankern, die mit ihrer hemmungslosen Gier unser Wirtschaftssystem zum Einsturz gebracht haben, an all diese miesen Zecken, die uns überzeugt haben, ihnen unser Geld zu geben, sie zu wählen, ihnen zu vertrauen, diese Typen, die uns erzählt haben, die Märkte würden sich selbst regulieren, diese Welt sei eine gerechte.

Aufgekratzt warte ich vor der Schule der Jungs im Auto. Die Stille ist so enervierend, dass mir mein eigenes Atmen ohrenbetäubend laut erscheint. Meine Hände zittern. Ich bin wie im Rausch. Meine Gedanken rasen, ich führe innere Dialoge, bei denen ich kaum noch mitkomme, jongliere mit Rechtfertigungen und Ausreden. Ich will nur noch schlafen, bevorzugt neben meiner Frau. Ich frage mich, was sie gerade tut: Sitzt sie an ihrem Schreibtisch in der dämlichen Optikerpraxis und starrt ins Leere, mit ihren Gedanken bei … *ihm?* Gott, ich wünschte, Chuck würde kiffen. Wie viel einfacher dann alles wäre. Ich blicke auf und sehe zufällig

Elijah Fentons Vater Carl, der an den wartenden Autos vorbei Richtung Schule geht. Der Kerl trägt eine Softballjacke mit dem Namen seines Baustoffhandels darauf, als wolle er arbeitslosen Versagern wie mir damit voller Hohn sagen, dass er immer noch eine Firma besitzt und dass diese Firma immer noch ein Softballteam hat – die Arroganz der Erwerbstätigen! Zweifellos über den unprovozierten Klangholzangriff meines Sprösslings informiert, wirft Carl Fenton mir etwas zu, was man nur als drohenden Blick bezeichnen kann. Kann es wirklich sein, dass dieser Typ es mit der Grundschulfruchtbarkeitsgöttin Ms. Bishop getrieben hat? Wer weiß? Ich weiß nur, dass wir nächste Woche rausfinden werden, ob Carl Fenton Dope kaufen möchte. Oh, und dann war da noch Nicholas Rowe, der Vater des T-Ball-Wunderkindes Caleb. Nick Rowe, berüchtigt dafür, unschuldige Zweitklässler aus dem T-Ball-Team auszuschließen, weil er befürchtete, deren Koordinationsmängel könnten sich ungünstig auf die zukünftigen Leistungen seines Sohnes auswirken. (Das gibt zehn Punkte.) Ein ziemlicher Schuss ins Blaue natürlich, aber vielleicht ist er ja an Gras interessiert.

Abgesehen von all diesen Top-Kandidaten frage ich mich, ob ich wohl Mr. Stepney aufspüren kann, meinen Baseball-Trainer aus der achten Klasse. Oder Tina Sprat, die sich weigerte, mich zu küssen, nachdem ich sie in meinem zweiten Highschool-Jahr vor dem Tanzabend für sechzig Dollar zum Essen ausgeführt hatte. Oder den Typen auf dem College – wie hieß er gleich? Yalden! –, der mir diesen Chevrolet-Pritschenwagen mit gerissenem Motorblock verkauft hat. Oder … oder …

Ich schrecke hoch.

Habe ich geschlafen?

Die Schule ist aus.

Kinder drängeln zu wartenden Autos.

Die Türen werden geöffnet. Franklin und Teddy setzen sich auf die Rückbank. »Hallo.« Ich reiße mich zusammen, um nicht wie ein Wahnsinniger zu klingen, aber meine Stimme springt die Tonleiter rauf und runter. Ich kann nicht aufhören zu blinzeln. »Wi-i-ie war die Schule?« Was ist nur los? Habe ich einen Nervenzusammenbruch? Eine Panikattacke?

»Okay«, murmelt Teddy.

»Toll!«, sagt Franklin.

»Toll? Wirklich?« Ich drehe mich um und blicke in Franklins große, ernste Augen. »Was war los?«

Er zuckt mit den Schultern. »Nichts. Es war einfach nur ein toller Tag. Ich mag Freitage.«

Ich lache. Doch plötzlich entfleucht mir ein Winseln irgendwo tief aus meinem Innern. Ich kann nicht sagen, warum Franklins *toller Tag* mich zum Schluchzen bringt – vielleicht erinnert sich der Achtjährige in mir, dass für einen tollen Tag gar nichts Besonderes passieren muss. Es fühlt sich an, als würde sich in meiner Brust eine kleine Schneelawine lösen und meine Kehle hinaufschlittern. Zufällig blicke ich auf die leuchtende Uhr an meinem Handgelenk. Mist. Ich habe vergessen, nach meinem Treffen mit M- auf die Stopptaste zu drücken. Wahrscheinlich hat die Sprachaktivierung die Uhr eingeschaltet.

Ich stelle mir das Protokoll vor.

VP OH-2: »Hallo! Wie war die Schule?«

Nicht identifizierter männlicher Minderjähriger 1: (unverständlich)

Nicht identifizierter männlicher Minderjähriger 2: »Toll.«

VP OH-2: »Toll? Wirklich? Was war los?«

Nicht identifizierter männlicher Minderjähriger 2: »Nichts. Es war einfach nur ein toller Tag. Ich mag Freitage.«

VP OH-2: (unverständlich, möglicherweise irres Lachen/Weinen/Winseln, als würde er überschnappen, völlig die Nerven verlieren)

»Geht's dir gut, Dad?«

Ich stoppe die Aufnahmefunktion. Die Zifferblattbeleuchtung geht aus. »Bestens, Teddy.«

»Elijah Fenton und ich sind wieder Freunde«, sagt Franklin.

»Hast du dich bei ihm entschuldigt?«

»Musste ich nicht.« Franklin zuckt mit den Schultern. »Er hat es nicht mehr erwähnt.«

Hier sollte ich wohl meiner elterlichen Pflicht nachkommen, etwas über Verantwortung oder Reue sagen … verdammt, wie war doch gleich das Wort … ich komm einfach nicht drauf.

Also konzentriere ich mich auf die Straße. Jetzt wird gefahren – Erziehung muss warten.

Die Wolkendecke ist aufgerissen, der Winternebel verdampft in der Sonne und vernichtet jede Chance, sich zu verstecken. Die klare Luft haut mich um. Die ganze Welt schimmert verwaschen, wie eine frostige Wüste. Baumextremitäten krümmen sich anklagend im Wind, Blätter wirbeln auf. Ich kneife die Augen zusammen – es ist, als könnte ich den Menschen auf der Straße in die Seele blicken. Wir biegen um die Ecke zu unserem Haus. Ich bin immer noch zitterig, mein Atem geht flach und rasselnd. Der Wagen schleicht unsere Straße entlang, schleppt sich die Einfahrt hoch.

Wie konnte ich all die Bretter und Balken im Vorgarten vergessen?

»Wow«, sagt Teddy. »Wofür ist das ganze Holz?«

»Das … das war ein Missverständnis«, erkläre ich. »Morgen wird es wieder abgeholt. Sie haben es zum falschen Haus geliefert.«

»Zum falschen Haus?«, fragt Teddy. »So ein Pech aber auch.«

Kleiner, du hast keine Vorstellung.

»Es sieht aus wie Jenga«, sagt Franklin.

Und das bringt mich schon wieder zum Weinen. Jenga war vor ein paar Jahren Franklins Lieblingsspiel. Wir spielten es jeden Abend, bevor ich ihn in sein kleines Bett steckte, seine Füße an den Körper gezogen. Ich starre auf das Holz in meinem Vorgarten, kreuzweise gestapelt, und mir wird klar, dass das Leben eine Variante dieses Kinderspiels ist: Nimm einen Balken unten weg, leg ihn wieder obendrauf und versuch das ganze Ding vor dem Zusammensturz zu bewahren. Das Bauwerk wächst, während das Gewicht sich immer weiter nach oben verlagert, bis das Fundament wie ein Gitter aussieht, und ziemlich schnell wird dir klar, dass du den Atem anhältst, dass es keine sicheren Züge mehr gibt, und trotzdem musst du es versuchen, immerzu versuchen, denn so läuft das Spiel nun mal. Also suchst du nach einem Balken, um ihn herauszuziehen, vorsichtig ziehen …

vorsichtig … obwohl du nie gewinnen kannst, es ist immer dasselbe … atemlos, zögernd … immer dasselbe … du machst immer weiter … zögernd … atemlos … während die Welt über deinem Kopf ins Wanken gerät.

24

Eine übersinnliche Erfahrung?

Stottern, undeutliches oder monotones Sprechen
Urteilsverlust, Probleme mit der visuellen Wahrnehmung, verminderte Impulskontrolle, Schwindel,
Übelkeit und
unberechenbares Verhalten, nebst starker Desorientierung
durch den rapiden Rückgang der neuralen Aktivität
häufig gefolgt von einer schweren Sinnestäuschung
dann Delirium, Wahnvorstellungen, psychotische Schübe
schließlich Tod.

Schließlich Tod? Moment mal. Einfach so? Scheiße. Ich lese den Wikipedia-Artikel über Schlafentzug noch einmal – vielleicht habe ich ja etwas übersehen. Nur wenige Tage ohne Schlaf, und auf Nuscheln, Stottern und ein paar Fehlentscheidungen folgt auch schon … der Tod? Nun, das scheint mir nicht gerade fair zu sein. Man bekommt den Eindruck, dass sie ein paar Schritte übersprungen haben …

als hätten sie die zweite und dritte Base ausgelassen … als wären sie vom Küssen direkt zu einem versauten Dreier übergegangen. Ich lese genauer nach: Der längste Zeitraum, den jemand freiwillig ohne Schlaf verbracht hat, betrug elf Tage – ein College-Student 1965 –, aber angesichts der gesundheitlichen Gefahren erkennt das *Guinness-Buch der Rekorde* Schlafentzug nicht mehr als Rekorddisziplin an. Allerdings gibt es alle möglichen Legenden über Menschen, die Jahre ohne Schlaf ausgekommen sind. Mein Favorit ist ein Typ in Vietnam, der behauptet, dreißig Jahre nicht geschlafen zu haben.

Und dann gibt es da natürlich noch Schlafentzug als Folter. Es ist eine der ältesten bekannten Foltermethoden – eine ziemlich saubere Sache, keine Narben –, ein Dauerbrenner in Guantanamo. Es existiert ein alter Bericht des ehemaligen israelischen Ministerpräsidenten Menachem Begin, der in den Siebzigern von KGB-Offizieren mit Schlafentzug gefoltert wurde. Er beschrieb »einen Nebel«, der sich über seinen »Geist« legte, ihn »zu Tode ermattete«.

Das trifft es ziemlich gut: Nebel. Ermatteter Geist. Tod.

Ich lege meinen Kopf auf den Schreibtisch, nur eine Sekunde, um nachzudenken, und …

Unten öffnet sich die Haustür.
Ich setz mich auf, blick in die Dunkelheit.
Wie spät ist es?
Die Haustür fällt ins Schloss.
Wo bin ich? Rück vom Schreibtisch weg.
Sie steigt die Treppe rauf.
Mein Gesicht, aus Gummi. Alles verschwommen.

Eine Silhouette in der Tür zum Büro.
Sie sagt: »Deine Botschaft ist angekommen.«
»Was?« Ich wisch mir den Speichel vom Mund.
Mit bebender Stimme: »Im Vorgarten?«
Bin zu kaputt, versteh sie nicht. Wie spät ist es?
Ihre Augen, seltsam – fremd. »Wie konntest du …«
»Weißt du … wie viel Uhr es ist?«
Sie schließt die Augen. »Wann bist du so gemein geworden?«
Ich meinte es als Frage, nicht als Vorwurf.
»Und sie kommen und holen das Holz wieder ab?«
O ja. Das Holz. »Schon Morgen. Du, Lisa. Ich …«
Sie dreht sich weg. Zieht die Schlafzimmertür hinter sich zu.

Dann rollt die Welle der Erinnerung über mich hinweg … der faire Randy und der fiese Reese … Baumhaus-Holz … VP OH-2. Oh, und ich habe eine Uhr! Eine dunkle, nicht aktivierte Uhr an meinem Handgelenk! Also weiß ich die Uhrzeit … es ist Viertel vor sechs. Kein Wunder, dass ich verwirrt bin – ich habe fast eine Stunde geschlafen. Ich schüttele den Kopf, um das Rauschen loszuwerden, und gehe dann zu unserer geschlossenen Schlafzimmertür. Ich lege die Hand auf das kühle Holz. Da wären wir also. Und nun?

Ich kann nichts hören. Aber hinter dieser Tür ist unser Bett. Wenn ich nur irgendwie auf die andere Seite dieser Tür gelangen und ins Bett steigen könnte … wir müssten nicht reden, müssten uns nicht einmal ansehen … ich lege meine Hand auf den kalten Türknauf. Ich schwöre, wir müssten kein Wort sagen, sie könnte sich einfach hinter mich kuscheln, ihre Knie in meinen Kniekehlen, und wir könnten schlafen, bis …

»Dad?« Ich fahre herum. Franklin trägt seinen Künstlerhut, eine mit Farbe bekleckste Baseballkappe, die er immer aufzieht, wenn er seine Malsachen auspackt.

»He, Kumpel.«

»Ich muss dich was fragen.«

»Na klar.« Ich folge ihm in sein Zimmer. Los geht's. *Was passiert mir dir, Dad? Ist Mom sauer auf dich? Lasst ihr euch scheiden? Bei wem von euch werde ich wohnen?*

Mitten in seinem vollgestopften, unaufgeräumten Zimmer hat Franklin seine Staffelei aufgebaut, an der ein großes Stück Packpapier hängt. Er hat ein ungelenkes Bild von Godzilla gemalt (Franklins Kunst durchläuft gerade eine Monster-Periode – dieses Werk ist eine klassische Interpretation, bei der sich der Rücken zum Schwanz verjüngt und Feuer aus dem aufgerissenen Maul schießt, mit drei Krallen an jedem der klobigen Füße). Über das Monster hat er »Für Elijah. Tut mir leid« geschrieben. Und darunter: »Von Franklin«.

»Ich find's gut. Das ist eine nette Geste.«

Aber Franklin hat noch etwas anderes auf dem Herzen, und als er mich jetzt ansieht, liegt so viel Ernsthaftigkeit in seinem Blick, wie er in seinen jungen Jahren auszudrücken vermag.

»Was ist los, Sportsfreund?«

»Ich muss bloß wissen …« Er atmet tief durch. »Na ja …« Er seufzt. Dann nimmt er all seinen Mut zusammen und stellt seine Frage: »Wer würde in einem Kampf gewinnen? Godzilla oder ein Tyrannosaurus?«

Himmel, ich bin fix und fertig – zittrig, aufgewühlt, nah am Wasser gebaut. Die albernsten Dinge bringen mich zum Heulen: Jenga, Godzilla. Abermals kämpfe ich blinzelnd gegen Tränen an. Weinerlichkeit war mir in der Liste der Schlafentzugs-Symptome entgangen. Schwer zu sagen, was mich diesmal so kalt erwischt: die schiere Achtjährigen-Vollkommenheit der Frage … dass er diese Frage ausgerechnet *mir* stellt … oder vielleicht die Tatsache, dass sein kleines Gewissen ihn dazu gebracht hat, eine Entschuldigung für seinen Antagonisten zu malen, seinen persönlichen Prinz Chuck. Erwartungsvoll blickt er mich an.

Gott, diese Hosenscheißer verlangen so wenig vom Leben: Sie scheren sich nicht um Geld, große Häuser, Privatschulen, Licht und Dunkelheit. Sie wollen einfach nur Antworten. Und gezuckerte Frühstücksflocken.

»Na ja.« Ich reibe mir die Augen. »Godzilla würde gewinnen. Wegen dem Feuer, weißt du.«

»Dem Laser«, korrigiert er mich. »Logisch.« Voller Konzentration mustert er sein Werk und seufzt. »Das habe ich auch gesagt. Aber Elijah sagt, dass Godzilla nur erfunden ist, und deshalb würde der Tyrannosaurus gewinnen.«

»Das zeugt bloß von einem Mangel an Fantasie«, erkläre ich ihm. »Manche Menschen glauben nur das, was sie sehen. Wir sollten ihnen deswegen keinen Vorwurf machen. Ist schließlich nicht ihr Fehler, Champ.«

Er nickt zustimmend. »Was gibt's zum Abendessen?«

Ich blicke über den Flur auf die geschlossene Tür. »Pizza, schätze ich.«

Franklin folgt meinem Blick und nickt erneut.

Nach nur einem Anruf steht um halb sieben wie von

Zauberhand die Pizza auf dem Tisch. Was ist das nur für eine Welt? Man tippt sieben abstrakte Ziffern in ein dünnes Stück Plastik, hält dieses Teil an seinen Kopf, benutzt Lunge und Stimmbänder, um noch mehr abstrakte Informationen durchzugeben. Nach dreißig Minuten fährt jemand in einer tonnenschweren Maschine vor, hergestellt auf einer Insel am anderen Ende der Welt, angetrieben von einer Flüssigkeit, die aus den verrotteten Körpern toter Organismen gewonnen und wieder an einem anderen Ende der Welt aus dem Wüstenboden gepumpt wird. Man gibt dieser Person ein paar grüne Papierlappen, Symbole des abstrakten Reichtums unserer Heimatnation, worauf sie dir dafür eine durchaus annehmbare Kopie eines Grundnahrungsmittels der Bewohner eines ebenfalls sehr weit entfernten Landes in die Hand drückt.

Und die Pilze sind frisch.

Ich schicke Teddy nach oben, um Lisa zu fragen, ob sie dieses kleine Wunder mit uns teilen will. Ich trage ihm auf, ihr auszurichten, dass unsere Hälfte mit frischen Chilischoten und Pilzen belegt ist, so wie sie es am liebsten mag. Sie sagt Teddy, sie fühle sich nicht wohl.

»Was treibt sie da oben?«, frage ich so beiläufig wie möglich.

Teddy zuckt mit den Schultern. »Sie liegt im Bett. Sie ist krank.« Er weicht meinem Blick aus.

Mein Vater schaut beim Kauen durch das rückwärtige Fenster in die schwarze Winternacht.

»Schmeckt dir die Pizza, Dad? Oder schmeckt dir die von dem anderen Laden besser?«

Er starrt auf seinen Teller, als wäre ihm gar nicht bewusst, dass es sich um Pizza handelt.

»Pradeep Duncan hat *Guitar Hero* für seine Wii bekommen«, berichtet Teddy seinem jüngeren Bruder. Und schon geht's wieder los: Teddys planmäßiger Rapport der Verbraucherstimmung unter Zehnjährigen, sein ostentativer Überblick sämtlicher teurer und überflüssiger technischer Spielereien, Spiele und Filme, die andere Achtklässler regelmäßig von ihren cooleren und liebevolleren Eltern geschenkt bekommen. Franklin ist nur deshalb der dezidierte Adressat dieser vierteljährlichen Bestandsaufnahme, weil Teddy uns keinen Vorwand liefern möchte, ihm einen Vortrag über sein Alter zu halten, oder die Tatsache, dass wir uns solche Dinge nicht leisten können – beziehungsweise dass es für uns, selbst wenn wir es könnten, nicht maßgeblich ist, was andere Kinder haben.

»Und sein Stiefvater erlaubt ihm, die *Saw*-Filme zu sehen«, fährt Teddy fort.

»Ehrlich?«, staunt Franklin. Dann schüttelt er den Kopf. »Die würde ich gar nicht sehen wollen.«

»Alter, ich aber schon«, erklärt Teddy. Und ich frage mich: Wo hat Teddy gelernt, so indirekt zu kommunizieren? *Alter?* Ich sehe ihn schon vor dem 7/11.

Über uns knarrt der Dielenboden. Meine Augen wandern zur Decke. Dort oben wird die Tür zum Bad geöffnet und wieder geschlossen. Nach einer Minute geht die Spülung. Lisa tapst wieder zurück ins Schlafzimmer.

Mein Handy summt. Ich blicke aufs Display. Jamie. Der nächste Balken beginnt zu wackeln.

Ich entschuldige mich, erhebe mich vom Tisch und gehe ins Wohnzimmer.

»He«, begrüßt mich Jamie, im Hintergrund höre ich einen

pumpenden Bass. Jemand brüllt »Fick dich, Larry«, dann erschallt lautes Gelächter, und Jamie sagt: »Slippers, bei Larry steigt gerade eine höllische Party, yo! Du solltest echt vorbeikommen, Mann.«

Ich kratze mir die Stirn.

Jamie drängelt weiter: »Wir müssen heute Nacht doch eh nach Weedland, unseren Stoff abholen, stimmt's?«

Jamie hat sich mit einer kleineren Bestellung an mich drangehängt. Also gut, packen wir's an. Ich schiele auf die schwarze Uhr an meinem Handgelenk. Einmal am Tiefpunkt angelangt, gibt es nichts mehr zu befürchten. Wenn man erst mal nicht nur Drogendealer, sondern auch noch Drogenfahnder ist … wovor zur Hölle soll man da noch Angst haben? Der Tiefpunkt hat einen großen Vorteil: Tiefer kann man nicht mehr fallen. »Gut. Bin dabei.«

»Cool«, sagt er. »Komm einfach bei Larry vorbei und hol mich ab, yo.«

»Geht klar. In einer Stunde?«

»Perfekt. Ich chill so lange hier ab.« Jamie lacht auf. »O Mann, Chulo hat's gerade umgehauen. Der ist völlig zugedröhnt, yo.«

»Ist Chulo nicht ständig völlig zugedröhnt?«, frage ich, obwohl ich erst noch rausfinden muss, wer Chulo überhaupt ist.

Jamie lacht erneut. »Das kannst du laut sagen!«

Ich lege auf und gehe zurück in die Küche. Dad und die Jungs hocken am Tisch und essen schweigend. Ich setze mich zurück auf meinen Stuhl. Da wären wir also. Drei verlorene Generationen von Prior-Männern.

Teddy nimmt seinen Konsumausgaben-Report wieder auf: »Tommy Parnell hat zwei Wiis.«

»Zwei? *Ehrlich* wahr?«, staunt Franklin. »Was macht er denn mit zwei Wiis?«

»Eine hat er bei seiner Mom und eine bei seinem Dad im Haus.«

»Ehrlich wahr?«, fragt Franklin noch mal.

Von dem Geld, das ich für imprägniertes Holz ausgegeben habe, könnte ich fünf Wiis kaufen. Von dem Geld, das ich für Dope ausgegeben habe, sogar fünfunddreißig. Vielleicht kann ich Randy und Lt. Reese sagen, dass alles ein Missverständnis war. *Ich wollte Wiis kaufen, kein Weed.*

Die Welt gerät ins Wanken. »Hört mal, Jungs, ich muss nach dem Essen noch mal weg. Ihr bleibt hier bei Opa. Lasst eure Mom in Ruhe, außer es ist was Wichtiges. In Ordnung?«

»Können wir einen Film gucken?«

»Erst zieht ihr eure Schlafanzüge an. Und nicht vergessen …«

»Was ist mit mir passiert?«

Teddy, Franklin und ich blicken über den Tisch hinweg auf meinen Vater.

»Was ist los, Dad?«

Seine Augen verengen sich. »Warum bin ich hier?« Er tastet seine leere Tasche nach Zigaretten ab.

Auf seiner Stirn treten die Adern hervor. Seine Augen bohren sich in meine. Hin und wieder kommt das vor: Urplötzlich ist Dad voll da, wie eine weit entfernte Radiostation, die man in einer besonders klaren Nacht mit einem Mal störungsfrei empfängt.

»Du hattest nur ein paar Probleme, Dad. Alles wird gut. Mach dir keine Sorgen.«

Früher geriet ich ob dieser gelegentlichen Geistesblitze

völlig aus dem Häuschen. Ich unterrichtete meinen Vater dann hastig über alles, was in seiner Abwesenheit geschehen war – als hätte er im Koma gelegen –, oder ich versuchte, ihm Informationen zu entlocken: Was wusste er noch von Charity und ihrem Liebhaber? Aber jedes Mal ließ der Empfang irgendwann wieder nach, und zwei Tage später musste ich ihm alles noch einmal erzählen, weshalb ich schließlich damit aufhörte. Ich lernte, es einfach auszusitzen, mich auf Smalltalk zu beschränken, bis sich sein Geist wieder verdunkelt hatte. In der Regel dauerte es bloß ein paar Minuten.

Jetzt starrt er mich an und wartet auf eine Antwort.

»Keine Sorge, das kriegen wir schon wieder hin. Du hattest ein paar Probleme, aber alles ist …«

»Gottverdammt, Matt! Würdest du mir gefälligst sagen, was mit mir passiert ist?«, brüllt er. Speicheltropfen fliegen durch die Luft.

Ich schaue rüber zu den Jungs, deren Pizzastücke auf halber Strecke zum Mund verharren. Dann wandert mein Blick zurück zu meinem Vater. Als ich noch ein Kind war, hatte er mich hin und wieder so angeschrien, aber sein wahrer Zorn richtete sich gegen meine Mutter. Sie pflegte zu sagen, dass sein Schreien nicht dem galt, was sie *tat* – ihre bloße Existenz trieb ihn zur Weißglut. Ich war sechsundzwanzig, als er sie schließlich verließ. Lisa war von meiner gleichgültigen Reaktion befremdet, aber ich schätze, ich hatte es kommen sehen, denn ich habe nie nach einer Erklärung gefragt. Keinen von beiden. Mom hat mit meinen Schwestern darüber gesprochen, sie sagte, Dad sei gegangen, weil sie ihm das Rauchen im Haus verboten habe. Ich glaube, Mom hat mit mir nie darüber geredet, weil sie ahnte, dass ich mich intuitiv auf die Seite meines Vaters stellen würde. Vielleicht sah sie in mir schon damals die gleichen außer Kontrolle geratenen Gene.

Sein Blick durchbohrt mich. Diesmal bleibt er klar.

Ich sehe meine Jungs an, die ebenfalls auf eine Erklärung warten, und seufze. O Mann, was soll's. »Du hast ein Mädchen kennengelernt, Dad. In Reno. Eine Nachtclubtänzerin. Du hast sie mit nach Oregon auf deine Ranch genommen. Sie hat dir alles gestohlen, dein Geld … deine Kreditkarten … alles.«

Selbstverständlich haben die Jungs diese herzerwärmende Familiengeschichte noch nie gehört. Teddys Augen sind riesengroß. Sein Großvater kannte eine Nachtclubtänzerin? Mit neu gefundenem Respekt blickt er den Alten an.

Dad nickt. *Erzähl weiter.*

Komisch – mir ist nie der Gedanke gekommen, meinen Vater zu fragen, warum er Mom verlassen hat. Wenn überhaupt, hätte ich ihn gefragt, warum er all die Jahre geblieben ist. Ich hatte immer den Eindruck, dass irgendetwas Gefährliches in ihm gärte, dass er gegen Wände anrannte, auf der Klippe stand, dass es bloß einen winzigen Schritt vorwärts bräuchte, und er wäre auf und davon. Ich hatte immer das Gefühl, wir hätten diesen Mann nur gemietet. All die langen Jahre, in denen er diese Krawatte und den Overall anzog, wusste ich, dass er eines Tages gehen würde. Dass er überhaupt blieb, bis meine Schwestern und ich das Haus verlassen hatten, schien mir eine echte Leistung. Er zog in ein winziges Häuschen auf einem sechs Hektar großen Grundstück an einem ausgetrockneten Flussbett im tiefsten

Oregon. Ein Ort, wo er so viele Zigaretten rauchen konnte, wie er wollte. In vier Jahren hatte ich ihn nur einmal dort besucht:

Trockene Katarakte

Dads Land ist schorfig und zerklüftet
Flussbetten, lange tot und längst vergessen
ausgedorrte Gräben und scharf geäderte Risse
kannelierten Staubs auf seinen rasierten Wangen
ein gebrochener Krug, ein gestrandeter Pflug
die Schar einst auf dem Schlachtfeld verloren
auf dem Arm die Narben von einer Maschine
im braunen Gras eines morschen Pferches verreckt
übersät mit Geräten, zu verrostet, sie zu erkennen
oder gar zu nutzen – die feuchte Nase verrät
sein Lungenleiden, wie die frische Packung
in der Tasche seines Hemdes, die abgeplatzte
Farbe der Scheune, deren Dach sich an den Ecken
wellt, und der Schornstein des Kamins ragt
über schwarzen Schindeln auf, eine frische Packung
in der Tasche seines Hemdes, über einem
rauchgeschwärzten Schaltknüppel, mit der Zeit
überwuchert, zwei schwache Spuren im hohen Gras
das ums abgebrannte Auto sprießt
träumt der Alte immer noch, er fährt
die große Rechte auf dem schwarzen Knauf
die frische Packung in der Tasche seines Hemdes …
Und ich frag mich: Leben wir nicht wie Wasser
suchen einen Weg

graben uns ein Bett
bis wir eines Tages trocken liegen?
Ich frag mich: Ob ein Fluss wohl je begreift
dass er sich zur letzten Ruhe bettet?

Dad starrt mich an, wartet auf den Rest der Erklärung – *was ist mit mir passiert?*

»Ich weiß nicht, Dad. Vielleicht … war es dir peinlich, dass dieses Mädchen dich ausgenutzt hat. Vielleicht hast du dich geschämt oder so. Aber du hast niemandem davon erzählt. Als ich dann kam, war es zu spät.«

Meine Mutter blieb zehn Jahre allein. Sie war überzeugt, ihr Ehemann würde eines Tages zurückkommen, »nachdem er seinen Spaß hatte«. Sie starb, ohne je wieder mit ihm gesprochen zu haben, in einem sonnigen Krankenhauszimmer, im Beisein ihrer Kinder. Das Morphium ließ sie von Terroristen murmeln. Soweit ich weiß, hat sie ihn nur einmal erwähnt, am letzten Tag, als sie sagte, sie könne es nicht erwarten, ihn im Himmel wiederzusehen. Meine Schwester erwiderte: »Aber Dad ist noch am Leben«, und Mom lächelte bloß, als hätte sie genau das gemeint. An jenem Tag bekam sie ein Krankenhausbett zur häuslichen Pflege in die Wohnung gestellt, aber sie kehrte nie mehr heim. Eine meiner Schwestern scherzte später, dass Mom wohl der Gedanke an die dadurch entstehende Unordnung unerträglich war. Ich fuhr vom Krankenhaus nach Hause und ging ins Bett. Wortlos legte Lisa sich zu mir und kuschelte sich an mich, ihre Knie in meinen Kniekehlen. So schliefen wir ein paar Stunden, dann stand ich auf und rief meinen Vater in Oregon an. Er hob nach dem ersten Klingeln ab. Im Hintergrund lief der Fernseher. Er hörte zu, seufzte, räusperte sich, dankte mir für den Anruf und legte auf.

Er kam nicht zur Beerdigung. Danach schien er sich immer mehr zurückzuziehen, und ich unternahm nichts dagegen. Ich hatte viel zu tun, dann geriet ich selbst ins Trudeln – und eines Tages wurde mir bewusst, dass es Monate her war, seit ich zuletzt von meinem Vater gehört hatte. Als eine meiner Schwestern mich anrief, um mir zu sagen, dass sein Telefon abgestellt worden war, fuhr ich nach Oregon, wo ich ihn fand, wie Charity ihn zurückgelassen hatte: ungeduscht, unrasiert, verwirrt, desorientiert, benommen … allein.

»Die Ärzte sagen, du leidest an Demenz im Anfangsstadium«, erkläre ich Dad, »was nur ein anderes Wort für Senilität ist.«

Er beugt sich über den Tisch und nickt. *Erzähl weiter.* Nach Einschätzung der Ärzte hat die Einsamkeit seinen geistigen Verfall vermutlich beschleunigt: Ohne Menschen, mit denen man reden kann, werden die Synapsenpfade von Unkraut überwuchert – und dennoch scheint er sich von Zeit zu Zeit auf einen freien Abschnitt zu verirren. So wie jetzt.

»Die gute Nachricht lautet: Es ist kein Alzheimer. Dein Erinnerungsvermögen ist … nun … es kommt und geht. Tatsächlich werde ich dir das alles vermutlich schon morgen von Neuem erklären müssen. Oder auch nicht. Stattdessen erzähl ich dir einfach irgendwelchen Blödsinn, und du starrst auf den Fernseher und vergisst, dass du überhaupt gefragt hast.« Ich versuche mich an einem aufmunternden Lächeln. »Es ist gut möglich, dass es dem Rest von uns nicht großartig anders geht. Vielleicht vergessen wir alles bereits in der Minute, in der wir es gelernt haben. Ich weiß es nicht.«

Manchmal bringt mein Vater die Fernbedienung mit an den Esstisch. Er legt sie dann immer neben seinen Teller, als wäre sie Teil des Bestecks, gleich rechts neben sein Messer. Es ist dasselbe Modell, das er damals in Oregon hatte. Er wirkte schrecklich desorientiert, als er in unser Haus kam – bis er sah, dass wir eine ähnliche Universalfernbedienung benutzten.

Jetzt, bei der Erwähnung des Wortes »Fernseher«, nimmt er die Fernbedienung und betrachtet sie, als könnte sie die Lösung für dieses Problem liefern, das er nicht so recht begreifen will. Dann legt er sie ganz sachte wieder auf ihren Platz. Ich kann mich nicht daran erinnern, je gesehen zu haben, dass mein Vater so sanft mit etwas umging.

Er mustert Teddy, dann Franklin, dann mich.

Und das Licht geht aus. Ich kann es in seinen Augen sehen. Kein Empfang mehr.

»Weißt du was, Dad … es ist okay … alles wird …«

»Was für ein Mensch bin ich gewesen?«, krächzt er und tastet nach seiner leeren Hemdtasche.

»Ein guter«, sage ich mit brechender Stimme. Ich starre auf meinen Teller, spüre die Blicke meiner Jungs. Was soll das? Wollen die mich alle ins Grab bringen?

Ich schaue mit geröteten Augen auf. Dad hat seine Fernbedienung wieder an sich genommen und stiert erneut aus dem schwarzen Fenster. Er atmet tief ein, führt die Pizza zum Mund und kaut. Er sieht zu mir herüber, als wäre ich ein Fremder – dieser gute Mensch, der vierzig Jahre damit verbracht hat, alle Menschen zu verlieren, die er liebte, um sich dann innerhalb weniger Monate selbst zu verlieren. *(Leben wir nicht wie Wasser?)*

Meine Söhne staunen nicht mehr über ihren Großvater, sondern über mich. Ich schätze, sie haben ihren Vater noch nie richtig weinen sehen. Ich wische mir die Tränen aus den Augen und lächle. Ich weiß nicht, was ich ihnen sagen soll: Jungs, hört auf eure Mutter. Mütter können euch Millionen Dinge lehren. Väter hingegen? Wir haben nur zwei Lektionen für euch, aber das ist alles, was ihr wissen müsst: (1) Was ihr tun und (2) was ihr besser lassen solltet. Ich betrachte die dunkle Uhr, die wie ein Tumor an meinem Handgelenk wuchert. Und mit tränenumflorten Augen hebe ich den Blick zu Dads schwarzem Fenster und meinem blassen Spiegelbild darin.

25

Das letzte Mal, dass ich geweint habe, Haiku #4

Ich war erwachsen
als die Eltern sich trennten
heißt es jedenfalls

26

Über die spirituelle Krise von V-Leuten

In Larrys stinkender Bude steigt in der Tat eine Bomben-Party. Und das Erste, was ich sehe, ist die Antwort auf die Frage, warum letztens die Möbel und der Boden mit Pizzakrusten übersät waren. Sobald jemand ein Stück gegessen hat, ist er dazu verpflichtet, »Fick dich, Larry« zu rufen und mit der Kruste nach ihm zu werfen. Das ist Tradition hier im Nimmerland der billigen Mieten, wo niemand erwachsen wird und keiner je seine Krusten essen muss. Larry wiederum weicht jeder Kruste aus, und falls ihn doch jemand trifft, kontert er dies seinerseits mit einem lautstarken »Fick dich«. Dabei lässt er nie die Augen von dem Videospiel, das er mit einem anderen Typen auf einem großen Bildschirm zockt und bei dem beide geduckt ihre Controller bearbeiten, während sie dunkle Korridore durchqueren und Zombies erschießen (Warum hat jemand, der acht Dollar die Stunde verdient, einen größeren Fernseher als ich?). Das ganze Apartment riecht wie eine vergammelte Quiche aus

Socken, Knoblauch, Schweiß und Gras. Inmitten dichter Schwaden stehen Grüppchen von Kids, die alle entweder in enge schwarze Sachen oder übergroße helle Sportswear-Klamotten gekleidet sind. Der Bass wummert, Krusten fliegen, Bierflaschen klirren. Ich bin noch keine zehn Sekunden durch die Tür, als ich schon einen Joint gereicht bekomme. Kleine Kringel der Gnade steigen mir in die Nase, ich kann kaum widerstehen, an der Tüte zu ziehen – aber nein. Danke. Ich gebe sie zurück.

Stattdessen nehme ich ein warmes Bier (Was für ein Mensch bin ich?), das runtergeht wie Öl. »Wer hat eine Kawumm? Hast du eine Kawumm?«, fragt ein rotäugiger Freak, den ich noch nie zuvor gesehen habe. Zuerst denke ich, er meint eine Knarre, doch dann fällt mir ein, dass eine Kawumm eine Pfeife ist, und als ich den Kopf schüttele, zieht er weiter, um den Rest des Raums abzuklappern. Ungefähr zwanzig Leute sind auf der Party, darunter sechs Mädchen. Das freut mich für die Jungs: für Larry, für den Kerl mit dem Festiva, dessen Namen ich nicht kenne, für Chulo, wer auch immer das sein mag … und für den rotäugigen Kawumm-Freak, der mir die Schulter knetet und brüllt: »Verdammt, Slippers? Chillst du oder was?«

»Genau.« Ich chille.

Keine Spur von Jamie, aber ich erblicke Skeet, der – wieder im Trainingsanzug – aus dem Schlafzimmer kommt, den Arm um die Taille eines dümmlich aussehenden Mädchens in einem Ledermantel. *Du kannst doch was Besseres haben, Skeet,* denke ich väterlich. Voller Stolz stellt er mich vor: »Yo, Lana, das ist unser Freund Matt, der ist so ’ne Art Doktor oder so was.«

»Hey«, begrüßt mich Lana mit leicht zur Seite geneigtem Kopf.

»Nett, dich kennenzulernen«, erwidere ich und überlege kurz, ihr zu sagen, dass ich kein Doktor oder so was bin. Aber was würde das bringen? Geschäftsmann, Arzt, arbeitsloser Wirtschaftsjournalist, gescheiterter Dichter, V-Mann? Wo liegt da schon der Unterschied?

»Wenn ich gewusst hätte, dass du hier bist, hätte ich dir deine Schuhe mitgebracht.«

»Schon in Ordnung«, sage ich. »Weißt du, wo Jamie steckt? Ich sollte mich hier mit ihm treffen.«

»O Mann, Alter, habt ihr'n Date oder was?«

Ein Date. Das klingt schlimmer, als ich gedacht hätte. Ich sehe Lana an. Sie kaut rhythmisch auf ihrem riesigen Klumpen Kaugummi herum, schiebt ihn mit der Zunge von einer Seite zur anderen.

Ohne die Augen von den Zombies abzuwenden, ruft Larry mir zu: »Jamie ist Bier holen, Alter! Chill einfach ab, Slippers. Er ist bald wieder da, yo.«

Alles klar: Ich will mit Skeet unter vier Augen sprechen, aber ich habe mir geschworen, damit bis nach Weedland zu waren. Egal was ich tue – es muss warten, bis die Sache in Weedland erledigt ist. Ich denke an meine neun Riesen und werfe einen Blick auf meine schwarze Uhr. Das Richtige zu tun bedeutet nicht zwangsläufig, dass es für alle auch das Beste ist.

Ein Stück Kruste trifft mich am Arm. »Fick dich, Larry«, murmele ich.

Skeet beugt sich vor. »Lana und ich haben Aldoril dabei.« Als er merkt, dass ich keine Ahnung habe, wovon er redet, werden seine Augen groß und rund. »Pillen? Ich könnte dir eine verkaufen, wenn du Bock auf einen Trip hast?«

»Nein danke, Skeet. Und du solltest lieber auch darauf verzichten.«

Er lacht. »Schon klar. Du chillst also nur ein bisschen?«

Ich nicke.

Dann geht die Tür auf. Ich löse mich von der Wand, aber es ist nicht Jamie. Es sind zwei andere Typen. Zuerst kann ich den pummeligen Kerl mit der Baseballkappe nicht so recht zuordnen, bis ich sehe, dass er in ein Handy plappert. Seine Stimme kommt mir irgendwie bekannt vor. »Ja, ich bin da. Ist allerdings 'ne beschissen lahme Party.« Da fällt es mir wieder ein: Es ist Chet, Montes kleiner Bruder.

Ein Stück Kruste kommt geflogen. »Fick dich, Larry!«

»Mann, diese Party ist voll für'n Arsch«, nörgelt Chet weiter. »Hässliche Weiber. Verdammt lahme Party.«

Ich muss Jamies Einschätzung zustimmen: Chet ist ein Arschloch. Auf der letzten Party gab es hier überhaupt keine Mädchen. Im Vergleich dazu ist das heute wie Halloween in der Playboy-Villa.

Einige Minuten und zwei fliegende Krusten später öffnet sich die Tür erneut. Diesmal *ist* es Jamie, mit Bea im Schlepptau. Beide tragen jeweils zwei Kästen Bier. Zwischen den Zähnen hält Bea die größte Ansammlung von Autoschlüsseln und Schlüsselringen, die ich jemals – mal abgesehen von Hausmeistern – an einem Menschen gesehen habe. Sie öffnet den Mund und lässt das kiloschwere Schlüsselungetüm auf den Tisch fallen.

»Bier ist da«, verkündet sie und lächelt, als sie mich sieht. »Na, du.«

Sie legt ihren schweren Mantel ab und präsentiert ein eng anliegendes Vintage-Kleid, das ihr bis auf die absurd hohen Knie fällt. Der seidige Stoff streift meinen Arm, als sie sich mir entgegenbeugt und Richtung Party nickt. »Siehst du hier irgendwelche sensiblen Dichterjungs?« Ihre Lippen streichen sanft über meine Wange – mir wird kurz schwindelig –, dann geht sie weiter, nimmt sich ein Stück Pizza und gesellt sich zu einer Gruppe, die gerade einen Joint herumgehen lässt.

Ich versuche, Jamies Aufmerksamkeit zu erregen, aber er zieht von Grüppchen zu Grüppchen und sammelt Geld für das Bier ein. Plötzlich schimpft er: »Was zur Hölle will *der* denn hier?«, und eine Sekunde lang denke ich, dass er mich meint …

… bis Chet sein Handy zuklappt, sich vor Jamie aufbaut und sagt: »Willst du mir etwa vorschreiben, wo ich hingehen darf und wo nicht, du Penner?«

»Geh, wohin du willst, solange du nicht hier aufkreuzt.«

Angespannt mache ich mich auf einen Kampf gefasst, aber Chet lacht hämisch und trottet davon – ein Versuch, trotz Rückzug die Oberhand zu behalten. Im Vorbeigehen wirft er mir einen finsteren Blick zu. Dann stellt er sich zu Bea, die ihn auf den Mund küsst, was mir fast das Herz bricht.

Jamie schlängelt sich zu mir durch und lehnt sich neben mir an die Wand. »Ich hasse den Kerl«, sagt er.

Bevor ich mit meiner Anti-Gewalt-Predigt loslegen kann, höre ich Chets durchdringende Stimme: » … weil ich glaube, dass der Typ ein Scheißbulle ist. Deshalb.«

Für einen kurzen Moment befürchte ich, mein Herz könnte

aussetzen, und ich frage mich, ob man mir das wohl ansieht. Ich verstecke die Hand mit der dunklen Uhr hinter meinem Rücken. Als ich wieder aufblicke …

… steht Jamie direkt vor Chet, und ab da läuft alles schief. Man verdrängt das Geräusch einer Faust, die einen Kopf trifft. Es ist nicht das satte, befriedigende »Wummp« eines Film-Faustschlags, sondern ein erbärmliches Geräusch, ein zuckendes, rotes »Tschuupp«. Es klingt wirklich *grässlich.* Jamie landet zwei schnelle, harte Treffer, worauf Chet natürlich zurückschlägt. Ihre Füße quietschen auf dem Linoleum, während die Rauchergrüppchen zellengleich zu einem halbkreisförmigen Klumpen mutieren, in dessen Zentrum die beiden jungen Männer aufeinander eindreschen. Der Halbkreis schließt sich brüllend zum Kreis, eine Pizzaschachtel kommt geflogen, weitere Hiebe werden ausgeteilt, bevor ich nah genug an die beiden herankomme. Irgendwie kriege ich Jamies Ärmel zu packen, was es Chet ermöglicht, seinem Gegner einen krachenden Schwinger auf die Schläfe zu verpassen. Jamies Beine knicken ein wie Streichhölzer. Wütend auf mich selbst, stoße ich Chet vor die Brust. Noch während er rückwärts taumelt, holt er nach mir aus, streift aber nur mein Kinn, was mich erst so richtig in Rage bringt, also schlage ich wüst zu, verfehle ihn jedoch, und jemand ruft: »Der alte Knacker rastet aus!« Ich schätze, das tue ich wirklich, denn jetzt stürze ich mich mit aller Macht auf Chet. Wir gehen beide zu Boden und landen auf dem versifften Teppich voller Pizzakrusten, Zigarettenstummel und verendeter Kakerlaken. Ich ramme ihm mein Knie in den Bauch, wir bestehen jetzt nur noch aus rudernden Armen und Grunzen, als die Luft aus dem Kampf weicht wie beim

Sturz zuvor aus Chets aufgeblähter Daunenjacke – und auch aus dem Raum, denn wenn aus einem Boxkampf ein Ringkampf wird, dann wird es langweilig und sogar etwas peinlich, *schwul*, würden die Jungs hier wohl sagen. Während wir uns noch ein paar Sekunden lang wie die Keiler auf dem Boden wälzen (Anmerkung: Chet riecht wie Scheiße), ist der Kampf längst vorbei. Jamie und Skeet ziehen mich hoch. Chet springt auf die Füße und will weiterkämpfen. »Kommt her, ihr Wichser! Ich mach euch alle fertig!«, brüllt er, bemerkt dann aber, dass er etwas verloren hat, und tastet seine Taschen ab. »Wo ist mein verdammtes Handy? Wer hat mein Handy geklaut? Ihr habt zehn Sekunden, mir das Ding zurückzugeben, oder ich geh raus zu meinem Auto.«

Und die Sache ist die: Ich habe eine ziemlich konkrete Vorstellung davon, was Chet damit meint. (Ich stelle mir vor, dass er sie schräg hält, wie sie es in diesen Rap-Videos machen.) Selbst wenn man versucht, das Richtige zu tun, gerät der nächste Balken ins Wanken: Noch vor zwei Minuten war ich ein 46 Jahre alter, arbeitsloser Drogenfahnder, der mit Kiffern herumhing, während er darauf wartete, nach Weedland zu fahren. Jetzt bin ich ein arbeitsloser Drogenfahnder, der sich mit einem Kerl geprügelt hat … *welcher nun damit droht, zu seinem Wagen zu gehen und seine Knarre zu holen.*

Da gibt es diese Seen im Norden von Idaho, die angeblich unendlich tief sind. Die Navy hat dort mit ihren U-Booten trainiert. Immer wenn sie dachten, sie hätten die tiefste Stelle entdeckt, sollte ein U-Boot eine noch tiefere finden. Natürlich sind diese Seen nicht unendlich tief. Tatsächlich ist nichts auf der Welt unendlich tief – außer der Grube, die ich mir gerade grabe.

Doch das Seltsame an dieser Prügelei ist Folgendes: Unmittelbar danach verliert niemand mehr ein Wort darüber. Die Party verfällt einfach wieder in den alten Rhythmus. Larry fährt fort, Zombies zu killen, Bea fährt fort, andere Leute zu küssen, und die anderen Kids fahren fort, schlechtes Bier zu trinken, gutes Gras zu rauchen und mit Pizzakrusten zu werfen. Sogar Chet findet sein Handy unter der Couch, woraufhin er und sein Kumpel mit einer letzten abschätzigen Bemerkung auf den Lippen – »Was für eine lahme Party!« – verschwinden. Ich versuche, mir eine Party mit meinen Freunden vorzustellen – etwa die Weihnachtsparty der Zeitung in der Firmencafeteria –, bei der erst eine Prügelei ausbricht und fünf Minuten danach alle so tun, als wäre nichts gewesen.

»Tut mir leid«, sagt Jamie. Über seinem Auge bildet sich ein Bluterguss.

»*Mir* tut es leid«, sage ich. »Ich hätte dich nicht festhalten sollen. Du bist prima allein klargekommen.«

Jamie betastet sein Gesicht. »Hattest du jemals das Gefühl, dass dir dein eigenes, beschissenes Leben über den Kopf wächst?«

Da ist er, mein Autor.

Jamie betrachtet seine Hand, sieht kein Blut und zuckt mit den Schultern. »Wollen wir los?«

Bea sieht, dass wir aufbrechen, und fragt, ob sie mit uns kommen kann. Während Jamie die Runde macht, um Geld für das Gras zu sammeln, das er kaufen will, trete ich hinaus auf den Flur – mit der schönen, blonden, blauäugigen Bea, die ihren schweren Mantel zuknöpft, sich eine Zigarette anzündet und mir den langsamen Tod ins Gesicht bläst. »Ich hasse diesen homoerotischen Testosteronquatsch«, sagt sie in einer Wolke aus Qualm und Atemdampf. »Sollen sie doch einfach ficken und es hinter sich bringen.«

Ich starre an ihr vorbei in die beleuchteten Wohnungen eines anderen Apartmentkomplexes auf der gegenüberliegenden Straßenseite – die Menschen in diesem Teil der Stadt leben übereinandergestapelt wie Eier in einem Lebensmittelladen. Die Kids auf dieser Party wurden in Eierkartons geboren, haben ihr ganzes Leben in Eierkartons verbracht … und ich belüge mich selbst, wenn ich glaube, in meinem größeren Eierkarton wäre es irgendwie anders.

»Hey. Geht's dir gut?«, fragt Bea.

Und da kommt mir eine Erleuchtung, eine echte, altmodische Erleuchtung im klassisch religiösen Stil, die wie folgt aussieht: So etwas wie Erleuchtungen gibt es nicht, keine Momente der Offenbarung, keine sich ändernden Motive, keine Fügungen des Schicksals. Kein Aufbäumen, keine Erlösung, keine Oktober-Überraschungen. Alles ist unabwendbar, denn die Welt existiert in diesem Augenblick exakt so, wie sie es immer getan hat: Der Rahjiv, der im engen Gang des 7/11 einen verschütteten Slush-Puppie aufwischt, ist derselbe Rahjiv, der in der Notambulanz in Mumbai den Skalp von einem gebrochenen Schädel pellt. Mein seniler alter Vater hält die Fernbedienung genau so wie damals meine fünfjährige Hand. Lisa spricht mit ihrem Liebhaber in demselben Bett, in dem sie sich an mich kuschelt, nachdem meine Mutter gestorben ist (selbst während sie mir sagt: *Ist ja gut, ist ja gut, ist ja schon gut*). Flüsse überfluten und trocknen aus, der letzte feste Balken gerät ins Wanken. Und wir müssen uns daran festhalten – das ist alles, was wir tun können.

Eigentlich wollte ich damit noch warten, bis die Sache in Weedland vorbei ist, aber womöglich werde ich dieses Mädchen nie wiedersehen. Also strecke ich meine Hand nach ihr aus, lege sie sanft auf ihren Arm. »Hör mir zu, Bea. Du musst dich von Dave fernhalten … er hat Menschen getötet. Verstehst du mich? Dave ist nicht einmal sein richtiger Name. Es ist ein Deckname. Du musst dich unbedingt von ihm fernhalten.«

Sie starrt mich an, als wäre ich irre. Blöd, wie ich bin, zeige ich ihr meine Uhr. »Die Polizei hat mich geschnappt …« Noch immer sieht sie mich verständnislos an. »Ich wandere vermutlich in den Knast … aber wenn ich irgendwie verhindern kann, dass dir etwas zustößt. Ich weiß nicht …«

»Bist du so weit, Slippers?«, unterbricht mich Jamie, als er auf den Flur hinaustritt.

»Ja«, sage ich und lasse Beas Arm los.

Also gehen Jamie und ich die Treppe hinunter, auf unserem Weg nach Weedland. Nach ein paar Stufen bleibe ich stehen und drehe mich zu Bea um. Den Mund leicht geöffnet, blickt sie distanziert und unerbittlich auf mich herab, während die Welt zu wanken beginnt.

27

Protokoll, Ankauf von einem Kilo Ware, Operation Homeland 15.11.08, 23:31 Uhr

Monte: (UNVERSTÄNDLICH)
VP OH-2: Monte, ich …
Monte: Perfektes Timing, Mann. Ich bin gerade fertig mit Eintüten.
VP OH-2: Nein, hör mal …
Monte: Jeder dieser Beutel enthält hundert Gramm. Zehn sind ein Kilo, abzüglich des Stoffs, den du bereits bekommen hast. Also, willst du nachwiegen oder …
VP OH-2: Hörst du mir bitte zu, Monte? Ich versuche dir was mitzuteilen. Ich will das Zeug nicht mehr. Ich bin raus. Ich will mein Geld zurück. Ich bin …
Monte: Sehr witzig, Slippers. Und, hast du noch mal drüber nachgedacht, mein Unternehmen zu kaufen?
VP OH-2: Nein, hab ich dir doch gesagt. Ich bin raus.
Monte: Ich dachte, du wolltest ein paar Leute zusammentrommeln, für so ein (UNVERSTÄNDLICH) …

VP OH-2: Konsortium, Monte. Das Wort lautet Konsortium. Jetzt hör mir bitte genau zu. Dazu wird es nicht kommen. Du kannst das hier nicht verkaufen. Du musst dich aus dem Staub machen, solange du noch kannst. Gib mir mein Geld zurück und sieh zu, dass du wegkommst … du auch, Jamie.
Monte: Ich weiß, was du meinst, Slippers. Ich wusste, dass es viel zu hoch gepokert war. Es war Daves Idee, erst mal vier Millionen zu verlangen. Ich wollte mit drei anfangen, um bei zwei-acht zu enden, okay? Wie wär's also mit zwei-acht? Klingt das besser?
VP OH-2: Jetzt hör mir verdammt noch mal endlich zu, Monte. Ich bin fertig damit. Ich will nur mein Geld zurück.
Monte: Wie, Geld zurück? Spinnst du jetzt völlig?
VP OH-2: Die ganze Sache … die Bullen … sie (UNVERSTÄNDLICH) … Jungs, ihr … Jamie, du musst weg von hier. Weg von Dave. Er ist …
VP OH-1: Lass gut sein, Slippers. Erzähl keinen Scheiß …
Monte: Was zur Hölle …? Ist der Kerl etwa (UNVERSTÄNDLICH) …
VP OH-1: Nee, hör nicht auf den Scheiß, Monte. Der Kerl hat einfach nur die Hosen voll, das ist alles. Slippers ist total paranoid …
VP OH-2: … siehst du diese Uhr?
VP OH-1: Hör jetzt auf, Slippers. Wenn du im Auto sitzt, fühlst du dich sicher gleich besser. Schnapp dir dein Zeug und lass uns gehen.
Monte: Warte gefälligst. Ich will wissen, was er damit meint …
VP OH-1: Was er meint? Der Typ meint gar nichts. Er dreht einfach nur durch. Ich hab dir doch gesagt …

VP OH-2: Nein, hör mir zu …
VP OH-1: Jetzt halt's Maul, Slippers! Pack dein Gras ein, und dann verschwinden wir.
(UNVERSTÄNDLICHES GEBRÜLL, EINE TÜR KNALLT)
Monte: Was willst du denn hier? Der Stoff wechselt gerade den Besitzer.
Eddie: Das solltest du besser mal *den Arsch* da fragen.
VP OH-2: (UNVERSTÄNDLICH)
Eddie: Was hast du getan, du beschissene Ratte?
(UNVERSTÄNDLICHES GEBRÜLL)
Eddie: Warum grinst du so dämlich?
VP OH-2: Ich frage mich nur gerade, wer wohl in einem Kampf gewinnen würde: Godzilla oder Tyrannosaurus?
Monte: Du meinst einen richtigen Tyrannosaurus?
VP OH-1: Das ist einfach, yo. Godzilla … wegen dem Laser und dem Scheiß.
Eddie: Findest du das witzig?
(UNVERSTÄNDLICH)

28

Eddies Zorn – ein Limerick

Es war mal ein Dave, der Eddie hieß
und voller Abscheu die Worte ausstieß:
»Du Ratte, sag mir, warum
bring ich dich nicht einfach um?«
Als ihm sein Hintern auf Grundeis lief.

Angst führt zu den niedrigsten aller poetischen Formen. Und es ist Angst, die gerade tonnenschwer auf mir lastet, als Eddie-Dave über mir aufragt, das Gesicht rot vor Wut. Bisher bin ich in meinem ganzen Leben vielleicht zweimal geschlagen worden. Ein Quantum, das ich jetzt bereits erreicht habe – und die Nacht ist noch nicht einmal vorüber.

Ich liege auf dem abgewetzten Teppich von Montes Wohnzimmer, zwischen einem elektrischen Fernsehsessel und dem Regal mit der Enzyklopädie – als ich hinüberblicke, fällt mir auf, dass S und T vertauscht sind. Ich kämpfe gegen den Drang, die Bücher in die richtige Reihenfolge zu bringen, bleibe zusammengerollt liegen und halte mir das anschwellende Auge zu, während Dave, kochend vor Wut, auf mich herabstarrt.

»Tut mir leid, Dave. Ich wollte doch nicht …«

»Scheiße, es tut dir leid?« Dave wendet sich an Monte. »Es tut ihm leid.«

»Was tut ihm leid?«, fragt Monte unschuldig. Bei ihm ist der Groschen immer noch nicht gefallen.

»Ich weiß ja«, murmele ich, »was für ein Mensch bin ich nur gewesen?«

»Was soll das nun wieder heißen?«

Ich setze mich auf. »Nur eine rhetorische Frage.«

Eddie-Dave tritt mir in die Seite. Mir bleibt die Luft weg, ich falle wieder um.

»Was … eine verfickte rhetorische Frage? Was zur … Ist dir eigentlich klar, was du getan hast?«

Jamie steht neben Dave, die Arme an den Seiten, seltsam unbeteiligt. Monte wiederum, schwitzend und rotgesichtig, blickt abwechselnd von Dave zu mir und wieder zurück. Er sieht aus, als würde er in seinem Parka jeden Moment explodieren, wie ein Burrito, der zu lange in der Mikrowelle ist. »W-was geht hier vor? Wäre bitte jemand so nett, mir das zu erklären?«

Was vor sich geht? Also, Monte: (1) Bea hat offenbar Dave angerufen und ihm erzählt, dass ich sie gewarnt habe. Loyalität ist etwas, das sich nur sehr schwer einschätzen lässt. (Vielleicht habe ich einfach eine Schwäche für groß gewachsene Blondinen, aber ich bin gar nicht mal so sehr von Bea enttäuscht. Immerhin kannte sie Dave zuerst, und Loyalität gehorcht einer gewissen Chronologie.) Woraufhin (2) Dave hierher fuhr, mir ins Gesicht schlug und mich nun offenbar tottreten will.

Während ich mir die schmerzende Seite halte und Montes Verwunderung noch in der Luft hängt, wird – als würde ich nicht schon tief genug in der Scheiße stecken – abermals die Haustür aufgerissen. Nicht zum ersten Mal erkenne ich in Montes Wohnzimmer die Kulisse eines Theaterstücks, in dem nun Chet seinen Auftritt hat – als polternder Fettklops im Schweinsgalopp.

»Ich hab's dir doch gesagt!«, brüllt Chet. Im Augenblick scheint sich seine Wut noch auf Dave zu konzentrieren.

Jetzt sind wir also wieder vereint, hier in Weedland: Monte, Jamie, ich und die beiden Typen, die mich heute geschlagen haben. Ich liege auf dem Wohnzimmerboden einer Vier-Millionen-Dollar-Marihuanafarm, umringt von meinen wütenden Komplizen (von denen ich mindestens einen verdächtige, eine Schusswaffe in seinem Wagen zu haben), diesen vier Kerlen, denen nun klar wird, dass Slippers ein Spitzel ist.

Oder zumindest dreien von ihnen. »Könnte mir bitte jemand erklären, was hier vor sich geht?«, fragt Monte.

Chet ignoriert seinen Bruder. »Was machen wir jetzt?«, fragt er Dave.

Dann treffen sich Chets und Daves finstere Blicke. Als ich erkenne, dass diese Geschichte schlimmer als erwartet enden könnte, muss ich an Lt. Reese und seine geschickt platzierten »keins« denken – *er ist kein Dummkopf* –, an das Foto, das er mir gezeigt hat – *es ist kein Laubhaufen* –, worauf sich all meine pseudo-tapferen Erwiderungen – Godzillas, Limericks und *Was-für-ein-Mensch*-Fragen – verflüchtigen.

Alles, was noch bleibt, ist Angst. Größere Angst, als ich je für möglich gehalten hätte. Wie die gesteigerte Version jener Panik, die einen im Flugzeug bei einer unruhigen Landung befällt … doch dann blitzt dieser Gedanke auf, der alles andere verdrängt: Ich *muss* meine Kinder wiedersehen. Und Lisa.

Deshalb glaube ich nicht länger an Erleuchtungen, an tiefsinnige Eingebungen. Denn wie albern ist die, die mir gerade kommt, als ich zusammengerollt auf dem Fußboden liege: *Ich will nicht sterben?* Wie *hirnverbrannt*, etwas zu begreifen, das man immer schon wusste, seit seinem ersten Atemzug. Dass man es vorzieht, weiterzuleben und die Menschen wiederzusehen, die man liebt? Was für eine müßige Erkenntnis ist das?

»Ich hab doch gesagt, dass diesen Pennern nicht zu trauen ist!«, erklärt Chet erneut.

»Guck *mich* nicht an«, sagt Jamie mit erhobenen Händen.

»Du hast ihn hierher gebracht!«, entgegnet Chet.

»Woher hätte ich das denn wissen sollen?«

Jetzt ist auch bei Monte der Groschen gefallen. »Moment mal. Ist Slippers ein Bulle?« Mit hochrotem Gesicht sieht er rüber zu Jamie. »Jamie?«

Jamie zuckt bloß mit den Schultern, starrt auf seine Schuhe.

»Du bist so dämlich, Monte«, sagt Chet. »Er ist kein Bulle. Er ist ein beschissener Drogenfahnder.«

Dann klappt der arme Monte würgend zusammen, und das ist womöglich das Bemerkenswerteste an diesem bemerkenswerten Tag: dass Monte in seiner Wampe offenbar nichts als Magensäure herumträgt. Er würgt und würgt, aber es kommt nichts heraus außer Galle. Der beißende Gestank verbindet sich mit den anderen Gerüchen – dem Muff des

Hauses, dem schwachen Hauch von Gras und dem strengen Aroma von Angstschweiß –, sodass ich befürchte, mich ebenfalls übergeben zu müssen.

Vornübergebeugt, die Hände auf die Knie gestützt, blickt Monte zu Jamie auf. »Hast du davon gewusst?« Jamie starrt nur vor sich hin.

»Er hatte keine Ahnung«, sage ich.

»Jetzt sieh dir an, was du angerichtet hast«, sagt Dave zu mir und führt Monte ins Bad, wobei er Chet über die Schulter zuruft: »Steck den Mistkerl in den Keller, bis mir etwas einfällt.«

Dieses Wort ... *stecken* ... es klingt so viel härter als »*bring* den Mistkerl in den Keller«.

»Und schnapp dir sein Handy und seine Schlüssel«, sagt Dave.

Chet streckt mir seine offene Hand entgegen. Ich gebe ihm Handy und Schlüssel. Ich spiele mit dem Gedanken, den Rekorder meiner Uhr anzuschalten, habe jedoch Angst davor, er könnte es bemerken. Chet folgt mir durch die Küche und die Treppe hinunter. Im Keller ist es warm, die Neonbeleuchtung ist an. Der Airhockey-Tisch wurde beiseitegerückt und die Wandverkleidung entfernt. Der Tunnel zum Weedland ist offen. Ich kann in den kurzen, engen Korridor mit dem gestampften Lehmboden hineinblicken. Ich setze mich neben dem Pellet-Ofen auf den harten Teppichboden und lehne mich gegen die Wand.

Chet streckt mir einen dicken Zeigefinger entgegen. Als warnende Geste, wie ich vermute, dann trampelt er die Treppe wieder rauf. In den nächsten fünf Minuten vernehme ich Schritte und gedämpfte Stimmen, ein konstantes Gebrummel, über das sich gelegentlich Chets Stimme erhebt: »Und was zum Teufel bringt uns das? Und warum ausgerechnet ich?« Mehr Schritte. Türen, die sich öffnen und schließen.

Gott, ist das warm hier unten. Ich blicke mich um. Die holzverkleideten Wände sind nackt, es gibt nicht einmal ein Poster. Wenn ich dieses Haus gekauft hätte … Himmel, was denke ich mir eigentlich? Gegenüber führt der dunkle Tunnel zu hellen Lichtstreifen unter verschlossenen und verriegelten Türen.

Von oben ertönt weiteres Gerede, leise Stimmen, mehr Türen, die sich öffnen und schließen, und schließlich … Schritte auf der Treppe. Ich hebe den Blick und sehe Businessschuhe. Eddie. Dave.

Er nimmt die letzte der schmalen Stufen und kommt langsam auf mich zu, ohne mir in die Augen zu schauen. Er steht vor mir, starrt düster zu Boden. Prüfend suche ich seinen Wollmantel und seine gebügelte Hose nach Hinweisen auf eine Feuerwaffe ab, aber ich kann nichts entdecken. Er sieht aus wie ein Anwalt nach Feierabend … ein extrem wütender Anwalt.

Ich setze mich ein wenig auf. Mein Hals und meine Seite bringen mich um. »Hör zu, Dave, ich mach dir keinen Vorwurf, dass du …«

Er hebt die Hand und unterbricht mich: »Bist du verwanzt?«

Ich löse die Uhr von meinem Handgelenk. Halte sie ihm entgegen. »Die hat keinen Sender. Sie zeichnet nur auf. Solange das Zifferblatt nicht leuchtet, ist sie nicht einmal an.«

Dave beugt sich herab, nimmt die Uhr und dreht sie in den Händen. Ich riskiere einen Blick zur Treppe, überlege … würde mich Chet bei einem Fluchtversuch schon oben erwarten?

Dave wirkt verwirrt, während er die Uhr von allen Seiten betrachtet.

Ich nutze die Gelegenheit, um mich zu erheben, sodass wir nun beide stehen. Mir tut alles weh. »Ich sollte den Laden hier kaufen«, sage ich. »Natürlich nur zum Schein.« Ich blicke erneut über seine Schulter zur Treppe. Gott, ich wünschte, ich wäre dort oben. Hier unten gibt es nur uns beide – die niedrige Decke und der dunkle Gang auf der anderen Seite des Raums erinnern mich plötzlich an ein Grab.

Dave starrt wieder auf meine Füße. »Hast du unser Gespräch mitgeschnitten?«

»Nein … ich hab die Uhr heute erst bekommen …«

»Sag mir ganz genau, was du ihnen erzählt hast.«

»Ich hab ihnen gar nichts erzählt. Sie wussten längst alles. Sie sind diejenigen, die mir alles über euch erzählt haben.«

»Was haben sie gesagt?« Daves Stimme ist nur ein leises Flüstern. Er will mir immer noch nicht in die Augen sehen. Ich bin kein Experte, was solche Situationen betrifft, aber dieser Umstand scheint mir nicht von Vorteil zu sein.

»Nun. Sie sagten, dein Name wäre eigentlich Eddie … dass Dave ein Deckname ist …« Keine Reaktion. »Und sie haben mir deine Akte gezeigt … weißt du … die war … na ja … ich meine, wir alle machen Fehler, richtig?«

Er bebt vor Zorn. Er murmelt etwas – so leise, dass ich es nicht verstehe.

»Was?«

»Bea hat erzählt …« Er schaut mir ins Gesicht. »Sie haben dir gesagt, ich hätte jemanden umgebracht.«

»O ja, das war ein wenig beunruhigend.«

Ein tiefes, kehliges Knurren entsteigt Daves Brust, als er auf mich losgeht. Ich hebe die Fäuste, und in diesem Augenblick denke ich an die Jungs und an Lisa. Dabei wird mir etwas klar, was ich bisher nicht über mich wusste. Nämlich, dass ich kratzen und beißen werde, um sie wiederzusehen, dass ich, wenn ich muss, diesen Hundesohn mit meinen bloßen Händen umbringen werde und auch jeden da oben, der sich mir in den Weg stellt. Adrenalin durchströmt meinen Körper, voller Anspannung warte ich ab, was als Nächstes passiert. Sehne es geradezu herbei. Doch Dave schubst mich einfach bloß gegen die Wand, dreht sich weg und taumelt in den dunklen Korridor. Er wirft sich mit Armen und Gesicht gegen eine Mauer und fängt an zu heulen.

»Scheiße, verdammte Scheiße!«, brüllt er. »Ich fass das einfach nicht!«

Mein Blick flitzt von Dave zur Treppe – Freiheit – und wieder zu Dave. Eine getrocknete Pflanze hängt neben seinem Kopf von der Decke. Er weint, flennt, Rotz läuft aus seiner Nase … nicht wie Franklin, wenn er ins Bett muss, sondern wie Teddy, damals nach seinem Fahrradunfall, bei dem er sich das Handgelenk gebrochen, den Kopf aufgeschlagen und zum ersten Mal sein eigenes Blut gesehen hatte.

Und plötzlich stehe ich an der Tür zum Tunnel, die Treppe gleich zu meiner Rechten …

»Das ist so unfair!«, jammert Dave vor sich hin. »Dass sie dir erzählt haben, ich hätte jemanden umgebracht! Es war ein gottverdammter Autounfall!« Er wischt sich die Augen, darum bemüht, sich wieder in den Griff zu kriegen. »Diese Bastarde! Die würden alles tun … die kennen *keine Skrupel!*«

Schluchzend dreht Dave sich zu mir um. Wie im Versuch, die Tränen zurückzuzwingen, wirft er den Kopf in den Nacken.

»Ich nehme an, sie haben dir nicht erzählt, dass der andere Fahrer schuld war, oder? Dass er mitten auf der Straße gewendet hat? Dass das Mädchen in *seinem* Wagen saß?«

»Nein«, gebe ich zu. »Nichts davon.«

»Ich hatte ein paar Gläser Wein, wurde auf 1,1 Promille getestet – und wenn zwei alkoholisierte Fahrer einen Unfall bauen, zeigen sie beide wegen fahrlässiger Tötung im Straßenverkehr an. Der Staatsanwalt war eigentlich bereit, die Anklage auf Trunkenheit am Steuer zu reduzieren … aber ich wette, es ist deine verfluchte Sondereinheit gewesen, die ihn davon überzeugt hat, das Angebot zurückzuziehen.« Wehklagend schüttelt Dave den Kopf. »Ich wusste es. Ich wusste es …«

»Dave. Ich habe nicht …«

»Und Dave ist übrigens mein zweiter Vorname!«, schreit er und bricht abermals in Tränen aus. »Es ist kein Deckname! Es ist mein *verdammter zweiter Vorname!* Schon seit meinem dreizehnten Lebensjahr heiße ich nicht mehr Eddie!« Wieder wischt er sich die Tränen aus den Augen. »Die anderen Kinder haben mich Eddie Munster genannt. Wie würde dir das gefallen?« Sein Blick schweift durch den Raum. »Ich hätte Monte den Laden dichtmachen lassen sollen, aber Jamie kam mit dieser Idee an, das ganze Ding zu verkaufen, und da dachte ich halt … klar, warum nicht noch ein bisschen Geld machen, bevor mir die Lizenz entzogen wird? Dann wäre ich wieder aufs College gegangen.« Er seufzt. »Ich wollte Rechtsanwalt werden.«

Langsam schüttelt er den Kopf. »Eine Sondereinheit der Bundespolizei … weißt du, was das heißt?«

»Nein«, sage ich. Denn ich weiß überhaupt nichts mehr.

»Das heißt *Staatsgefängnis*. Das heißt, sie können uns für fünfzehn Jahre in irgendeinem Loch in Nebraska verschwinden lassen und alles konfiszieren, was wir besitzen.« Er zeigt auf mich. »Irgendwie habe ich ja längst geahnt, dass sie uns hinterherschnüffeln. Ich wusste es. Die anderen meinten, ich sei paranoid, aber ich wusste es einfach. Deshalb habe ich mir diese Mistkarre von einem Nissan gekauft. Für den Fall der Fälle habe ich meiner Mutter den Benz gegeben, weil ich nicht wollte, dass diese Arschlöcher meinen guten Wagen kriegen.«

Er hat recht. Der Maxima *ist* eine Mistkarre. Ich frage mich, ob sie meinen wohl konfiszieren werden, jetzt wo ich die Schulden weiterhin an der Backe habe.

»Was haben sie sonst noch gesagt?«

»Dave, ich weiß nicht …«

Mit dem Ärmel wischt er sich den Rotz von der Nase. »Komm schon, Slippers, erzähl's mir einfach.«

»Sie haben dich des tätlichen Angriffs und der … ähm … Einschüchterung bezichtigt.«

Dave nickt beschämt. »Das ist sehr lange her. Ich hatte damals Aggressionsprobleme. Meine Ex-Freundin … dieser ältere Kerl, mit dem sie sich traf.« Er streicht sich über die pockennarbigen Wangen, und unter seiner Nase bildet sich – genau wie bei Franklin immer – erneut eine kleine Rotzblase. »Das Absurde daran ist … ich dachte, ich hätte mein Leben im Griff … du weißt schon, vor dem Unfall. Du machst einen Fehler, und dann …« Er schüttelt den Kopf. »Haben sie dir erzählt, dass ich dem Mädchen nach dem Unfall eine Herz-Lungen-Massage gegeben habe?«

»Nein.«

»Nein«, sagt er, »natürlich nicht.« Er seufzt und starrt wieder den Gang hinunter. Zuckt mit den Schultern. »Himmel, Slippers. Wie konnte alles nur so vor die Hunde gehen?« Wieder wird ihm alles zu viel. Sein Kopf fällt in seine Hände, und mit bebenden Schultern beginnt er heftig zu schluchzen. Ich ertappe mich dabei, wie ich zu ihm in den dunklen Korridor trete – der gestampfte Boden knirscht unter meinen Füßen – und meine Hand seine Schulter reibt.

»Schon gut«, flüstere ich, »ist ja schon gut, Dave.«

Dann dreht sich Edmund genannt Dave Waller, fahrerflüchtiger Totschläger und heulender Drogendealer, mit feucht glänzenden Wangen zu mir um und sagt durch Rotz und Tränen: »Verdammt, Slippers. Ich werde niemals als Anwalt praktizieren, hab ich recht?«

29

Bauklötzchenträume

Als Kind hatte ich eine runde Blechdose mit diesen kleinen Spielzeugbaumstämmen. Eigentlich konnte man damit nichts anderes bauen als Blockhütten – und trotzdem war ich vernarrt in sie. Ich liebte den Geruch und wie sie sich anfühlten, die Art, wie sie sich ineinanderfügten. In meinem Traum sind sie genauso klein wie in meiner Erinnerung, aber es gibt auf einmal Zehntausende dieser Klötzchen – und die Hütte, die ich baue, ist gigantisch, groß genug für meine Familie und mich. Zimmer reiht sich an Zimmer, eines öffnet sich zum anderen: ein drei Stockwerke tiefes Wohnzimmer, ein Schlafzimmer mit Schrankbetten, ein Fitnessraum, ein Fernseh- und Billardzimmer … und eine Alarmanlage, die piept und piept und …

… ich wache auf. Allein. Ich liege zusammengekauert auf der Seite und starre auf meine leuchtende Uhr, die vor mir auf dem Teppichboden liegt und piept. Ich reibe mir den Schlaf aus den Augen, mein Blick schweift über die holzverkleideten Wände. Dann erinnere ich mich: Ich bin im Keller von Weedland. Um meinen früheren Dealerkollegen einen Vorsprung zu verschaffen, versprach ich ihnen, eine Stunde zu warten, bevor ich Randy und Lt. Reese anrufen und ihnen meine Kündigung mitteilen würde. Also setzte ich mich hier auf den Boden, lauschte ihren Schritten auf den Dielen über mir, dem hektischen Treiben, als sie ihre Sachen packten … und dann muss ich wohl …

Benommen setze mich auf, greife nach der Uhr und schalte den Alarm aus. Es ist halb acht. Ich werfe einen Blick nach draußen. Es ist hell. Da fällt es mir wieder ein: Dave hatte mir die Uhr abgenommen. Anscheinend hat er die Weckfunktion eingestellt und die Uhr neben mich auf den Boden gelegt.

Witzig. Endlich habe ich mal eine Nacht durchgeschlafen, und dann ausgerechnet hier. Klar. Die Tür zu den Hanfkammern ist geschlossen, die Holzverkleidung wieder eingesetzt. Oben ist es still.

Ich ächze und stöhne, während ich auf die Beine komme. Schwerfällig schleppe ich mich die Treppe hoch. »Dave? Jamie?«

Nichts. Sie sind weg. Man spürt es, wenn man sich in einem leeren Haus befindet. Nachdem ich Dad damals in Oregon vorsichtig in mein Auto gesetzt und seine Sachen verstaut hatte, war ich noch einmal durch das kalte Haus gegangen. Auch dort hatte eine Leere geherrscht, die sich unnatürlich anfühlte. Ich denke an all die Zwangsversteigerungen da draußen: Ein leeres Haus ist ein Gräuel.

Ich finde mein Handy und die Schlüssel auf dem Resopaltisch. Von meinem Geld fehlt natürlich jede Spur. Ich schätze, es wäre wohl auch etwas viel verlangt, von Dealern, die man hintergangen hat, eine 9 000-Dollar-Rückerstattung zu erwarten. Ich nehme das Handy und suche nach verpassten Anrufen: einer um sechs Uhr früh und einer um halb sieben, beide von Lisa. Ein weiterer um sechs Uhr vierzig, von einer unbekannten Nummer. Und vor knapp zehn Minuten ein Anruf von Jamie. Niemand hat mir auf die Mailbox gesprochen.

Mein Auto steht einsam draußen vor dem Haus, wo ich es letzte Nacht geparkt habe. Sogar der rote Camaro ist verschwunden. Ich zögere, bevor ich gehe – ob ich die Tür hinter mir verriegeln soll? Ich blicke die Straße rauf und runter, mustere die Häuser von Weedland. Eine Reihe kränkelnder Bäume säumt die Straße, von ihren Stämmen blättert die Rinde, ihre Wurzeln sprengen den Bürgersteig. Ich schließe ab und gehe.

Ich steige in mein Auto und überlege kurz, Lisa anzurufen. Doch ich weiß nicht, was ich ihr sagen, wo ich anfangen soll. Also fahre ich einfach. Der Highway windet und streckt sich, flaches Ackerland weicht Baumgruppen, bis ich irgendwann die Stadt erreiche, die sich unter einem Grauschleier duckt, der so tief hängt wie eine Kellerdecke.

Als ich schließlich an unserem Haus ankomme, parkt dort ein Lastwagen.

Was für ein Mensch bin ich gewesen?

Ich rangiere an dem Lkw vorbei und halte in der Garagenzufahrt.

Chuck Stehne steht am Ende der Einfahrt, in einem weiten, braunen Arbeitskittel und braunen Handschuhen, die kräftigen Arme zu einem dicken Tau verschränkt. Er wirkt beunruhigt, verwirrt. Vermutlich, weil er sieht, was ich sehe.

Ich steige aus dem Wagen. »Was tust du da, Dad?«

Das ist eine dumme Frage – ich kann sehen, was mein Vater tut. Nämlich das, was ich tun sollte: den Jungs ein baumloses Baumhaus bauen. Er hat die Pläne auf dem Bürgersteig ausgebreitet, ein Stein beschwert die Seiten. Gerade hat er damit begonnen, das Holz zuzusägen. Ein Verlängerungskabel schlängelt sich zur offenen Haustür hinaus.

Ich sehe hinüber zu Chuck, der meinem Blick jedoch ausweicht.

»Als ich hier ankam, war er schon am Arbeiten«, sagt er. »Ich hab ihm erklärt, dass ich alles wieder abholen muss … aber er meinte bloß, ich solle zur Hölle fahren.«

Bevor ich mich zu Chucks Höllenfahrt äußern kann, ruft mein Vater: »Halt das mal.« Ich nehme das Ende eines Zweieinhalb-Meter-Pfostens und halte ihn über eine Ecke des Holzstapels, während mein Vater mit einem von Franklins Spiderman-Stiften eine gerade Linie anzeichnet. Dads Hände sind von der Kälte ganz wund und rot. Er trägt immer noch seine Pyjamahose, sein »Go Army«-Sweatshirt und an den Füßen bloß Socken. Die Fernbedienung ist nirgends zu sehen. »Stütz es mit deinem Bein ab«, sagt er. Ich tue wie befohlen, worauf Dad zu einer Motorsäge greift, die ich gar nicht besitze, und schnurgerade entlang der angezeichneten Linie schneidet. Das Holz leistet kurz Widerstand, bevor es bricht und Dads Ende sanft auf den mit Sägemehl bedeckten Rasen fällt.

Als das Brummen der Säge verstummt ist, frage ich so freundlich, wie ich kann: »Dad, wo hast du die her?«

Verwirrt hebt er den Blick. Dann starrt er auf das Ding in seiner Hand. »Ist das nicht meine?«

Ich sehe auch einen Zimmermannshammer und eine Schlagbohrmaschine. Ich hebe den Bohrer auf, drehe ihn herum und finde ein Etikett mit dem Namen meines Nachbarn.

Chuck tritt in seinen schweren Arbeitsstiefeln von einem Fuß auf den anderen.

Da wären wir also.

Dad hat gerade mit dem Fundament des Baumhauses begonnen, indem er den ersten Zweieinhalb-Meter-Vierkantbalken in der Mitte durchgesägt hat. Das bisschen, was er bisher geschafft hat, sollte mich eigentlich nicht davon abhalten, das Holz zurückzugeben. Für einen zersägten Vierkantbalken kann ich gerade noch aufkommen.

Ich atme tief durch. Die kühle Luft schmeckt angenehm nach Sägemehl und weckt eine vage Erinnerung, aber es fehlt das passende Bild. »Tut mir leid, dass Sie den ganzen Weg hierher gekommen sind«, sage ich zu Chuck. »Aber es sieht wohl doch so aus, als würden wir das Holz behalten.«

Chuck nickt. Der Blick seiner kühlen, blauen Augen schweift zum Obergeschoss unseres Hauses hinauf, dann zurück zum Holzstapel und dem senilen alten Mann, der mit einer Motorsäge herumwedelt. Er wendet sich zum Gehen, scheint dann aber doch zu zögern. »Wissen Sie was«, sagt er. »Ich könnte helfen, wenn Sie wollen.« Um dann eilig hinzuzufügen: »Oder lieber nicht.«

Dann seufzt er, blickt einmal mehr zum Haus und flüstert: »Hören Sie. Ich habe ihr nichts gesagt von … Sie wissen schon … dieser ganzen Gras-Sache.«

Ich habe keine Ahnung, was ich darauf erwidern soll. *Danke* scheint mir ein wenig übertrieben.

Dad widmet sich wieder den Bauplänen.

Chuck fährt fort: »Ich denke, Sie sollten wissen …« Er seufzt erneut. »Ich meine … ich schätze, ich würde es wissen wollen … wenn ich Sie wäre … nun, vor allem, wir haben nie … und es war nichts, das irgendjemand … Sie wissen schon … was ich sagen will, ist …« Er verzieht das Gesicht. »Und was immer auch … Sie wissen schon … passiert ist … es war meine Schuld. Lisa, sie hat nie … was ich damit meine, ist …«

»Schon in Ordnung«, sage ich schließlich und setze meinem Leiden ein Ende, indem ich die Hände hebe. Himmel, sogar Fotos könnte ich leichter ertragen als all diese unvollendeten Sätze.

Dann nickt Chuck Stehne, der Prinz von Bretterland, seufzt ein letztes Mal und geht zu seinem Lastwagen, obwohl er immer noch wirkt, als müsse er verzweifelt etwas loswerden. Er hält inne, scheint sich dann eines Besseren zu besinnen, zuckt mit den Achseln und spricht es schließlich aus: »Ich liebe sie wirklich.«

Da ist es. Mir fällt der Kopf auf die Brust.

»Es war nicht nur … Ich meine, wir waren nicht … wie auch immer …« Und nachdem er so viel Schaden angerichtet hat, wie es mit nichts als Seufzern, Nicken, Stottern und unvollendeten Sätzen überhaupt möglich ist, geht er weiter zu seinem Lastwagen.

Er klettert hinein, zieht die Tür zu und sitzt für eine Minute bloß da, bevor er endlich den Motor anlässt und wegfährt. Ich blicke hinauf zu unserem Schlafzimmerfenster, aber alles, was ich zu sehen bekomme, ist eine flache Spiegelung des grauen Himmels.

»Wirst du jetzt mit anpacken«, empört sich mein Vater, »oder hast du vor, weiter in der Gegend herumzustehen und dir die Eier zu kraulen?«

Und so errichten wir gemeinsam das Fundament von Grenzfort II.

Ich schaue alle paar Minuten nach oben, und als ich Lisa dabei ertappe, wie sie auf uns herabstarrt, hebe ich die Hände, als wollte ich mich ergeben. Aber sie tritt bloß vom Fenster zurück. Einige Minuten später kommen die Jungs heraus, in Mänteln, Mützen und Handschuhen. Die Tür schließt sich, noch bevor ich Lisa in die Augen blicken kann.

»Hast du nicht gesagt, das mit dem Holz wäre ein Fehler gewesen?«, fragt Teddy.

»Manchmal muss man aus seinen Fehlern das Beste machen«, erteile ich ihm unbeabsichtigt einen väterlichen Ratschlag.

»Also … können wir es behalten?«

»Klar.«

»Echt?«, ruft Franklin, greift sich voller Begeisterung einen der Stahlstifte und schwingt ihn wie ein Schwert.

Das Baumhaus nimmt ziemlich schnell Gestalt an. Ich bin überrascht, wie häufig mein Vater auf den Bauplan sieht. Anfangs halte ich seine Demenz noch für den Grund, aber dann kommt mir ein lang vergangenes Weihnachtsfest in den Sinn: Dad, wie er sich alle paar Sekunden dem kleinen japanischen Faltblatt zuwendet, während er meine Autorennbahn zusammenbaut. Ich schätze, das ist eine dieser Sachen, die ich besser lernen sollte: *Halte dich an die verdammte Anleitung. Befolge die Regeln, du Vollidiot.* Ich beobachte, wie mein Vater Führungslöcher bohrt, wie er die

Balken beäugt und ausrichtet, sodass der Bohrer kerzengerade hindurchgeht. Er lässt Teddy ein Winkelmaß ans Fundament halten, um sicherzugehen, dass wir exakt neunzig Grad einhalten, dann schickt er Franklin einen der fünfzehn Zentimeter langen Nägel holen.

»Wie lang ist das«, fragt Franklin.

»So lang wie dein Fuß«, sagt mein Vater.

Dampf entströmt den Mündern der Prior-Männer.

Dad schlägt den ersten Nagel durch das Fundament unseres Baumhauses, dann den nächsten. Es ist ein simples Prinzip: sechzehn Pfosten, in jede Richtung acht, überquer genagelt und zu einem hübschen, stabilen Unterbau gestapelt. Es knallt wie Gewehrfeuer, als mein Vater die Nägel im Holz versenkt.

»Jetzt der Boden«, sagt er, in den Bauplan vertieft. Wir legen acht der längeren Bretter nebeneinander. Dad zeigt den Jungs, wie sie die Nägel so platzieren, dass die Bodendielen denselben Abstand haben.

Wir sind etwa seit zwei Stunden draußen und haben ungefähr zwei Drittel geschafft, als ich einen Pick-up jüngeren Baujahrs langsam unsere Straße herunterkommen sehe. Der Fahrer sucht offensichtlich eine bestimmte Adresse. Er hält vor unserem Haus – es ist Lt. Reese, mit schwerem Mantel, Wollmütze und finsterem Blick.

Ich lege den Zimmermannshammer zur Seite. »Du musst es vielleicht ohne mich fertig bauen«, erkläre ich Dad.

»Na sieh mal einer an«, sagt Lt. Reese, als er den Bürgersteig entlangkommt. »Wenn das nicht der Kerl ist, der es geschafft hat, binnen vierundzwanzig Stunden eine sechsmonatige Ermittlung zu ruinieren.«

»Tut mir leid.«

Er lacht verbittert. »Entschuldigen Sie sich nicht. Ich habe Ihnen gesagt, was passiert, wenn Sie Scheiße bauen.« Dann blickt er über meine Schulter. »He, der Schrotthaufen kommt mir bekannt vor. Grenzfort II, oder?«

»Ja.«

»Ich habe das gleiche Ding für meine Kinder gebaut. Ist zehn Jahre her. Meine Frau wollte nicht, dass sie vom Baum fallen. Sie haben zwanzig Minuten da drin gespielt und es seither nicht mehr betreten. Aber das dämliche Ding wird wohl noch stehen, nachdem mein Haus schon längst zusammenkracht ist. Warum bauen Sie es im Vorgarten auf? Welcher Spinner stellt sich denn ein Baumhaus in seinen Vorgarten?«

»Mein Vater hat halt dort damit begonnen.«

»Und welcher Spinner baut ein Baumhaus im November?«

»Mein Vater ist ein wenig senil.«

Lt. Reese blickt an mir vorbei. »Dieses ganze Holz.« Er schüttelt den Kopf. »Es ist zwar einfach zusammenzubauen, aber wegen all dieser Balken doppelt so teuer. Das Ding ist die reine Baumverschwendung.«

Dann ruft er über meine Schulter hinweg: »He, Opa! Für die letzte Reihe müssen Sie die Dreißig-Zentimeter-Stifte nehmen!«

Ich drehe mich um. Dad hält tatsächlich einen Fünfzehn-Zentimeter-Nagel in der Hand.

Lt. Reese geht zu ihm und hebt den Bauplan auf. »Ich weiß, da steht, man soll die kürzeren benutzen, aber Sie brauchen diese hier, damit Sie durch die Bodendielen kommen. Sehen Sie?« Er schnappt sich den Bohrer, setzt den längeren

Bohreinsatz ein und vertieft das Loch, nimmt einen der langen Stifte und schiebt ihn hinein. Mein Dad schwingt den Hammer. Lt. Reese tritt zurück. »Sehen Sie?«, fragt er erneut.

Dann setzt er sich auf die Veranda und sieht zu, wie wir die Türen zurechtsägen. »Ich kann warten.«

Während die Sonne den Morgennebel vertreibt, erbauen mein Vater, meine Söhne und ich also unter Anleitung des Lieutenant von der Drogenfahndung in meinem Vorgarten erfolgreich Grenzfort II.

Wir passen gerade die Seitenwände an, als der Lieutenant fragt: »Hätten Sie vielleicht einen Kaffee für mich?«

In der Küche sehe ich, dass Lisa bereits eine Kanne gemacht hat. Ich gieße eine Tasse für Dad, eine für Lt. Reese und eine für mich ein. Wir sitzen auf der Veranda, halten die warmen Tassen in unseren kalten Händen und schauen den Jungs dabei zu, wie sie in ihrem fertigen Baumhaus spielen. Es ist imposant, aber keineswegs geräumig – wie alles im Leben ist auch das Grenzfort II zugleich größer und kleiner, als ich es erwartet hatte. Es gibt keine geheimen Kammern, keine Schrankbetten oder Fitnessräume. Nicht einmal ein Dach. Nur ein paar hölzerne Wände auf einer quadratischen Plattform einen Meter über dem Boden. Selbst meine Jungs sind sich nicht ganz sicher, wie man darin »spielt« – oder wie man irgendetwas spielt, ohne einen Controller in der Hand zu halten. Mir wird klar, dass mein baumloses Baumhaus für die Jungs mindestens zwei Jahre zu spät kommt.

»Und, haben Sie Dave geschnappt?«, frage ich.

»Ihn geschnappt?« Lt. Reese lacht. »Wir hätten ihn verhaften können, wann immer wir wollten. Gott, Sie sind wirklich schwer von Begriff.« Er seufzt. »Die Idioten haben sich gestellt, ganz wie wir es befürchtet hatten. Heute Morgen riefen die Anwälte an. Alle miteinander wollen sie Deals aushandeln. Wir sind erledigt.« Er nippt an seinem Kaffee. Angesichts seiner Enttäuschung fällt mir wieder ein, was Randy mir gesagt hat, und ich glaube, dass ich endlich verstehe: Das Letzte, was sie wollten, war die Verhaftung von Dave und Monte. Da die finanzielle Unterstützung zum Ende des Jahres auslief und ihre eilig anberaumte Budgetverhandlung kurz bevorstand, benötigten sie meine Aussage, dass ich beabsichtigte, Montes Geschäft zu kaufen – um der Einheit auf diese Weise für die nächsten zwei Jahre weitere Gelder zu sichern. Aber ich war in Panik geraten, hatte geplaudert und damit alles ruiniert.

Lt. Reese trinkt seinen Kaffee aus. »Wir sollten uns auf den Weg machen. Da wartet eine Menge Papierkram.«

Ich ziehe die Uhr aus meiner Tasche und reiche sie ihm. »Und das hier. Ist es …«

»Natürlich.« Er zuckt mit den Schultern. »Nur eine Uhr. Mit Zifferblattbeleuchtung. Es war Randys Idee … er meinte, Sie könnten misstrauisch werden, wenn wir Sie nicht verwanzen. Ich wollte Sie verdrahten, nur fingiert natürlich, aber Randy meinte, dann würden Sie sich in die Hose machen, also kam er auf die Idee mit diesem James-Bond-Schwachsinn.« Er nimmt die Uhr und steckt sie ein. »Ich schätze, das passiert, wenn man unter Zeitdruck steht. Man macht Fehler.«

»Was passiert mit Jamie?«, frage ich.

»Oh, um den würde ich mir keine Sorgen machen«, lautet

seine kryptische Antwort. Mir schwant, dass er bestätigt, was ich letzte Nacht herausgefunden habe. Dass es, wenn es einen VP-2 gibt, auch einen VP-1 geben muss. »Also ist Jamie …«

Er grinst nur. »Fragen Sie mich nicht.«

»Keiner dieser Typen scheint mir ein kriminelles Genie zu sein«, sage ich. »Selbst Dave ist nicht so übel, wie Sie ihn dargestellt haben. Ich glaube, er ist einfach da hineingeraten, so wie ich – ohne wirklich zu wissen, was man tut.«

»Hineingeraten? Ohne zu wissen, was man tut?«, brüllt Lt. Reese und wirbelt wutentbrannt herum, nun wieder ganz der Alte. »Ihr habt mit Drogen gehandelt, ihr Drecksäcke! Wissen Sie, was ein beschissener Drogenhändler ist, *Slippers?* Jemand, der mit Drogen handelt!«

Meine Söhne blicken vom Baumhaus zu uns herüber. Ich hebe die Hand, um den Lieutenant zu beruhigen.

Etwas leiser fährt er fort: »Der einzige Unterschied zwischen Ihnen und Dave ist: Sie haben es *versaut!* Glauben Sie ernsthaft, Sie sind anders? Wie kommen Sie darauf? Weil Sie Kinder haben? Oder weil Sie mal einen Job hatten?«

Er drückt mir seine Tasse in die Hand und seufzt. »Wissen Sie, was das Schlimmste an meinem Job ist? Keiner hat es je verdient. Ihr seid alle bloß ein Haufen Arschlöcher, die herumrennen und flennen: ›Das ist nicht fair … ich wollte das nicht … ich bin über den Tisch gezogen worden.‹«

»Amen«, sagt mein Vater.

Wir blicken beide rüber zu Dad, der sich in seinem Schaukelstuhl wiegt und ins Leere starrt.

Lt. Reese streckt den Arm aus und klopft meinem Vater auf den Rücken. Dann steht er auf. »Sind Sie so weit?«

»Kann ich erst noch meine Frau informieren?«

Der Lieutenant betrachtet die leere Tasse in meiner Hand. Er seufzt erneut. »Bringen Sie mir und Ihrem Vater erst noch einen Kaffee. Sie haben fünf Minuten.«

Ich kann die Jungs im Baumhaus nicht sehen, also gehe ich hinüber. Sie sitzen sich gegenüber, jeder in einer anderen Ecke, wie Boxer zwischen den Runden. Sie spielen mit ihren Gameboys. Fünfzehn Minuten in ihrem neuen Elfhundert-Dollar-Baumhaus, und sie beschäftigen sich schon wieder mit Videospielen.

»Ich liebe euch, Jungs.«

Mit verwirrten Gesichtern schauen sie mich an. »Alles klar«, sagt Teddy. Ich klettere ins Baumhaus. Es ist wirklich sehr stabil gebaut. Ich fühle mich seltsam stolz. Ich beuge mich hinab und drücke die beiden. Sogar Teddy erwidert die Umarmung etwas verlegen. Sie fragen mich nicht, wohin ich gehe.

»Tschüss, Dad«, rufe ich. »Ich gehe ins Gefängnis.«

Er prostet mir mit seinem dampfenden Kaffee zu.

Die Treppen im Haus knarren unter meinen Füßen. Die Tür zu unserem Schlafzimmer ist geschlossen. Ich klopfe zögernd, greife nach dem Knauf und trete ein. Lisa starrt aus dem Fenster, das Handy am Ohr. Sie hat ihren dicken Mantel an. »Ich muss dich zurückrufen«, sagt sie, klappt das Handy zu und dreht sich zu mir herum. Ihre Augen sind rot und verweint, sie wirkt verängstigt.

Unser großer Koffer liegt geöffnet auf dem Bett. Er ist leer. Ich weiß nicht, was das bedeutet. Hat sie noch nicht gepackt? Oder hat sie es sich anders überlegt? Oder erwartet sie von mir, dass ich gehe?

Ich senke den Blick, starre auf das Bett unter diesem Koffer. »Lisa … ich …« Was sagt man da? Wo fängt man an? »Es tut mir so leid.«

30

NACH 7/11

Wie sich herausstellt, ähnelt die Insolvenz einem Open-Air-Konzert, das Lisa und ich einmal besucht hatten. Die Tore am Eingang wurden plötzlich aufgerissen, die Menge geriet völlig außer Kontrolle, und mittendrin liefen wir diesen Hügel hinunter, viel zu schnell. Ich hielt Lisas Hand, während wir rannten, aber wir hätten so leicht ausrutschen, stürzen, vielleicht sogar totgetrampelt werden können. »Nicht zurückschauen«, sagte ich immer wieder, »lauf einfach weiter.«

Offenbar gibt es unterschiedliche Formen der Insolvenz, zum Beispiel eine gemäß Paragraph 7 und eine andere gemäß Paragraph 11. Auf die Bedeutung dieser Zahlen werde ich jetzt nicht näher eingehen. Nachdem Lisa und ich eine Weile im Maßnahmenkatalog für den Katastrophenfall geschmökert haben, entscheiden wir uns für Paragraph 13 (all diese Primzahlen … ganz allein da draußen … vom Rudel getrennt) – die Insolvenz für Leute, die zwar ein *gewisses*

Einkommen haben, aber nicht annähernd genug, um ihre Schulden zu decken. Es ist kein Spitzen-Deal, aber sicher besser für uns als für unsere Gläubiger. Das Gericht beschlagnahmt unser gesamtes Eigentum, was nicht sonderlich viel ist, und verteilt es unter den Hyänen. Alles, worauf wir Ratenzahlungen leisten, geht zurück an die Kreditgeber – sogar unsere Wohnzimmermöbel, die so gut wie abbezahlt sind, und unser Wäschetrockner. Dann heißt es für uns, wieder von vorn anzufangen, nur ohne Besitztümer. Und ohne Kreditwürdigkeit. Vor ein paar Jahren hätten wir so noch halb Grönland kaufen können. Heute bemüht sich der unserem Fall zugeteilte Insolvenzverwalter zwar redlich, uns bei der Rettung unseres Hauses zu helfen, doch es ist aussichtslos. Als das Schreiben von Providential Equity schließlich eintrifft, müssen wir erkennen, dass sie uns nicht mal mehr in ihr Hypotheken-Modifizierungs-Programm aufnehmen werden. Die Zahlen kommen nicht annähernd hin, und dank meiner Vorstrafe wegen Drogenbesitzes mit Verkaufsabsicht (ich bin auf Bewährung draußen) gelten wir nicht mehr als förderungswürdig. Nur wenige Monate nachdem sie mir eine Gnadenfrist gewährt haben, fällt Gilbert und Joy, meinen Freunden in Benicia, also mein Haus zu. Was mein Verhältnis zu Lisa betrifft, so war es nicht sonderlich hilfreich, ihr meine Tätigkeit als Drogendealer und den Brief bezüglich der Zwangsvollstreckung unseres Hauses zu verheimlichen. Ich wünschte, sie wäre wütend – aber die einzige Reaktion, die ich seitdem von ihr erhalte, ist kalte, gleichgültige Resignation.

Am Tag bevor wir von einem mitfühlenden Deputy des Sheriff-Büros offiziell die Räumungsanweisung erhalten, veranstalten wir einen großen Garagenflohmarkt und sehen dabei zu, wie irgendwelche Leute den Mist wegschleppen, den wir schon vor Jahren hätten loswerden sollen. Es ist beinahe kathartisch. Lisa schlägt sich mit den Beutestücken ihrer zwanghaften Online-Einkaufstouren richtig gut – mit den Stofftieren hat sie vermutlich sogar Gewinn gemacht. Ich freue mich für sie. Die Jungs verkaufen einen Teil ihrer alten Spielsachen und verdienen genug, um sich eine Wii zu kaufen. Auch für sie freue ich mich.

Dann ziehen wir um. Also zumindest ich ziehe um … mit den Jungs … in eine Zwei-Zimmer-Wohnung in einem efeubewachsenen, dreistöckigen 70er-Jahre-Haus an einer belebten Straße etwa zwanzig Blocks vom Stadtzentrum entfernt.

Lisa braucht etwas Raum. Etwas Zeit. Mein altes Ich hätte wohl darauf hingewiesen, dass das so ziemlich dasselbe ist – Zeit und Raum, auf einem vierdimensionalen, ebenen Kontinuum, das theoretisch sogar noch mehr Dimensionen erlaubt und derartige Phänomene als Zeitdilation deutet (auch wenn diese Relativität die Fress-Flashs nicht erklärt). Ich hätte die halbe String-Theorie referiert, während sie ihre Sachen im Auto verstaute. Aber mein neues Ich – zurückhaltend, demütig – sagt bloß: »In Ordnung. Nimm dir alle Zeit, die du brauchst.«

Sie zieht mit Dani zusammen – wobei ich vermute, dass sie ihre Nächte bei Chuck verbringt. Wir verständigen uns darauf, dass die Jungs bei mir bleiben, bis sie etwas Eigenes hat. Da meine Wohnung in der Nähe der Optikerpraxis liegt, schaut Lisa jeden Tag nach der Schule vorbei und kümmert sich um die beiden, bis ich von der Arbeit zurück bin, was häufig ziemlich spät ist. Wenn ich nach Hause komme, geht sie zu Dani – oder zu Chuck. Ich stelle keine Fragen. Auf diese Weise, so hoffen wir, wird die Trennung unsere Söhne so wenig wie möglich verstören. Manchmal besuche ich meinen Dad im Altenheim, das weniger als eine Meile entfernt ist, und sehe mit ihm fern. Die Jungs sind von alledem natürlich nicht begeistert. Wir erzählen ihnen, dass Mütter und Väter manchmal etwas Zeit für sich brauchen, aber sie wissen natürlich Bescheid. Sie wechseln so spontan zwischen Selbstmitleid und Verärgerung, wie sie die Videospiel-Controller tauschen.

Ich bin immer noch nicht bei unserem alten Haus gewesen, seit wir es verloren haben … aber Lisa hat mir gestanden, dass sie manchmal durch unsere alte Nachbarschaft fährt. Ich wünschte, sie würde sich nicht derart quälen. Eines Abends, als wir in meiner Wohnung mit den Jungs Pizza essen – ihnen zuliebe haben wir beschlossen, einmal die Woche gemeinsam zu essen –, berichtet mir Lisa voller Verachtung, dass unser Haus für 350 000 Dollar versteigert wurde. Zwei Drittel dessen, was wir der Bank schuldeten. »Macht dich das nicht rasend?«, fragt sie.

Es würde mich vielleicht wütend machen, wenn ich es mit eigenen Augen sehen würde. Aber da auch mein Auto an die Bank gegangen ist, fahre ich nun mit dem Bus. Bis zu unserem Haus müsste ich mindestens einmal umsteigen und … ich weiß nicht … die Wahrheit ist wohl, dass ich es ganz einfach nicht sehen will. Ich möchte nicht an meinen Verlust erinnert werden. Ich ersetze die Möbel, die wir verloren oder bei unserem Garagenflohmarkt verkauft haben, allmählich durch Gebrauchtmöbel. Die Wii der Jungs habe ich an einen alten Röhrenfernseher angeschlossen. Nach unserem zweiten Abendessen mit den Jungs – Fischstäbchen und Pommes – zieht Lisa mich mit meiner jüngsten Errungenschaft auf: einer orangefarbenen Couch mit Brandlöchern in den Polstern. Ich erkläre ihr, dass die moosgrünen Sofas mit Brandlöchern schon ausverkauft gewesen seien. Das Beste an der Wohnung ist ein Balkon auf Höhe der Baumkronen. Wenn wir fertig gegessen haben, rücken wir unsere Stühle nach draußen. Ich erzähle Lisa, dass ich den Frühling kaum erwarten kann, um hier zu sitzen und den Jungs beim Radfahren zuzusehen. Sie lächelt höflich.

Das große hölzerne Baumhaus steht jetzt unten auf dem Rasen. Die Jungs spielen so gut wie nie darin, aber es gibt zwei schreckliche Nachbarskinder, die jünger sind (aber fluchen wie Teenager) und denen es offenbar gefällt. Und *mir* gefällt, dass es dort steht.

Teddy hasst es, sein Zimmer teilen zu müssen. Franklin hingegen gefällt es. Er schläft besser, wenn noch jemand im Zimmer ist. Jeden Morgen gehe ich mit ihnen zur Schule und nehme dann den Bus zum Bürogebäude von Earl Ruscoms Immobilien-Firma, wo er der kleinen Redaktion von *Biz-Daily Online* (den schrecklichen Namen *The Can-Do Times* konnte ich ihm ausreden) in einem knapp dreißig Quadratmeter großen Raum ein Zuhause gegeben hat, das aus zwei Schreibtischen und einem Whiteboard besteht. Als ich den Job annahm, kam ich nicht umhin, Earl zu gestehen, wegen des Besitzes und beabsichtigten Verkaufs von Marihuana verhaftet und verurteilt worden zu sein. Seine Augen verengten sich zu Schlitzen, und ich machte mich auf Ärger gefasst. »Kein Scheiß? Sie haben mit Gras gedealt?« Dann beugte er sich vor. »Können Sie immer noch was besorgen?« Ich verneinte. Er stellte mich trotzdem ein.

Bei meiner früheren, jetzt im Sterben liegenden Zeitung reißen die Entlassungen nicht ab. Inzwischen ist die Hälfte der Angestellten weg – auch Ike, der wieder an einer Schule als Lehrer arbeitet. Insofern mangelt es nicht an freiberuflichen Schreibern, die gegen eine regelrecht sittenwidrige Entlohnung Artikel für uns schreiben. Trotz Earls Ansage, »positive Storys aus dem Geschäftsleben« zu erzählen, veröffentlichen wir jede Menge Geschichten über Unternehmen, die den Bach runtergehen. Ich glaube, wir selbst werden uns vielleicht ein paar Jahre halten, bevor Earl die Reißleine zieht und ich einen heiteren Artikel über unseren eigenen Niedergang verfassen darf.

Jedes Mal, wenn ich den Bus zur Arbeit nehme, fühle ich mich daran erinnert, dass unser früheres Haus unweit einer Bushaltestelle lag. Tag für Tag sah ich den großen Gelenkbus vorbeifahren, ohne viele Gedanken daran zu verschwenden. Ich hätte nie gedacht, selbst einmal in so einem Ding zu sitzen. Ich weiß noch, wie ich die Leute an der Haltestelle sah, vage Ideen von ihrem Leben im Kopf, und mich ein Anflug meiner früheren, verkümmernden Empathie überkam, wenn ich ihren Blicken begegnete. Wie sah ihr Leben aus? War es schrecklich, so arm zu sein? Ich hatte Kinder gesehen, die neben ihren Eltern saßen, auf den Bus warteten, und am schlimmsten hatte ich mich wegen meines Mitleids für sie gefühlt – meines im Vorbeifahren aus einem beheizten Ledersitz geborenen Mitleids.

Als ich zum ersten Mal auf den Bus warten musste, fühlte

ich mich befangen, als würde ich mich mit derselben mitleidigen Distanziertheit betrachten. Ein Auto fuhr an meiner Haltestelle vorbei, und ich sah mich selbst in den Augen der Frau auf dem Beifahrersitz: *Sieh dir diesen armen Kerl in dem schicken Wollmantel an. Was ist ihm wohl zugestoßen? Könnte meinem Mann jemals dasselbe passieren?* Im Bus saß ich an diesem Tag neben einer korpulenten Frau, die einen Groschenroman las. Über ihre Schulter hinweg las ich mit – ich konnte nicht widerstehen, es war eine Sexszene –, aber sie zog das Heft weg. Ich hatte das Gefühl, in diesem Bus würde mich jeder durchschauen.

An der nächsten Station stieg eine vielleicht neunzehnjährige Frau ein, gefolgt von einem kleinen Jungen, nicht älter als vier, und einem spindeldürren Mann mit dem zahnlückigen Lächeln eines Meth-Junkies. Der Junge trug einen Handschuh an seiner rechten Hand und hielt die andere hoch – rot, nackt und kalt –, während seine Mutter einen Vortrag beendete, der schon vor ein paar Minuten begonnen haben musste.

»Weil ich dir gesagt habe, dass du ihn nicht verlieren sollst, deshalb! Handschuhe gibt's nicht umsonst, TJ. Das ist unser letztes Paar für den ganzen Winter. Jetzt musst du halt mit dem da auskommen.«

»Ich weiß nicht, was mit ihm passiert ist«, sagte der Junge voller Verwunderung. »Eben war er noch da.«

»Tja, jetzt nicht mehr«, erwiderte seine Mutter. Sie trotteten durch den Gang zum hinteren Ende des Busses – die Mutter vorneweg, der Junge in der Mitte, der Mann dahinter. Als sie an mir vorbeikamen, drehte sich der Kleine zu ihm um. »Macht nichts, Dad. Ich habe ja Taschen. Guck mal«, sagte er, grinste über seine eigene Gerissenheit und schob die frostigen Finger in seine Hosentasche.

Der Vater legte eine Hand auf den Kopf seines Sohnes und lächelte stolz, als unsere Blicke sich trafen. Und ich schwöre bei Gott, dass ich in meinem ganzen Leben noch nie eine solch tief empfundene Scham verspürt habe. Ich legte mein hochnäsiges Gesicht in meine verwöhnten Hände und weinte still vor mich hin. Die Frau mit dem Schundroman stand auf und setzte sich auf einen anderen Platz.

Jesus. Nichts auf der Welt ist so unverzeihlich wie Selbstmitleid.

Am nächsten Tag kramte ich ein paar von Franklins alten Handschuhen hervor und legte sie in meine Umhängetasche. Ich trage diese Handschuhe nun jeden Tag mit mir herum, aber natürlich bin ich TJ oder seinem Vater bisher nicht wieder begegnet. Wann immer ich mich als Versager fühle – was nicht selten geschieht –, nehme ich diese Handschuhe aus meiner Tasche, stelle mir vor, wie dieser Vater den Kopf seines Sohnes tätschelt, und hoffe inständig, als Mensch auch nur annähernd so gut zu sein.

Nach eingehender Begutachtung im Pflegeheim wurde mein eigener guter Vater auf die Gedächtnisstation verlegt. Bezahlt wird das von der Krankenversicherung für Senioren und seiner Veteranen-Rente. Ich werde hier nicht behaupten, dass er glücklich ist – aber er hat seine Fernbedienung, und einer der Kabelsender zeigt jeden Morgen um elf Uhr *Detektiv Rockford*. Dad hat seinen Tagesablauf nach diesem Termin ausgerichtet. Seine klaren Erinnerungen werden diffuser. Ich frage mich, ob er vielleicht besser dran wäre, wenn er gar keine mehr hätte. Vor Kurzem bot Lisa an,

Dad abzuholen und ihn zum Abendessen mitzubringen. Freudig nahm ich ihr Angebot an. Bei Dads zweitem Besuch machte sie ihm sogar Trockenfleisch-Geschnetzeltes, doch er bat sie, das nicht mehr zu kochen. Er sagte, dass er es nicht mag.

Was er mag, ist das baumlose Baumhaus. Oft sitzen wir auf dem Balkon und sehen den fluchenden Nachbarjungs zu, wie sie darauf herumklettern. Dad freut sich diebisch über jeden ihrer Flüche: *Fick dich, Travis! Fick dich selbst, Alvin.* Dad liebt diese Show. Er biegt sich vor Lachen – als wären Travis und Alvin das lustigste Comedy-Duo, das er je gesehen hat.

Teddy und Franklin besuchen eine öffentliche Schule, die wesentlich besser ist als das kleine Alcatraz in unserer alten Nachbarschaft. Die Jungs scheinen zufrieden zu sein. Sie vermissen ihre Freunde, freuen sich aber, keine Uniform mehr tragen zu müssen. Es gibt dort sogar ein Team für den Mathematikwettbewerb.

Biz-Daily erscheint im ersten Monat nur online, aber als wir schließlich unsere erste Druckausgabe fertigstellen, ist das Ergebnis umwerfend. Die Auflage ist in kürzester Zeit vergriffen. Ich kann mir sogar vorstellen, dass das Ding eines Tages Geld abwirft – sollten Unternehmen es sich jemals wieder leisten können, Anzeigen zu schalten. Im hinteren Teil unserer ersten gedruckten Ausgabe finden sich zwei Kolumnen, für die ich hart gekämpft habe: *Der bekiffte Aktien-Analyst*, wo ich unter dem Pseudonym Jay Skuff schreibe (er hat bereits vier Prozent Gewinn gemacht, indem er auf Fastfood-Aktien setzte), und *Das Poetfolio*, das ich unter meinem eigenen Namen verfasse.

Genesung

Wie gelangweilte Geister – dem Grauen trotzend
harren wir der Entscheidung
auf der harten Holzbank
des Insolvenz-Gerichts
der Alte neben mir
ein rotgesichtiger Börsenmakler
quittiert beim Durchblättern der Zeitung
etwas im Wirtschaftsteil mit lautem Pfeifen

»Wenn ich«, sagt er, »bloß Zwanzigtausend hätte«
»Dann wären Sie jetzt nicht hier?«, frag ich
doch er tippt auf die Zeitung: »Ach was,
sind Sie denn blind, hier steht es doch
das nächste große Ding …«, und ich will
verdammt sein, wenn ich das versteh:
»Was meinen Sie damit?«
Dann zählt er sie nacheinander auf
all die mir bekannten Drogen
»Wir hatten Pharmazie und Internet
Rüstung, Biotech und natürlich Immobilien.«
»Und jetzt?«, presche ich vor, doch er
rückt nicht mit der Sprache raus
sagt achselzuckend bloß: »Das nächste große Ding.«

Ein Stunde später sind wir pleite, aber frei
und als wir uns in der Halle trennen
kann ich mich kaum beherrschen, diesen Mann
um seinen letzten, heißen Tipp zu bitten

wie so ein armer Junkie, der
Smack schmeißt und auf Crack umsteigt
Crack schmeißt und auf Meth umsteigt
Meth schmeißt und auf Smack umsteigt –
der sterben würde für den nächsten heißen Scheiß
denn Rückfall ist das, was wir meinen
wenn wir von Genesung sprechen.

Vielleicht gibt es ja auch so eine Art Insolvenz für Ehen. Zumindest ist es das, was ich eines Abends Lisa erzähle, nachdem wir mit den Jungs gegessen haben, sie ins Bett gegangen sind und wir bei einem Glas Wein auf besagtem Balkon sitzen. »Eheliche Insolvenz«, sagt sie und lächelt fast dabei.

Ich nicke, unfähig, ihr in die Augen zu sehen. Es wäre ein Neubeginn. Keine Schulden, keine Vorwürfe, keine Bestrafung. Als wären wir neue Menschen. (Sie: eine attraktive Frau in Erwartung ihrer Scheidungspapiere. Ich: ein ältlicher Drogenhändler auf Bewährung.)

Eheliche Insolvenz ist jedoch nichts, worüber man Witze machen sollte – und als ich kurz aufblicke, sieht Lisa traurig zur Seite. »Ich bin hier«, sage ich. »Lass dir Zeit. Ich gehe nirgendwohin.«

Leise sagt sie: »Tu das nicht, Matthew.« Aber wir trinken ein weiteres Glas Wein, und in dieser Nacht kuschelt sie sich neben mich in unser Kingsize-Bett. Die Betten sind die einzigen Möbelstücke, die ich gerettet habe. Aus gutem Grund frage ich Lisa nicht, was es zu bedeuten hat, sie so bei mir liegen zu haben. Ich sage gar nichts. Ich schlafe nur … die Knie meiner Frau in meinen Kniekehlen.

Am nächsten Morgen ist sie verschwunden. Tagelang verliert sie kein Wort darüber. Aber eine Woche später bleibt sie erneut, und eine Woche danach lieben wir uns. Zuerst ist es unbeholfen, holprig, entschuldigend. Wir verhalten uns tatsächlich wie neue Menschen, zaghaft darum bemüht, unseren Weg zurückzufinden. Danach schlafen wir.

Im Bus habe ich in der Regel etwas Zeit, um nachzudenken. An dem vernieselten Morgen nach unserer vermeintlichen Versöhnung hüpfe ich aufs Trittbrett und stolziere beschwingten Schrittes durch die seufzenden Drucklufttüren. Trotz des ungewöhnlich kräftigen Gestanks (mal sehen, ich rieche Schweiß, Diesel und Billigtabak, perfekt ausbalanciert, und im Abgang einen Hauch ungewaschenen Arsch) in bester Stimmung, lasse ich mich wie ein grinsender Idiot in einen der Plastiksitze fallen. In diesem Moment fällt mein Blick durch das Fenster auf ein Zu-verkaufen-Schild – ein kleiner Holzpfahl, der in einem Unkrautstreifen am Bürgersteig vor einem in Schockstarre gefallenen Bungalow *(Angebot!)* steckt, dem Überbleibsel einer gewaltsamen Beschlagnahmung, bei der ein anderer armer Teufel unter die Räder geraten ist. Und mein Hirn läuft schon wieder heiß *(Wie lange musst du im Exil bleiben?)*, als ich die Anzahlung und die monatlichen Raten für ein Haus wie dieses kalkuliere *(kann nicht viel sein … machbar, oder nicht?)*. Wie ein Kind, das wider jede Vernunft in einem alten Autoradio einen ganz bestimmten Song sucht, klappere ich Station für Station ab – vielleicht kriege ich einen Vorschuss … tätige ein paar clevere Investitionen … qualifiziere mich für ein Darlehen … mache das Haus fit – und lande bei einer atemlosen Werbung, die ich erst neulich gehört habe, mit meinem alten Bekannten, dem pseudo-australischen Immobilienmakler

(Die Zinsen sind vielleicht nie wieder so niedrig. Nie wieder!). Ich schätze, dem Teufel reicht noch der winzigste Spalt, um seinen Huf in die Tür zu kriegen, denn nur zwei Stationen später schöne ich die Zahlen *(Trick 17 mit Selbstüberlistung!)* und stecke bis über beide Ohren in einer dieser miesen, erzamerikanischen Kalkulationen, im Rachen dieser üblen, uralten Mathematik. Bin gefangen im fehlerhaften, makro-optimistischen Schema keynesianischer interventionistischer Shopping-Mall-Glückseligkeit, einer endlosen exponentiellen Ableitung – die »Aufwärts«-Theorie – vom schlampigen Urknall des *unaufhörlichen Wachstums*, wie die blinzelnden Börsenhaie zu sagen pflegten, ihre BMW-Limousinen und Lexus-SUVs wie in der Autowerbung mit eingeschlagenen Rädern geparkt, *deine Zukunft* in ihren Augen immer noch Teil eines endlosen Aufstiegs, steiler, steiler, schneller, schneller, hinauf in den ständig größer werdenden Wirbel, der nach Kursstürzen zwischenzeitlich schrumpft. Sturz … Aufschwung … Boom, Sturz, Aufschwung, Boom, Sturzaufschwungboom, Stu-Boom – ein Kinderkarussell außer Kontrolle. *(Immer rauf, Kleiner, komm schon rauf, los geht die wilde Fahrt!)* Dabei weiß ich es besser, ich schwöre zu Gott, ich weiß es besser *(Es ist nicht von Dauer, eine Art Besessenheit, eine Krankheit),* und *(Du hast es dir verdient, du bist ein verdammter Amerikaner!)* ich will doch nur eine letzte Chance. Ich will doch nur, dass meine Jungs es einmal besser haben. Ich will doch nur … alles, was ich kriegen kann. Aber alles, was ich will, ist …

Utopisch. Ich weiß. Es ist utopisch. Und ich spüre, wie ich erröte. Greife in meine Tasche und finde TJs warme Handschuhe. Als ich in der Innenstadt aus dem Bus aussteige, steht dort ein alter Mann mit einem milchigen Auge und einem leeren Stück Pappe. Er fragt, ob ich einen Filzstift habe. Ich biete ihm einen Kugelschreiber an, aber er sagt, die Leute würden die Schrift nicht lesen können. Ich gebe ihm einen Dollar.

An diesem Abend sagt Lisa, es sei ein Fehler, miteinander zu schlafen.

Ich sage kein Wort.

Aber eine Woche danach bleibt sie erneut über Nacht. Nachdem wir uns an diesem Abend geliebt haben, richtet sie sich urplötzlich keuchend im Bett auf. Sie ist verwirrt und weiß nicht, wo sie ist. »Alles ist in Ordnung, Lisa«, flüstere ich und berühre sanft ihr Gesicht. »Du hast schlecht geträumt. Alles in Ordnung.«

Sie blickt sich in dem winzigen Schlafzimmer meiner beschissenen Wohnung um. Da ist ein langer Riss in der Wand, dort, wo außen der Putz abgebröckelt ist. Sie starrt auf den Riss und bricht in Tränen aus. »Ich versuche es wirklich, Matt.«

»Das weiß ich doch«, sage ich. »Ist schon in Ordnung. Alles in Ordnung.« Und die ganze Nacht fühle ich mich, als würde mir der Atem stocken. Zum ersten Mal erlaube ich mir, an sie und Chuck denken. Ich stelle mir vor, wie er sie hält. Zum ersten Mal seit sehr langer Zeit schlafe ich nicht.

Am Morgen bringe ich die Kinder zur Schule und nehme den Bus. Schreibe meine optimistischen Business-Nachrichten (»M-Tronic verliert weniger als befürchtet«) und fahre mit gesenktem Blick wieder nach Hause. Lisa ist bereits bei den Jungs und kocht. An diesem Abend sitzen wir draußen auf dem Balkon. Lisa atmet tief durch und sagt: »Ich habe das Gefühl, du solltest genau wissen, was zwischen mir und Chuck passiert ist«.

Die Vergangenheitsform macht mich ein wenig kribbelig. Aber ich sage: »Das ist schon in Ordnung, Lisa.«

Sie schüttelt den Kopf und erwidert: »Vielleicht ist es nicht mal so schlimm, wie du dachtest.«

Ich hole tief Luft. Wähle meine Worte sorgfältig. Ich sage ihr, dass sie mir natürlich erzählen kann, was passiert ist. Sie kann mir alles erzählen, was sie will. Aber sie muss gar nichts sagen. Aus der Insolvenz, erkläre ich ihr, sollte man erleichtert, schlauer und bescheidener hervorgehen, frei von den alten Verbindlichkeiten, den schlechten Gewohnheiten und erdrückenden Verträgen, die auf einem gelastet haben. Man macht einen sauberen Schnitt. Einen Neuanfang. Es heißt nicht ohne Grund »von Schulden *befreit*«. (Fanfaren erschallen und preisen die glorreiche Freiheit der Freiheit!) »Was immer zwischen dir und Chuck vorgefallen ist«, sage ich zu Lisa, »ist genauso sehr auch mein Fehler … vielleicht sogar noch mehr. Und was immer geschehen ist, es ist in Ordnung.« Es ist in Ordnung. Ich nehme mir vor, es so lange zu wiederholen, bis es sich wahr anfühlt: Es ist in Ordnung, es ist in Ordnung, es ist in Ordnung, es ist …

Sie nickt verhalten und starrt über den Garten hinweg. Für lange Zeit schweigen wir.

Dann flüstere ich ihr sanft ins Ohr: »Es war die kahle Stelle, stimmt's?«

Eines Tages kriege ich, wie alle zwei Wochen, meinen Gehaltsscheck und sehe, dass Earl ihn ein wenig aufgestockt hat. Also gehe ich auf dem Heimweg bei der Bank vorbei, und als ich in die Wohnung komme, spielt Lisa mit den

Jungs Yahtzee. Ich frage, ob sie Lust hat, mit den Jungs ins Kino zu gehen. Da ich mir nur zwei Tickets leisten kann, sitzen Lisa und ich in der Mall und teilen uns ein Eis, während die Jungs einen Film schauen. Aus einem der Kinosäle hören wir gedämpfte Explosionen.

Ich greife nach der Waffel.

»Nein. Du kriegst nichts mehr.« Lisa hält sie von mir weg. »Du isst das Eis nicht richtig.«

»Wie sollte man es denn essen?«

»Man sollte es lecken. Du schlürfst es wie ein alter Mann.«

»Ich benutze meine Lippen. Nur mit der Zunge kriegt man nicht genug Eis. Man schiebt es bloß in der Gegend rum.«

»Ich soll mich also mit einer bescheidenen Zungenspitze zufriedengeben, während du dir den ganzen Mund vollspachtelst? Das ist nicht fair. Ich sollte für jedes greise Schlürfen von dir zehnmal lecken dürfen.«

»Wie wär's mit fünfmal?«

»Acht.«

Als ich ihr die Waffel abnehme und sie von ihr weghalte, beginnt sie mit mir darum zu ringen. In diesem Moment fällt mein Blick auf meine alten Kifferkumpel Jamie und Skeet, die aus dem Kino kommen.

Skeet trägt meine Loafer.

Letztendlich musste ich wegen Drogenbesitzes mit Verkaufsabsicht zwei Nächte in Untersuchungshaft verbringen. Ich wurde vernommen und durfte dann auf Kaution nach Hause. So schnell wie möglich plädierte ich auf schuldig. Aufgrund meiner vollständigen Kooperation zeigte sich die Staatsanwaltschaft damit einverstanden, darüber hinwegzusehen, dass ich ursprünglich ein ganzes Kilo kaufen wollte.

Dank einer Empfehlung von Randy und Lt. Reese sowie der Tatsache, dass ich einen Job habe und zwei Kinder versorgen muss, werde ich in ein Rehabilitationsprogramm aufgenommen. Wenn ich meinen Drogen-Aufklärungs-Kurs abschließe und der Urintest weiterhin negativ ausfällt, wird die Sache irgendwann ganz aus meiner Akte gestrichen.

Monte hat sich ebenfalls schuldig bekannt, allerdings zu deutlich schwerwiegenderen Vorwürfen. Lt. Reese sagt, dass seine Strafe zumindest teilweise zur Bewährung ausgesetzt wird, da er voll und ganz kooperiert. Wie Monte werde auch ich womöglich gegen Dave aussagen müssen, wenn sein Fall zur Verhandlung kommt. Nicht, dass ich mich darauf freue, aber mir bleibt nichts anderes übrig, als die Wahrheit zu sagen. Lt. Reese meint, ich solle mir keine Sorgen machen. Er glaubt, dass sich Dave ebenfalls mit der Staatsanwaltschaft verständigen wird und dass er und Monte am Ende jeweils mit ein paar Jahren davonkommen. Mit der Zeit wurde mir Lt. Reese richtig sympathisch. Er ist … wie soll ich sagen … ein Original. Er lachte gnadenlos über die Geschichte, wie ich meinem ehemaligen Chefredakteur Gras verkaufte und dabei in meine alberne leuchtende Uhr sprach. Ursprünglich hielt ich seine Böser-Bulle-Nummer wohl für Schauspielerei, aber der Kerl ist wirklich ein harter Hund. Genauso wie Randy wirklich ein netter Typ ist. Unglücklicherweise wurden ihrer Einheit die Gelder gestrichen, und sie mussten in ihre alten Jobs zurückkehren – Randy auf eine Wache in der Stadt, Lt. Reese zur State Patrol, für die er in Schulen über die Gefahr von Drogen referiert (mir gefällt die Vorstellung, wie er die Schüler zurechtweist: »Also gut, hört gefälligst zu, ihr kleinen Pisser!«). Nach ein paar Wochen rief Randy unvermittelt an, um zu fragen, ob ich mit in seine Kirche kommen wolle. Ich lehnte dankend ab. Er berichtete, dass Dave kurz davor stand, Jesus als seinen Erretter zu akzeptieren. »Na, das freut mich aber, Randy!«, sagte ich. Und ich freute mich wirklich für ihn. Jemanden zu retten, so stelle ich es mir zumindest vor, muss ein unbeschreibliches Gefühl sein. Aber am meisten freute ich mich für Dave. Ich malte mir aus, wie seine vielen Verfehlungen in den Mülleimer der Erlösung wanderten, und war darüber so glücklich, dass es kaum auszuhalten war.

Jamie wurde meines Wissens niemals wegen irgendetwas angeklagt. Ich erinnere mich noch daran, was Randy über professionelle V-Leute gesagt hat, und frage mich, ob Jamie nicht vielleicht einer ist. Er wäre ganz sicher der Beste, den ich je gesehen habe: pfiffig, besonnen, reaktionsschnell. Komisch, wie häufig man Menschen nicht als das erkennt, was sie wirklich sind …

Als die beiden jetzt durch die Mall schlendern, nimmt Skeet mich überhaupt nicht wahr. Jamie hingegen sieht mich und weiß sofort Bescheid. Ein Lächeln umspielt seine Lippen, dann zögert er … mir geht es genauso. Aber was sollten wir auch sagen? Er nickt mir kurz zu, senkt den Blick – und die beiden gehen weiter.

»Wer war das?, fragt Lisa und luchst mir das Eis wieder ab.

»Mein ehemaliger Gras-Dealer«, antworte ich.

»Oh.«

Tja, so sieht's aus.

Wir sitzen in einer Einkaufspassage, wo ich vorsichtig versuche, meine wunderschöne Frau zurückzuerobern. Unsere Jungs schauen sich für die zwanzig Dollar, die ich mir drei Monate lang vom Mund abgespart habe, einen Film an, während Lisa und ich um eine einzelne Eiswaffel kämpfen. Irgendwie sollte es uns jetzt besser gehen – ohne diese Belastungen, Verpflichtungen und Schulden, diesen Turm aus Lügen, den wir gleich einem wankenden Holzstapel über unseren Köpfen errichtet haben. Wie Lisa schon sagte: Wir versuchen es zumindest.

Was nicht einfach ist, wenn man weiß, dass man sich alles selbst eingebrockt hat. Aber das, was am schwersten wiegt, ist nicht die Reue oder die Angst, sondern die Erkenntnis, dass wir so nah am Abgrund leben. Wir sind wie Kinder nach einem Gewitter. »Es ist alles okay«, flüstere ich Lisa in den Nächten zu, in denen ich sie davon überzeugen kann, bei mir zu bleiben. »Es ist alles okay. Schau einfach weiter nach vorn. Blick nicht zurück. Es ist alles in Ordnung.«

Vielleicht werden wir wieder glücklich sein – vielleicht gehen wir sogar noch glücklicher aus der ganzen Sache hervor. Und doch frage ich mich ständig, ob wir nicht auch in unserem großen Haus hätten glücklich sein können, mit unseren schönen Möbeln, unserem Zweitwagen, mit genug Geld für *vier* Kinokarten.

Für zwei Waffeln mit Eis.
Ja, uns fehlt das alles.
Aber Lisa und ich
wir haben Taschen.

Danksagungen

Dank an Sam Ligon, Jim Lynch, Dan Butterworth, Sherman Alexie, Dan Spalding und Eric Albrecht für ihre Inspiration und Unterstützung. Ebenfalls bedanken möchte ich mich bei Cal Morgan und Warren Frazier, vor allem auch bei Ralph Walter, Danny Westneat, Som Jordan und allen meinen gekündigten und entlassenen Zeitungsfreunden, deren Talent und Tatendrang eine bessere Welt verdient hätten.

David Sedaris

Sprechen wir über Eulen – und Diabetes

ISBN 978-3-89667-506-4

Wer behaupten wollte, David Sedaris schreibe und veröffentliche Tagebücher, um seinen Lebensunterhalt zu verdienen, müsste Michelangelo einen Anstreicher nennen. Niemand versteht es besser als Sedaris, Erlebtes in Lesbares zu verwandeln – seit seinem Debüt mit »Nackt« lässt er seine weltumspannende Fangemeinde daran teilhaben, wie er die schmerzlichste Erinnerung in subtile Komik und die banalste Begebenheit in zeitlose Weisheit kleidet. Er ist sein eigener Inquisitor und Hofnarr zugleich – »der herausragende Vertreter des Mein-Leben-als-David-Sedaris-Genres«. *(Brigitte)*

In seinem neuesten Band mit absurden Alltagsgeschichten entführt uns Sedaris unter anderem in den australischen Busch, wo allerlei Getier verborgene Ängste und längst verdrängte Erfahrungen in ihm aufleben lässt; er erzählt von einer durchzechten Nacht mit wildfremden Alkoholikern im Zug von Chicago nach New York, weiht uns ein in die Geheimnisse der französischen Kieferchirurgie und in die Abgründe des britischen Handerwerkertums, verrät uns und seinem präpotenten Patenkind, wie Tagebuchschreiben funktioniert und wozu es gut ist, und lehrt uns Eulen zu verstehen.

Es gibt kein besseres Mittel gegen schlechte Laune als die Komik von David Sedaris – in 26 Geschichten und einem Gedicht macht er voller Scharfsinn aus den kleinen und großen Dramen des Lebens einen guten Witz.

KARL BLESSING VERLAG